Klaus Wanninger
Schwaben-Finsternis

Vom Autor bisher bei KBV erschienen:

Schwaben-Rache
Schwaben-Messe
Schwaben-Wut
Schwaben-Hass
Schwaben-Angst
Schwaben-Zorn
Schwaben-Wahn
Schwaben-Gier
Schwaben-Sumpf
Schwaben-Herbst
Schwaben-Engel
Schwaben-Ehre
Schwaben-Sommer
Schwaben-Filz
Schwaben-Liebe
Schwaben-Freunde
Schwaben-Finsternis
Schwaben-Träume

Klaus Wanninger, Jahrgang 1953, evangelischer Theologe, lebt in der Nähe von Stuttgart. Ein großer Teil seiner Bücher entsteht in den Zügen der Bahn, auf deren Schienen Wanninger Jahr für Jahr zigtausende von Kilometern zurücklegt. Bisher veröffentlichte er vierunddreißig Bücher. Seine Schwaben-Krimi-Reihe mit den Kommissaren Steffen Braig und Katrin Neundorf umfasst mittlerweile siebzehn Romane in einer Gesamtauflage von über einer halben Million Exemplare.

Klaus Wanninger

SCHWABEN-FINSTERNIS

KBV

1. Auflage 2014
2. Auflage 2015
3. Auflage 2016

www.kbv-verlag.de
E-Mail: info@kbv-verlag.de
Telefon: 0 65 93 - 998 96-0
Fax: 0 65 93 - 998 96-20
Umschlagillustration: Ralf Kramp
Redaktion: Volker Maria Neumann, Köln
Druck: CPI books, Ebner & Spiegel GmbH, Ulm
Printed in Germany
ISBN 978-3-95441-185-6

Die Personen, Namen und Handlungen dieses Romans sind frei erfunden. Jede Ähnlichkeit mit lebenden Personen oder tatsächlichen Ereignissen wäre rein zufällig.

1. Kapitel

An kaum einem anderen Ort der Welt fanden sich dermaßen viele Überreste verstorbener Menschen und Tiere wie auf der Schwäbischen Alb. Dieses von weit über tausend Höhlen, Grotten und unterirdischen Labyrinthen zerklüftete Gebirge wies an allen Ecken und Enden Spuren frühester Besiedlung auf. Kaum eine Höhle ohne den Fund menschlicher und tierischer Knochen, selten ein Hohlraum ohne den Hinweis auf vergangenes Leben.

Natürlich war ich mir dieses außergewöhnlichen Sachverhalts bewusst, als ich mit Hacke und Spaten im rückwärtigen Teil des schmalen, leicht abschüssigen Erdreichs herumstocherte und kaum zwei Hände breit unter der Oberfläche auf die Überreste einer menschlichen Leiche stieß. Purer Neugier war es zu verdanken, dass ich mich gerade an dieser Stelle zu schaffen machte, angetrieben von der Hoffnung, an einem dermaßen abseits gelegenen Ort vielleicht auf Fossilien zu stoßen.

Weit und breit gab es keine Ortschaft, keine Straße, nicht einmal einen Weg. Gut eine halbe Stunde war ich durch dichten Wald gestolpert, als ich die schmale Öffnung im karstigen Hang entdeckte. Augenblicklich war der Forscherdrang in mir erwacht.

Ich war in gebückter Haltung mehrere Meter in die Höhle vorgedrungen, hatte Hacke und Spaten ausgepackt, den Boden mit meiner Taschenlampe ausgeleuchtet und ohne langes Überlegen damit begonnen, den Untergrund zu bearbeiten. Wie lange es dauerte, bis ich auf den toten Körper stieß, weiß ich nicht mehr zu sagen. Es mussten aber mehrere Minuten, vielleicht sogar eine viertel Stunde vergangen sein, denn trotz des kalten Herbsttages tropfte mir der Schweiß von der Stirn, als ich das seltsame Geräusch vernahm. Nicht das gewohnte Schaben und Kratzen, wenn ich mit dem Spaten in den Boden stieß, eher eine Art Schmatzen. Die Schaufel war zudem überraschend schnell und mit außergewöhnlich wenig Widerstand in die Tiefe gedrungen. War ich etwa auf eine sumpfige oder torfige Schicht gestoßen?

Überrascht hielt ich inne, zog das klobige Arbeitsgerät in die Höhe, nahm stattdessen die Hacke zur Hand. Ich bückte mich nieder, weitete den Spalt, den der Spaten gerade eingekerbt hatte, sah mich plötzlich ekelerregendem Gestank ausgesetzt. Augenblicklich zuckte ich zurück, riss meine Nase in die Höhe. Es half nichts, die stechend faulige Wolke hatte meine Lungen bereits infiziert. Ich sprang auf, schnappte nach frischer Luft, lief zwei, drei Schritte von der Grabung weg.

Auf was war ich da gestoßen? Modrige Pflanzenreste, eine Ansammlung übel riechender Pilze, vielleicht gar die Überbleibsel eines längst verendeten Tieres?

Es dauerte mehrere Sekunden, bis ich mich von dem widerlichen Gestank erholt hatte. Was auch immer sich dort im Boden verbarg, ich war nicht so weit durch den Wald marschiert, um mich von einer unangenehmen Duftwolke in die Flucht schlagen zu lassen. Oft genug im Verlauf meiner Suche nach Fossilien hatte ich unterirdische Schichten erschlossen, die von übel riechenden Substanzen geprägt waren. Die Natur benötigte nun einmal viele Jahre, lebende Wesen in ihre chemischen Grundbausteine zu zerlegen, gleichgültig, ob es sich um Pflanzen oder Tiere handelte.

Ich nahm meine Taschenlampe her, wandte mich wieder dem rückwärtigen Teil der Höhle zu. Bevor ich erneut zur Hacke griff, wollte ich mir erst ein genaueres Bild von der Beschaffenheit des Bodens machen. Das Tageslicht drang nur gedämpft bis zur Stelle meiner Grabung vor. Der kräftige

Strahl der Lampe huschte über die Wände, die Decke, den Boden, tauchte Abschnitt auf Abschnitt in ein helles Licht. Ich sah ein winziges, schwarzes Insekt zur Seite preschen, dazu einen kleinen Käfer hinter einem Steinbrocken verschwinden. Von der linken Höhlenwand perlten einzelne Wassertropfen auf einen runden Erdklumpen.

Als ich mich dem Boden zuwandte, bemerkte ich etwa im Bereich meiner Grabung eine leichte Veränderung seiner Farbe und Struktur. In einem annähernd zwei Meter langen und vielleicht einen halben Meter breiten Streifen schien er mir dunkler und auch nicht so hart wie in der übrigen Höhle. Es handelte sich nur um eine geringe farbliche Abweichung, einen Hauch intensiverer Färbung, veranlasste mich aber, die Erde an dieser Stelle mit den Fingern meiner rechten Hand abzutasten. Langsam und vorsichtig, aber mit zunehmender Gewissheit, dass ich mich nicht täuschte. Irgendwann in der letzten Zeit war der Boden hier bearbeitet worden, von wem und weshalb, war mir nicht bekannt. Hatte sich etwa ein wildes Tier in dieser Höhle zu schaffen gemacht?

Diese Antwort schien mir von Anfang an wenig plausibel. Die gegenüber ihrer Umgebung leicht veränderte Fläche zeigte ein fast genau rechteckiges Ausmaß, machte zudem den Eindruck, als wäre sie an mehreren Stellen mit einem ungefähr faustgroßen Gegenstand, etwa einem flachen Stein, bewusst geglättet, also der ursprünglichen Form wieder angeglichen worden. Nein, das sprach nicht für die Aktivitäten eines Tieres, das deutete auf eine menschliche Hand. Einen Hobbygeologen, einen Fossiliensucher wie mich?

Ich wusste nur allzu gut, wie viele Leute mit dieser Zielsetzung in sämtlichen Regionen der Alb zu jeder Jahreszeit unterwegs waren. Heuschreckenschwärmen gleich fielen sie über einen Aufschluss, eine Höhle oder einen ganzen Berghang her, sobald sich nur das Gerücht eines angeblich bedeutsamen Fundes verbreitete. Natürlich war es möglich, dass sich auch in dieser recht abseits gelegenen Erdspalte bereits ein Hobbygeologe zu schaffen gemacht hatte. Blieb nur die Frage, wie seine Untersuchung verlaufen war.

Von Neugier angespornt machte ich mich wieder an die Arbeit. Die Taschenlampe in der Linken, die Hacke in der Rechten wühlte ich mich in den Untergrund. Ich löste einen kleinen Erdklumpen aus dem Boden, stieß mein Arbeitsgerät weiter in die Tiefe. Im gleichen Moment, als sich ein neuer Brocken löste, hatte ich den ekelerregenden Geruch wieder in der Nase, jetzt in deutlich konzentrierter Form.

Ich schnappte augenblicklich nach Luft, ließ die Hacke fallen, sprang ein Stück weit aus der Höhle. So sehr ich mich bemühte, den widerlichen Gestank loszuwerden, es wollte mir nicht gelingen. Stattdessen begann jetzt auch noch mein Magen zu revoltieren. Ich spürte, wie es in mir rumorte, stolperte mehrere Meter in den Wald, um meine Lungen von dem Gift zu befreien und sie stattdessen mit dessen würzigem Aroma zu füllen. Ich weiß nicht, wie lange ich dafür benötigte. Es muss sich aber um eine Zeitspanne von mehreren Minuten gehandelt haben, kam ich doch erst etwa einhundert Meter von der Höhle entfernt zum Stehen. Mein Gott, welch ätzenden Dreck hatte ich da inhaliert?

Ich sah den hellen Lichtstrahl auf dem breiten Stamm eines Baumes unmittelbar vor mir, bemerkte erst jetzt, dass ich immer noch meine brennende Taschenlampe in der Hand hielt. Ich holte tief Luft, löschte das Licht. Von dem ekelerregenden Gestank hatte ich mich immer noch nicht vollständig befreit, nur mein Magen schien sich wieder beruhigt zu haben. Eine dermaßen widerliche Substanz war mir noch nie untergekommen. Dass ein penetranter Gestank Menschen nicht nur beim Atmen zu schaffen machte, sondern sogar ihre Verdauung beeinträchtigte, kannte ich bisher nur aus dem

Fernsehen. In etlichen Krimis war die Reaktion von Leuten, die auf eine Leiche gestoßen waren, genau so dargestellt worden. Nur dass man als Fernsehzuschauer von dieser aromatischen Beeinträchtigung zum Glück vollkommen verschont blieb. War ich etwa auf eine menschliche Leiche gestoßen?

Ich schaute mich um, merkte, wie sich meine Wahrnehmung intuitiv veränderte. Der vorher scheinbar so friedliche Wald – wirkte er nicht plötzlich bedrohlich? Das leise, kaum vernehmbare Ächzen der Wipfel im sanften Wind – kündete es nicht von unbekannten Gefahren?

Ohne dass ich etwas dagegen unternehmen konnte, spürte ich plötzlich ein heftiges Ziehen in meinem Nacken. Eine kräftige Verspannung meiner Rückenmuskulatur, dazu ein deutliches Frösteln. Hinter mir, ganz nah, das wiederholte Knacken morscher Äste und Zweige.

Erschrocken drehte ich mich um, starrte in den Wald. Kein Mensch war zu sehen, nicht einmal ein Tier. Weit und breit nur Bäume und Büsche. Was war plötzlich mit mir los?

Ich atmete kräftig durch, stampfte mit dem rechten Fuß auf den Boden, um mich wieder in die richtige Spur zu bringen. In diesem Wald gibt es im Moment keinen Menschen außer mir, versuchte ich mir Mut zuzusprechen. Und ich war hierhergekommen, um wieder mal nach Fossilien zu graben. Mein Hobby, dem ich seit ein paar Monaten nachging.

Ich löste mich von dem Platz unter den Bäumen, lief wieder zur Höhle, leuchtete den Boden aus. Von einer angeblichen Leiche war nichts zu bemerken, lediglich ein ursprünglich wohl bunter, jetzt aber ziemlich verdreckter Stofffetzen ragte aus dem Spalt, den ich freigeharkt hatte. Und der widerliche Geruch – ganz war er immer noch nicht aus der Höhle entwichen.

Ich fächerte mir mit der rechten Hand frische Luft zu, bückte mich nach Hacke und Spaten. Jetzt hatte ich den penetranten Gestank noch intensiver in der Nase. So war es nicht auszuhalten. Wenn überhaupt, musste ich im Stehen weiterarbeiten, um dem Zeug nicht ganz so nahe zu sein. Ich warf die Hacke Richtung Höhleneingang, steckte mir die Taschenlampe in den Mund, um den Boden detailliert auszuleuchten. Dann griff ich zum Spaten.

Ich setzte die Schaufel zwei Hände breit neben meiner alten Grabung an, rammte sie fest in den Untergrund. Für einen Moment hörte ich wieder das seltsame Schmatzen, dann aber war ein lautes Knacken zu vernehmen. Als wäre die Kante des Spatens auf ein morsches Holz getroffen und hätte es durchtrennt. Irritiert hielt ich inne, packte den Stiel meines Arbeitsgeräts mit beiden Händen. Der Spaten steckte so tief im Untergrund, dass er sich kaum bewegen ließ. Ich drückte und rüttelte, spürte, dass er kaum merklich nachgab. Vor Anstrengung laut stöhnend verstärkte ich den Druck. Zentimeter um Zentimeter ging es vorwärts. Unter Aufbietung all meiner Kräfte zog ich die Schaufel schließlich in die Höhe. Der Schweiß schoss mir aus allen Poren, als es mir endlich gelang, das ausgehobene Material in den Lichtkegel meiner Lampe zu schieben. In gleißender Helle tauchte der Fund aus dem Dunkel.

Der Anblick traf mich wie ein Schlag. Laut schreiend ließ ich Spaten samt Taschenlampe fallen, sprang, so schnell es mir möglich war, aus der Höhle. Der grauenvolle Gestank hatte sich trotzdem bis ins Innerste meiner Lungen gebohrt.

2. Kapitel

Der Moment, als die Hand eines Menschen auf der Schaufel des Spatens sichtbar wurde, hat sich in mein Gedächtnis eingebrannt wie sonst nur wenige Ereignisse in meinem Leben. Wäre nicht in derselben Sekunde der ekelerregende Gestank in sämtliche Organe meines Körpers gedrungen, hätte ich die Szene vielleicht als den makabren Höhepunkt eines spannenden Kinofilms abtun können, um zukünftigen Albträumen vorzubeugen. So aber war ich dem fast unwirklich anmutenden Geschehen in voller Intensität ausgeliefert. Das gleißend helle Licht der Lampe mitten in der düsteren Umgebung der Höhle, die vollkommen mit allen fünf Fingern erhaltene Hand eines mir unbekannten Menschen, der unsagbar widerliche, grauenvolle Gestank …

Als ich draußen vor der Höhle langsam wieder zu mir fand, war mir deshalb trotz aller Benommenheit ein Sachverhalt vollkommen klar: Ich war nicht auf die Überreste eines vor Jahrhunderttausenden verstorbenen Neandertalers oder eines ebenso archaischen Homo sapiens sapiens gestoßen, wie man es bei einer Grabung auf der Alb durchaus hätte vermuten können. Zu deutlich war der gut erhaltene Zustand der Hand zu erkennen gewesen, als dass ich zu solchen Ausflüchten hätte greifen können. Nein, die Person, deren abgetrenntes Körperteil mir gerade in so eindringlicher Weise zu Gesicht gekommen war, hatte sich noch vor gar nicht allzu langer Zeit ihres Lebens erfreut. Vor wenigen Monaten, vielleicht sogar erst Wochen noch, schätzte ich. Oder lebte sie gar noch?

Ich wagte kaum, darüber nachzudenken, ob man den Verlust einer Hand überhaupt überleben konnte. Vorausgesetzt, die Operation wurde von einem Chirurgen im Krankenhaus durchgeführt, war dies angesichts der Fortschritte der Medizin heute sicher kein großes Problem mehr. Die Tatsache allerdings, dass ich die Hand hier in dieser Höhle ausgegraben hatte, sprach wohl kaum für diese Version ihrer Herkunft. Wieso sollte ein Arzt auch auf die Idee kommen, eine komplette Hand zu amputieren? Nein, das passte nicht zusammen. Eher noch die Variante einer erbitterten Auseinandersetzung unter Kriminellen …

Ich erinnerte mich, irgendwann davon gelesen zu haben, dass Mafiakiller ihren Opfern die Hände abgehackt hatten, um sie daran zu hindern, jemals wieder ein normales Leben führen zu können. Warum sie die Hand dann allerdings hier in einer Höhle vergraben sollten …

Nein, je länger mir diese Gedanken durch den Kopf jagten, desto klarer wurde mir, wie abstrus sie allesamt waren. Und zugleich kam mir eine Beobachtung wieder in den Sinn, die ich wenige Minuten zuvor gemacht hatte, als ich die Höhle mit meiner Lampe ausgeleuchtet hatte. In einem annähernd zwei Meter langen und vielleicht einen halben Meter breiten Streifen war mir der Boden dunkler und auch nicht so hart wie in der übrigen Höhle erschienen. Ich hatte diesen Bereich mit meiner rechten Hand vorsichtig abgetastet und war zu dem Ergebnis gekommen, dass der Untergrund an dieser Stelle irgendwann in letzter Zeit bearbeitet worden sein musste. In einer Länge von annähernd zwei Metern und einer Breite von einem halben Meter, wiederholte ich mir den Sachverhalt. Und mittendrin hatte ich die Hand ausgegraben!

Langsam, aber mit zunehmender Gewissheit, wurde mir klar, was das bedeutete. In der Höhle vor mir lag nicht nur der Körperteil, den ich zutage gefördert hatte, hier war die komplette Leiche eines Menschen begraben. Annähernd zwei Meter auf einen halben Meter. Die Mühe, eine so große

Fläche auszubuddeln, hatte man sich nicht einer kleinen Hand wegen gemacht. Das Areal war für den gesamten Körper eines Menschen bearbeitet worden.

Mir wurde siedend heiß, ich spürte, wie mir trotz der Kälte der Umgebung der Schweiß aus den Achseln schoss. Hier, in dieser Höhle vor mir, hatte man vor gar nicht langer Zeit einen Menschen verscharrt. Eine Frau?, überlegte ich, als ich mir die Proportionen der Hand vergegenwärtigte.

Für den Augenblick einer Sekunde sah ich die Hand wieder auf der Schaufel meines Spatens aus dem Dunkel tauchen. Eine kleine, zierliche Hand mit schmalen, filigranen Fingern. Wesentlich kleiner als meine eigenen Hände. Ob sie immer so zierlich ausgesehen hatte oder erst durch den Tod so miniaturisiert worden war? Die Hand einer Frau, das passte.

Dann lag hier ein weiblicher Körper im Boden?

Gleich, ob Mann oder Frau, es gab einen weiteren Tatbestand, der mir die Brisanz meines Fundes von Anfang an klar werden ließ: Die Tote war nicht freiwillig, sondern durch den gewaltsamen Akt eines anderen gestorben. Schließlich war kein Lebewesen imstande, sein Leben im eigenen Grab auszuhauchen und seinen toten Körper anschließend mit einer dicken Erdschicht zu bedecken. Ich hatte, ob mir das genehm war oder nicht, die sterblichen Überreste eines Menschen ausgegraben, der von einem anderen getötet worden war. Durch einen Unfall? Bei einer handgreiflichen, aus der Kontrolle geratenen Auseinandersetzung? Oder gar durch einen Mord? War ich etwa auf das Opfer eines Mörders gestoßen?

Eiskalte Gänsehaut lief mir über den Rücken, als ich mir das durch den Kopf gehen ließ. Ein Unbekannter, der einen Menschen ermordet und hier, in dieser Höhle …

Weshalb hier, an diesem so weit abseits gelegenen Ort?

Die Gänsehaut auf meinem Rücken verdichtete sich zu ungewohnter Intensität, als ich mich mit der Antwort auf diese Frage konfrontiert sah. Der einzigen Antwort, die mir plausibel schien: Der Mörder hatte sein Opfer an dieser Stelle vergraben, weil es für ihn wichtig war, das Verbrechen möglichst lange, vielleicht sogar für immer zu verheimlichen. Und genau diesem Vorhaben war ich jetzt voll in die Quere gekommen.

Ich benötigte eine Weile, um zu begreifen, was das bedeutete: Ich hatte gerade alles dafür getan, mich selbst in größte Gefahr zu bringen.

Erschrocken starrte ich in den Wald. Was, wenn der Mörder mich beobachtet, meine Grabung heimlich verfolgt hatte? Hinter mir, nur wenige Meter entfernt, hörte ich das Knacken morscher Äste und Zweige. Ich drehte mich um, sah nur Bäume und Büsche.

Ach was, versuchte ich mich zu beruhigen, du bist ein erwachsener Mensch, verhalte dich entsprechend. Als ob der Mörder sich hier in unmittelbarer Nähe seines Opfers aufhalten würde! Was für eine idiotische Idee! Du hast die Hand eines Menschen gefunden, ob dir das passt oder nicht, es ist nun mal passiert, jetzt zieh endlich die Konsequenzen und melde es der Polizei.

Impulsiv griff ich nach meinem Handy, zog es aus der Tasche. Den Gedanken, alles stehen und liegen zu lassen und mich schnellstmöglich davonzumachen, verwarf ich binnen einer Sekunde. Sowohl meine Hacke als auch mein Spaten lagen noch in der Höhle, und dazu hatte ich garantiert weitere eindeutig identifizierbare Spuren hinterlassen. Jetzt einfach davonzulaufen …

Ich schaltete das Gerät ein, wählte den Notruf 110.

Keine Reaktion.

Ich starrte aufs Display, bemerkte erst jetzt, dass das Handy keine Verbindung hatte. Kein Netz? Mein Gott, war ich so weit abseits der menschlichen Zivilisation, dass ich nicht einmal Hilfe herbeirufen konnte?

Nervös schaute ich mich um, sah, dass das Gelände rechts von mir steil anstieg. Ich kämpfte mich zwischen den dicht beieinanderstehenden Stämmen hindurch in die Höhe, versuchte es nach wenigen Minuten aufs Neue. Wieder vergeblich.

Das darf nicht wahr sein, schimpfte ich vor mich hin. In welchem Funkloch bin ich denn da gelandet?

Plötzlich hatte ich eine Stimme am Ohr. »Polizeieinsatzstelle Albstadt. Wie können wir Ihnen helfen?«

Ich war so überrascht, dass es endlich geklappt hatte, dass mir die Worte fehlten. »Ich, äh, also …«

»Ja? Mit wem spreche ich? Nennen Sie mir zuerst mal Ihren Namen.«

»Meinen Namen? Ich stehe hier mitten im Wald und bin gerade auf die Hand eines Menschen gestoßen und Sie wollen …«

»Wie bitte? Die Hand eines Menschen?«

»Genau, ja.«

Für einen Moment blieb es ruhig. »Ich habe richtig verstanden, ja?«, fragte der Beamte dann. »Eine menschliche Hand?«

»Die Hand eines Menschen, ja«, bestätigte ich.

»Jetzt nennen Sie mir doch Ihren Namen, und dann sehen wir weiter.«

»Grohm«, stellte ich mich vor. »Daniel Grohm.«

»Und Sie wohnen wo?«

Ich seufzte laut, gab ihm dann meine Adresse und wartete ungeduldig darauf, ihm endlich mein Anliegen zu schildern. Er ließ mich reden, unterbrach mich kein einziges Mal.

»Und es ist alles genau so abgelaufen, wie Sie es mir gerade erzählt haben?«, erkundigte er sich am Schluss meiner Ausführungen.

»Aber ja. Weshalb …«

»Wo sind Sie jetzt, Herr Grohm?«

»Ich stehe mitten im Wald. Etwas oberhalb von der Höhle. Unten hatte ich kein Netz.«

»Wo ist das ganz genau? Wie kommen wir am schnellsten dorthin?«

Ich versuchte, ihm die ungefähre Lage zu beschreiben, verhaspelte mich mehrmals. Schließlich war ich mir selbst nicht genau darüber klar, wo die Höhle lag. Dem Geräusch nach schien er sich schriftliche Notizen zu machen.

»Das ist nicht einfach zu finden«, meinte er dann. »Etwa drei bis vier Kilometer von Stempflingen, Richtung West, Südwest. Ich gebe es an mehrere Beamte durch, mal sehen, welches Team den Weg als Erstes findet. Und Sie bleiben in der Nähe der Höhle und machen sich bemerkbar, sobald Sie die Kollegen hören, ja?«

Ich sagte es ihm zu, steckte das Handy in die Tasche. Wie lange es wohl dauern würde, bis die Polizisten eintrafen? Wer konnte wissen, wo die sich gerade aufhielten, wahrscheinlich unzählige Kilometer entfernt.

Ich spürte, wie mir kalt wurde, kletterte langsam den Hang abwärts. Die Höhle war von hier aus nicht zu erkennen, ein dicht bewaldeter Felsvorsprung verdeckte die Sicht. Während ich vorsichtig über die dicken Wurzeln der Bäume stieg, überlegte ich, welche Mühe sich der Mörder gemacht haben musste, die Leiche an diesem abgelegenen Ort zu verstecken. Er hatte garantiert Stunden dafür benötigt, die Tote durch den Wald zu transportieren und solange im harten Boden der Höhle zu graben, bis der Hohlraum ausreichte, die Leiche darin zu verstauen und sie wieder mit einer ansehnlichen Schicht aus Geröll und Erde zu bedecken. Anschließend hatte er sich gezwungen gesehen, den Boden wieder zu glätten, ihm die alte Gestalt und Konsistenz zu geben sowie das gesamte dem Untergrund entnommene Material aus der Höhle zu schaffen, um ja keinen Verdacht zu erregen. Das alles ohne jede technische Hilfe und mit dem Gebot, so wenig Lärm wie irgend möglich zu verursachen, um ja keine Neugierigen anzulocken.

Oder hatte er die Frau erst an Ort und Stelle getötet? War er vielleicht in der Nähe der Höhle mit ihr in Streit geraten? Hatte er den Wunsch geäußert, intim zu werden, sie aber hatte sich geweigert? Daraufhin hatte er die Frau vergewaltigt, irgendwo im Wald, sie dann ermordet und im Boden verscharrt, um nicht als Täter überführt werden zu können?

Mir fehlte die Konzentration, mir die Details vorzustellen. Gleich, wo immer er sein Verbrechen verübt hatte, sein Ehrgeiz, die Leiche zu verstecken, hatte irrsinnige Anstrengungen und Nervenkraft erfordert. In jeder Sekunde seiner langwierigen Tätigkeit hatte er damit rechnen müssen, von irgendjemand beobachtet zu werden. Von Fossiliensuchern oder Gesteinssammlern wie mir etwa …

Wahrscheinlich hatte er sein Opfer bei Nacht begraben, bei völliger Dunkelheit und ohne jedes künstliche Licht, um genau dieser Gefahr zu entgehen.

Ich war den Abhang inzwischen so weit hinuntergeklettert, dass ich die Höhle wieder im Blickfeld hatte, als mir dieser Gedanke kam. Nichts hatte sich verändert, der Eingang der schmalen Erdspalte lag friedlich zwischen den Stämmen der Bäume. Ich blieb stehen, malte mir die Szene aus, wie der Mörder hier mitten in der Nacht im stockdunklen Wald umherschlich, über Wurzeln und heruntergefallene Zweige stolperte und bei jedem Geräusch, das er verursachte, ängstlich zusammenzuckte. Wie hatte er die Leiche transportiert? Hatte er den toten Körper hinter sich hergezogen?

Wohl kaum, sagte ich mir selbst. Die Spur, die er dadurch verursacht hätte, wäre wohl selbst einem Blinden aufgefallen.

Was aber dann? War er, das Opfer über der Schulter, durch die Nacht marschiert?

Eine Flut wirrer Gedanken schwirrte mir durch den Kopf. Wie auch immer er den langen Weg bewältigt hatte; hier angekommen, war er noch längst nicht am Ziel gewesen. Jetzt hatte er in völliger Dunkelheit dem steinharten Boden der Höhle zu Leibe rücken und das Grab ausschaufeln müssen …

Was war das nur für ein Mensch, der all das auf sich genommen hatte, um das von ihm begangene grauenvolle Verbrechen zu verheimlichen?

Das große Reh tauchte im gleichen Moment aus dem Dickicht auf, als ich mich mit diesen Gedanken plagte, keine fünfzehn Meter von mir entfernt. Es war wohl genauso überrascht wie ich selbst, wandte mir nur kurz seine Aufmerksamkeit zu. Bis ich mich dazu aufraffen konnte, das Tier genauer in Augenschein zu nehmen, war es bereits wieder fast lautlos verschwunden.

Rehe und andere Waldbewohner waren in diesen Gefilden keine Seltenheit, das hatte ich in den letzten Wochen bei meinen einsamen Streifzügen durch die Umgebung zur Genüge erfahren. Jedes Mal aufs Neue überraschte mich jedoch die Anmut und Friedfertigkeit dieser Tiere. Was für ein Kontrast zu jenem gewalttätigen Verbrecher, dem ich mit meiner willkürlichen Grabung jetzt auf die Schliche gekommen war!

Hoffentlich läuft der mir nie über den Weg, ging es mir durch den Kopf.

Es sollte nicht allzu viel Zeit vergehen, bis mir schmerzlich bewusst wurde, wie sehr ich mich in dieser Annahme getäuscht hatte …

3. Kapitel

Eine Ewigkeit schien vergangen, als ich endlich Stimmen hörte. Sie kamen aus zwei verschiedenen Richtungen, die eine von links, die andere von rechts, beide aus größerer Höhe. Es handelte sich um eine Frau und einen Mann, die sich durch lautes Rufen miteinander verständigten; kaum hatte eine der beiden Personen ein paar Worte von sich gegeben, schallte die Antwort wie ein Echo zurück. Ich merkte, dass sie näher kamen, machte mit lautem: »Hallo, hallo!« auf mich aufmerksam. Kurz darauf sah ich einen uniformierten Polizeibeamten keine fünfzig Meter über mir aus dem Wald auftauchen.

Er schien mich sofort entdeckt zu haben, denn gerade als ich meinen Arm hob, um ihm zu winken, hörte ich ihn schon rufen: »Herr Grohm?«

Ich antwortete mit einem kräftigen: »Ja!«

Wenige Minuten später waren beide, ein Polizeiobermeister namens Frenzel und seine Kollegin, eine Frau Älble, bei mir angelangt. Beide reichten mir die Hand und stellten sich vor. Ich berichtete ihnen in kurzen Worten von meiner Entdeckung, führte sie dann direkt zur Höhle. Alles lag noch genauso an Ort und Stelle, wie ich es verlassen hatte. Meine Hacke und der Spaten, unmittelbar daneben die Hand. Ich blieb in gebührender Entfernung vor der Höhle stehen, überließ ihnen die nächsten Schritte.

Beide schienen erfahrene Beamte zu sein. Sie stülpten sich Plastiküberzüge über Hände und Schuhe, näherten sich erst dann dem Eingang. Frenzel zog sein Handy aus der Tasche, schoss unzählige Fotos vom Innenraum der Höhle, dem Boden, meinen Arbeitsgeräten, der Hand. Dann erst stakste seine Kollegin mit vorsichtigen Schritten zu dem ungewöhnlichen Fundstück und nahm es vorsichtig auf.

»Oh nein, die ist echt!«, hörte ich ihre Stimme. Sie drehte sich um, lief mit gerümpfter Nase ins Freie. Ihr verkniffener Gesichtsausdruck sprach Bände. »Wir benötigen die Profis«, sagte sie laut. »Der Gestank ist eindeutig.«

Ich hörte, wie der Beamte die entsprechenden Informationen fernmündlich weitergab und dann eine Straßenkreuzung mehrere Kilometer von Stempflingen entfernt als Treffpunkt vorschlug. »Dort hole ich Sie ab«, erklärte er. »Den Rest müssen wir gemeinsam zu Fuß quer durch den Wald. Es geht leider nicht anders.«

Wir warteten mindestens eine weitere Stunde, Polizeiobermeisterin Älble und ich, bis die Spezialisten endlich eintrafen. Ihr Kollege war längst wieder in den Wald verschwunden, um die erwähnte Straßenkreuzung aufzusuchen, hatte den Weg, wie er später berichtete, nur mit Mühe gefunden. Sie hatten mir zwar angeboten, nach Hause zu gehen und dort auf den Besuch des Kommissars zu warten, waren auf meine Bereitschaft, an Ort und Stelle zu bleiben, aber mit unübersehbarer Dankbarkeit eingegangen.

Die Spezialistentruppe bestand aus drei Männern, einem Kommissar und zwei Technikern. Sie schleppten mehrere Koffer mit sich, kämpften sich schwer atmend die letzten Meter den steilen Hang abwärts.

»Alle achtzig Deifel von Sindelfinge, des machet ihr koi zwoites Mal mit mir!«, keuchte einer der Spurensicherer, der sich als Helmut Rössle vorstellte.

Sein Kollege, ein Dr. Kai Dolde, reichte mir lächelnd die Hand. An den anderen Mann gewandt sagte er: »Wie oft habe ich dir schon gesagt, du sollst endlich Sport treiben!«

»Sport! Die Tour heut reicht für die nächste zehn Jahr! Und nachher müsset mir wieder zurück!«

Ich trat ein paar Schritte zur Seite, wartete, bis sie sich die Höhle und die Hand genauer angesehen hatten, war dann froh, endlich mit dem Kommissar sprechen zu können. Obwohl ich fast die ganze Zeit unermüdlich hin und her gelaufen war, um mich einigermaßen warmzuhalten, fror ich am ganzen Körper.

Der Kommissar, ein auffallend großer Mann Ende Vierzig namens Braig, bedankte sich für meine Bereitschaft, ihm hier vor der Höhle Rede und Antwort zu stehen.

»Tut mir leid, dass Sie eine Weile warten mussten«, entschuldigte er sich. »Aber der Weg hierher …« Er schaute zu seinen beiden Kollegen, die dabei waren, ihre Koffer auszupacken und verschiedene Gerätschaften am Eingang der Höhle abzulegen. »Sie haben die Hand gefunden?«, wandte er sich dann wieder an mich.

»Die habe ich gefunden, ja«, antwortete ich.

Der Kommissar nahm die inzwischen in einem Plastikbehälter deponierte Hand auf, wandte seinen Blick dann dem überraschend gut erhaltenen Körperteil zu. Eine schmale, feingliedrige Hand mit allen Fingern, am Stumpf vom Arm abgetrennt. »Die dürfte von einer Frau stammen«, meinte er, »oder?«

»Auf jeden Fall«, mischte sich Dr. Dolde ins Gespräch. »Die ist zu klein für einen Mann.«

»Was ist mit dem Rest der Leiche?« Braig musterte mich prüfend.

»Keine Ahnung«, sagte ich.

»Sie haben nur die Hand entdeckt.«

»Die Hand, ja. Und dann rannte ich auf und davon. Was glauben Sie, wie schockiert ich war.«

»Das kann ich mir gut vorstellen«, erklärte er. »Sie haben hier in dieser Höhle gegraben. Darf ich fragen, wieso?«

»Ich war auf der Suche nach Fossilien«, antwortete ich wahrheitsgemäß.

Wenige Schritte von uns entfernt leuchtete plötzlich ein heller Lichtschein auf. Erstaunt blickte ich zur Seite, sah, dass die beiden Techniker am Eingang der Höhle eine kleine Lampe aufgebaut hatten. Ein überraschend heller Strahl tauchte den Innenraum in ein grelles Licht. Alles war bis ins Detail zu erkennen. Als hätte ich die Höhle zum ersten Mal vor Augen, starrte ich zu ihr hin. Es war deutlich zu sehen, dass sich der etwa drei Meter breite, gerade einmal mannshohe Spalt nach wenigen Metern schlauchartig verengte und in die Tiefe abzufallen schien. Die Wände wie die Decke bestanden aus grauem Fels, der Boden schien zumindest im vorderen Bereich von dunkelbrauner Erde bedeckt. Weiter hinten, kurz vor der Stelle, wo die Seitenwände aufeinander zuliefen, waren Einkerbungen in den Boden zu erkennen, unmittelbar daneben ein etwa zwanzig Zentimeter breites und fast ebenso tiefes Loch.

»Die Hacke und der Spaten.« Die Stimme des Kommissars riss mich aus meinen Betrachtungen. »Sie gehören Ihnen?«

Ich nickte. »Die führe ich immer mit. Der Boden ist zu hart. Ohne die geht es nicht.«

Plötzlich glaubte ich, wieder den ekelhaften Geruch in der Nase zu haben. Angewidert wandte ich mich von der Höhle ab.

»Es riecht«, sagte der Kommissar. »Nach Verwesung.« Er schien meine Reaktion bemerkt zu haben, zeigte zur Seite in die Richtung der Bäume. »Wenn Sie wollen, gehen wir ein paar Schritte von der Höhle weg. Vor allem, wenn die Kollegen nachher anfangen zu graben.« Braig zog einen kleinen Notizblock aus seiner Jacke, suchte eine freie Seite. »Tut mir leid, dass ich Ihnen keinen Platz anbieten kann, wo es warm ist und es wenigstens einen Kaffee gibt. Aber die Umstände hier …« Er ließ den Satz offen.

»Na ja, so ist das eben mitten im Wald.« Ich winkte ab. »Ich bin es gewohnt. Fossilien finden sich nun mal in der freien Natur. Sie werden ja nicht allzu viele Fragen haben, oder?«

»Nein, ich denke, das geht schnell«, erklärte der Kommissar. »Ich möchte mir nur die genaueren Umstände notieren, wie Sie auf den Leichenteil stießen.« Er machte ein paar Schritte zur Seite, trat an einen großen Felsbrocken, legte seinen Notizblock auf dessen äußerer Kante ab. »Sie wohnen in Stempflingen, haben Sie erzählt, richtig?«

Ich nickte, nannte ihm meine volle Adresse.

»Sie sind zu Fuß hierhergekommen?«

»Quer durch den Wald, ja.«

»Wie weit ist das? Ungefähr, meine ich.«

Ich überlegte. »Drei, vier Kilometer vielleicht. Offen gesagt, auf die Entfernung habe ich überhaupt nicht geachtet.«

»Sie waren schon oft in der Höhle?«

»In dieser Höhle hier?«

Braig musterte mich prüfend. »Ja.«

»Nein«, antwortete ich. »Ich wusste nicht einmal, dass es hier eine Höhle gibt.«

»Wie bitte? Sie wussten nichts von der Existenz dieser Höhle?«

»Nein. Das war Zufall, dass ich sie entdeckt habe.«

Der Kommissar warf mir einen misstrauischen Blick zu. »Sie wohnen nur wenige Kilometer entfernt und sind passionierter Fossiliensammler. Und dann wollen Sie mir erzählen, Sie kennen diese Höhle nicht?«

»Na ja, das klingt jetzt vielleicht seltsam.« Verlegen suchte ich nach einer Antwort. »Aber ich wohne noch nicht lange hier. Und dann …«

»Wie lange?«, hakte Braig nach.

»Das ist gerade mal ein halbes Jahr. Im Mai kam ich her und jetzt haben wir November.«

»Wo haben Sie vorher gewohnt?«

»In Norddeutschland«, erklärte ich.

»Wo genau?«

»In Hamburg. Warum wollen Sie das so im Detail wissen?«

Der Kommissar machte sich Notizen, schaute dann von seinem Block auf. »Weil ich überrascht bin, dass Sie als Fossiliensammler, wie Sie sich mir vorhin selbst vorgestellt haben, diese Höhle nicht kennen wollen. Wo Sie doch nur ein paar Kilometer entfernt wohnen.«

»Erst seit einem halben Jahr. Das habe ich extra erwähnt.«

»Na ja, auch in einem halben Jahr kommt man ab und an mal aus dem Haus und schaut sich seine Umgebung an. Vor allem als Fossiliensammler.«

»Das tue ich auch, soweit mir die Zeit reicht. Aber hierher bin ich noch nie gekommen.«

Braig musterte mich mit misstrauischem Blick, schien sich dann zu besinnen. »Na gut, lassen wir das. Sie können mir also leider nicht sagen, ob Sie die Höhle in irgendeiner Weise verändert vorfanden gegenüber früheren Besuchen.«

»Nein, das tut mir leid.«

»Damit hätten wir nämlich einen ersten Hinweis darauf gehabt, wann diese Hand oder, falls da noch mehr im Boden liegt, wann diese Körperteile hier vergraben wurden.« Er zögerte einen Moment, setzte dann zu einer neuen Frage an. »Haben Sie Kontakt zu anderen Fossiliensammlern, die hier öfter unterwegs sind?«

»Andere Fossiliensammler?« Ich schüttelte den Kopf. »Nein.«

»Oder kennen Sie jemanden aus Ihrer Gemeinde, der häufig im Freien unterwegs ist, spazieren geht, wandert oder joggt? Einen Freund, einen Nachbarn oder sonst eine Person?«

»In Stempflingen?«

»Ja. Sonst gibt es hier in der Nähe ja keinen Ort, oder?«

»Na ja, die liegen alle etwas entfernt, das stimmt.«

»Wie steht es nun mit anderen Leuten hier draußen?«

»Ich kenne niemand. Tut mir leid.«

Der Kommissar musterte mich deutlich gereizt, seufzte laut. »Sie sind also meist allein unterwegs.« Der vorwurfsvolle Unterton seiner Stimme war nicht zu überhören.

Was geht das die Polizei an?, überlegte ich. Wieso maßt der sich an, mein Verhalten zu beurteilen? Hat der auch nur einen blassen Schimmer, wie übel es mir in den vergangenen Jahren erging?

Sichtbar verstimmt blickte ich zu ihm auf. »Ich habe noch nicht gehört, dass es verboten ist, allein unterwegs zu sein«, blaffte ich ihn an.

4. Kapitel

Wie lange ich an diesem Nachmittag benötigte, wieder nach Hause zu kommen, konnte ich später nicht mehr sagen. Auch der Weg, auf dem ich mich durch das unwirtliche Gelände kämpfte, war mir nicht im Gedächtnis geblieben. Irgendwie querfeldein, durch dichten Wald und über steile Hänge auf und ab, so wie die Landschaft um das Dorf herum eben beschaffen war. Ich wusste nur noch, dass ich mich nicht besonders wohl fühlte und mehr benommen als mit klarem Bewusstsein von der Höhle wegeilte.

Nicht allein der Fund der menschlichen Hand machte mir zu schaffen, auch das unverhohlene Misstrauen dieses Kommissars mir gegenüber setzte mir zu. Als ob ich, gesetzt den Fall, ich hätte wirklich einen Menschen getötet und dort begraben, freiwillig zur Polizei gerannt wäre, um sie auf dessen sterbliche Überreste aufmerksam zu machen!

Ganz entscheidend zu meinem Unwohlsein trugen auch die Worte eines dieser Spurensicherer bei, die mir noch tagelang danach durch den Kopf gehen sollten. Ich hatte mich gerade verabschiedet und war erst wenige Meter von der Höhle entfernt, als ich sein lautes Lamentieren hörte.

»Alle Idiote von Sindelfinge, do liegt tatsächlich a komplette Leich! A junge Frau!«

Unwillkürlich war ich stehen geblieben und hatte einen Blick zurückgeworfen. Also war es tatsächlich wahr: Irgendjemand hatte hier nicht nur eine Hand, sondern einen ganzen Körper begraben, genau wie ich es insgeheim befürchtet hatte. Und ich, ausgerechnet ich, war darauf gestoßen!

Natürlich dauerte es nur wenige Stunden, bis auch der Letzte im Dorf darüber Bescheid wusste, dass man in einer Höhle in unmittelbarer Nähe eine menschliche Leiche gefunden hatte. Wer das Leben in kleineren Gemeinden kennt, weiß nur allzu gut, wie gründlich und schnell die Nachrichtenübermittlung hier funktioniert. Kaum hat irgendjemand von einem vermeintlich interessanten Ereignis erfahren, eilt er auch schon mit stolz geschwellter Brust ob seines bisher exklusiven Wissens zum Telefon, um sämtlichen befreundeten Familien die Neuigkeit zu erzählen, ausgeschmückt mit etlichen Spekulationen, Verdächtigungen und Übertreibungen, versteht sich. Bis auch die zahlreichen, aufgrund jahrzehntealter Spannungen als feindliche Existenzen betrachteten Nachbarn davon erfahren, dauert es nur unwesentlich länger, schließlich kennt jeder irgendeine Person im Dorf, die es mal mit diesem, mal mit jenem hält und deren Tratschsucht auf jeden Fall das konventionelle Freund-Feind-Schema durchbricht.

Deshalb war schon am Tag nach meiner Entdeckung allen im Dorf bekannt, dass es sich bei der Leiche um eine junge Frau handelte, die erst kurz zuvor ermordet und in der Höhle vergraben worden war. Und im gleichen Atemzug verbreitete sich das Gerücht, dass ich derjenige war, der die Polizei auf die Spur der Toten gebracht hatte. Ausgerechnet ich, der Fremde, der erst vor wenigen Monaten aus einem weit entfernten Landesteil hierhergekommen war.

Die Skepsis, meine Person betreffend, war den meisten Dörflern von dem Moment an noch deutlicher ins Gesicht geschrieben. Ich bemerkte sie, wann immer ich einem von ihnen begegnete. Ein kurzer, fast schroffer, allein der Höflichkeit geschuldeter Gruß – und schon sah ich den Nachbarn nur noch von hinten. Meine Anwesenheit im Ort war jetzt mit einem zusätzlichen Makel behaftet. Nicht allein die Tatsache störte mehr, dass der »Fischkopf«, wie einige über mich redeten, jetzt schon seit sechs Monaten mitten unter ihnen weilte und offenbar keine Anstalten zeigte, bald wieder dahin zu verschwinden, woher er gekommen war. Nein, er hatte es auch noch gewagt, den Besitz seiner unmittelbar nach seinem Auftauchen verstorbenen Großtante an sich zu reißen – das kleine Haus samt dem schönen Garten drum herum. Und jetzt sorgte er auch noch dafür, dass die Polizei in die unmittelbare Umgebung Stempflingens kam und den Ruf nicht nur des bisher so friedlichen Dorfes, sondern auch den all seiner hochanständigen und unbescholtenen Bürger in aller Öffentlichkeit in Misskredit brachte. Nur weil der Kerl nichts Sinnvolleres zu tun hatte, als im stinkenden Boden einer Höhle herumzuwühlen.

Wie groß der Unmut war, merkte ich in dem Moment, als ich im Dorfladen meine Besorgungen erledigte. Das an der Hauptstraße mitten im Ort gelegene Geschäft bot ein buntes Sortiment an täglich aus der Nachbargemeinde gelieferten frischen Backwaren, vielen Lebensmitteln und allgemeinem Haushaltsbedarf. Es wurde von der Frau des ehrenamtlichen Bürgermeisters betrieben und diente zugleich als Postannahmestelle und Kontaktbörse, die fast den ganzen Tag über vor allem von den Älteren häufig besucht wurde.

Kaum hatte ich den Laden betreten und ein deutlich vernehmbares: »Guten Tag«, in den Raum geschmettert, als alle Gespräche schlagartig verstummten. Ich tat so, als hätte ich den abrupten Stimmungswechsel nicht bemerkt, schob mich an zwei scheinbar zu leblosen Wachsfiguren erstarrten älteren Frauen vorbei, die ich nur vom Sehen, nicht aber dem Namen nach kannte, lief zur mit einer Glasfront ausgestatteten Theke. Die Ladeninhaberin holte gerade die letzten Brötchen aus dem Korb und füllte sie in eine Papiertüte.

»So, Elfriede, mehr han i heit et«, sagte sie und reichte sie der Frau vor der Theke.

»Des isch genug«, gab die auffallend hagere Person zur Antwort.

Ich grüßte erneut, erkannte die Kundin. Es handelte sich um die Briefträgerin, die jeden Morgen mit einem kleinen Wagen von Haus zu Haus wuselte und – wie mir mein unmittelbarer Nachbar erzählt hatte – neben der Post die interessantesten Neuigkeiten verteilte. Ich selbst hatte bisher nicht viel mit ihr zu tun gehabt – wer sollte mir schon schreiben oder etwas schicken? – und sie deshalb meist auch nur von Weitem erblickt. Jetzt, wo ich direkt vor ihr stand, fiel mir noch deutlicher auf, wie extrem dünn sie war. Als litte sie an Bulimie. Eine Frau Mitte Fünfzig – auf dieses Alter schätzte ich sie etwa – mit dieser Krankheit?

Ich wusste nicht, ob es das überhaupt gab, sah nur, wie sie nach den Brötchen griff, sich abrupt zur Seite wandte und mit einem kräftigen: »I zahl sofort!«, zur Kasse eilte. Ohne mich auch nur eines Blickes zu würdigen, lief ihr die Ladenbesitzerin hinterher.

Ich hörte sie eifrig miteinander tuscheln, dann klingelte die Kasse. Ihre Unterhaltung war damit aber längst nicht beendet. Das Getuschel setzte sich unablässig fort, jetzt zusammen mit den beiden älteren Frauen, die ich vorhin im Eingangsbereich des Ladens passiert hatte. Natürlich war ich mir darüber im Klaren, was ihre Gespräche zum Inhalt hatten, der mitten in ihrer Konversation geäußerte Satz der Briefträgerin: »Der Fischkopf will doch nur das Anwese von der Lina an sich reiße« war schließlich deutlich genug zu hören.

Ich wollte mich nicht länger hinhalten lassen, klopfte mit meiner Faust auf die Theke. »Frau Mägerle, ich hätte gerne ein Brot«, sagte ich laut.

»I komm glei«, erhielt ich zur Antwort.

Kurz darauf verschwanden alle drei Kundinnen aus dem Geschäft. »D'Annelies«, wie die Ladeninhaberin allgemein genannt wurde, bediente mich ohne einen einzigen Kommentar. Wortlos reichte sie mir das gewünschte Brot, dazu den von mir ausgewählten Käse, nahm dann an der Kasse das Geld entgegen. Dass sie meinen Gruß beim Verlassen des Ladens erwiderte, war da schon eine besonders freundliche Geste.

Ich machte wohl ein ziemlich missmutiges Gesicht, als ich nach Hause lief. Mein Nachbar, die einzige Person im Dorf, mit der ich mich schon etwas angefreundet hatte, klaubte gerade in seinem Garten das letzte Herbstlaub zusammen, als ich bei ihm vorbeikam. Er richtete sich auf, musterte mich, rief mir dann zu: »Na, heute siehst du aber auch nicht gerade wie das blühende Leben aus!«

Ich blieb stehen, ließ einen lauten Seufzer hören. »Einige Leute hier glauben immer noch, ich hätte Tante Lina auf dem Gewissen.«

Thomas Schmeil stützte sich mit der linken Hand auf seinen Rechen, winkte mit der Rechten ab. »Unsere Stempflinger! Inzwischen musst du die verschrobenen Kreaturen doch kennen!«

Er war mit einer dicken, dunkelgrünen Jacke und einer abgetragenen Cordhose bekleidet, hatte schwere, dreckverklumpte Arbeitsschuhe an den Füßen. Eine dicke Wollmütze schützte seinen nur noch von spärlichem Resthaar bewachsenen Kopf. Er war nicht besonders groß, reichte mir gerade bis zur Schulter. Sein genaues Alter war mir nicht bekannt, ich schätzte ihn auf Ende fünfzig, Anfang sechzig. Er hatte ein breites, jetzt von kräftig roten Backen geschmücktes Gesicht, das von einem angegrauten Vollbart eingerahmt wurde.

»Ich weiß nicht, ob ich mich jemals an diese Lebensart gewöhnen kann«, antwortete ich wahrheitsgemäß. »Nur weil ich frisch zugezogen bin, als Verbrecher verdächtigt zu werden.«

»Na, jetzt übertreibst du aber!«

»Übertreiben?« Ich musste mich bremsen, nicht wütend zu werden. »Für dieses Dorf bin ich doch nur der Fischkopf, der in den Süden kam, um seine alte Großtante unter die Erde zu schaffen und möglichst schnell ihr Erbe an sich zu reißen. Wie soll man denn so einen Kerl beschreiben, wenn nicht als Verbrecher?«

»Ja, die sind halt vom Scheitel bis zur Sohle angefüllt mit Vorurteilen allem Fremden gegenüber«, versuchte Schmeil mich zu besänftigen. »In Stempflingen kommt man eben nicht so oft mit der weiten Welt in persönlichen Kontakt wie in Hamburg.«

Ich wollte ihm schon aufbrausend kontern, dass auch dieser Tatbestand noch lange keine Entschuldigung dafür war, mich selbst nach sechs Monaten Anwesenheit noch so abweisend zu behandeln, als mir gerade noch rechtzeitig einfiel, dass mein Gesprächspartner eine der wenigen Personen im Dorf war, die mir von Anfang an anders gegenübergetreten waren. Schmeil hatte mich vom Tag meiner Ankunft an ausnehmend freundlich behandelt und war mir in den letzten, für mich sehr schweren Stunden meiner Großtante Tag und Nacht helfend zur Seite gestanden. Nie hatte er auch nur ein Wort der Kritik an meinem viel zu späten Auftauchen an Linas Krankenbett vernehmen lassen, ganz zu schweigen von all dem Guten, was er ihr vorher schon hatte angedeihen lassen. Und das alles im Angesicht der fast unmenschlichen Belastung, die er selbst seit Langem zu schultern hatte.

»Aber was jammere ich dir hier den Kopf voll«, entschuldigte ich mich deshalb. »Wie geht es«, ich zögerte einen Moment, wählte dann die Worte: »ihr heute?«, weil ich nicht wagte, sein privates Schicksal konkret zu formulieren. Es war meinem eigenen verblüffend ähnlich, vielleicht hatten wir uns deshalb auf Anhieb so gut verstanden. Zwei Leidensgenossen, denen mit das Schlimmste, was einem Menschen im Leben geschehen kann, passiert war.

Sein Sohn hatte sich im Alter von fünf Jahren beim Spielen tödliche Verletzungen zugezogen. Wie es genau abgelaufen war, hatte Schmeil mir noch nicht erzählt; allein bei der Erwähnung des Vorfalls fing er schon an, sich zu verkrampfen. Ich wusste nur, dass es während der Anwesenheit der Eltern im eigenen Haus in Peru geschehen war, wo sie bereits seit mehreren Jahren im Auftrag seiner Firma lebten. Wie in meinem eigenen Fall hatte auch seine Ehe dieser Belastung nicht standgehalten. Sie hatten bisher zwar darauf verzichtet, sich scheiden zu lassen, waren jedoch bald nach dem grauenvollen Geschehen auseinandergegangen. Seine Frau, die sich an das Leben im warmen Süden gewöhnt hatte, war in Peru geblieben; er dagegen hatte seinen gut dotierten Posten aufgegeben und war nach Deutschland zurückgekehrt. Psychisch angeschlagen und dem harten Berufsalltag als Entwicklungsingenieur nicht mehr gewachsen, wie er mir erzählt hatte. Es gab wohl kaum eine andere Person, die das besser nachvollziehen konnte, als ich. Wie ein Fingerzeig des Schicksals war ihm da der Schlaganfall seiner Schwiegermutter erschienen. Während sich seine Frau schlicht und einfach geweigert hatte, in »das gottverdammte Kaff« zurückzukommen, in dem sie Teile ihrer Kindheit »erlitten« habe – so hatte er sie mir gegenüber jedenfalls zitiert – war Schmeil in die Bresche gesprungen und hatte die Betreuung der vollständig aus der Bahn geworfenen Anverwandten übernommen – nur vorübergehend, wie er ursprünglich gedacht hatte. Inzwischen waren drei Jahre aufopferungsvoller Pflege daraus geworden, und die immer stärker verfallende Frau war Tag und Nacht auf ihn angewiesen. Fast die ganze Zeit lag sie nur noch regungslos im Bett. Erst im Verlauf der Nacht, so gegen ein, zwei Uhr, wurde sie fast regelmäßig von überbordernder innerer Unruhe erfasst, die sich in heftigen Krämpfen, lautem Schreien und minutenlangem, wildem Hin- und Herwerfen äußerte. Seit sie sich dabei einmal übel verletzt hatte, blieb Schmeil jede Nacht wach, um sie in diesen Stunden zu betreuen.

»Ich will ihr eine noch höhere Medikamentendosierung ersparen«, hatte er mir erklärt. »Und sie im Bett festschnallen, wie mir der Arzt empfahl, ist auch nicht mein Ding. Was versäume ich schon, wenn ich mich um sie kümmere? Stundenlang mit monotonen Berechnungen an meinem Laptop hocken, in der Glotze ein Fußballspiel nach dem anderen reinziehen – irgendwann ist es genug. Und Musik hören kann ich auch bei Hedwig am Bett.«

Um sich finanziell über Wasser zu halten, beschäftigte er sich freiberuflich mit der Konstruktion neuer Maschinen – eine Tätigkeit, die er komplett übers Internet ausüben konnte. Weil er deshalb erst sehr spät in den Schlaf fand, holte er das Versäumnis oft bis in den frühen Mittag nach. Den einzigen Luxus, den er sich gönnte, war der regelmäßige sonntägliche Kirchgang, eine Angewohnheit, die mir allerdings fremd war.

Seit Linas Tod hatte ich es mir angewöhnt, ihn jeden Abend zu besuchen. Ihn und seine Schwiegermutter, wie er immer wieder betonte, obwohl sie von meinem Erscheinen inzwischen überhaupt nichts mehr mitbekam, weil sie fast die gesamte Zeit weggedämmert war in eine andere oder überhaupt keine Realität. Wir tranken gemeinsam einen Rotwein oder zwei oder drei Gläser Bier – immer in geringen, ein akzeptables Maß niemals überschreitenden Mengen – spielten Karten, erzählten, hörten Musik, meist klassische Repertoires. Zu unserer großen Freude hatten wir festgestellt, dass uns der gleiche musikalische Geschmack verband, und so genossen wir Abend für Abend die schier unerschöpfliche Auswahl an entsprechenden CDs meines Nachbarn. Die Stunden waren selten langweilig, meist trennten wir uns erst kurz vor Mitternacht. Eine Art Therapie, unser beider persönliches Schicksal zu ertragen? Vielleicht.

»Ihr geht es immer gleich.«

Ich hatte seine Antwort bereits im Voraus gekannt, hätte mir die Frage sparen können. Wann immer ich meist nur andeutungsweise auf den Zustand seiner Schwiegermutter einging, präsentierte er mir diesen Satz. Vielleicht weil er mental einfach zu erschöpft war, sich jetzt auch noch mit Worten darauf einzulassen, vielleicht weil sich an ihrem Zustand tatsächlich nie etwas änderte, ich konnte es nicht beurteilen.

»Du wirst dich doch von diesen Stempflinger Dumpfbacken nicht vertreiben lassen?«, setzte er dann mit besorgter Miene hinzu.

Ich wusste sofort, worauf er anspielte. Natürlich fragte er weniger aus wirklichem Interesse und wohl auch nicht aus purer Höflichkeit, sondern eher, um von seiner eigenen Situation abzulenken. Mich brachte das Thema trotzdem jedes Mal in die Bredouille, war ich mir über meine persönliche Zukunft doch noch längst nicht im Klaren. Meiner Großtante zu helfen, ihr in größter Not zur Seite zu stehen, war nur der eine Grund, weshalb ich in dieses kleine Dorf gekommen war. Mein zweites, nicht weniger wichtiges Ziel bestand darin, Abstand zu gewinnen von dem, was mir und meiner Familie passiert war. Abstand und neuen Lebensmut. Dass meine Tante so schnell sterben und ich auch jetzt, sechs Monate nach meiner Flucht von Zuhause, das grauenvolle Erlebnis immer noch nicht bewältigt haben würde, hatte ich damals nicht wissen können. Nein, ich wusste noch nicht, wo und wie ich meine Zukunft verbringen würde, nicht einmal im Ansatz.

Hätte ich auch nur im Entferntesten geahnt, was in diesem kleinen Dorf auf der Schwäbischen Alb auf mich zukommen sollte, ich wäre noch am selben Abend in mein ruhiges, friedliches Hamburg zurückgekehrt. Wie es das Schicksal aber wollte, hatte ich immer noch nicht zu der Kraft gefunden, mich für diesen weit besseren Weg zu entscheiden …

5. Kapitel

Mitten im Lärm des auf uns zurasenden Fahrzeugs nahm ich das seltsame Geräusch zum ersten Mal wahr: Das Poltern eines einstürzenden Holzstapels irgendwo draußen im Garten durchbrach die nächtliche Stille. Verzweifelt um Luft ringend, das Gesicht in panischer Angst ins Kissen gepresst, schreckte ich aus dem Schlaf. Ich hatte Mühe, mich aus meiner erstarrten Haltung zu lösen, mein ganzer Körper, Arme, Brust und Beine schienen gelähmt, vom Würgegriff der gerade wieder erlebten Szene in Beschlag genommen. Der Pyjama klebte schweißnass an meinem Leib. Mir fehlte die Kraft, mich von dem grauenvollen Geschehen zu lösen, nur langsam fand ich in die Wirklichkeit zurück.

Ich hatte geträumt, lange und intensiv, seit über zwei Jahren dasselbe Geschehen: Der Albtraum wollte kein Ende nehmen, Nacht für Nacht. Immer wieder aufs Neue fand ich mich mitten an jenem heißen Tag im Sommer, der so fröhlich begonnen hatte und so grauenvoll zu Ende gegangen war. Einen Fahrradausflug hatten wir unternommen, meine Frau Emily, unsere Tochter Jule und ich. Fünfhundert Meter raus aus der Stadt, dann etwa einen Kilometer lang auf einem schmalen betonierten Weg parallel zur frisch ausgebauten Landstraße bis zum Badesee – ein lustiges Vergnügen, das wir uns ab und an in der warmen Jahreszeit gönnten.

Nacht für Nacht sah ich die Szenerie vor mir, erlebte Sekunde um Sekunde mit, genau so wie es geschehen war. Ich roch den Duft des Sommers, die vielen Blüten und Gräser, hörte das Rascheln der Blätter im Wind und das Summen der Insekten, die sich in großen Schwärmen in die Bäume schlugen. Jules blaue Augen leuchteten vor Glück, ihre blonden Haare flatterten im Fahrtwind. Die kleinen Beine strampelten, was das Zeug hielt, mit aller ihr zur Verfügung stehenden Kraft trat sie in die Pedale. Ich hörte ihre begeisterten Rufe, mit denen sie ihr neues Fahrrad genoss, dachte an ihren Geburtstag zurück, den wir zwei Tage vorher mitsamt einer großen Schar ausgelassener Kinder gefeiert hatten. Lustige Spiele, wohlschmeckende Snacks, ein buntes Potpourri verschiedenartigster Getränke – tagelang waren wir mit den Vorbereitungen für das von Jule sehnlichst erwartete Fest beschäftigt. Endlich stand es mitten im Zimmer, aufwendig verpackt und darauf wartend, in die Freiheit entlassen zu werden – ihr neues, rot glänzendes Kinderfahrrad.

Wir waren keine hundert Meter vom Wasser des Badesees entfernt, als der Fahrer der schwarzen Limousine auf der frisch ausgebauten Landstraße die Herrschaft über sein Auto verlor. Mit irrsinniger Geschwindigkeit scherte der Wagen aus, kam von der Fahrbahn ab, durchbrach die dürren Hecken auf dem Randstreifen und wälzte alles nieder, was ihm in den Weg kam.

Niemand von uns bemerkte das unheilvolle Geschoss. Die Augen auf unsere vor Glückseligkeit jauchzende, kräftig strampelnde Tochter gerichtet nahmen wir nicht wahr, was auf der mehrere Meter entfernten Asphaltpiste geschah. Als der schwarze Wagen plötzlich vor uns auf den Fahrradweg schoss, war es bereits zu spät.

Wie oft ich diesen Moment seither vor Augen hatte? Ich weiß es nicht. Unzählige Male, fast jeden Tag und jede Nacht. Sekunde für Sekunde erlebte ich das grauenvolle Geschehen wieder mit.

Die ohne jede Vorwarnung auf Jule zuschießende, dunkle Karosse, die mein Kind mitten in seiner größten Begeisterung mitsamt dem neuen Fahrrad in die Luft katapultierte, die schrillen Schreie meiner Tochter und meiner Frau neben mir, die dumpfen Schläge, als der Körper und das Metallgestänge mehrere Meter entfernt auf den Boden prallten …

Stoßweise atmend, mit den Händen durch die Luft rudernd, von Schweißausbrüchen gezeichnet kam ich Nacht für Nacht zu mir, die Träume samt dem Tag verfluchend, der dieses Grauen hatte Realität werden lassen. Und jeden Morgen aufs Neue sehnte ich die Möglichkeit herbei, dem Ganzen ein Ende zu setzen.

Erneut vernahm ich das Poltern von Holz, gefolgt von dem Knacken morscher Äste und Zweige draußen im Garten und versuchte, die Schatten der Traumwelt von mir zu schieben und in die Wirklichkeit einzutauchen. Es war noch dunkel, nicht einmal ein Hauch des neuen Tageslichts war zu erahnen. Ich schob meinen Oberkörper vorsichtig in die Höhe, spürte, wie das Oberteil meines Pyjamas, von den Schweißausbrüchen der vergangenen Stunden völlig durchnässt, an meinem Rücken klebte. Morgen für Morgen das gleiche, unangenehme Gefühl.

Ich riss mir den Stoff vom Leib, griff nach dem Handtuch, das ich vorsichtshalber auf dem Nachttisch deponiert hatte, wischte mir die klebrige Feuchtigkeit von der Haut. Im selben Moment hörte ich draußen Schritte. Ich drückte das Tuch an die Brust, lief zu dem kleinen Schlafzimmerfenster, starrte in die Umgebung. Das Gelände lag in nächtlicher Ruhe vor mir, nichts schien verändert. Der Garten spätherbstlich kahl, fast alle Bäume und Büsche ihres Laubs beraubt. Am Rand des schmalen Weges, der zur Straße führte, ein Stapel frisch geschlagenen Holzes, jetzt am einen Ende eingestürzt und über den Boden verstreut.

Ich wandte den Blick zur Seite, sah eine kräftige, nach vorne geduckte Gestalt über den Gartenzaun auf die Straße klettern. Auch wenn er sich noch so klein zu machen suchte, ich erkannte ihn dennoch: Strobler, einen etwa fünfzigjährigen

Mann, der zwei Häuser weiter dorfeinwärts wohnte. Ich schielte auf meine Uhr, sah, dass es gerade drei war, mitten in der Nacht, wusste nicht, was das zu bedeuten hatte. Wieso schlich dieser Nachbar um diese Zeit um mein Haus?

Eine Windböe fuhr durch den Garten, wirbelte Blätter und kleine Zweige in die Höhe. Büsche, Stauden und Äste wogten hin und her. Ich starrte zur Straße, sah Strobler in geduckter Haltung verschwinden. Ich kannte den Mann nicht näher, hatte nur ein oder zwei Mal ein paar unverfängliche Worte mit ihm gewechselt. Er wohnte, soweit ich wusste, noch nicht lange hier. Welchen Beruf er ausübte, ob er verheiratet war, ich hatte keine Ahnung. Bisher hatte ich mich auch nicht näher für den Mann interessiert. Weshalb auch? Er war nicht weniger wortkarg als die meisten anderen Dörfler, hatte mich genauso links liegen lassen wie der Rest der Bevölkerung. Was hatte der mitten in der Nacht in meinem Garten zu suchen?

Ich sah ihn im Dämmer der Nacht verschwinden, spürte meine Erschöpfung. Der Traum, die Erinnerung an den schrecklichsten Tag meines Lebens saß mir in den Knochen. Von nächtlicher Erholung, neuer Kraft durch Stunden tiefen Schlafes konnte nicht einmal in Ansätzen die Rede sein. Im Gegenteil. Die erneute Konfrontation mit dem schrecklichen Tod meiner Tochter hatte mich wieder bis ins Mark getroffen.

Drei Tage nach dem Geschehen hatten wir unser Kind zu Grabe getragen, zwei Jahre darauf unsere Ehe einvernehmlich gelöst. Der Schock, die Verzweiflung, die gegenseitigen Vorwürfe, nicht besser auf Jule aufgepasst zu haben, hatten unser Verhältnis in unerträglicher Weise belastet. In denselben Wochen war dann auch noch meine kleine Firma, eine auf hochwertige Papiere spezialisierte Druckerei mit Aufträgen aus dem ganzen Land samt angeschlossenem Grafikbüro zu Bruch gegangen; ich hatte Insolvenz anmelden und meinen Mitarbeitern kündigen müssen. Einer nach dem anderen hatte mir stillschweigend die Hand gedrückt, nicht ein Einziger irgendwelche Vorwürfe vorgebracht, obwohl allzu offensichtlich war, wo die Ursache des Scheiterns lag: in meiner urplötzlich aufgekommenen Unfähigkeit, weiterhin die richtigen geschäftlichen Entscheidungen zu treffen. Jules Tod hatte mich völlig aus der Bahn geworfen. Mein vorher so verlässlicher beruflicher Spürsinn hatte mich verlassen. Aus dem erfolgreichen Jungunternehmer war ein unfähiger, in allen Bereichen seines Lebens ins Nichts abgleitender Versager geworden.

Dass ich nach all diesen Ereignissen nicht in der Gosse landete, war wohl nur dem verzweifelten Hilferuf meiner Großtante Lina zu verdanken, der mich in jenen Monaten erreichte. Ich hatte damit begonnen, mein Elend im Alkohol weichzuspülen. Die täglichen Rationen waren dabei, nicht nur immer voluminöser, sondern auch hochprozentiger auszufallen. Es fehlte wohl nicht mehr allzu viel zum endgültigen Absturz, als ich Linas Flehen am Ohr hatte.

»I möcht et ins Pflegeheim.« Ich vernahm ihren lustig klingenden, schwäbelnden Tonfall, der so gar nicht zu der traurigen Botschaft passen wollte, die sie mir nahezubringen versuchte. »Aber wenn i niemand find, der sich um mi kümmert, gohts et andersch. Mei Nachbar guckt zwar jeden Tag nach mir und versorgt mi, aber der hat sei eigene Schwiegermutter seit ihrem Schlaganfall zu pflege, dem ka i des et länger zumute. I bin am End nach meinem Sturz. Es goht nemme, so gern i's no dät. Und jetzt hent die Ärzt au no Krebs fest g'stellt. So kommt's halt im Lebe.«

Was genau mich letztendlich dazu bewegte, Tante Linas Wunsch zu entsprechen, konnte ich später nicht mehr sagen. Wahrscheinlich ein Gemisch aus Mitleid und Verantwortungsgefühl mit der entfernt verwandten, alten Frau, gepaart mit dem unterschwelligen Bewusstsein, dass mich nur noch eine radikale Änderung meines Lebenswandels vor dem endgültigen Versumpfen retten konnte. In jeder anderen Phase meines Daseins hätte ich ihr Anliegen wohl mit Händen und Füßen abgewehrt, jetzt aber erschien es mir wie der Rettungsring, der einem Ertrinkenden in allerletzter Sekunde zugeworfen wird. Und so kam es, dass ich mich in der ersten Maiwoche dieses Jahres in Hamburg-Dammtor in den Zug setzte und in den Süden fuhr, in ein kleines Dorf, das ich nur noch schemenhaft von einigen wenigen Besuchen in meiner Kindheit in Erinnerung hatte. Ich hatte die Großtante, eine alleinstehende Kusine meiner Mutter, vielleicht vier oder fünf Mal gesehen, bei Geburtstagen oder anderen familiär bedingten Festivitäten, erinnerte mich zudem noch an die für mich jungen Kerl aufregende Besichtigung einer abenteuerlich anmutenden Höhle, die wir gemeinsam mit ihr in der Nähe Stempflingens aufgesucht hatten. Hamburg war einfach zu weit entfernt und die familiäre Verbindung zu weitläufig, als dass es zu einer engeren Beziehung hatte kommen können. Tante Lina – in meinen Kindheitstagen war dieser Name das Synonym für eine exotische, irgendwo in einer entfernten, unwegsamen Bergregion lebende und einen weitgehend unverständlichen Dialekt parlierende Person, irgendwie aus der Zeit gefallen und überhaupt nicht zu unserem kultivierten hanseatischen Lebensstil passend. Sie hatte zwar zeit ihres Lebens als Grundschullehrerin gearbeitet und in ihrer Freizeit – wie man heute noch an ihrer außergewöhnlich gut bestückten Bibliothek erkennen konnte – Unmengen von Romanen und teilweise auch Sachbüchern verschlungen, sich aber nie eine uns Norddeutschen verständliche Sprache zugelegt.

Als ich in Albstadt-Ebingen aus dem Zug stieg, regnete es in Strömen. Ich hatte keinen Schirm eingepackt, weil in Hamburg seit Tagen das schönste Wetter herrschte, und irrte suchend vor dem Bahnhof hin und her, um die Abfahrtsstelle der Buslinie zu finden, die laut Internet-Auskunft jeweils morgens, mittags und abends einen Abstecher nach Stempflingen einlegte. Bis ich das Schild endlich gefunden hatte, war ich nass bis auf die Haut. Das fängt ja gut an, ging es mir durch den Kopf, als der Bus endlich kam. Ich hievte meinen Rollkoffer und meine Tasche hoch, bat den Fahrer, unsere Ankunft in Stempflingen auszurufen, weil ich das Dorf seit ewigen Zeiten nicht mehr gesehen hatte.

»Do hent se nix versäumt«, kommentierte er meine Worte.

Welchen Weg er dann einschlug, wie die Landschaft links und rechts der Straße beschaffen war – ich bekam nichts mit. Die gesamte Umgebung blieb hinter den sintflutartigen Regengüssen verborgen. Es ruckelte und zuckelte, der Bus fuhr durch weitläufige Kurven und enge Serpentinen, wand sich mehrere Hügel und Berge hoch und wieder hinunter, nahm klatschnasse Fahrgäste auf und entließ sie wieder in den Regen und keuchte endlich einen steilen Anstieg hoch auf mein Ziel zu.

»Jetzt die Nächste isch es«, ließ mich jedenfalls der Busfahrer wissen. »Noch fünf Minute, no hent mir's gschafft.«

Ich war die einzige Person, die in Stempflingen direkt vor der Schaufensterfront des Ladens auf die Straße trat und sah mich sogleich von mehreren neugierigen Gesichtern hinter dem Glas begafft. Erschrocken bemerkte ich, dass der Regen in Schnee übergegangen war. Ich wollte es nicht glauben, starrte überrascht auf die großen, weißen Flocken, die dicht gedrängt und in unübersehbarer Anzahl vom Himmel rieselten. Noch war der Boden nicht komplett von der winterlichen Pracht überzogen, aber lange konnte es nicht mehr dauern. Schnee im Mai! In Hamburg seit mehreren Tagen schon die angenehmsten Frühjahrstemperaturen, die Gärten,

Büsche und Bäume voll duftender, bunter Blüten, entlang der Alster Scharen leicht bekleideter, durch die erwachende Natur flanierender Passanten und hier …

Wo war ich hier gelandet?

»Sie sind aber et von hier?« Die Frau war aus dem Laden gekommen und hatte direkt vor mir Stellung bezogen, kaum dass der Bus im dichten Schneetreiben verschwunden war. Ein Gemisch aus Neugier und Entrüstung darüber, was dieser Fremde in ihrem Dorf zu suchen hatte, prangte in ihrer Miene.

»Meine Tante. Ich will sie besuchen.« Die Antwort war mir gerade so ohne langes Nachdenken herausgerutscht. Noch bevor mir bewusst wurde, dass ich Linas Namen gar nicht erwähnt hatte, war sich meine Gesprächspartnerin bereits darüber im Klaren, wen sie vor sich hatte.

»Sie sind der Großneffe aus Hamburg? Do hent Sie aber lang uf sich warte lasse!« Ihre Miene hatte sich deutlich verfinstert. »Wo's der Lina so schlecht goht!«, fügte sie hinzu.

Ihr Tonfall war dermaßen vorwurfsvoll, dass ich mich sofort zu einer Rechtfertigung gezwungen sah. »Ja, so einfach ist das nicht, beruflich, meine ich. Und Hamburg …«

Die Frau fiel mir mitten ins Wort. »Beruflich? Was schwätzet Sie denn do? Ihre Firma isch doch seit Woche bankrott und Ihr Weib auf und davon, jetzt dän't Sie doch et so! Mir wisset Bescheid, os könnet Sie nix vormache! Und jetzt bleibet Sie et ewig stande, die Lina wartet doch uf Sie!«

Die Überraschung musste mir ins Gesicht geschrieben sein. Nicht nur, dass diese wildfremde Frau meine Herkunft kannte, nein, sie wusste auch über meine private Situation Bescheid. Und zwar in jeder Beziehung. Was war das für ein seltsames Dorf, in das ich hier gekommen war? Erzählte hier jeder jedem alles?

»Sie findet den Weg?«, unterbrach die Frau meine Gedanken.

Ich schüttelte den Kopf.

»Ludwigsburger Weg 3. Immer gradaus die Dorfstraße hoch, dann nach rechts.« Sie wies bergan, ergänzte die Beschreibung mit einem weiteren Hinweis. »Aber erscht die zweite Straß nehme. Die erschte Straß isch die Waiblinger. Die Lina wohnt aber im Ludwigsburger Weg!«

Ich wischte mir den Schnee aus dem Gesicht, nickte.

»Und dort isch es dann das letzte Haus. Kurz vorm Wald.«

Ich bedankte mich bei meiner Gesprächspartnerin, nahm den Rollkoffer in die Linke, zog den Gurt meiner Tasche über die Schulter.

»Erscht die zweite Straß, et vergesse!« Noch aus mehreren Metern Entfernung hörte ich ihre Stimme hinter mir.

Mittlerweile war auch der letzte Quadratzentimeter Boden mit einer kompakten Schneemasse überzogen. Meine bequemen Sommerschuhe waren ideal für Spaziergänge entlang der Alster oder auf der Elbpromenade in Blankenese oder Övelgönne, nicht jedoch für Hochgebirgstouren im tiefsten Winter. Ich schlingerte kreuz und quer über den Randstreifen der Straße, kam nur mühsam vorwärts. Zuerst steil den Berg hoch, dann in der Seitenstraße mit mindestens dem gleichen Gefälle abwärts.

Das Dorf lag auf einem steil ansteigenden, nach Westen ausgerichteten Bergsporn, der nur von Osten her zugänglich war. Die schmale Dorfstraße führte genau in seiner Mitte in die Höhe, alle achtzig Meter etwa von holprigen, nach Norden beziehungsweise Süden abzweigenden Seitenstraßen flankiert. Der Bergsporn fiel auf drei Seiten steil ins Tal ab; nur an wenigen Stellen konnten die Hänge auf teilweise lebensgefährlichen Stolperpfaden bezwungen werden. Gleich unweit des Ortseingangs gegenüber der Bushaltestelle und dem Laden ragte die kleine Kirche in die Höhe, ihr gegenüber lagen das etwas angestaubte, alte Rathaus und die

Dorfkneipe. Von der Kirche ging es direkt auf den Friedhof, hinter dem sich das weitläufige Gelände eines Sägewerks, des einzigen Arbeitgebers des Dorfes, bis unmittelbar an den südlichen Steilhang erstreckte. Tante Linas Haus indes befand sich auf der anderen Seite Stempflingens, am nördlichen Ende des Bergsporns.

Von Schnee und Eis bedeckt, waren die Straßen an diesem Tag nur schwer zu bewältigen. Dass ich nicht sämtliche Knochen brach, verdankte ich nur den vielen Büschen und Bäumen, an deren Geäst ich mich vorsichtig entlanghangelte. Als ich endlich am Haus meiner Großtante angelangt war, erstrahlte mein Gesicht nicht nur in kräftigem Rot, es war von dem dornigen Buschwerk auch übel in Mitleidenschaft gezogen.

»Gesund siehsch' aus, Bub! Aber wo hasch denn die viele Kratzer her? Hasch dich mit deiner Gschiedene gstritte?«, empfing mich jedenfalls meine Großtante.

Sie war eigens für meinen Besuch aus dem Bett gestiegen, humpelte auf einen Stock gestützt mit asthmatischem Husten um Luft ringend in ihrer Küche umher, um mich sofort mit Nahrung in unmöglich zu bewältigender Menge zu versorgen. Schon als ich sie damals zum ersten Mal nach langer Zeit wiedersah, erschrak ich über ihr Aussehen. Ein bleiches, ausgezehrtes Gesicht, das von weit hervorstehenden Backenknochen geprägt wurde, ihr Körper dünn und ausgemergelt, dass sämtliche Kleider viel zu groß ausfielen. Mein Gott, die Frau ist sterbenskrank, ging es mir augenblicklich durch den Kopf, daran erinnere ich mich noch genau. Dabei konnte ich nicht ahnen, wie realistisch meine Einschätzung ausfiel.

Lina freute sich jedenfalls unbändig über mein Erscheinen. Sie hatte mir im oberen Stockwerk ihres Hauses ein geräumiges Zimmer herrichten lassen, von dessen Fenster aus der Blick über den Wald ins Tal und auf benachbarte Höhenzüge reichte. Das Anwesen meiner Großtante erstreckte sich fast bis unmittelbar an die nördliche Abbruchkante, wenige Meter hinter dem Zaun begann der Wald, der den Steilhang säumte. Nach Westen hin wurde es von einem hohen Felsen begrenzt.

Von der Dorfstraße her kommend passierte man nur zwei Häuser, die ähnlich wie Linas von großen Gärten umgeben waren. Im ersten wohnte dieser seltsame Strobler, den ich jetzt mitten in der Nacht in unserem Garten entdeckt hatte, den ich sonst aber nur selten zu Gesicht bekam. Das darauf folgende und damit meiner Großtante direkt benachbarte Haus gehörte Thomas Schmeil, der sich so rührend um seine von einem Schlaganfall aus der Bahn geworfene Schwiegermutter kümmerte. Ich hatte ihn noch am Abend meiner Ankunft kennengelernt, als er kurz vor acht an der Tür klopfte, um sich zu vergewissern, dass der sehnlichst erwartete Besuch endlich eingetroffen war. Schmeil war mir auf Anhieb sympathisch, ein kleiner, kräftiger Mann mit lebhaften Augen und einem runden Gesicht. Seit Wochen hatte er damals Lina mit Lebensmitteln, Arznei und allem, was sie sonst benötigte, versorgt, Tag für Tag mehrfach nach ihr geschaut und alle schweren Arbeiten, denen sie nicht mehr gewachsen war, für sie erledigt. Er hieß mich herzlich willkommen, versicherte mir eindringlich, wie sehr er sich über meine Ankunft freute, und bat mich, meine Großtante möglichst liebevoll zu umsorgen.

Wie ernst es um Linas Gesundheit bestellt war, wurde mir erst einige Tage später beim routinemäßigen Besuch ihres Hausarztes klar. Schmeil hatte mich zwar am zweiten Abend meiner Anwesenheit in Stempflingen bereits mit ernsten Worten auf den stark angegriffenen körperlichen Zustand meiner Großtante aufmerksam gemacht, aber den im Prinzip gleichen Sachverhalt aus dem Mund eines Mediziners zu hören, wirkte weitaus beeindruckender und ließ mich erstmals erahnen, was das für Linas Zukunft bedeuten konnte. Dr. Lennart hatte sich mein verwandtschaftliches Verhältnis zu seiner Patientin erklären lassen, mich dann zur Seite genommen und mit ernster Miene darauf hingewiesen, dass der Körper meiner Großtante bereits an mehreren Stellen von Metastasen befallen sei. Erst durch ihren seltsamen Sturz und die darauf folgenden Untersuchungen sei man darauf aufmerksam geworden, wie weit der Krebs inzwischen fortgeschritten war.

»Ihnen ist klar, was das heißt?«, hatte er mich gefragt.

»Sie muss sofort ins Krankenhaus zu Spezialisten. Wo gibt es hier in der Nähe eine Klinik mit gutem Ruf?«

»Ich fürchte, dazu ist es zu spät«, hatte er kopfschüttelnd erwidert.

»Es ist nie zu spät.« Trotzig wie ein pubertierender Teenie war ich ihm ins Wort gefallen.

»So leid es mir tut, aber ich habe mir die Untersuchungsergebnisse genau durchgesehen. Ich kenne Ihre Großtante sehr lange und schätze sie sehr. Ich habe schon damals, als bei ihr Krebs diagnostiziert wurde, versucht, auf sie einzuwirken. ›Sie sollten sich sofort operieren lassen‹, habe ich ihr erklärt. Das ist jetzt über fünfzehn Jahre her, ich habe meine Unterlagen überprüft. Sie lehnte es ab, wann immer wir darüber sprachen. Ohne jede Kompromissbereitschaft. Ich fürchte, jetzt ist es zu spät.«

»Vor über fünfzehn Jahren? Ich dachte, ihr Krebs sei erst vor Kurzem entdeckt worden. Bei ihrem Sturz.«

»Nein. Da sind Sie falsch informiert. Das ist über eineinhalb Jahrzehnte her. Meine Krankenakten lügen nicht«, war er deutlich geworden. »Die Untersuchungen nach diesem angeblichen Sturz haben nur gezeigt, wie weit die Krankheit inzwischen fortgeschritten ist. Bedenken Sie doch, wie viel Zeit seit der ersten Diagnose vergangen ist. Vielleicht haben ihre intensiven Naturheilverfahren, die sie seither praktizierte, doch etwas bewirkt. Und sei es nur mental.«

»Wieso sprechen Sie von einem ›angeblichen‹ Sturz?«, hatte ich ihn gefragt.

»Sie haben sich nicht mit ihr darüber unterhalten?«

Wahrheitsgemäß hatte ich mit Kopfschütteln geantwortet.

»Vielleicht können Sie das Thema einmal zur Sprache bringen. Die Verletzungen Ihrer Großtante stammen nicht von einem Sturz, auch wenn sie das hartnäckig behauptet. Ich praktiziere jetzt seit fast drei Jahrzehnten, ich weiß, wie Sturzverletzungen aussehen.«

»Woher stammen sie dann?«

»Reden Sie mit ihr. Vielleicht hat sie zu Ihnen mehr Vertrauen als zu mir.« Er hatte fast etwas beleidigt geklungen, dann noch etwas hinzugefügt, was mich hatte aufhorchen lassen. »Passen Sie gut auf sie auf.«

»Wie soll ich das verstehen?«

»Wie ich es sage: Bleiben Sie bei ihr. Kümmern Sie sich um sie.«

Noch am selben Abend hatte ich Tante Lina mit den Aussagen des Arztes konfrontiert. Sie war nicht darauf eingegangen, hatte immer nur mit derselben Antwort reagiert.

»Ich will hier sterben, in meinem Haus. Nicht in einer anonymen Klinik zwischen Bergen von Schläuchen und schrill quietschenden Maschinen.«

»Es geht nicht ums Sterben. Dazu hast du später noch Zeit genug. Es geht ums Überleben. Um dein Überleben.«

Tagelang hatte ich auf sie eingeredet, mich im Internet nach speziellen Kliniken umgesehen. Es war sinnlos, sie hatte alle diesbezüglichen Versuche abgeblockt. Auch über die seltsame Andeutung des Arztes, ihre Verletzungen stammten nicht von einem Sturz, hatte sie nicht mit sich reden lassen. Stereotyp war sie auf andere Themen ausgewichen, sobald ich die Sprache darauf zu bringen versuchte. Dabei war es mit ihrer körperlichen Konstitution rapide abwärtsgegangen.

Ich war etwa vier Wochen bei ihr, als sie es kaum noch aus dem Bett schaffte. Gerade noch die paar Meter zur Toilette, aber auch das nur auf meinen oder Thomas Schmeils Arm gestützt. Der Nachbar war kaum mehr aus unserem Leben wegzudenken. Er stand immer bereit, falls ich etwa zum Einkaufen in den Dorfladen ging. Größere Besorgungen hatte er ohnehin längst übernommen. Jeden Mittwochabend holte er sich unsere Wunschliste für seine Shoppingtour in den etwa fünfzehn Kilometer entfernten Supermarkt sowie die Apotheke ab, die er regelmäßig am Donnerstagmorgen unternahm.

Das erleichterte mir das Leben in erheblichem Maß. Da ich durch den Bankrott meiner Firma in einen finanziellen Engpass geraten war, hatte ich erst gar nicht versucht, mir ein Auto zu besorgen. Die wenigen Wochen, die ich bei Tante Lina zu verbringen gedachte, mussten ohne größere Ausgaben bewältigt werden, soviel war mir von Anfang an klar. Wie es danach weitergehen sollte, hatte ich überhaupt noch nicht bedacht.

Etwa zu der Zeit, als sie es gerade noch zur Toilette schaffte, konfrontierte mich Lina zum ersten Mal mit ihrem sehnlichsten Wunsch.

»Versprich mir eines: Du bleibst bei mir und sorgst für meine Beerdigung. Ich möchte hier in meinem Haus sterben, das weißt du. Lange dauert das nicht mehr, ich spüre es.«

Natürlich hatte ich ihr sofort widersprochen und irgendwelche Parolen wie: »Du musst an dich selbst glauben, dann wird es wieder!«, schwadroniert, bis sie mich in recht harschem Tonfall darauf aufmerksam machte, dass ich ihr in Zukunft doch derart peinliche Plattitüden ersparen solle.

Eine Sache aber hatte ich nie, nicht einmal andeutungsweise zur Erwähnung gebracht: die ihres Erbes. Ich war keineswegs in der Hoffnung von Hamburg aus in das kleine Dorf gestartet, ihr Haus und ihr Anwesen in meinen Besitz zu bringen, wie mir das heute von vielen Seiten unverhohlen unterstellt wurde. Linas schneller Tod überraschte mich vollkommen; manchmal denke ich, erst am Tag ihres endgültigen Dahinscheidens begriffen zu haben, wie ernst es um ihre gesundheitliche Situation wirklich bestellt war. Die Großtante hatte gerade das 78. Lebensjahr erreicht, ein Alter, in dem man in unserer Zeit und unserer Gesellschaft im Normalfall noch nicht zwingend ans Sterben denken musste.

Nein, es war Lina selbst, die das Thema zur Sprache gebracht hatte, das konnte ich ehrlichen Gewissens beschwören. Vollkommen aus freien Stücken, ohne von mir jemals Andeutungen in diese Richtung vernommen zu haben.

»Ich möchte, dass du mein Haus und mein Grundstück erbst. Als Dank, dass du bis zum Schluss treu an meiner Seite geblieben bist.«

Beschämt hatte ich ihre Worte wahrgenommen. Von einem *treu an ihrer Seite bleiben* konnte kaum die Rede sein. In Wirklichkeit hatte ich mich in den letzten Jahren überhaupt nicht um sie gekümmert. Und ihr Erbe deshalb auch nicht verdient.

»Du bleibst doch an meiner Seite?«, hatte sie besorgt hinzugefügt. »Du musst mich beschützen gegen die. Ich will in Ruhe sterben, versprichst du mir das?«

»Gegen wen soll ich dich beschützen?«, hatte ich überrascht gefragt.

Sie war nicht darauf eingegangen. »Versprich mir, dass du an meiner Seite bleibst«, hatte sie stattdessen ihre Bitte wiederholt.

Nachdenklich hatte ich es ihr versprochen. Gab es Personen, vor denen sie sich fürchtete? Oder hatte sie die Krankheit gemeint, vor der ich sie beschützen sollte?

Das schien mir doch recht unwahrscheinlich, wusste sie doch, dass ich über keinerlei medizinische Fachkenntnisse verfügte. Von mir war in dieser Beziehung keine Hilfe zu erwarten, da musste sie sich an die Ärzte wenden. Was aber hatte sie stattdessen gemeint? Sie litt doch nicht etwa schon an einer temporären Bewusstseinstrübung, verursacht durch den Medikamentencocktail, den sie sich auf Geheiß Dr. Lennarts täglich einverleibte?

Besorgt hatte ich in den darauffolgenden Tagen ihr Verhalten verfolgt.

»Was starrst du mich so an? Noch bin ich am Leben«, hatte sie reagiert.

Nein, sie schien wirklich noch bei vollem Bewusstsein. Was hatten ihre Worte dann aber zu bedeuten?

Schmeil, den ich bei einem unserer Treffen darauf ansprach, hatte mit der Hand abgewunken. Wir saßen wie fast jeden Abend ein paar Minuten, vielleicht auch eine halbe Stunde in Tante Linas Wohnzimmer, tranken ein Glas französischen Rotwein, den er mitgebracht hatte. Länger als diese Spanne ließ er seine Schwiegermutter mit Ausnahme seiner Einkaufstouren nie allein.

»Legen Sie die Worte Ihrer Tante nicht auf die Goldwaage«, hatte er geantwortet. »Denken Sie daran, wie schlecht es ihr geht. Ich fürchte, ihr Zustand ist um einiges schlimmer, als sie Ihnen gegenüber zugibt.«

»Sie glauben wirklich, dass sie manchmal nicht mehr alle Sinne beieinander hat?«

Wortlos hatte er mit dem Kopf genickt.

Wie zur Bestätigung seiner These hörte ich Lina mitten in jener Nacht laut schreien. Ich sprang aus meinem Bett, eilte die Stufen abwärts. Sie keuchte und stöhnte, schrie laut um Hilfe.

»Warum wellet ihr mi totschlage?«

Ich konnte ihre Worte deutlich verstehen, obwohl sie sie im Zustand heftigster Erregung von sich gab.

Ich schaltete das Deckenlicht ihres Schlafzimmers ein, sprang an ihr Bett, hörte gerade noch, wie sie aufgeregt die Worte: »Polizei, Hilfe!« ausrief, bevor sie zu sich kam. Sie kämpfte um Luft, war völlig verschwitzt.

Mit vom Schlaf verschleierten Augen starrte sie ins gleißende Licht, das Gesicht vor lauter Angst zur Grimasse verzogen. »Was hent ihr vor?«, keuchte sie. »Warum wollet ihr mi wieder schlage? I han nix verrate, mei Ehrenwort!« Ihre Stimme drohte zu versagen, unstet bewegte sie den Kopf hin und her.

Ich legte ihr meine Hand auf die Schulter, versuchte, sie zu beruhigen.

Erschrocken zuckte sie zusammen, warf sich auf die Seite. »I han nix verrate, au meinem Neffe net. Mei Ehrenwort!«, presste sie hervor.

»Tante Lina, ich bin's, Daniel! Du brauchst keine Angst zu haben, es ist alles in Ordnung!«, erwiderte ich mit gedämpfter Stimme, um sie nicht zu erschrecken.

Es dauerte mehrere Sekunden, bis sie endlich reagierte. »Daniel, du?«, fragte sie dann. Sie schob sich zögernd in ihre ursprüngliche Haltung zurück, schaute dann vorsichtig mit zusammengekniffenen Augen zu mir hoch.

»Ja, ich, Tante Lina. Was hast du geträumt?«

Sie ließ einen lauten Seufzer hören, streckte mir die Hand entgegen. »Du bist es wirklich?«

Ich setzte mich zu ihr aufs Bett, nahm ihre Hand in meine Rechte, streichelte sie mit der Linken. »Ja, ich bin es, Tante Lina. Wovor hast du nur solche Angst?«

Sie schaute an mir vorbei in die Ferne, atmete tief durch. »Ich bin krank, Daniel. Das weiß du doch.«

»Ja, du bist krank. Aber warum hast du solche Angst, dass dich jemand schlagen will?«

Sie gab mir keine Antwort, bat stattdessen um ihre Schmerztabletten. »Gib mir eine. Und ein halbes Glas Wasser, bitte.«

Natürlich hätte ich hartnäckig bleiben sollen in jener Nacht oder wenigstens in den darauf folgenden Tagen, um zu erfahren, was es mit ihrer Angst vor Schlägen auf sich hatte. Weil sich der Gesundheitszustand meiner Großtante aber genau in dieser Zeit rapide verschlechterte, fand ich einfach nicht mehr die Kraft, dieser Sache nachzugehen.

Dr. Lennart kam jetzt alle zwei Tage, sein Gesichtsausdruck wurde von Besuch zu Besuch finsterer. Aufmunternde Worte äußerte er nur noch seiner Patientin gegenüber. Zu mir dagegen: »Sie sind sich darüber im Klaren, wie es mit ihr steht?«

Ich sehe die Szene noch genau vor mir. Die kleine, stämmige Gestalt des Arztes, seine kräftigen über und über behaarten Arme, die in dem dunklen T-Shirt deutlich zum Ausdruck kamen. Draußen vor der Haustür war er stehen geblieben. Mit ernster Miene hatte er zu mir hochgeblickt.

»Ist es wirklich so schlimm?« Ich hatte die Frage noch nicht vollends zu Ende gesprochen, da spürte ich schon, wie dumm und naiv sie war. Wie das Geschwätz eines Kindes, das die Realität des Lebens noch nicht kennt.

»Das ist es, ja«, ließ er mit knurrigem Brummen vernehmen.

Zwei Tage vorher, Tante Lina hatte einen ihrer letzten wachen Tage, war sie beim Besuch Dr. Lennarts plötzlich mit der Aufforderung an ihn herangetreten, er möge ihr ein sauberes Papier und einen Stift reichen und einen Moment an ihrer Seite Platz nehmen. Verwundert hatten wir ihren Wunsch wahrgenommen und dann gemeinsam verfolgt, wie sie vor unseren Augen ihr Testament geschrieben hatte.

»Damit alle wisset, dass i des aus freie Stücke verfasst han. Sie unterschreibet bitte als Zeuge, Herr Doktor.«

Kurz darauf prangte Dr. Lennarts Unterschrift auf dem Papier, das mir den größten Teil von Tante Linas Besitz als Erbstück vermachte. Nur zwei weitere Begünstigte hatte sie – allerdings mit wesentlich kleineren Anteilen – ebenfalls bedacht. Thomas Schmeil, der sich seit Langem so rührend um sie kümmerte, sollte 5.000 Euro erhalten und eine mir unbekannte Organisation *Hartmanns Hoffnung* sogar 20.000 Euro.

»So viel Geld müsste ich auf dem Konto haben«, hatte Lina kommentiert. »Und für meine Beerdigung sollte es auch noch reichen.«

In Anbetracht des greifbar nahe in Aussicht stehenden Vermögens hätte ich mich wohl freuen können – allein, mir war überhaupt nicht danach, im Gegenteil. Tante Lina war mir in den vergangenen Monaten, es war inzwischen später August geworden, derart ans Herz gewachsen, dass ich sie um nichts in dieser Welt verlieren wollte. Der Preis, über ihren Tod an ihren Besitz zu gelangen, war mir zu hoch, viel zu hoch. Einen Menschen, der mir viel bedeutete, zu verlieren – nein, dieses traumatische Erlebnis war mir noch allzu gut in Erinnerung. Und doch sollte es mir zum zweiten Mal innerhalb weniger Jahre nicht erspart bleiben.

Am Abend des 10. September war es so weit. Im Beisein der drei Menschen, die sie in ihrem letzten Lebensabschnitt am treuesten begleitet hatten, schied meine Großtante aus dem Leben. Wie es der Zufall wollte, waren Dr. Lennart und Thomas Schmeil eine gute Stunde vorher gekommen und angesichts der ernsten Worte des Arztes bei mir und der Sterbenden geblieben. Lina hatte sich bereits mehr als eine Woche vorher aus ihrem bewusst wahrgenommenen Dasein verabschiedet und die letzten Tage, von hohen Medikamentengaben begleitet, nur noch im tiefen Schlummer verbracht.

Wie ich die unmittelbar darauf folgende Zeit bewältigt und was ich unternommen hatte, ihre Beerdigung in die Wege zu leiten, ist in meinem Gedächtnis nicht gespeichert. Ohne die Hilfe meines Nachbarn jedenfalls hätte ich die erforderlichen Schritte wohl kaum bewältigt. Schmeil war mir nicht nur bei den notwendigen Behördengängen unterstützend zur Seite getreten, er hatte sich auch um die Beauftragung eines freien Bestattungsredners sowie die Reservierung des Nebenraumes der örtlichen Dorfkneipe samt der Bestellung einer ausreichenden Anzahl belegter Brötchen und der üblichen Getränke für die Trauergemeinde gekümmert.

Welches Aufsehen der Auftritt des religionsungebundenen Redners wie überhaupt die Tatsache erregen würden, dass Lina ohne kirchliche Begleitung zu Grabe getragen wurde, hatte ich nicht im Entferntesten geahnt. Dieser unsagbar verwerfliche Frevel schien in dem traditionell eng mit der Kirche verbandelten Dorf jedoch der einzige Tatbestand, den ein Großteil der einheimischen Bevölkerung mit der Beerdigung meiner Tante sowie dem für deren Durchführung Verantwortlichen, also mir, in Zukunft verbinden sollte. Dass Lina mit voller Überzeugung schon über zwanzig Jahre zuvor aus der Kirche ausgetreten war und sich jeden Kontakt mit einem ihrer Vertreter aufs Eindringlichste verbeten hatte, wurde dabei überhaupt nicht zur Kenntnis genommen. Nein, es lag nicht an mir, dass kein Kirchenmann und kein Glockengebimmel sie auf ihrem letzten Weg begleiteten, es war ihr ausdrücklicher Wunsch.

»Kein heuchlerischer Pfaffe an meinem Sarg!«, hatte sie mich wochenlang vorher schon beschworen. »Das musst du mir versprechen!«

Weshalb sollte ich verschweigen, dass sie mit diesem Wunsch bei mir auf volles Verständnis getroffen war?

Die Gesichter jedenfalls, die mich auf dem kleinen Friedhof am Rand des Dorfes erwarteten, waren fast ausnahmslos kälter und abweisender als die karstigen Felsblöcke, die hier den

Untergrund bildeten. Kaum eine Person, die mir die Hand reichte, nicht eine, die mir ein Lächeln schenkte. Wie eine aus besonders hartem Stein gemeißelte Mauer standen die Stempflinger mir gegenüber. Dem erst vor wenigen Monaten zugezogenen, nach dem Erbe seiner Tante gierenden und ihr sogar noch den Segen der heiligen Kirche verweigernden Fischkopf präsentierten sie unverhohlen ihre Verachtung. Solche Existenzen waren hier im Dorf nicht erwünscht.

Hatte ich anfangs noch geglaubt, die Ablehnung der meisten Dorfbewohner würde sich im Verlauf der nächsten Wochen und Monate legen, so begriff ich spätestens in den Tagen, als ich auf die Leichenteile in der Höhle gestoßen war, wie sehr ich mich in dieser Annahme täuschte. Die Aversionen meiner Person gegenüber nahmen nämlich keineswegs ab – im Gegenteil. Besonders an dem Tag, als sich die ersten Ergebnisse der polizeilichen Ermittlungen im Dorf verbreiteten, bekam ich das deutlich zu spüren.

6. Kapitel

Dass ich dem Mann nicht gerade vor Freude um den Hals fiel, als er am frühen Mittag vor meiner Tür stand und Einlass begehrte, ist wohl nicht schwer zu verstehen. Ein Kommissar des Landeskriminalamtes galt gemeinhin nicht gerade als Überbringer himmlischer Botschaften.

Es war der Morgen nach meinem schlimmen Traum, zwei Tage vorher hatte ich den grauenvollen Fund in der Höhle gemacht. Ich war erst gegen neun aufgestanden und hatte gerade den Kachelofen in der Diele mit frischem Holz versorgt, um den Aufenthalt im Erdgeschoss des Hauses angenehmer zu gestalten. Tante Lina hatte sich zwar vor einigen Jahren Solarkollektoren auf der nach Süden ausgerichteten Dachhälfte einbauen lassen, doch reichte deren Heizleistung an trüben und empfindlich kalten Wintertagen nicht aus, das Haus mit wohligen Temperaturen zu versorgen.

»Sie?«

Die Überraschung war mir offensichtlich ins Gesicht geschrieben, denn er eröffnete das Gespräch mit einem unverblümten: »Mit mir haben Sie nicht schon wieder gerechnet, wie?«

»Nein«, gab ich zu.

»Braig ist mein Name. Falls es Ihnen entfallen sein sollte. Ich würde mich gerne noch einmal mit Ihnen unterhalten«, erklärte der Kommissar, mit einer Kopfbewegung ins Innere weisend.

Er war mit einer dicken, dunklen Winterjacke bekleidet, schien dennoch zu frieren. Kein Wunder angesichts der eiskalten Luft, die in Sekundenschnelle ins Haus schwappte.

Ich gab ihm mit einem Wink zu verstehen, dass er mir ins Wohnzimmer folgen solle, bemerkte sein Zögern.

»Meine Schuhe?«, fragte er. »Ich darf sie anbehalten?«

»Ja, klar«, antwortete ich überrascht, lief ihm voraus. So höflich und rücksichtsvoll hatte ich den Mann von unserer ersten Begegnung her nicht in Erinnerung.

Ich wartete, bis er seine Jacke abgelegt hatte, schob ihm dann einen Stuhl an Tante Linas schwerem Eichentisch zurecht, bat ihn, Platz zu nehmen. »Wenn Sie gerne einen Kaffee möchten …«

Er winkte ab, wartete, bis ich mich ihm gegenüber niedergelassen hatte. Vom Kachelofen her strömte wohlig warme Luft in den Raum.

»Vielen Dank. Ich will Ihnen keine Unannehmlichkeiten bereiten. Ich leite gemeinsam mit meiner Kollegin die Ermittlungen im Fall der Frau, deren Hand Sie ausgegraben haben.« Er drückte seinen Rücken durch, musterte mich mit aufmerksamer Miene. »Sauber vom Arm abgetrennt übrigens«, fügte er dann hinzu. »Unser Gerichtsmediziner ließ sich eigens ihren Spaten zeigen, um sich davon zu überzeugen, dass mit diesem Werkzeug ein solch sauberer Schnitt überhaupt möglich ist.«

Mir blieb die Antwort buchstäblich im Hals stecken. »Sie wollen sagen …« Den Rest des Satzes ließ ich unausgesprochen. Daran hatte ich überhaupt noch nicht gedacht.

»Was ist mit Ihnen?«, fragte er. »Fühlen Sie sich nicht wohl?«

So konnte man das umschreiben, in der Tat. Ich sollte die Hand der Toten mit meinem Spaten …

Augenblicklich hatte ich die Szenerie in der Höhle wieder vor mir. Die Taschenlampe im Mund, um den Boden detailliert auszuleuchten, setze ich die Schaufel zwei Hände breit neben meiner vorherigen Grabung an, ramme sie dann fest in den Untergrund. Ich höre das seltsame Schmatzen und dann plötzlich ein lautes Knacken … »Oh mein Gott«, rief ich laut. In meinem Magen rumorte es.

»Was ist mit Ihnen?«, wiederholte der Kommissar seine Frage. »Haben Sie nicht gewusst …« Er verzichtete darauf, den Satz zu vollenden, betrachtete mich mit besorgter Miene.

Ich hatte wohl alle Farbe im Gesicht verloren, fühlte mich nur noch schlecht und völlig entkräftet. »Nein, das habe ich nicht gewusst.« Ich hatte Mühe, die Worte auszusprechen.

»Sie haben geglaubt …« Braig fixierte mich mit starrem Blick, schien überprüfen zu wollen, ob meine Schwäche echt oder nur gespielt war.

»Was denn sonst?« Ich atmete kräftig durch, hörte das Blut in meinen Ohren rauschen.

»Nein, das geht nicht auf den Täter zurück«, erklärte der Kommissar. »Es ist wichtig für uns, das zu wissen. Sonst machen wir uns ein völlig falsches Bild von ihm. Er hat die Frau nicht auch noch zerstückelt. Aber Sie trifft keine Schuld. Sie konnten ja nicht wissen, dass die Tote dort begraben war.« Er ließ seine Augen immer noch auf mir ruhen. »Das nehme ich jedenfalls an«, fügte er dann hinzu.

»So, tun Sie das, ja?« Ich fühlte mich schlapp und genervt zugleich. Das Bewusstsein, dass ich es war, der die Hand der Frau …

In keiner Sekunde, die seither vergangen war, hatte ich auch nur einen einzigen Gedanken an diese Möglichkeit verschwendet. Ich hatte als selbstverständlich vorausgesetzt, dass die Verstümmelung und der Tod der Frau auf ein und dieselbe Person zurückgingen. Und jetzt teilte mir dieser Kommissar so ganz beiläufig mit …

»Die tote Frau«, unterbrach Braig meine Gedanken. »Vielleicht können Sie uns helfen.«

Ich versuchte, mich auf meinen Gesprächspartner zu konzentrieren, lehnte mich seufzend zurück. »Sie wissen jetzt, um wen es sich handelt?« Ich hatte Mühe, die Worte ordentlich auszusprechen, fühlte mich immer noch schwach.

Der Kommissar ging nicht auf meine Frage ein. »Wir wissen vor allem, auf welchem Weg sie in die Höhle gebracht wurde«, sagte er stattdessen.

»Auf welchem Weg? Wie soll ich das verstehen?«

»Unsere Spurensicherer haben gestern die gesamte Umgebung untersucht. Bis spät in die Nacht. Jetzt haben wir es schwarz auf weiß.«

»Und?«, fragte ich ungeduldig. Ich begriff nicht, weshalb er eigens zu mir gekommen war und mir das alles erzählte.

»Sie wurde abwechselnd getragen und dann wieder ein Stück weit geschleift.«

»Dann war sie bereits tot, als sie, äh, der Täter mir ihr an der Höhle ankam?«

»Das ist anzunehmen. Was wir aber besonders interessant finden, ist eine andere Tatsache.«

»Und die wäre?« Ich wurde zunehmend unruhiger.

»Die Spuren führen von der Höhle direkt hierher.«

Erschrocken schaute ich auf. »Wie? Hierher, zum Haus meiner Tante?«

Der Kommissar gab keine Antwort, musterte mich stillschweigend. »Sie haben das Haus doch geerbt, oder?«

»Was hat das mit der toten Frau zu tun?«, blaffte ich ihn an. »Meine Tante hat es mir vererbt, ja. Aber noch ist es mir nicht überschrieben. Das dauert eine Weile, wie Sie vielleicht wissen. Aber wieso behaupten Sie, die Spuren führen hierher?«

Braig blieb ruhig, musterte mich ohne Unterlass. »Sie führen ins Dorf«, sagte er dann.

»Ins Dorf«, wiederholte ich. »Aber nicht hierher ans Haus.«

»Das nicht, nein. Aber sie enden«, er hielt kurz inne, fuhr sich mit der Zunge prüfend über die Oberlippe, wischte sich ein dünnes Haar vom Mund. Dann begann er erneut. »*Enden* ist das falsche Wort. Sie *beginnen*, so muss ich das korrekt formulieren, hier im Dorf.«

»Hier im Dorf. Sie wollen sagen …«

Er sah mich prüfend an, wartete darauf, dass ich seine Andeutungen aufgriff.

»Wer immer die Frau in die Höhle brachte, er kam hier aus dem Dorf?«

»Das haben unsere Untersuchungen eindeutig ergeben, ja. Er lief hier vom Dorf in den Wald.«

»Aber Sie glauben doch nicht etwa …?« Ich schnappte nach Luft, schüttelte den Kopf.

»Ja?«, fragte der Kommissar.

»Der Täter stammt hier aus diesem Dorf?« Ich starrte ihn mit weit aufgerissenen Augen an.

Braigs Miene zeigte keine Regung.

Der Täter stammte hier aus Stempflingen. Langsam, Sekunde um Sekunde begann ich zu begreifen, was das bedeutete. »Sie glauben wirklich, der Kerl, der diese Frau auf dem Gewissen hat, kommt hier aus diesem Dorf?«

Mein Gesprächspartner atmete kräftig durch. »Na ja, jetzt überlegen Sie doch einmal selbst: Wie hoch ist wohl die Wahrscheinlichkeit, dass ein Fremder mit seinem Wagen hier unbeobachtet durchs halbe Dorf fährt, um die Leiche einer Frau auszuladen und sie durch den Wald wegzuschaffen? Unbeobachtet, wohlgemerkt?«

Ich benötigte keine fünf Sekunden, eine Antwort zu finden. »Die ist ziemlich gering«, gab ich zu. Jedes fremde Auto, das nach Stempflingen kam, wurde von unzähligen neugierigen Augenpaaren registriert, wusste ich. Hier hielt sich kein Fremder auf, ohne bemerkt zu werden.

»Ich will es mal so formulieren«, sagte der Kommissar. »In einem kleinen Dorf wie Stempflingen hält sich wohl kaum eine fremde Person lange auf, ohne dass sie gleich mehreren Leuten auffällt, oder?«

Fast Wort für Wort hatte er meine Überlegungen laut ausgesprochen. »Nein, das wird wohl niemandem gelingen«, gab ich zu, an meine eigenen Erfahrungen denkend.

»Dann erklären Sie mir doch, welche Schlussfolgerung Sie bezüglich unserer ausgegrabenen Toten aus dieser Tatsache ziehen.«

»Vielleicht wurde sie mitten in der Nacht hergebracht. Kurz vor den ersten Häusern schaltet der Fahrer das Licht aus. Er schleicht möglichst geräuschlos durch die Straßen, wirft die Leiche am Waldrand aus dem Auto ...« Die Idee, dass es sich so abgespielt haben könnte, war mir spontan gekommen.

»Und dann?«, fragte Braig.

»Dann schleift er sie von dort zur Höhle«, sagte ich.

»Und das Auto?«

»Lässt er stehen.«

»Lässt er stehen«, wiederholte der Kommissar. »Am Rand des Dorfes. Wie lange?«

Ich begriff sofort, worauf er hinauswollte. »Sie meinen ...«

»Wie lange benötigt er, die Leiche zur Höhle zu bringen, sie dort einzugraben, den Boden wieder ursprünglich aussehen zu lassen und zu seinem Fahrzeug zurückzulaufen?«

»Ja, ja«, gab ich zu. »Mehrere Stunden.«

»Und alle hier in diesem Dorf schlafen nachts prinzipiell tief und fest und niemand ...«

»Okay«, erklärte ich, die Vielzahl der überaus neugierigen und ständig über ihren schlechten Schlaf jammernden Bewohner des Dorfes im Kopf. »Irgendjemandem würde das fremde Auto auffallen, garantiert.«

»Dann fangen wir bei Ihnen an. Haben Sie irgendwann ein fremdes Fahrzeug bemerkt?«

»Das ist eine ernsthafte Frage?«

Braig nickte mit dem Kopf. »Wir sind unterwegs von Tür zu Tür, um uns bei allen Einwohnern genau danach zu erkundigen. Ganz ausschließen können wir schließlich nicht, dass es so ablief, auch wenn es ziemlich unwahrscheinlich ist. Wozu hätte ein Fremder extra ins Dorf fahren und die Leiche in Sichtweite der Häuser abladen sollen? Das hätte er doch besser im Schutz der kilometerlangen mitten durch dichten Wald führenden Straßen oder Feldwege der Umgebung tun können. Insofern können wir Fremde als Täter eigentlich ausschließen. Aber, wie gesagt, völlig unmöglich …« Er ersparte sich eine Wiederholung seiner Argumente, wartete auf eine Antwort.

»Wo genau fangen die Schleifspuren an?«, erkundigte ich mich.

Der Kommissar sah offensichtlich keinen Grund, mir die ermittlungstechnischen Erkenntnisse vorzuenthalten. »Am Hang auf der Südseite. Am Ende des Trochtelfinger Wegs, wenn Ihnen das etwas sagt.«

»Am Trochtelfinger Weg.« Ich kannte die Gegend, atmete insgeheim auf. Auf der anderen Seite des schmalen Bergrückens, über den sich Stempflingen erstreckte, hinter dem Friedhof beim Sägewerk. Fast am entgegengesetzten Ende des Dorfes. »Also ganz schön weit weg von uns hier.«

»Ganz schön weit?« Braig warf mir einen spöttischen Blick zu. »Vierhundert, fünfhundert Meter vielleicht, schätze ich, oder noch weniger. Das nennen Sie weit?«

»Auf jeden Fall finden sich die Spuren in einem anderen Winkel des Dorfes.«

»Wenn Sie das beruhigt. Meinen Sie, das befreit Sie automatisch von jedem Verdacht?«

»Verdacht?« Ich ließ ein abfälliges Lachen hören. »Sie glauben doch wohl nicht allen Ernstes, ich schleife die Frau in diese abgelegene Höhle und vergrabe sie dort. Und dann, mehrere Monate später, habe ich nichts Besseres zu tun, als sie persönlich unter Zuhilfenahme der Polizei wieder aus dem Boden zu holen?«

Mein Gegenüber ließ sich nicht beirren. »Ich arbeite seit über zwanzig Jahren als Kommissar. Es gibt nichts, was es nicht gibt.«

»Sie sind doch verrückt! Sind alle Bullen so misstrauisch?« Die Sätze waren mir gerade so herausgerutscht. Ich bemerkte die Falten auf seiner Stirn, sah seinen angestrengten Blick, mit dem er mich musterte.

»Also, was ist jetzt? Erinnern Sie sich an eine fremde Person oder ein unbekanntes Fahrzeug vor etwa vierzehn, sechzehn Tagen?«, fragte er dann.

»Vor etwa vierzehn, sechzehn Tagen? Die Frau wurde erst vor vierzehn Tagen …«

Braig nickte zustimmend, ohne dass ich den Satz zu Ende gesprochen hatte. »Etwa in diesem Zeitraum, ja. Genauer wissen wir es noch nicht.«

Erst vor vierzehn Tagen. Ich spürte, wie mir schwindlig wurde. Nur vierzehn bis sechzehn Tage war es her …

Ich hatte mir den Zeitraum viel länger vorgestellt. Zehn, zwölf, vielleicht sogar noch mehr Monate. Irgendwie weiter weg, zeitlich betrachtet. Und jetzt kam dieser Kriminalkommissar und erzählte etwas von zwei Wochen …

Dann wäre ich dem Mörder beinahe über den Weg gelaufen, schoss es mir durch den Kopf. Mehrfach in den letzten Wochen war ich durch die Umgebung gestreift, verschiedene Höhlen im Visier. Mal auf der einen Seite des Dorfes, mal auf der anderen. Und irgendwann in diesen Tagen hatte sich auch der Verbrecher von Stempflingen aus auf den Weg gemacht, sein Opfer zu vergraben …

Meine Arme zitterten, mein Herz pochte kräftiger als sonst. Ich blickte auf, sah die prüfende Miene meines Besuchers auf mich gerichtet.

»Ein Fremder hier in unserem Ort.« Ich schüttelte den Kopf. »Tut mir leid. Ich bin nicht so oft im Dorf unterwegs.

Sie müssen andere fragen. Ich kenne ja noch nicht einmal alle Leute hier.«

»Das tun wir, keine Angst. Trotzdem: Sollte Ihnen noch etwas einfallen, hier ist meine Nummer. Sie können mich jederzeit erreichen.« Er legte eine kleine Visitenkarte auf den Tisch, schob seinen Stuhl zurück. Ich spürte die Erleichterung, dass das Gespräch beendet war, wollte es ihm nachmachen. Im gleichen Moment setzte er noch einmal zu einer Frage an. »Damit wir auf dem richtigen Gleis bleiben: Im Dorf ist Ihnen niemand aufgefallen?«

Erstaunt musterte ich sein Gesicht. »Hier im Dorf?«

»Die Spuren waren nur sehr schwer zu erkennen. Wer immer die Frau auf dem Gewissen hat, er hat alles getan, uns von Stempflingen fernzuhalten. Dass wir die Verbindung zum Ort trotzdem entdeckt haben, ist nur unseren gewieften Spezialisten zu verdanken. Und auch die haben lange gebraucht, bis sie sich sicher waren. Der Täter unternahm mehrere Versuche, uns in die Irre zu führen.«

»Sie meinen, er wollte unbedingt jeden Zusammenhang mit dem Dorf hier vermeiden?«

»Ganz genau, ja.« Der Kommissar deutete ein zustimmendes Kopfnicken an. »Darauf hat er unseren Spurensicherern zufolge sehr viel Wert gelegt. Aber das ist ihm nicht gelungen, wie Sie sehen. Deshalb richten wir unser Augenmerk jetzt mit Vehemenz auf den Ort. Auch wenn Sie noch nicht lange hier leben: Ihnen ist niemand aufgefallen? Eine Person aus dem Dorf?«

Ich ließ einen lauten Seufzer hören, schnappte nach Luft. Doch, mir war eine Person aufgefallen, gerade erst heute Nacht. Strobler, der Nachbar zwei Häuser weiter. Mitten im Dunkeln hatte ich ihn draußen in Tante Linas Garten erspäht. Was er dort zu suchen gehabt hatte, ich wusste es nicht. Aber ihn deshalb der Polizei verraten, ihn als Mordverdächtigen brandmarken?

Irgendwie widerstrebte mir das. Verdächtigte ich den Mann zu Unrecht, und damit war doch wohl zu rechnen, würde er garantiert irgendwann erfahren, wer ihn in Misskredit gebracht hatte. Und dann war ich nicht nur der gottlose Fischkopf, der seine Großtante ohne den Segen der Kirche unter den Boden gebracht hatte und sich jetzt an ihrem Besitz bereichern wollte, sondern auch noch ein charakterloser Denunziant, der unschuldige Dorfbewohner ohne jeden Beweis ans Messer liefert.

Deshalb unterdrückte ich den Impuls, Stroblers Namen zu nennen, schüttelte stattdessen den Kopf.

Dass ich damit dem Unheil, das bald über so viele Unschuldige hereinbrechen sollte, den Weg ebnete, konnte ich damals nicht ahnen. Und später, als mir die Folgen meiner falschen Antwort endlich schmerzhaft bewusst wurden, war die Katastrophe nicht mehr aufzuhalten.

7. Kapitel

Der Mörder stammt aus Stempflingen – er ist einer von uns! Diese ungeheuerliche Behauptung der Polizei schlug im Dorf ein wie eine Bombe. Ein Mensch, der einen anderen getötet hatte, sollte hier in diesem Ort leben?

Ab sofort drehte sich alles nur noch um diesen einen Verdacht. Er veränderte die Atmosphäre der kleinen Gemeinde im Verlauf der nächsten Zeit mehr als alles zuvor, was je in Stempflingen geschehen war.

Den ganzen Tag über hatten Polizeibeamte das Dorf durchkämmt. Unablässig waren sie von Tür zu Tür marschiert, einen Nachbarn nach dem anderen in die Mangel nehmend. Unverhohlen hatten sie den Verdacht geäußert, dass der Mörder höchstwahrscheinlich im Dorf zu finden sei. *Der Mörder – einer von uns!* Das konnte nicht ohne Folgen bleiben. So etwas hatte es bisher noch nie gegeben. Mord, Totschlag und andere Verbrechen, das mochte zum Alltag weit entfernter Großstädte mit ihren Horden gottloser und amoralischer Existenzen aus aller Herren Länder gehören, aber doch nicht hierher in diese Gemeinschaft friedfertiger Menschen! Nein, das passte nicht. Das war schlicht und einfach absurd, jenseits jeder menschlichen Erfahrung!

Entrüstung über den ungeheuerlichen Verdacht der Polizei dominierte deshalb die Stimmung im Dorf, als ich am nächsten Morgen zum Laden lief, um meine fast vollständig zur Neige gegangenen Lebensmittelvorräte aufzufrischen. Thomas Schmeil kam infolge des angespannten Gesundheitszustands seiner Schwiegermutter kaum noch dazu, den Supermarkt in der Stadt zu besuchen, sodass ich fast ganz auf die Versorgung im Ort angewiesen war. Wie in den Nächten zuvor hatte ich auch während der vergangenen Stunden schlecht geschlafen; unzählige Male war ich aus üblen Träumen schweißgebadet erwacht.

Nicht nur das schreckliche Geschehen um den Tod meiner über alles geliebten kleinen Tochter hatte mir heute erneut zu schaffen gemacht, jetzt war auch noch die Szenerie in der Höhle mehrfach wieder zum Leben erwacht. Ich mit dem Spaten in der Hand, wie ich den Boden ausleuchte, dann das Werkzeug ansetze. Meine Hände, wie sie die Schaufel in die Erde rammen, das seltsame Schmatzen und dann das laute Knacken ...

Ströme von Schweiß aus allen Poren schießend erwachte ich jedes Mal aus dem Traum. Ich warf meinen Körper zur Seite, richtete mich auf. Ins Dunkel des Zimmers starrend rang ich um Luft. Wie oft ich die Szene geträumt hatte, wusste ich nicht. So oft jedenfalls, dass mir am Morgen der Schädel brummte.

Ich schaltete das Licht ein und warf Holz in den Ofen. Frustriert nahm ich den fast undurchdringlichen Nebel wahr, der draußen waberte. Manchmal machte das Leben hier keinen Spaß mehr. Ich kochte Kaffee und aß zwei mit Marmelade bestrichene Brote, richtete mich dann für den Einkauf her.

Die Luft draußen war noch kälter, als ich befürchtet hatte. Schon der erste Atemzug verursachte stechende Schmerzen in den Lungen. Ich fröstelte unwillkürlich, eilte schnurstracks zurück ins Haus, um mich wärmer anzuziehen.

Was willst du hier eigentlich noch, schoss es mir durch den Kopf, in diesem fast das ganze Jahr über eiskalten Landstrich? Tante Lina ist gestorben, du kannst ihr nicht mehr helfen, warum ziehst du nicht endlich die Konsequenzen und fährst dorthin zurück, wo du dich zu Hause fühlst?

Ich schlüpfte in den dicksten Pullover, den ich in Tante Linas Kleiderschrank auftreiben konnte, wickelte mir ihren alten Wollschal um den Hals, zog dann meine Jacke darüber. Vermummt wie ein Polarforscher erreichte ich den Laden.

Die älteren Frauen des Ortes standen dicht gedrängt zwischen den Regalen, in intensive Gespräche vertieft. Diesmal ließen sie sich von meinem Erscheinen nicht stören.

Ich grüßte laut, schob mir die Kapuze vom Kopf, öffnete den oberen Teil meiner Jacke. Zu verstehen, was den Inhalt der intensiven Konversation dominierte, bereitete keine Mühe. Das unverschämte Auftreten bestimmter Polizeikommissare und die unglaublichen Behauptungen, mit denen diese Leute hausieren gingen, dazu das erste Auftauchen teilweise weit hergereister Journalisten erregte die Gemüter.

»Die sind nur zu faul, das ganze Lumpepack aus aller Welt, das sich bei uns rumtreibt, zu kontrolliere!«, war man sich einig. »No schiebet die lieber die Schuld auf uns.«

»Dabei wisset die angeblich immer noch net, um wen es sich bei der Tote handelt«, hörte ich eine andere Stimme, »wer woiß, was des für a Schlampe isch.«

»Die wisset scho genau, warum sie dere ihren Name net bekannt gebet. Die hat garantiert Dreck am Stecke!«

In der Tat wunderte auch ich mich darüber, weshalb die Polizei die Identität der toten Frau immer noch nicht geklärt hatte. War es Taktik, den Namen zu verschweigen, um dem Täter auf diese Weise schneller auf die Spur zu kommen, oder wussten die Beamten wirklich noch nicht darüber Bescheid? Ich erinnerte mich noch genau, wie ich den Kommissar bei seinem Besuch eigens danach gefragt hatte. Der war jedoch überhaupt nicht darauf eingegangen.

»Hauptsache, die könnet jetzt uns für dere ihren Tod verantwortlich mache!«, erklärte eine der älteren Frauen. »No sind die zufriede!«

Ein weiterer, seltsamerweise nur mit einer dünnen Jacke bekleideter Kunde betrat den Laden, eine schmale Tasche unter dem Arm. Ein schmaler, bleicher Mann mit kurzen, blonden Haaren, den ich bisher nur ein- oder zweimal im Dorf gesehen hatte. Vom Alter her war er schwer einzuschätzen; mich erinnerte er irgendwie an einen nur wenig gealterten, noch ungelenken Konfirmanden. Er nahm sich die Brille von der Nase, polierte die Gläser, lief dann ohne sich umzusehen direkt zur Kasse.

»Endlich, Andreas!«, hörte ich Anneliese Mägerle, die Inhaberin des Ladens, rufen. »I wart scho so lang. Des Ding funktioniert oifach net richtig!«

Ich nahm mir einen Tragekorb, holte Nudeln, Kartoffeln, Reis, Käse, Salat und Gemüse aus den Regalen. Als ich zur Kasse kam, stand der kurz zuvor eingetroffene, auffallend bleiche, junge Mann unmittelbar daneben, die Tastatur eines Laptops bearbeitend. Er starrte unablässig auf seinen Monitor, beachtete mich nicht eine Sekunde. *Andreas Daimle, Software-Systeme,* prangte auf dem Gerät.

»I muss wirklich koi Angst han, dass dann falsche Preise ausdruckt werdet?«, fragte Anneliese Mägerle.

Ihr Gegenüber ließ sich nicht beirren, deutete nur ein vages Kopfschütteln an.

Ich hatte keine Lust, lange anzustehen, räusperte mich laut.

Die Besitzerin des Ladens drehte sich zu mir her. Sie hatte mich kaum wahrgenommen. Jetzt verfinsterte sich ihr Gesicht augenblicklich. »Von uns war das niemand!«, eröffnete sie mir voller Entrüstung. »Nur damit Sie das wisset!«

Ich wusste sofort, wovon sie sprach, hob abwehrend meine Hände. »Verzeihung, Frau Mägerle. Ich habe mit den Ermittlungen der Polizei nichts zu tun«, versuchte ich mich zu rechtfertigen.

»Wieso isch der Kommissar dann so lang bei Ihne bliebe?«, mischte sich eine der umstehenden Frauen ins Gespräch.

»Bei mir?«

»Mir hent des genau beobachtet. Uns könnet Sie nix vormache!«

»Tut mir leid, das war nicht meine Idee.« Ich fühlte mich wie ein Angeklagter vor Gericht. »Der Beamte hat mich nur noch einmal ausführlich nach eventuellen Beobachtungen befragt«, gab ich wahrheitsgemäß zur Antwort. »Weil ich auf die Leiche gestoßen bin.«

»Do sehet Sie jetzt, was Sie uns eibrockt hent«, erklärte die Frau in unüberhörbar vorwurfsvollem Ton. »Wenn Sie net so neugierig gwese wäret …«

Anneliese Mägerle reichte mir den Kassenbon, nahm mein Geld entgegen.

»Ich glaube, Sie verwechseln da zwei Dinge miteinander.« Mein Ärger ließ sich nicht länger unterdrücken. Ich verschärfte den Tonfall meiner Stimme. Den verblüfften Mienen der umstehenden Frauen konnte ich entnehmen, dass sie meine Verstimmung bemerkt hatten. »Ich habe in der Höhle nach Fossilien gegraben, so wie das viele andere Leute hier auf der Alb auch tun. Und dabei bin ich zufällig auf die Überreste der Frau gestoßen, ja. Ich habe sie aber nicht getötet, vergessen Sie das bitte nicht. Sie sollten die Schuld bei dem suchen, der das getan hat.« Ohne Regung nahm ich das Wechselgeld entgegen, verstaute den Einkauf dann in meiner Tasche. »Und dass der Täter hier aus Stempflingen stammt, behauptet die Polizei, nicht ich!« Ich nickte den Frauen kurz zu, verabschiedete mich. Ausnahmslos eisige Mienen blieben hinter mir zurück.

Nein, lange würde ich nicht mehr in diesem Dorf bleiben, überlegte ich, als ich mich in der schneidend kalten Luft wieder auf den Rückweg machte. Sobald die Erbschaft notariell beurkundet war, würde ich meine Zelte hier abbrechen und nach Hamburg zurückfahren, auch wenn das die Erinnerungen an die schlimmsten Momente meines Lebens neu belebte. Dort war nun einmal meine Heimat, nicht hier in diesem gottverlassenen Kaff.

Ich war wohl völlig in Gedanken, bemerkte die Frau auf dem Fahrrad jedenfalls erst in dem Moment, als wir mitten auf der Straße beinahe zusammenstießen. In letzter Sekunde gelang es ihr gerade noch, ihr Gefährt zum Stehen zu bringen und unmittelbar vor mir abzuspringen. Erschrocken wich ich zurück, betrachtete die dick vermummte Gestalt vor mir. Eine in kräftigem Rot erstrahlende Wollmütze schützte ihren Kopf samt Stirn, Kinn und Ohren vor der kalten Luft, ergänzt von einem molligen Schal und einer weiten Daunenjacke. Kein Wunder, dass ich sie erst erkannte, als ich ihre Stimme hörte.

»Oh, das war aber eine stürmische Begegnung«, schallte es mir in freundlichem, keineswegs vorwurfsvollem Tonfall entgegen. »Da haben gleich zwei nicht aufgepasst.« Sie zog ihren Handschuh ab, reichte mir die Hand.

»Meine Schuld«, bekannte ich. »Ich war mit meinen Gedanken weit weg.«

»Nichts passiert«, konterte sie. »Schön, dass Sie noch hier sind.«

Verena Engel, ich erinnerte mich noch gut an sie. Sie wohnte im Leonberger Weg, auf der anderen Seite der Anhöhe, hatte Tante Lina zu deren großer Freude alle paar Tage besucht. »Meine beste Freundin«, so hatte Lina sie mir bei unserer ersten Begegnung vorgestellt, »eine verwandte Seele.« Sie hatte meine Großtante und mich mit Eiern und frischem Gemüse versorgt, Lina zudem mehrmals Bücher mitgebracht, die diese wissbegierig verschlungen hatte, solange es ihr noch möglich gewesen war. Ich erinnerte mich noch genau an verschiedene Titel, wusste, wie überrascht ich war, als ich sie zu Gesicht bekommen hatte. Es handelte sich ausnahmslos um kritische Werke wie *Politische Justiz in unserem*

Land oder *Sie sollen nicht ungeschoren davonkommen*. Und das hier in Stempflingen, in diesem abgelegenen Dorf!

Verena Engel war fast ihr gesamtes Leben als Krankenschwester tätig gewesen, das hatte sie mir an Tante Linas Bett erzählt. Der Liebe wegen auf die Alb gezogen, hatte sie ihre Beziehung nicht lange genießen können. Nach vier Jahren gemeinsamen Lebens war ihr Mann gestorben. So hatte sie ihre beiden Töchter allein großgezogen. Um finanziell über die Runden zu kommen, war sie wieder in ihren alten Beruf eingestiegen, von Stempflingen ins Krankenhaus nach Balingen pendelnd. Später hatte sie dann die Hausbesuche in Stempflingen und zwei Nachbarorten übernommen.

»Und jetzt sind die Kinder ausgeflogen, und du sitzt auf deine alten Tage allein in deiner Hütte am Ende der Welt«, hatte Tante Lina damals an einem ihrer erträglicheren Tage noch gefrotzelt.

»Dir geht es doch auch nicht besser«, hatte Verena Engel gekontert. »Ich habe wenigstens Kinder, zu denen ich mich ab und zu mal flüchten kann, um den Idioten hier zu entkommen.«

Laut lachend hatten beide ihr jeweiliges Schicksal kommentiert.

Zwei oder drei Wochen vor Linas Tod war sie plötzlich verschwunden und nur kurz anlässlich der Beerdigung meiner Großtante aufgetaucht. Seither hatte ich sie nicht mehr gesehen.

»Sie waren längere Zeit weg?«, fragte ich deshalb.

Die Luft war so kalt, dass die Feuchtigkeit bei jedem Satz zu einer kleinen Wolke kondensierte.

»Es tut mir so leid, dass ich Lina in ihren letzten Wochen nicht beistehen konnte, es tut mir wirklich leid, und ich schäme mich dafür, aber es ging nicht. Der Mann meiner ältesten Tochter hatte einen schweren Unfall, und das ausgerechnet mitten im August. Sie sind Weingärtner mit eigenem Hof in Schwaigern bei Heilbronn. Und dann fährt meinem Schwiegersohn kurz vor Beginn der Weinlese ein Betrunkener ins Auto und drängt ihn von der Straße. Zum Glück hat Jürgen überlebt. Aber mit einem gebrochenen Bein, einem gebrochenen Arm und gehöriger Rippenprellung bist du der schweren Arbeit nicht gewachsen. Und dann noch die zwei kleinen Kinder. Seine Eltern leben nicht mehr. Es gab keine andere Möglichkeit, ich kann Ihnen nicht sagen, wie leid mir das tut! Ausgerechnet in dem Moment, als es Lina so schlecht ging. Ich war Tag und Nacht auf den Beinen. Es ist nicht wieder gut zu machen.«

Ich wusste nicht, was ich ihr antworten sollte, erkundigte mich nach dem Gesundheitszustand des Verunglückten. »Geht es Ihrem Schwiegersohn wieder besser?«

Sie ließ einen lauten Seufzer hören. »Nicht viel«, jammerte sie. »Der schuftete die ganze Zeit trotz seiner Verletzungen. Das konnte ja nicht heilen.« Sie wischte sich übers Gesicht, zog die Mütze zurecht. »Aber lassen wir das«, erklärte sie dann. »Jetzt benötige ich erst mal Abstand. Ich war lange genug dort.« Sie hob ihre rechte Hand, deutete auf mich. »Wie geht es Ihnen? Sie haben eine grausige Entdeckung gemacht.«

Natürlich hatte sie davon gehört, wie sollte es auch anders sein? Jeder im Ort wusste, dass ich auf die sterblichen Überreste eines Menschen gestoßen war.

»Na ja, nicht so besonders. Erst Tante Linas Tod, dann das.« Ich blieb bei der Wahrheit. »Jetzt ärgert sich das ganze Dorf über mich, weil ich die Polizei hergelockt habe und die keinen Stein auf dem anderen lässt.«

Verena Engel warf einen Blick nach links und nach rechts, ließ ein verächtliches Zischen hören. »Die ärgern sich? Lassen Sie sich deshalb keine grauen Haare wachsen! Hauptsache, die Polizei findet den Täter.«

»Hier in Stempflingen?« Die Frage war mir gerade so herausgerutscht.

Meine Gesprächspartnerin zeigte sich unbeeindruckt. »Wieso nicht? Mich würde das nicht überraschen!«

Ich glaubte, nicht richtig zu hören. »Sie können es sich vorstellen, dass der Mörder hier im Dorf lebt?«

Verena Engel zuckte mit den Schultern. »Wieso denn nicht? Da gibt es genügend verdruckte Gestalten. Was glauben Sie, wozu die fähig sind?«

Ich schaute mich unwillkürlich um, suchte die umliegenden Straßenzüge und Häuser nach etwaigen Zuhörern ab. Beliebt machte sich die Frau mit diesen freimütigen Aussagen hier bestimmt nicht. Wenn sie der Polizei gegenüber Ähnliches wiederholte …

»Aber wissen Sie was?«, unterbrach sie meine Gedanken. »Ich lade Sie zu einer Tasse Kaffee heute Mittag bei mir ein. Dann können wir uns ausführlicher unterhalten. Nicht nur über mögliche Bösewichte, auch über Ihre Großtante. Lina war eine meiner besten Freundinnen. Hätten Sie Lust?«

Was sollte ich dagegen haben? Ich sagte ihr spontan zu, ließ mir den Weg zu ihrem Haus erklären, das nur etwa 150 Meter von der Stelle entfernt lag, an der wir uns getroffen hatten. Gleichgültig, ob Verena Engel in Jahren gemeinsamen Nebeneinanderherlebens erwachsene Abneigungen gegen bestimmte Personen im Dorf hegen mochte, die keiner objektiven Beurteilung standhielten, sie konnte mir auf jeden Fall neue Einblicke in den Ort vermitteln, in dem ich jetzt schon seit einem halben Jahr lebte. Und Zeit, mit ihr zu plaudern, hatte ich allemal.

Ich eilte auf dem schnellsten Weg nach Hause, warf mehrere Holzscheite in den Ofen, presste meinen Rücken an die warmen Kacheln. Die Kälte wich nur langsam aus meinen Gliedern.

Die Nachricht, dass es der Polizei gelungen war, die Identität der Toten zu ermitteln, erreichte mich wenige Stunden später. Ich hatte mich gerade wieder in meine wärmste Kleidung gehüllt und das Haus verlassen, als ich Thomas Schmeil in seinem Kombi heranrollen sah. Er winkte mir schon aus dem Auto, parkte dann vor seiner Garage, trat ins Freie.

»Wohin des Wegs?«, fragte er. »Einkaufen?«

Ich schüttelte den Kopf. »Das habe ich heute Morgen schon erledigt. Ein Besuch.«

»Ein Besuch? Oh«, sagte er überrascht. »Dann kommst du heute nicht zu uns?«

»Doch, ich komme. Selbstverständlich«, erwiderte ich. »So lange wird das nicht gehen. Frau Engel hat mich eingeladen, Tante Linas Freundin.«

»Verena? Das freut mich für dich. Das bringt dich auf andere Gedanken.«

Ich glaubte, einen Hauch von Eifersucht zu vernehmen, musterte ihn mit großen Augen. »Das kann sein, ja. Aber heute Abend, das steht«, versuchte ich, ihn zu beruhigen. »Wie immer. Es sei denn, du ...«

»Ich? Du weißt doch, wie ich mich freue.«

Ich nickte ihm zu, wollte gehen, da setzte er noch einmal an. »Übrigens: Hast du das Neueste schon gehört?«

»Das Neueste?« Ich blieb stehen, schaute fragend zu ihm hin.

»Die Frau in der Höhle.«

»Was ist mit ihr?«

»Die Polizei«, erklärte er. »Sie wissen jetzt, wie sie heißt.«

»Sie haben sie identifiziert?«

»Es kam gerade im Radio. Und in der Arztpraxis wussten sie es auch schon. Die hatten kein anderes Thema. ›Sie kommen doch aus Stempflingen‹, begrüßte mich die Frau am

Empfang, ›haben Sie schon gehört: Die Polizei weiß jetzt, um wen es sich handelt.‹«

»Und?«, erkundigte ich mich. »Wer ist es?«

»Eine Alina Sievers, wenn ich das richtig mitbekommen habe. Sie soll aus Hamburg stammen, glaube ich.«

»Aus Hamburg?«, fragte ich überrascht.

»Das haben sie im Radio so gebracht«, antwortete Thomas Schmeil. »Aus Hamburg. Genau wie du.«

Wie ich an diesem Mittag zu Verena Engels Haus kam, weiß ich kaum noch. Ich war wie benebelt von der Nachricht, die ich von meinem Nachbarn erfahren hatte. *Die tote Frau stammt aus Hamburg. Genau wie du.*

Nach der kurzen Unterhaltung mit Thomas Schmeil war ich sofort wieder zurück ins Haus geeilt. Ohne mich aus meiner dicken Kleidung zu schälen, schaltete ich meinen Laptop ein und erkundigte mich im Internet nach dem neuesten Ermittlungsstand in Sachen Leichenfund in der Höhle. Mehr als ich bisher schon wusste, war da jedoch nicht zu erfahren. Bei der Toten handelte es sich laut Aussagen der Polizei um eine Alina Sievers aus Hamburg. Über Alter, Familienstand und Beruf der Frau war noch nichts bekannt, auch nicht, was sie auf der Schwäbischen Alb gewollt hatte. Enttäuscht suchte ich mehrere Presseportale durch, schaltete den Laptop dann wieder aus.

Die Tote war also aus Hamburg. Wie ich. Ein Zufall? Wie war sie in diese abgelegene Region gekommen, warum hatte sie sich hier aufgehalten?

Natürlich war auch das Gespräch mit Verena Engel von der neuen Nachricht geprägt. Die pensionierte Krankenschwester wohnte in einem kleinen, von einem einstöckigen quadratischen Anbau ergänzten Haus, das mitten in einem großen, jetzt herbstlich kahlen Garten lag. Die in kräftigem Gelb gehaltene Fassade schien frisch gestrichen; sie tauchte einer riesigen Zitrone ähnlich aus der selbst am Mittag immer noch dichten Nebelwand.

Die Frau schien über meinen Besuch ehrlich erfreut. Mein kleines Präsent, einen schmalen Band über die *Geschichte der Schwäbischen Alb*, den ich vor Wochen beim Buchhändler in der Stadt erstanden und längst überflogen hatte, nahm sie mit dankbaren Worten entgegen. Sie ließ sich meine Jacke, den Schal und die Mütze reichen, legte sie im gut geheizten Wohnzimmer auf die Lehne eines freien Sessels.

»Damit Sie nachher nicht in kalte Klamotten schlüpfen müssen«, sagte sie und bat mich dann, auf dem breiten Mehrsitzersofa Platz zu nehmen. Sie bot mir Kaffee, Kuchen und belegte Brote an, schenkte uns beiden ein. Am anderen Ende des Tisches lagen die neusten Ausgaben der *taz* und der *KONTEXT:WOCHENZEITUNG*. Die Frau erregte jedes Mal aufs Neue meine Bewunderung.

»Sie haben es sicher schon gehört«, eröffnete sie das Gespräch.

Ich lehnte mich in die bequemen Polster zurück, seufzte laut. »Die Tote wurde identifiziert.«

»Eine Frau Sievers«, ergänzte sie. »Der Name ist mir unbekannt.«

»Mir auch. Obwohl sie aus Hamburg stammen soll.«

Sie nickte zustimmend. »Das bedeutet überhaupt nichts. Hamburg ist eine große Stadt. Nur weil Sie ebenfalls von dort kommen …«

»Das bedeutet nichts, nein. Aber ich denke, weder die Polizei noch die lieben Nachbarn hier werden das als Zufall abtun«, gab ich meinen Befürchtungen Ausdruck.

»Also, der Polizei traue ich schon etwas mehr Intelligenz zu. Sie haben die Beamten schließlich auf die Tote aufmerksam gemacht. Ohne Ihren Hinweis wäre die Leiche vielleicht nie entdeckt worden«, meinte Verena Engel. »Was allerdings die Leute hier betrifft ...« Sie schwieg, machte eine vielsagende Geste. »Dummheit kennt keine Grenzen.«

Ich musste unwillkürlich lachen. »Sie urteilen sehr hart.«

»Hart, aber realistisch. Aus langjähriger Erfahrung«, konterte sie. »Dass ich die Situation wahrheitsgetreu geschildert habe, dürften Sie auch schon bemerkt haben. Wie lange sind Sie jetzt hier?«

»Ein halbes Jahr«, gab ich zur Antwort. »Fast genau auf den Tag.«

»Und? Finden Sie das Leben in dem kleinen Dorf immer noch so idyllisch?«

Ich schüttelte den Kopf, musterte meine Gesprächspartnerin. Die Frau schien Gedanken lesen zu können. »Die Zeiten sind vorbei«, bekannte ich.

»Sie sind nicht der Einzige, dessen Bild von der heilen Provinz grundlegend korrigiert wurde. Mir ging es damals nicht anders, als ich hierherkam. Aus dem Hallschlag, dem angeblich so aggressiven Stadtteil Stuttgarts. Als Krankenschwester wurde ich schnell eines Besseren belehrt. So viele schamhaft unter der Kleidung versteckte blaue Flecken wie hier bekam ich in keinem Stadtteil in Stuttgart zu Gesicht. Und das auch nur dann, wenn die Schmerzen ohne medizinische Hilfe wirklich nicht mehr zu ertragen waren.«

»Sie sprechen von Gewalt innerhalb von Familien?«

»Zum Beispiel, ja. Aber auch unter Nachbarn. Sticheleien, bewusst in Umlauf gebrachte Verleumdungen, Neid. Über Jahrzehnte angestaute Aggressionen. Verdruckte Gestalten, die nicht über den Tellerrand hinausblicken, zeit ihres Lebens immer nur in denselben vier Wänden hocken, von immer den gleichen Leuten beobachtet. Tagaus, tagein. Kein Wunder, wenn da mal einer oder eine explodiert.« Sie winkte mit ihrer Rechten ab, beugte sich nach vorne zu dem kleinen Tisch, griff nach ihrer Tasse.

»Und jetzt, glauben Sie, ist einer explodiert?«, fragte ich.

Sie trank von dem Kaffee, stellte die Tasse zurück, betrachtete mich mit nachdenklichem Blick. »Das kann ich mir vorstellen, ja.«

»Sie haben bestimmte Personen im Blick?« Ich formulierte den Satz als Frage, obwohl ich mir ihrer zustimmenden Antwort sicher war.

Verena Engel ließ sich mehrere Sekunden Zeit, reagierte dann mit nachhaltigem Kopfnicken.

»Hier in Stempflingen?«

»Auch hier im Dorf, ja.«

Ich trank von dem Kaffee, griff nach meinem Teller, aß von dem Kuchen. Ein würzig duftender, wunderbar saftiger Apfelstreusel. »Es schmeckt sehr gut«, bekannte ich. »So verwöhnt wurde ich schon lange nicht mehr.«

Sie lächelte mir freundlich zu, bedankte sich für mein Lob. »Waren Sie schon mal im *Engel*?«, fragte sie dann.

»Wo?« Ich wusste nicht, wovon sie sprach.

»In der Dorfkneipe.«

»Ach so.« Jetzt fiel es mir wieder ein. Über den dunklen Butzenscheiben der Gastwirtschaft mitten im Ort gegenüber dem Laden prangte in längst verblichenen Buchstaben das Wort *Engel*. Ich wartete, bis mein Mund leer war, setzte dann zu einer Antwort an. »Also, leider ...«

»Um Gottes willen, Sie müssen sich nicht entschuldigen.«

»Ein einziges Mal«, bekannte ich. »Und dann noch einmal bei der Beerdigung im Nebenraum. Das Lokal, also die Atmosphäre dort, es ist ...« Ich kam etwas ins Stottern. »Offen gesagt, nicht gerade mein Geschmack.«

Meine Gastgeberin ließ ein kräftiges Lachen hören. »Alles andere hätte mich bei der Spelunke auch gewundert.«

»*Engel*?«, hakte ich nach, die Assoziation aufnehmend, die mir eben zum ersten Mal gekommen war. »Das hat aber nichts mit Ihnen zu tun?«

»Leider, doch«, antwortete sie. »Ein weitläufiger Verwandter meines Mannes. Großcousin oder so, ich weiß es nicht genau. Keine Ahnung, wann ich den zum letzten Mal gesehen habe. Auf jeden Fall aber genau das richtige Umfeld. Für die Leute, von denen wir hier sprechen.«

Ich wusste sofort, was sie meinte, erinnerte mich noch zu gut an meinen bisher einzigen Besuch des Lokals. Tante Lina war noch am Leben gewesen, ich selbst gefrustet und deprimiert von dem erneuten Leid, das mich jetzt auch hier umfing. Die Sehnsucht nach Abwechslung hatte mich aus dem Haus getrieben, der dringende Wunsch, Abstand von den nur schwer erträglichen Seiten des Lebens zu gewinnen, die anscheinend zum Dauerbegleiter meiner Existenz geworden waren. Die Atmosphäre, die mich im *Engel* erwartete, war nicht dazu angetan, mich auf andere Gedanken kommen zu lassen. Gruppen lautstark parlierender Männer säumten Theke und Tische, Bierkrüge und Schnapsgläser vor sich, offenkundig darin geübt, die in ohrenbetäubender Lautstärke abgespulten Musikkonserven zu übertönen. Was mehr in den Ohren schmerzte, ob das Geschrei der Kneipenbesucher oder das Geplärre mir unbekannter Popsternchen, war schwer zu beurteilen; im Endeffekt hielten sich beide wohl die Waage. Eingebettet in eine intensive Geruchsmelange aus abgestandenem Hopfenextrakt, einem Nebenraum entfleuchenden Qualmwolken und konzentriertem, von Seifen- oder Deoattacken seit langem verschontem Männerschweiß begnügte ich mich mit einem Bier, bevor ich mich wieder auf den Nachhauseweg machte. Einer Unterhaltung beizuwohnen, die diesen Ausdruck verdiente, war mir nicht gelungen und mich an der Diskussion darüber zu beteiligen, welche Pornodarstellerin mit den schärfsten Titten aufwartete, fehlte mir nicht nur die Lust, sondern auch die Fachkenntnis. Auf jeden Fall war mein Besuch der Dorfkneipe mit Ausnahme von Tante Linas Beerdigung bisher eine einmalige Aktion geblieben.

»Im *Engel* verkehren wohl nur die Männer des Dorfes«, sagte ich. »Frauen habe ich keine gesehen.«

»Was das anbelangt, läuft dort wohl tatsächlich nichts«, erklärte meine Gastgeberin. »*Dafür* ist angeblich der alte Steinbruch zuständig.«

»*Dafür*?« Jetzt erst wurde mir der zweideutige Inhalt ihrer Aussage deutlich.

»Dort herrscht zeitweise angeblich reger Verkehr«, bestätigte sie in erneut zweideutiger Wortwahl. »Nicht nur mit den Fremdarbeitern des Sägewerks. Auch mit etlichen Männern aus dem Dorf.«

»Prostitution?«, fragte ich überrascht. »Verstehe ich das richtig? Hier im Ort?«

»Glauben Sie, das gibt es nur rund um die Reeperbahn?«, konterte Verena Engel.

Die Verblüffung stand mir wohl deutlich ins Gesicht geschrieben. Prostitution, hier in diesem kleinen Dorf am Ende der Welt? War das nicht etwas zu weit hergeholt? Ich hatte Mühe, ihr Glauben zu schenken, versuchte, mich an das Gelände zu erinnern, auf dem sich die Sache abspielen sollte.

Den alten Steinbruch hatte die Frau erwähnt. Ich wusste zwar, wo er zu finden war, hatte ihn bisher aber nur ein einziges Mal auf der Suche nach Fossilien durchstreift. Vergeblich, ohne einen einzigen Fund. Es handelte sich um einen gewaltigen, in mehrere Terrassen gegliederten Steilabfall im Südosten des Stempflinger Bergsporns, unweit des Sägewerks. Ein löchriger Maschendrahtzaun und unzählige, durch Steinwürfe und Schüsse beschädigte, kaum noch lesbare Warnschilder sollten ihn vor unbefugtem Zutritt schützen. Dass sie dieser Funktion seit Langem schon nicht mehr gerecht wurden, zeigte der Zustand der alten Schuppen und

Gebäude, die zum Betrieb der Anlage benötigt worden waren. Zerstörte Fenster und Türen, über und über mit Farbschmierereien und zotigen Parolen verunzierte Wände, innen und außen mit Bergen von Unrat beschmutzt – ich hatte nicht ein einziges Bauwerk entdeckt, das noch einigermaßen intakt wirkte.

Lediglich die von massivem Gitterwerk geschützten Zugänge zu verschiedenen Höhlen im Bereich des Steinbruchs waren ordentlich verschlossen, der angeblich drohenden Einsturzgefahr wegen, wie es auf großen Tafeln begründet wurde. Seit wann der Betrieb dort ruhte und ob die Anlage heute von irgendjemand überwacht wurde, war mir nicht bekannt. Zur Abwicklung illegaler Geschäfte mochte sie sich aufgrund ihrer abgeschiedenen Lage gut eignen, schließlich gab es – jedenfalls soweit ich das beurteilen konnte – keine Möglichkeit, Einsicht in das Gelände zu nehmen. Ob das allerdings ausreichte, es zur Ausübung von Prostitution oder ähnlichen Umtrieben zu nutzen, vermochte ich nicht zu sagen.

»Lina hat Ihnen nichts davon erzählt?«

Die Stimme meiner Gastgeberin schreckte mich aus meinen Gedanken. »Wovon?«, fragte ich.

»Worüber sprechen wir? Sie ist ihnen auf die Schliche gekommen. Diesem Gerner. Durch einen Zufall, glaube ich. Wir hatten leider keine Gelegenheit mehr, uns darüber zu unterhalten. Ich weiß nur noch, dass der sie handgreiflich bedroht hat. Es sei ein Wahnsinn, was der tue, hat sie gemeint. Und, dass sie zur Polizei gehen, aber vorher noch Hartmann darüber informieren wolle.«

»Hartmann?«, fragte ich.

»Den Besitzer des Sägewerks. Einer der wenigen normalen Menschen in diesem Dorf. Kaum zu glauben, dass der noch hier lebt.«

Ich erinnerte mich an den Mann, hatte ihn mitsamt seiner Frau und seinen Kinder ab und zu schon im Dorf gesehen. »Was ist so besonders an ihm?«

»Sein soziales Engagement«, erklärte Verena Engel, ohne lange zu überlegen. »Der Mann betreibt ein Sägewerk und beschäftigt das halbe Dorf. Samt all den Säufern und Idioten, die sonst nirgendwo Arbeit finden würden. Wie der das schafft, ist mir ein Rätsel. Und dann kümmert er sich auch noch um die, denen es wirklich beschissen geht. Er hat eine eigene Hilfsorganisation gegründet. *Hartmanns Hoffnung*. Damit versorgt er die ärmsten Schweine der gesamten Umgebung.«

»*Hartmanns Hoffnung*?«, hakte ich nach. »Dieser Organisation hat Tante Lina 20.000 Euro vermacht.«

»Oh.« Verena Engel nickte. »Das ist wunderbar. Die haben es verdient. Im Nachbardorf haben sie im letzten Jahr einer alkoholsüchtigen Frau eine irrsinnig teure Entziehungskur in der Schweiz bezahlt, für die die Krankenkasse nicht aufkommen wollte. Die Frau hatte mehrere Anläufe hinter sich. Vergeblich. Heute ist sie clean.« Sie schien zu überlegen, tippte dann mit dem Zeigefinger auf den Tisch. »Und jetzt fällt mir noch etwas ein. Vielleicht ist das ja die Erklärung.«

Ich wusste nicht, worauf sie hinauswollte. »Was für eine Erklärung?«

»Die Tote aus Hamburg«, antwortete Verena Engel. »Vielleicht kam sie von der Reeperbahn und arbeitete hier im gleichen Milieu?«

Jetzt war ich wirklich so verblüfft, dass ich keinen Ton mehr hervorbrachte.

8. Kapitel

Alina Sievers ist ihr Name, das werden Sie inzwischen gehört haben«, erklärte Braig, langsam Wort für Wort betonend. »Sie lebte in Hamburg.« Der Kommissar musterte mich unablässig, ließ mich nicht eine einzige Sekunde aus den Augen.

Am frühen Morgen, ich war kurz zuvor erst aufgestanden, hatte er geläutet und um ein Gespräch gebeten. Wie zwei Tage vorher hatte ich die Tür zu Tante Linas Wohnzimmer geöffnet und mich mit ihm dort am Tisch niedergelassen. Mit dem Unterschied, dass er sich heute nicht erkundigt hatte, ob er seine Schuhe ausziehen sollte, sondern schnurstracks ins Haus marschiert war.

Ich wusste genau, was er mit seiner Bemerkung, die Tote stamme aus Hamburg, andeuten wollte, wartete auf seine nächsten Worte: So ein Zufall aber auch, oder: Seit wann kannten Sie die Frau?

Stattdessen überraschte er mich mit einem völlig neuen, mir bisher unbekannten Sachverhalt. »Hamburg ist groß. Ich kenne die Stadt, war oft genug dort. Fast zwei Millionen Einwohner. Kein Wunder, wenn man sich da nicht über den Weg läuft. Frau Sievers wohnte in Uhlenhorst in der Herbert-Weichmann-Straße. Schon mal gehört?«

Die Überraschung war mir ins Gesicht geschrieben. Ich starrte ihn ungläubig an, brachte keinen Ton hervor.

»Von der Herbert-Weichmann-Straße zum Theresienstieg sind es ...« Er stockte, hob ratlos seine Hände. »Vielleicht können Sie mir helfen?«

Ich schluckte, war erst nach mehreren Anläufen so weit, ihm antworten zu können. »Der Theresienstieg quert die Herbert-Weichmann-Straße an deren südlichem Ende.«

»Richtig«, stimmte er mir zu. »So habe ich das dem Stadtplan ebenfalls entnommen.«

Nervös an ihm vorbei starrend saß ich dem Mann in meinem Wohnzimmer gegenüber, unfähig, auch nur einen einzigen vernünftigen Gedankengang zu fassen. Mein ganzer Körper war in Aufruhr, überall in meinem Inneren brodelte es. »Was soll ich dazu sagen?«, brachte ich schließlich mühsam hervor. Meine Stimme krächzte, als litte ich seit Wochen an einer schlimmen Erkältung. Er hatte Erkundigungen über mich eingezogen, sich über meine alte Hamburger Adresse informiert und diese dann mit derjenigen der hier in der Höhle aufgefundenen Frau verglichen.

»Sehr viel Zufall, finden Sie nicht?«

»Ich kenne die Frau nicht«, erwiderte ich nach mehrfachem Räuspern. »Auch wenn Sie anscheinend in meiner unmittelbaren Nachbarschaft wohnte, ich habe nie mit ihr zu tun gehabt.«

»Behaupten Sie.«

»Ja, das behaupte ich. Weil es die Wahrheit ist.«

»Warum fährt sie Ihnen dann hinterher in dieses kleine Dorf, kaum dass Sie Hamburg verlassen haben?«

Ich versuchte ein sarkastisches Lachen. Es klang mühsam, artete in ein gequältes Krächzen aus. »Von Hinterherfahren kann wohl kaum die Rede sein. Ich lebe jetzt schon seit über sechs Monaten hier.«

Braigs Konter kam postwendend. »Sie sind am 5. Mai in Hamburg abgereist, Frau Sievers gerade mal zweieinhalb Wochen später, am 23. des gleichen Monats.«

»Wie bitte?« Die Sache wurde immer bedrohlicher. Langsam aber sicher verlor ich jeden Durchblick. »Sie wollen sagen, die Frau kam bereits im Mai hierher?«

Der Kommissar musterte mich stumm. Er atmete tief durch, massierte seine Schläfen. »Was würden Sie an meiner Stelle denken?«, fragte er dann.

»Dass ich vollkommen verrückt sein müsste, eine Frau, die ich selbst umgebracht habe, wieder auszugraben und das der Polizei zu melden. Noch dazu, wo sie offenbar aus meiner Hamburger Nachbarschaft stammt«, erklärte ich, allen Mut zusammennehmend.

»Für die beschissene Situation, in der Sie stecken, sind Sie ganz schön keck«, meinte er.

In der Tat, insgeheim musste ich ihm recht geben. Wenn das alles stimmte, was er hier vorbrachte, war meine Situation wirklich beschissen. Eine Frau aus einer Seitenstraße meiner Hamburger Wohnung wurde hier in diesem gottverlassenen Kaff am Ende der Welt tot aufgefunden, nachdem sie fast gleichzeitig mit mir von dort abgereist war ... »Die Frau ist genau wie ich von Hamburg direkt hierhergefahren?« Die Frage war mir unwillkürlich eingefallen.

»Haben Sie sie denn zu sich bestellt?«, konterte er mit starrer Miene.

»Ich kenne die Frau nicht«, platzte es aus mir heraus. »Wann begreifen Sie das endlich?«

Braig hielt sich die Hand vor den Mund, hustete. »Wir wissen nicht, wohin Alina Sievers von Hamburg aus fuhr. Noch nicht.«

»Sie war nicht zufällig eine ...« Ich hielt mitten im Satz inne, betrachtete meinen Gesprächspartner. Verena Engels Vermutung vom Vortag war mir eingefallen.

»Eine was?«, fragte der Kommissar, mich nicht aus den Augen lassend.

»Gestern Nachmittag wurde im Dorf darüber spekuliert. Ob die Frau von der Reeperbahn kam, um hier ihrem Gewerbe nachgehen zu können.«

»Wie bitte?« Braigs vor Verwunderung weit aufgerissene Augen verrieten deutlich, dass er diese Version der Herkunft der Toten zum ersten Mal hörte. »Hier in Stempflingen?«

»Angeblich, ja. In dem aufgelassenen Steinbruch hinter dem Sägewerk.«

»Wer behauptet das?«

Ich schüttelte den Kopf. »Niemand behauptet das. Ich hörte es nur als Spekulation.«

»Sie wollen mich wohl verscheißern, was?«

»Die Spekulation stammt nicht von mir.«

Er hustete erneut, griff nach einem kleinen Block, machte sich Notizen. »Behalten Sie das mal besser für sich. Frau Sievers kam gewiss nicht aus dem Milieu.«

Ich hätte mich gerne danach erkundigt, was er über die Frau wusste, hielt meine Neugier aber zurück. Noch war ich nicht aus dem Schneider, was Verdachtsmomente gegen meine Person betraf.

Umso mehr wunderte ich mich, als er das Gespräch plötzlich aus freien Stücken fortsetzte. »Sie arbeitete als Journalistin«, erklärte er, den Block samt Stift in der Linken. »Angeblich war sie einer größeren Sache auf der Spur.« Er musterte mich nachdenklich, massierte seine rechte Schläfe.

»Einer größeren Sache?«, erkundigte ich mich. »Was soll das sein?«

»Genau das wollte ich Sie fragen. Was könnte das sein, das den Weg von Hamburg hierher lohnt?«

Ich wusste keine Antwort. »Sie haben keine Anhaltspunkte?«

Der Kommissar seufzte laut. »Ihnen fällt nichts dazu ein? Sie leben doch schon ein halbes Jahr hier!«

»Was ist schon ein halbes Jahr? Selbst nach einem halben Jahrhundert werde ich für die Leute im Dorf immer noch der fremde, erst vor Kurzem zugezogene Fischkopf sein, der nur herkam, um seine Großtante zu beerben.«

»So denken viele Leute in der Provinz.«

»Mag sein«, gab ich zu. »Als Entschuldigung kann ich es trotzdem nicht akzeptieren. Gegen bornierte Dummheit kann jeder selbst etwas tun.«

Er gab keine Antwort, zuckte nur mit der Schulter.

»Außerdem habe ich nur wenig Kontakt zu den Einheimischen«, fuhr ich fort. »Was Informationen über Vorgänge innerhalb des Dorfes betrifft, sind Sie bei mir an der falschen Adresse.«

Braig hustete laut. »Wieso erzählen Sie mir dann von angeblicher Prostitution und von Nutten, die eigens von Hamburg anreisen?« Der Missmut in seiner Stimme war nicht zu überhören.

»Das ist reine Spekulation«, versuchte ich ihn zu beschwichtigen. »Ich hörte es gestern Mittag. Es ist Ihre Entscheidung, wie Sie damit umgehen.«

»Dann bin ich aber froh, wenn ich das noch selbst entscheiden darf«, knurrte er.

9. Kapitel

Noch am späten Mittag desselben Tages waren die ersten Journalisten im Dorf unterwegs, um Erkundigungen nach der ermordeten Kollegin einzuziehen. Sie begnügten sich nicht damit, die Leute auf der Straße anzusprechen, sondern läuteten auch an den Haustüren. Die Darstellung der Polizei, Alina Sievers sei eigens von Hamburg hergekommen, weil sie als Reporterin einer größeren Sache auf der Spur war, wurde von allen, mit denen ich an diesem Nachmittag und an den folgenden Tagen sprach, gebetsmühlenartig wiederholt, begleitet von der Frage, was es damit wohl konkret auf sich haben könne.

Kein Wunder, dass die Gerüchteküche in und um Stempflingen in den kommenden Wochen brodelte. Von angeblich problematischen Liebschaften verschiedener Frauen und Männer des Dorfes bis zu bisher verheimlichten Gold- oder Edelsteinfunden in einer der unzähligen Höhlen der Umgebung reichten die Theorien. Wenn ich die gesamte Palette dessen bedenke, was ich in dieser Zeit alles an möglichen und vor allem unmöglichen Vermutungen zu hören bekam, kann ich nur sagen: Es gab wirklich keine noch so abstruse These, die von irgendwem nicht auch noch irgendwann ins Spiel gebracht wurde.

Substantiell Neues über die Aktivitäten von Frau Sievers erfuhr ich erst ein paar Tage später – ausgerechnet von einer Journalistin, die sich auffallend hartnäckig um ein Gespräch mit mir bemüht hatte. Nach dem ersten Kontakt mit einem zudringlich auftretenden Boulevard-Reporter vor dem Dorfladen war ich nämlich nicht bereit gewesen, meine Haustür zu öffnen, sobald ich einen Medienvertreter draußen vermutete, mochte dieser auch noch so lange läuten. Susann Sartorius hatte sich jedoch von meiner Verweigerungshaltung nicht bremsen lassen. Drei Mal innerhalb einer halben Stunde war sie an meiner Tür erschienen, jedes Mal so laut ihren Namen und ihr Anliegen äußernd, dass ich es im Haus trotz verschlossener Fenster und Türen deutlich hörte.

Warum ich ihrem Drängen schließlich nachgab? Vielleicht weil ich aufgrund ihrer mit resignierender Stimme geäußerten Bemerkung: »Also gut, Sie haben gewonnen. Ich belästige Sie nicht länger. Es ist so kalt hier draußen, das stehe ich nicht länger durch« ein schlechtes Gewissen bekam. Ich öffnete die Tür, sah eine dick vermummte, junge Frau mit auffallend roten Backen vor mir stehen, die vor Kälte zitterte.

»Mein Gott, Sie sind ja total verfroren. Kommen Sie rein.« Die Worte waren mir ohne Überlegung von den Lippen gekommen.

Noch im Hausflur stellte sie sich mir vor. »Susann Sartorius. Ich arbeite für eine freie Presseagentur in Hamburg. Ich würde mich gerne mit Ihnen unterhalten.«

Ich bat sie ins warme Zimmer, bot ihr einen heißen Kaffee an, gab Pulver in die Maschine. Dass es sich bei meiner Besucherin um eine ausnehmend hübsche Frau handelte, merkte ich erst so richtig, als sie sich aus ihrer Jacke schälte.

»Ich hoffe, Sie finden mein Verhalten nicht allzu unverschämt«, eröffnete sie das Gespräch, nachdem wir im Wohnzimmer Platz genommen hatten, »aber als ich hörte, dass sie vor Kurzem erst aus Hamburg hergezogen sind …« Den Rest des Satzes ließ sie offen.

»Woher wissen Sie das?«

»Das halbe Dorf hat es mir erzählt«, antwortete sie freimütig. »Und dass Sie es waren, der die Leiche von Frau Sievers entdeckte.«

»Purer Zufall, ja.«

»Sie haben Frau Sievers nicht gekannt?«

»Ich weiß, dass es seltsam klingt, aber ich habe sie nicht gekannt, nein. Hamburg ist eine große Stadt.«

»Das ist mir bekannt«, fiel sie mir lachend ins Wort. »Ich wohne in Ottensen.«

»Oh, da habe ich auch schon aufregende Jahre verbracht«, bekannte ich, die Erinnerung an die Zeit meines Grafikstudiums vor Augen, als ich in dem begehrten Szene-Stadtteil gelebt hatte.

»Und dann sind Sie hierhergezogen?«, fragte sie stirnrunzelnd. Es war ihr deutlich anzusehen, dass sie meinen Ortswechsel nicht nachvollziehen konnte.

»Meine Großtante. Ihr ging es sehr schlecht. Sie war allein, benötigte Hilfe. Und ich ...« Ich verstummte, wollte nicht schon wieder daran denken, weshalb ich aus Hamburg geflohen war. »Ein Schicksalsschlag«, sagte ich mit belegter Stimme. »Ich musste einfach weg.« Mein Hals wurde eng. Ich lief in die Küche, holte zwei Tassen Kaffee, stellte sie auf dem Wohnzimmertisch ab. »Milch und Zucker?«, fragte ich.

Sie winkte ab, griff sofort nach der Tasse, trank in kleinen Schlucken. Das würzige Aroma des Kaffees strich angenehm durchs Zimmer. »Wunderbar«, lobte sie. »Das tut gut. Vielen Dank.«

»Was Frau Sievers betrifft«, sagte ich. »Ich kann Ihnen nichts über sie erzählen. Ich habe sie nicht gekannt.«

Sie schaute mich über ihre Tasse hinweg prüfend an, signalisierte mir mit angedeutetem Kopfnicken, dass sie mir glaubte.

»Die große Sache, der sie angeblich auf der Spur gewesen sein soll, ich habe keine Ahnung, was das sein soll. Und ob sie wirklich hier im Dorf war und wenn ja, bei wem, es tut mir leid.«

»Sie war hier nicht zufällig, daran gibt es wohl kaum einen Zweifel«, erwiderte Susann Sartorius. »Sie hat sich in Balingen in einem Hotel einquartiert. Und zwar vom Abend des 23. Mai an, dem Tag, an dem sie morgens in Hamburg in den Zug stieg. Von ihrem Hotel aus war sie mit einem Leihwagen unterwegs.«

»Woher wollen Sie das wissen?«

Ein kurzes Lächeln huschte über ihr schmales Gesicht. Sie war wirklich auffallend hübsch. »Die Presseagentur, in der ich arbeite, ist zwar nicht besonders groß, aber unser Team besteht aus erfahrenen Leuten. Wir verfügen über gute Beziehungen, auch zur Polizei. Sie können mir glauben, die Infos, die wir über Frau Sievers haben, sind gebrieft.«

»Was wissen Sie noch?«

»Leider nicht allzu viel. Bisher ist nur klar, dass das letzte Lebenszeichen von Frau Sievers vom Morgen des 24. Mai stammt. Gegen 10.30 Uhr wurde sie von den Überwachungskameras der Tankstelle in Unterbroilingen aufgenommen. Sie kennen den Ort, nehme ich an. Er liegt keine fünf Kilometer von hier entfernt. Durch Zufall, so erklärt es die Polizei, wurden die Filme mehrerer Tankstellen der Umgebung im April und Mai aufbewahrt. Angeblich waren in diesen Monaten Mitglieder einer Gang unterwegs, die sich nach lohnenden Objekten für Raubüberfälle umsahen. Jedenfalls wurde Alina Sievers jetzt darauf entdeckt. Wie sie eine Flasche Wasser kauft und anschließend Richtung Stempflingen davonfährt. Die Straße führt direkt hierher, Sie wissen es.«

»Sie führt hierher, ja«, bestätigte ich. »Aber das heißt noch lange nicht, dass Frau Sievers wirklich nach Stempflingen abbog. Sie kann einfach daran vorbeigefahren sein.«

Susann Sartorius trank ihre Tasse leer, stellte sie auf den Tisch. »Das ist unwahrscheinlich«, erwiderte sie. »Der 24. Mai war nämlich der Tag mit dem schweren Gewitter.« Sie musterte mich prüfend, bemerkte offenbar die Veränderung in meinem Gesicht.

»Sie sprechen von diesem schrecklichen Gewittersturm, der hier tobte?« Ich sah ihr zustimmendes Nicken, wusste sofort, was sie meinte.

Ein außergewöhnlich heftiges Gewitter hatte, begleitet von einem orkanartigen Sturm die Umgebung Stempflingens verwüstet, nur wenige Wochen, nachdem ich bei meiner Großtante angekommen war. Ich erinnerte mich noch genau an diesen Morgen, weil ich so etwas vorher noch nie erlebt hatte. Der Himmel hatte sich rabenschwarz verfärbt, der Tag war zur Nacht geworden. Mit einem Mal waren sämtliche Tiere verstummt, eine beängstigende Stille hatte sich über die gesamte Umgebung gelegt. Als das Unwetter losbrach, schien kein Stein auf dem anderen zu bleiben: Alles, was nicht niet- und nagelfest war, wurde von einem irrsinnigen Sog weggerissen. Blätter, Zweige, ganze Pflanzen peitschten draußen durch die Luft, Holzscheite schossen durch den Garten, Ziegel polterten auf die Straße. Keine zwei Kilometer vom Dorf entfernt wurde ein kompletter Berghang regelrecht rasiert. Sämtliche Büsche und Bäume, der gesamte Wald wurde innerhalb weniger Augenblicke niedergemäht.

Aufgeschreckt von den Berichten der Nachbarn war ich am selben Mittag noch zum Rand des Dorfes gelaufen, von wo aus der verwüstete Hang gut einzusehen war. Ein wahres Bild des Grauens tat sich vor mir auf. Der Wald war komplett verschwunden, die Stämme lagen wie von der Hand eines Riesen gefällt über Hunderte von Metern kreuz und quer verstreut.

Zum Glück hatte der unheimliche Spuk nur wenige Minuten angehalten, gefolgt von sintflutartigen Regengüssen auf das Dorf und seine Umgebung. Unmittelbar nach dem Sturm nämlich hatte der Himmel alle Schleusen geöffnet, Donnerschläge waren im Abstand weniger Sekunden aufeinander gefolgt. Obwohl das Zentrum des Unwetters Stempflingen nicht unmittelbar berührt hatte, glich das Dorf einer von bürgerkriegsähnlichen Zerstörungen malträtierten Siedlung. Ställe und Scheunen hingen windschief am Rand der Gehöfte, halbe Dächer waren ihrer Ziegel beraubt. Die Vegetation des Ortes benötigte mehrere Wochen, sich einigermaßen von dem Ereignis zu erholen. Noch Tage danach war das Unwetter der dominierende Gesprächsstoff im Dorf gewesen.

»Alina Sievers konnte an diesem Morgen gar nicht an Stempflingen vorbeifahren«, erklärte die Journalistin. »Die Straße war übersät von quer liegenden Bäumen.«

»Ja, klar«, stimmte ich ihr zu. »Man konnte das Dorf mehrere Tage lang nur in eine Richtung verlassen. Nur nach Unterbroilingen.«

»Genau. Das Unwetter hatte gegen neun Uhr getobt. Als Frau Sievers die Tankstelle um 10.30 Uhr verließ, war das Gewitter längst weitergezogen. Die Straße war nur noch bis Stempflingen passierbar. Sie kann also nicht weitergefahren sein.«

»Weitergefahren nicht. Höchstens umgekehrt.«

»Theoretisch könnte das sein, ja«, gab sie zu. »Aber glauben Sie wirklich, sie hätte die Tankstelle Richtung Stempflingen verlassen, wenn nicht das Dorf ihr Ziel gewesen wäre? Laut Polizei waren die Straßen um diese Zeit längst mit den entsprechenden Warnschildern ausgestattet. Die Medien informierten seit über einer Stunde über die Sperrung. Sie muss das mitbekommen haben, es kann gar nicht anders sein.«

Susann Sartorius' Schlussfolgerungen klangen logisch, mir fiel kein Argument ein, das dagegen sprach. Blieb also die Frage, ob die Frau jemanden im Dorf aufgesucht hatte – und wenn ja, wen. »Es gibt kein späteres Lebenszeichen mehr von ihr?«, fragte ich.

Die Journalistin schüttelte den Kopf. »Nichts, nein. Bis jetzt jedenfalls. Wir gehen davon aus, dass uns die Polizei korrekt informiert. Warum sollten die uns bewusst irreführen? Die können von unseren Recherchen nur profitieren. Unser Gewährsmann ist zuverlässig. Frau Sievers kam an jenem Tag hierher. Und seither ist sie verschwunden.«

»Was ist mit ihrem Auto?«, erkundigte ich mich. »Ein Leihwagen, ja?«

»Er wurde der Firma innerhalb der vereinbarten Frist zurückgegeben.«

»Von wem?«

»Nada. Das Auto stand vor der Firma, die Schlüssel lagen im Briefkasten.«

»An welchem Tag war das?«

»Einen Tag später. Am 25. Mai.«

»Und es ist nicht geklärt, ob sie das Fahrzeug persönlich zurückbrachte?«

Susann Sartorius schüttelte den Kopf.

»Was ist mit dem Hotel?«

»Die Rechnung wurde nach einer telefonischen Anfrage beglichen. Die Anruferin oder der Anrufer bat darum, den Koffer samt den im Hotel zurückgelassenen persönlichen Gegenständen bis zu einer Abholung aufzubewahren. Das ist jedoch bis heute nicht erfolgt. Aus nachvollziehbaren Gründen.«

»Wer hat angerufen?«

Die Journalistin warf ihren Kopf zurück, lachte. »Das wüsste die Polizei ebenfalls gerne. Prepaid-Handy, nicht registriert. Und was die Rechnung angeht: Überweisung durch Bareinzahlung bei einer Stuttgarter Bank. Der ermittelnde Kommissar lässt gerade checken, ob noch Aufnahmen der Überwachungskameras dort existieren. Das dauert.«

»Sie sind wirklich bestens informiert«, lobte ich sie.

»Das ist mein Beruf«, meinte Susann Sartorius. »Leider reichen diese Infos nicht aus, den weiteren Verbleib von Frau Sievers aufzuklären. Sie haben am Tag dieses Gewitters nicht zufällig ein paar Aufnahmen gemacht?«

»Fotografiert?«

»Die Folgen des Unwetters«, erklärte sie. »Es muss doch schlimm ausgesehen haben hier.«

»Das hat es wirklich«, erinnerte ich mich. »Wie nach einem Bürgerkrieg.« Ich merkte selbst, dass meine Beschreibung etwas zu theatralisch klang, versuchte, sie abzumildern. »So ähnlich jedenfalls. Aber fotografiert, nein.« Ich schüttelte den Kopf.

»Nicht einfach mal ins lädierte Dorf marschiert und das Handy draufgehalten?«

»Ins Dorf marschiert schon, ja. Aber Fotos? Tut mir leid.« Ich begriff, worauf sie hinauswollte. »Sie hoffen, auf einer Aufnahme dieses Tages eventuell Frau Sievers zu finden?«

Die Journalistin nickte. »Wäre doch möglich, oder? Ich nehme an, dass an diesem Tag unzählige Bilder und Filme entstanden. Ein katastrophales Unwetter und seine Folgen, das lässt die Leute doch nicht kalt. Und wenn sich Frau Sievers zu der Zeit hier in Stempflingen aufgehalten hat, was wir ja vermuten …«

»Ich verstehe. Aber so leid es mir tut … Sie müssen es bei meinen Nachbarn versuchen. Vielleicht haben Sie dort mehr Erfolg.«

10. Kapitel

Es dauerte mehrere Tage, bis die von der Journalistin wie auch von der Polizei gewählte Methode die Nachforschungen nach dem weiteren Verbleib Alina Sievers einen Schritt weiterbrachte. Tagelang waren Susann Sartorius und verschiedene Polizeibeamte im Dorf zu sehen, wie sie sich von Tür zu Tür fragten, um auf fotografische Dokumente jenes Gewittertages zu stoßen, an dem sich die später getötete Frau aus Hamburg möglicherweise in Stempflingen aufgehalten hatte. Nicht die Aufnahmen eines Dorfbewohners jedoch brachten die Anwesenheit Alina Sievers im Ort ans Tageslicht, sondern der Film eines Fernsehjournalisten, der unmittelbar nach dem Bekanntwerden der schlimmen Unwetterfolgen nach Stempflingen gekommen war, um diese zu dokumentieren.

Eine Zigarette in der Hand und blaue Rauchwolken in die Luft blasend war Alina Sievers für wenige Sekunden zu sehen, keine drei Meter vom Eingang des *Engel* entfernt. Ob sich irgendwelche Personen in ihrer Nähe aufhielten, war nicht zu erkennen, schwenkte die Kamera doch über ihr Gesicht hinweg in die Höhe, um dort mit dem teilweise abgedeckten Dach die Folgen des Unwetters zu demonstrieren. Einzige weitere Information war die eingeblendete Aufnahmezeit: 24.05. 15.28 Uhr.

Obwohl die Filmsequenz sowohl im Internet als auch in den Regionalnachrichten des Fernsehens präsentiert wurde, schien sich niemand an die Frau zu erinnern. Weder der Wirt des *Engel* noch einer seiner zu dieser Zeit spärlichen Gäste wollte Alina Sievers bemerkt haben, zitierte jedenfalls der zuständige Redakteur der Lokalzeitung den Bericht der Polizei. Und tatsächlich schien die Arbeit der kriminalistischen Ermittler in diesen Tagen nicht von weiterem Erfolg gekrönt, denn obwohl ständig Beamte im Dorf zu sehen waren und man immer wieder von neuen Befragungsaktionen hörte, wurde nichts von einer Verhaftung oder wenigstens einem Verdacht gegen bestimmte Personen bekannt.

Auch auf die seltsame Tatsache, dass die Frau zwar am 24. Mai zum letzten Mal lebend gesehen, sie nach den Aussagen der Polizei aber erst etwa zwei Wochen, bevor ich auf ihre Überreste gestoßen war, getötet worden sein sollte, gab es keine Antwort. Am 12. November hatte ich die Hand in der Höhle ausgegraben – dieses Datum war mir inzwischen selbst im Schlaf geläufig – somit musste sie Ende Oktober gestorben sein. Wenn das korrekt war – und nach allen Berichten der Medien gab es daran keinerlei Zweifel – blieb eine Spanne von etwa fünf Monaten, in denen vom Verbleib Alina Sievers nichts bekannt war.

Wo hatte sich die Frau in dieser Zeit aufgehalten? Was hatte sie den ganzen Sommer über getan? Aus der Zeitung wusste ich nur, dass sie wenige Wochen vor ihrem Verschwinden geschieden worden war und seit etwa einem Jahr allein gelebt hatte. Ihrer Arbeit als Journalistin in einer freien Agentur war sie zwar mit mehreren Kolleginnen und Kollegen nachgegangen, was sie aktuell recherchiert hatte, war aber auch in ihrem Umfeld niemandem bekannt. Im Zusammenhang mit ihrer Reportage über die Biographien beruflich erfolgreicher Frauen und Männer sei sie überraschend auf eine größere Sache gestoßen, hatte sie ihren Kolleginnen erklärt, mehr sei auch ihnen nicht bekannt. War sie die gesamten Sommermonate über an einem bisher unbekannten Ort dieser *größeren Sache* nachgegangen?

Alle diese Fragen beschäftigten in diesem Herbst den Großteil der Einwohner Stempflingens in ganz besonderem

Ausmaß. Je mehr Wochen jedoch ins Land zogen, ohne dass die Polizei irgendeinen Fortschritt bei der Aufklärung des Schicksals von Alina Sievers vermelden konnte, desto unaufhaltsamer rückten andere Interessenschwerpunkte in den Fokus der meisten Dörfler. Der letzte Monat des Jahres wartete in dieser hoch gelegenen Region der Schwäbischen Alb traditionsgemäß nicht nur mit den üblichen vorweihnachtlichen Riten, sondern auch mit deutlich unter den Nullpunkt gefallenen Temperaturen und einer infolgedessen immer weiter anschwellenden Schneedecke auf. Mitte Dezember schneite es fast jeden Tag mehrere Stunden. Es schien, als gelänge es dem Himmel, mit seinen immer zahlreicher fallenden Flocken und der mächtigen, weißen Decke, die er über das Dorf breitete, die Gedanken der Stempflinger von dem Geschehen um die getötete Journalistin abzulenken und sie stattdessen auf die gewohnt friedliche Atmosphäre des Weihnachtsfestes einzustimmen. Je mehr Kerzen brannten, desto freundlicher und sanfter wurde die Stimmung im Dorf. Als die Feiertage ins Land zogen, hatte sich die Aufregung deutlich gelegt. Selbst mir, dem das Erbe seiner Großtante an sich reißenden Fischkopf, begegnete man weitaus herzlicher als noch wenige Wochen zuvor.

»Jetzt greifet Se zu ond zieret sich et«, forderte mich d'Annelies im Laden zwei Tage vor dem Heiligen Abend auf, als ich überlegend vor dem spärlich bestückten Weinregal Halt gemacht hatte, »egal welche Flasch Sie wellet, Sie krieget se gschenkt!«

Ich wollte es nicht glauben, wagte erst nach einer weiteren Ermahnung, nach einer Flasche *Besigheimer Felsengarten Noir* zu greifen. Und tatsächlich, die Ladenbesitzerin weigerte sich, auch nur einen einzigen Cent dafür entgegenzunehmen.

»S' isch schließlich Weihnachte!«, wurde ich an der Kasse belehrt.

Diese überraschend freundliche Szene war nicht der einzige Anlass, auch bei mir neues Wohlgefühl aufkommen zu lassen. Thomas Schmeil hatte, aus unserer abendlichen Unterhaltung meine zunehmend prekäre finanzielle Situation vor der endgültigen notariellen Überschreibung des Erbes erahnend, beim einzigen größeren Arbeitgeber des Dorfes, dem Sägewerksbesitzer, vorgesprochen und mir mit Beginn des neuen Jahres eine Stelle im Vertrieb des Unternehmens besorgt. Mein Geld war in der Tat bis auf einen kleinen Rest verbraucht, schließlich hatte ich seit über einem Jahr keinerlei Einkommen mehr. Meine Aufwendungen waren zwar nicht groß, mein Lebensstil auch jetzt noch – nach Tante Linas Tod – äußerst bescheiden, aber allein schon die Krankenkassen- und übrigen Sozialbeiträge hatten den Rest meines beim Konkurs übrig gebliebenen Guthabens mehr und mehr aufgezehrt. Erfreut über das Angebot hatte ich mich bei meinem Nachbarn bedankt und einen Tag nach dem zweiten Advent ohne langes Überlegen im Sägewerk vorgesprochen.

Jens Hartmann, der Besitzer persönlich, hatte mich empfangen. Der Mann war mir kein Unbekannter. Mehrfach hatte ich ihn im Dorf gesehen, teils allein, teils in Gesellschaft seiner Frau oder seiner beiden Töchter. Er war zwar klein von Gestalt, kaum 1,70 Meter groß, dafür aber mit Muskeln bestückt, die die Ausstattung vieler Bodybuilder in den Schatten stellten. Das auf Taille geschnittene Hemd, in dem er mich in seinem Büro willkommen hieß, brachte seinen Körper vorteilhaft zum Ausdruck. Ob er sich seine Muskeln mit einem speziellen Training oder eher infolge harter körperlicher Betätigung in seiner eigenen Firma erarbeitet hatte, wusste ich nicht. Ich tendierte allerdings zu Letzterem, hatte ich doch oft genug gehört, dass sich der erfolgreiche Unternehmer für keine Arbeit zu fein war, mochte sie auch noch so schmutzig sein. »Der packt selbst mit an, wenn Not am Mann ist«, erzählte man im Dorf, und angeblich war oft genug Not am Mann. Alle, ob Thomas Schmeil, die Frauen im Laden oder auch Verena Engel, gleich, mit wem ich gesprochen hatte, waren voll des Lobs über den Firmenbesitzer – fehlte als endgültige Krönung nur noch der Heiligenschein.

Hartmann stellte mir in kurzen Worten die wichtigsten Produkte des Unternehmens vor – spezielles, teilweise sehr hochwertiges Holz zur Inneneinrichtung etwa von Hotels oder zur Weiterverarbeitung in Schreinereien und Möbelfabriken – hörte sich dann meinen eigenen beruflichen Werdegang samt dessen bitterem Ende an.

»Das könnte passen«, meinte er abschließend, mir die Schwerpunkte meines Aufgabenbereiches skizzierend.

Und in der Tat, sein Angebot klang interessant. Er erhoffte sich von mir eine Optimierung der Darstellung der Produktion seines Unternehmens sowohl im Internet als auch auf konventionell erstellten Prospekten; eine Arbeit, die ich seit vielen Jahren erfolgreich realisiert hatte. Ich zögerte nicht, nahm sein Angebot sofort an, ohne auch nur eine Sekunde über die Bezahlung zu feilschen. Die finanziellen Bedingungen schienen mir zwar nicht besonders lukrativ, für den Moment aber ausreichend, hatte ich doch ohnehin nicht vor, meinen Aufenthalt in Stempflingen ins Uferlose auszudehnen. Vorerst wartete ich eigentlich nur noch auf die offizielle amtliche Ankündigung des Notartermins, der mir Tante Linas Erbe endgültig übereignen sollte, danach war ich nicht länger an das Dorf gebunden.

Das Schicksal schien mir in diesen Tagen in besonderer Weise gesonnen, traf der heiß ersehnte Brief des Notars aus Albstadt doch keine vier Tage später ein. Die Überprüfung der Rechtmäßigkeit des Erbes war erfolgt und für korrekt befunden worden, sodass der endgültigen Überschreibung und dem Eintrag ins Grundbuch nichts mehr im Weg stand. Dies war für den 24. Januar terminiert, ein Datum, das mich im mehrfachen Sinn zu einem freieren Menschen machen würde.

Kein Wunder, dass sich meine Stimmung mehr und mehr aufhellte und über die Weihnachtsfeiertage einem lange nicht mehr bekannten Höhepunkt zustrebte. Den Mittag des vierten Advent hatte ich mit Kaffee und Stollen gemütlich bei Verena Engel verbracht, bevor die sich für die nächsten Wochen zu ihrer Tochter aufmachte, die Weihnachtstage selbst zu anregenden Gesprächen, gutem Essen und ausführlichem Musikgenuss gemeinsam mit Thomas Schmeil genutzt. Sogar Gerd Strobler, der undurchsichtige Nachbar zwei Häuser weiter, den ich des Nachts in Tante Linas Garten beobachtet hatte, war am Mittag des Heiligen Abend an meiner Tür erschienen, um mir mit freundlichen Worten eine Flasche Wein und weihnachtliche Grüße zu überbringen.

Die schlimme Zeit der gegenseitigen Vorwürfe und Verdächtigungen im Dorf schien endgültig passé, ein angenehmerer Lebensstil, der all die früheren Aggressionen vermissen ließ, neu aufzukommen.

Doch dann, drei Tage vor Silvester, tauchte die Polizei plötzlich wieder im Dorf auf. Noch bevor ich persönlich mit einem der Beamten gesprochen hatte, wusste ich bereits, was der Anlass dafür war. Eine junge Frau war spurlos verschwunden, eine Journalistin, die in den vergangenen Wochen mehrfach in Stempflingen Erkundigungen über den Verbleib von Alina Sievers eingezogen hatte.

»Hent Sie die Frau gsehe?«, fragte mich d'Annelies, als ich mich am Morgen des 28. Dezember mühsam durch rutschige, frisch verschneite Straßen zum Laden vorgekämpft hatte, um meine Lebensmittelvorräte aufzufrischen. »Grad waret die Beamte do ond hent mir die Fotos gebe. Die ganget jetzt wieder von Haus zu Haus ond fraget nach ihr. Hört des denn gar net auf?«

Sie reichte mir eines der Flugblätter, wandte sich der Tür zu, durch die sich ein ganzer Pulk älterer, wissbegieriger Frauen in den Laden schob.

»Was will denn die Polizei jetzt schon wieder?«, hörte ich die schrille Stimme der Briefträgerin.

Ich schaute auf das Papier, schrak heftig zusammen. In der Tat hatte ich die Frau gesehen. Nicht nur gesehen, auch mehrmals mit ihr gesprochen. In Tante Linas Haus und unterwegs im Dorf. *Susann Sartorius*, ich musste den Untertitel des Fotos erst gar nicht lesen, hatte die bildhübsche, junge Frau noch gut in Erinnerung. *Journalistin aus Hamburg*, wurde auf dem Blatt ausgeführt, *seit dem 21. Dezember vermisst. Zuletzt gesehen in Stempflingen/Schwäbische Alb. Wer kann Hinweise auf ihren weiteren Verbleib geben, wer hat sie in der Zeit nach dem 21. Dezember gesehen, wer hat mit ihr gesprochen, wer hat etwas von ihr gehört?*

Verwirrt schaute ich von dem Papier auf, hörte die Stimme einer der älteren Frauen, gerade als diese die Tür des Ladens hinter sich geschlossen hatten.

»Mit der han i a paar Mal gschwätzt, des woiß i genau. Des war a Hübsche! Die war mehrere Tage lang im Dorf unterwegs.«

»Ja, nadierlich«, rief eine andere, »die han i au gsehe.«

Ich lief zur Kasse, ließ vor lauter Verwirrung meinen Geldbeutel fallen. Eine Unmenge kleiner Münzen kullerte über die Fliesen. Nicht eine der anwesenden Personen kommentierte mein schusseliges Verhalten, alle waren mit dem Flugblatt der Polizei beschäftigt. Ich bückte mich nieder, las das Geld wieder auf, zahlte meine Rechnung.

»Mir kriaget koine Ruh mehr im Dorf«, verabschiedete mich d'Annelies, »da hat der Teufel seine Händ im Spiel!«

Ich war vollkommen durcheinander, nahm ihren Kommentar nur am Rande wahr. Meine Gedanken fuhren Achterbahn, die Füße fanden nur schwer Halt auf dem rutschigen

Untergrund. Mühsam stolperte ich nach Hause. Erst später, ich war längst daheim angelangt, kamen mir die Worte der Ladeninhaberin wieder in den Sinn.

Da hat der Teufel seine Händ im Spiel!

Der Teufel, überlegte ich, in Gestalt einer höchst leibhaftigen Person hier aus dem Dorf?

Ich fühlte mich immer noch zu aufgewühlt, in Ruhe darüber nachzudenken, was diese Vermisstenmeldung letztendlich zu bedeuten hatte. Gab es etwa einen Zusammenhang zwischen den Recherchen zu der Frau aus der Höhle, die Susann Sartorius hier betrieben hatte, und ihrem Verschwinden? War sie dem Mörder Alina Sievers so nahe gekommen, dass der jetzt auch noch …

Ich war völlig in Gedanken versunken, nahm erst nach einer Weile wahr, dass es an meiner Haustür läutete. Mühsam hievte ich mich aus dem Sessel. Bis ich endlich richtig in die Gänge kam, hatte ich das durchdringende Signal der Türglocke erneut schmerzend in den Ohren. »Ja, ja, ja«, schimpfte ich laut, griff dann nach der Klinke.

Eine energisch wirkende Frau Ende vierzig stand keinen halben Meter von der Tür entfernt und fixierte mich vom ersten Moment an mit strengem Blick. Sie trug eine dicke, helle Winterjacke, hatte glänzend rote Backen. Offenkundig war sie schon eine Weile in der Kälte unterwegs.

»Hauptkommissarin Neundorf vom Landeskriminalamt«, erklärte sie mit kräftiger Stimme, mir einen Ausweis entgegenstreckend. »Sie sind Herr Grohm?«

Ich hatte Mühe, ihrem Blick standzuhalten, nickte. »Der bin ich, ja.« Ein Schwall eiskalter Luft drang in meine Lungen, ließ mich unwillkürlich husten. Verlegen hielt ich meinen Kopf zur Seite, presste die Hand vor den Mund.

Es dauerte mehrere Sekunden, bis ich wieder imstande war, normal zu atmen. »Entschuldigung«, hauchte ich.

»Kann passieren«, meinte sie. »Darf ich reinkommen?«

Ich trat einen Schritt zurück, ließ sie eintreten, schloss dann die Tür.

»Schietwetter«, erklärte Neundorf. »Nichts für mich.«

Ich schaute überrascht auf, weil sie einen typisch norddeutschen Ausdruck benutzt hatte, versuchte, sie nach ihrem Tonfall einzuordnen.

»Sie wissen, weshalb ich mit Ihnen sprechen will?«

Nein, einen norddeutschen Slang konnte ich ihrer Sprache nicht entnehmen. Ich führte sie ins Wohnzimmer, schob ihr einen Stuhl zurecht. »Sie kommen wegen der Journalistin, nehme ich an.«

»Richtig.«

Sie wartete, bis ich mich ihr gegenüber niedergelassen hatte, nahm dann ebenfalls Platz.

»Einen Kaffee?«, fragte ich, fügte dann, als ich ihre abwehrende Handbewegung sah hinzu: »Oder ein Wasser?«

»Später vielleicht«, gab sie zur Antwort. »Danke. Aber mir fehlt die Zeit. Wir stehen etwas unter Druck.« Ihre Augen ließen für einen Moment von mir ab, wandten sich dem Flugblatt auf dem Tisch zu. »Sie haben es bereits erhalten«, sagte sie.

»Im Laden«, bestätigte ich. »Beim Einkaufen. Ich weiß nicht, was das zu bedeuten hat.«

»Sie kennen Frau Sartorius?«

Ich wies auf ihren Stuhl. »Hier«, antwortete ich. »Sie saß auf demselben Stuhl wie Sie.«

»Wann war das?« Neundorf fixierte mich erneut mit strengem Blick.

»Oh.« Ich überlegte. »Es ist auf jeden Fall schon einige Wochen her. Ende November, schätze ich.«

Meine Gesprächspartnerin nickte. »Was haben Sie mit ihr gesprochen?«

»Über Alina Sievers«, erklärte ich. »Frau Sartorius wusste, dass ich in der Höhle auf die Überreste der Frau gestoßen war. Außerdem komme ich aus Hamburg. Sie erhoffte sich Informationen über das allgemein Bekannte hinaus.«

»Und? Sie konnten ihr welche geben?«

»Leider nein. Woher auch? Sie war wohl ziemlich enttäuscht.«

»Wann haben Sie sie dann wiedergetroffen?«

Ich hob abwehrend meine Hände. »Ich sah sie im Dorf. Mehrmals. Ab und zu wechselten wir ein paar Worte. Nichts von Belang. Small Talk.«

»Sie erinnern sich an Ihr letztes Treffen?«

»Da müsste ich eine Weile nachdenken. Wenn ich das überhaupt auf die Reihe bekomme.«

»Dann tun Sie das bitte.«

»Jetzt?«

»Wann haben Sie Frau Sartorius gesehen? Wo war das? Mit wem? Mit welchen Leuten haben Sie sie gesehen? War sie mehrfach mit ein und derselben Person zusammen?«

Ich lehnte mich auf meinem Stuhl zurück, holte tief Luft. »Ganz schön viel auf einmal, was Sie da verlangen. Aber ich fürchte …« Ich schüttelte den Kopf.

»Sie haben mir einen Kaffee angeboten«, erklärte die Kommissarin. »Jetzt würde ich ihn doch nehmen.« Sie zog ihr Handy vor, überprüfte es augenscheinlich auf eingegangene Mails. »Derweil können Sie über meine Fragen nachdenken.«

Ich lief in die Küche, gab Kaffeepulver und Wasser in die Maschine, schaltete sie ein.

Während es blubberte, hörte ich meine Besucherin laut schimpfen. »Verdammter Mist! Dann stellen wir eben dieses ganze Scheiß-Dorf auf den Kopf!«

Ich holte zwei Tassen aus dem Schrank, schenkte den Kaffee ein, schob sie auf ein kleines Tablett. Beim Griff nach der

Milchtüte stellte ich erschrocken fest, dass die fast leer war. Ersatz hatte ich keinen. Was soll's, überlegte ich, ich führe kein Gasthaus.

Die Miene meiner Gesprächspartnerin hatte sich weiter verfinstert, als ich ihr den Kaffee servierte. »Milch, Zucker?«, fragte ich höflichkeitshalber.

Sie schüttelte den Kopf, bedankte sich. »Und?«, erkundigte sie sich, die Tasse am Mund. »Ist Ihnen etwas eingefallen?«

Im selben Moment wusste ich, mit wem ich Susann Sartorius mehrfach hatte reden sehen. Mindestens zwei, wenn nicht sogar drei Mal. »Ich weiß nicht«, zögerte ich mit meiner Antwort. »Vielleicht täusche ich mich ja und dann ...«

Neundorf nippte an dem Kaffee, stellte die Tasse dann zurück, fixierte mich mit ihrem strengen Blick. »Kein Vielleicht! Was haben Sie gesehen?«

»Wahrscheinlich hat es überhaupt nichts zu bedeuten ...« Ich fühlte mich nicht wohl, kam mir vor wie ein Denunziant.

»Jetzt sprechen Sie es schon aus!«

»Zwei oder drei Mal sah ich sie mit einem Nachbarn sprechen«, erklärte ich schließlich. »Vielleicht purer Zufall.«

»Mit wem?«

Ich fühlte mich wie ein ungehorsamer Schüler, der von seinem strengen Lehrer unter Druck gesetzt wird, den schlimmsten Übeltäter der Klasse zu verraten. »Strobler heißt der Mann.«

»Strobler«, wiederholte sie kurz.

Ich nickte. »Er wohnt zwei Häuser weiter.«

»Strobler«, wiederholte sie noch einmal. »Und sonst?«

Ich wunderte mich, dass sie den Namen des Nachbarn einfach so zur Kenntnis nahm und sofort zur nächsten Frage überging. War Strobler etwa auch von anderen Leuten aus dem Dorf mit der jungen Frau beobachtet und die Polizei längst über diese Treffen informiert worden? Natürlich, so musste es sein. Die Kommissarin hatte es bereits gewusst. »Sonst?« Ich hob abwehrend meine Hände. »Mir fällt nichts weiter ein. Ich habe Frau Sartorius sonst mit keiner anderen Person zusammen gesehen. Tut mir leid.«

11. Kapitel

Die genaueren Umstände des Verschwindens der jungen Journalistin erfuhr ich erst am nächsten Tag aus dem Bericht der Lokalzeitung. Ich stapfte durch den in der Nacht frisch gefallenen Schnee in den Laden, um mir das Blatt zu besorgen, traf dort auf ausnahmslos aufgeregte und ununterbrochen miteinander plappernde Gestalten. Alle hatten nur ein einziges Thema. Obwohl ich es beim Kauf der Zeitung und einer Tüte Milch bewenden ließ und mich schleunigst wieder auf den Weg nach Hause machte, dröhnte mir der Kopf von all den seltsamen Vermutungen und Verdächtigungen, deren Ohrenzeuge ich, ob ich wollte oder nicht, während meines kurzen Einkaufs geworden war. Von Spekulationen der Polizei, dass Susann Sartorius demselben Verbrecher wie vorher schon Alina Sievers zum Opfer gefallen sei, war da ebenso die Rede wie von dem Gerücht, dass die im Frühling verschwundene Frau von ihrem Peiniger nicht sofort, sondern erst nach einem Wochen währenden Martyrium getötet worden war. Und das alles in Stempflingen, diesem kleinen, idyllischen Dorf auf der Alb!

Ich beeilte mich, nach Hause zu kommen, warf mehrere Holzscheite in den Ofen, ließ mich dann mit einer Tasse Kaffee und der Zeitung am Wohnzimmertisch nieder. Doch so sehr ich die gemütlichen Stunden in der warmen Stube sonst zu genießen vermochte, heute wollte mir das nicht eine Minute gelingen. Schon die Überschrift des sonst in seinen Formulierungen recht besonnenen Blattes schlug mir buchstäblich auf den Magen.

Alina Sievers über Wochen hinweg zu Tode gequält?

Ich glaubte zuerst, nicht richtig gelesen zu haben, nahm mir deshalb den Titel zum zweiten Mal vor. Allein, es änderte nichts. Jetzt wusste ich wenigstens, woher die Gerüchteküche im Laden ihren Stoff bezogen hatte. Was dort kolportiert worden war, entstammte nicht den kranken Hirnen sensationslüsterner Hinterwäldler, wie ich ursprünglich vermutet hatte, sondern der offiziellen Verlautbarung des Pressesprechers der Polizei, mit der er die entsprechenden Andeutungen verschiedener Medienvertreter mehr oder weniger bestätigte. Alina Sievers sei den Erkenntnissen des leitenden Gerichtsmediziners Dr. Holger Schäffler zufolge mit an Sicherheit grenzender Wahrscheinlichkeit über lange Zeit hinweg gefoltert und vergewaltigt worden, möglicherweise von den Tagen ihres Verschwindens an bis zu ihrem Tod. Angesichts des fortgeschrittenen Zustands der Verwesung des Körpers sei es zwar schwer, das genaue Ausmaß der Verletzungen zu erfassen. Dass die Frau aber wochenlang gewaltsam traktiert und gequält wurde, sei jedoch medizinisch eindeutig zu belegen. Den Wunden und Entstellungen nach handle es sich bei dem oder den Tätern um skrupellose Sadisten. Was die Frau habe ertragen müssen, lasse sich mit Worten nicht beschreiben.

Ich las den ganzen Artikel, kämpfte mich durch die Argumente des Mediziners, mit denen er seine Untersuchungsergebnisse begründete, stieß auf die als spekulative Überlegung formulierten letzten Sätze des Journalisten.

Und dann steht da noch die Befürchtung einer Kollegin der vermissten Journalistin Susann Sartorius, die auf der Pressekonferenz bekannt wurde. Müssen wir uns darauf einstellen, so ihre Frage, dass der seit dem 21. dieses Monats verschwundenen jungen Frau ein ähnliches Schicksal wie das von Alina Sievers droht? Die anwesenden Pressevertreter warteten vergeblich auf eine Antwort des Polizeisprechers. Den schlimmsten Albträumen stehen offensichtlich alle Türen offen.

Als ich die Zeitung zur Seite gelegt hatte, war mir jeder Ansatz zu einer friedlichen Weihnachtsstimmung endgültig entflogen. Das Wissen um das grausame Geschehen, dem die von mir in der Höhle entdeckte Frau in den letzten Wochen ihres Lebens ausgesetzt gewesen war, verdrängte jeden anderen Gedanken. Gequält, gefoltert, vergewaltigt – der Bericht des Gerichtsmediziners hatte nichts vermissen lassen, was das Leben an schrecklichen Erfahrungen zu bieten hatte. Alina Sievers war nicht nur ermordet, sie war vorher einer grauenvollen Leidenszeit unterworfen worden. Welche Bestie hatte das zu verantworten? Abgründe menschlicher Perversion taten sich auf – in einem Ausmaß, das alle Grenzen sprengte. War es wirklich möglich, dass ein dermaßen verkommener, gewalttätiger Mensch hier in diesem kleinen Dorf auf der Schwäbischen Alb lebte?

Instinktiv schob ich diese Vorstellung von mir. Das konnte nicht sein. Hannibal Lecter, eine Spielart des Teufels hier in diesem Ort? Nein, das war doch etwas zu hoch gegriffen, das war unmöglich.

Doch so sehr ich mich gegen den Albtraum der Existenz einer solchen Person in Stempflingen oder seiner Umgebung wehrte, ein weiterer unvorstellbar grauenvoller Gedanke kam hinzu: Die Angst, dass nicht nur die in der Höhle gefundene, sondern jetzt auch noch die vor wenigen Tagen verschwundene Frau diesem Satan in die Hände gefallen sein konnte. Was man sonst nur in amerikanischen Horrorfilmen zu sehen bekam, sollte sich hier in diesem abgelegenen, kleinen Dorf ereignet haben und vielleicht jetzt, in genau den Sekunden und Minuten, in denen ich darüber nachdachte, weiter stattfinden? Nicht als fiktives Schauermärchen made by Hollywood, sondern in grausam blutiger Realität? Mit der bezaubernden, jungen Frau als neuem Opfer, mit der ich mich hier in Tante Linas Wohnzimmer so angeregt unterhalten hatte? Wie sollte man diesen Gedanken aushalten, wie unter der Vorstellung eines solchen Albtraums weiterleben?

Mich schauderte dermaßen, dass mir speiübel wurde. Ich sprang von dem Stuhl auf, eilte auf die Toilette, hielt meinen Kopf würgend über die Schüssel. Bittere Galle schoss mir die Speiseröhre hoch, ich spuckte, spülte mir anschließend den Mund gründlich aus. Was war mit dieser Welt los, wer hatte all diesen Wahnsinn ins Leben gerufen?

Trotz der noch recht frühen Stunde schon wieder müde lief ich ins Wohnzimmer zurück, nahm mir die Zeitung noch einmal vor. Das letzte Lebenszeichen von Susann Sartorius, hieß es da, stamme vom Sonntag, dem 21. Dezember. Am späten Nachmittag, kurz vor Einbruch der Dämmerung, sei sie beobachtet worden, wie sie ihren dunkelroten Golf auf dem Parkplatz am Ortseingang von Stempflingen abstellte und in ihre dicke Winterjacke schlüpfte. Wenige Minuten vorher hatte sie ihrem Freund in Hamburg gemailt, dass sie nur noch kurz etwas überprüfen und dann in ihr Hotel in Albstadt zurückkehren wolle. Um was es bei dieser »Überprüfung« ging, sei nicht bekannt. Ihr Freund nehme aber an, dass es sich um ihre Recherchen zum Tod von Alina Sievers handelte, schließlich sei sie deswegen zwei Tage vorher noch einmal von Hamburg in den Süden aufgebrochen. Den ganzen Abend des 21. habe er versucht, seine Partnerin zu erreichen, sowohl per Anruf als auch per Mail – vergeblich.

Die von der Polizei inzwischen durchgeführte Überprüfung der Handy-Ortung von Susann Sartorius ergebe ein eindeutiges Bild: Bis kurz nach Mitternacht habe sich das Mobiltelefon der verschwundenen Frau von Stempflingen aus ins Netz eingeloggt, danach sei dies wohl von der Straße Richtung Albstadt aus geschehen. Hier habe man das Gerät zwei Tage später schließlich auch entdeckt: Auf der Rückbank ihres Golfs, der auf einem Parkplatz etwa 500 Meter von ihrem Hotel entfernt entdeckt worden war.

Weder im Auto noch im Hotelzimmer der Frau habe man irgendwelche Gegenstände gefunden, die Hinweise auf ihre derzeitigen journalistischen Recherchen hätten liefern können; sowohl ihre beiden Notebooks, die sie der Auskunft ihres Freundes nach immer bei sich führte, als auch ihre Sticks oder eventuelle schriftliche Notizen seien spurlos verschwunden. Wer das Hotelzimmer durchwühlt habe, sei nicht bekannt; es müsse aber in der Nacht vom 21. auf den 22. Dezember geschehen sein, weil der auffallend unordentliche Zustand des Raumes am frühen Mittag des 22. von der zuständigen Reinigungsfachkraft gemeldet worden sei.

Was alle diese Erkenntnisse für den Verbleib von Susann Sartorius bedeuteten, sei noch nicht geklärt. Sollte das bisher ungeklärte Verschwinden der Frau aber auf ein Verbrechen zurückgehen, könnte das in der Nacht vom 21. auf den 22. Dezember in Albstadt oder aber schon am späten Nachmittag oder Abend des 21. in Stempflingen geschehen sein. Ob tatsächlich ein Zusammenhang mit dem Schicksal von Frau Sievers existiere, sei nicht bekannt. Für die Behauptung, Frau Sartorius befinde sich in den Händen eines unbekannten Gewalttäters, gebe es keinerlei Beweise, sie müsse daher als reine Spekulation eingestuft werden.

Dass sich jedoch genau diese Assoziation blitzschnell überall im Land verbreitete und die Ereignisse in Stempflingen durch die Erkenntnisse der Gerichtsmedizin in eine neue Dimension aufgestiegen waren, konnte man schon am selben Abend auf sämtlichen Nachrichtenkanälen im Internet und im Fernsehen bemerken. Die Sender überschlugen sich gegenseitig mit immer neuen plakativen Parolen. Vom »Teufel in Schwaben« über »Unvorstellbare Gewalt in der Provinz« bis zu »Stempflingen – das Dorf des Satans«, kein sensationsheischender Text fehlte. Wohl kaum ein Mensch irgendwo in einem Winkel Europas, dem die Existenz des Dorfes auf der Alb an diesem Abend verborgen blieb.

Auch im Ort selbst war deutlich zu bemerken, dass mit den neuesten Veröffentlichungen eine Schwelle überschritten war. Eine Schwelle, die in eine neue Dimension führte. Bereits am nächsten Morgen quollen die Straßen und Gehwege über von wissensbegierigen Journalisten und neuigkeitsgeilen Gaffern. Ganze Pulks fremder Fahrzeuge drängten sich im Ortskern, der Eingang des Ladens war von unzähligen Fernsehteams belagert. An meiner Haustür läuteten bis zum Mittag insgesamt zwölf verschiedene Reporter. Weil ich nach dem zweiten Schwall sensationsheischender Suggestivfragen nicht mehr reagierte, klopfte es alle paar Minuten so kräftig an einem der Fenster, dass ich um die Unversehrtheit der Scheiben fürchtete. Zum ersten Mal seit meiner Anwesenheit in Stempflingen schloss ich deshalb bereits am frühen Nachmittag sämtliche Fensterläden.

Es war nicht zu übersehen, dass jetzt eine andere Kategorie von Journalisten Einzug ins Dorf gehalten hatte. Zudringlich, aggressiv und oft ohne Manieren nahmen sie alle in die Mangel, die irgendwie als im Dorf ansässig wirkten. Hatte man in den vergangenen Wochen noch auf einen ernsthaften Gedankenaustausch oder eine einigermaßen seriöse Fragerunde mit einem Medienvertreter hoffen können, so waren jetzt fast ausnahmslos dämliche Fragen zu hören.

»In welchem Haus wohnt die Bestie? Was glauben Sie?«

»Welchem Ihrer Nachbarn trauen Sie es zu?«

Die seriösen Rechercheure waren fast alle gegangen, der Boulevard hatte die Stellung übernommen. Kein Wunder, dass in den in vielen Sendern präsentierten Live-Schaltungen die entsprechenden Statements präsentiert wurden.

»Dem han i des scho immer zutraut.«

»Mir war der scho immer suschpekt.«

»I wüsst mindeschtens fünf Halunke hier im Dorf, die dazu imstand sind.«

Was die Brandstifter provoziert hatten, wurde der Öffentlichkeit jetzt massenhaft präsentiert.

Es dauerte nur wenige Tage, bis zunehmende Unruhe und Unfrieden die Atmosphäre des Dorfes grundlegend veränderten. Die Nerven vieler Einwohner waren bis zum Bersten angespannt, das Leben in Stempflingen begann mehr und mehr unerträglich zu werden. Der Ort verwandelte sich in ein Pulverfass, das jederzeit in die Luft gehen konnte.

Zwei Tage später schon, ausgerechnet am Silvestermorgen, war es so weit. Durch einen Zufall wurde ich Zeuge.

Mit Tante Linas großer Einkaufstasche in der Hand hatte ich mich auf den Weg zum Laden gemacht. Die Luft war eisig kalt, der Boden von einer dünnen, spiegelglatten Eisschicht bedeckt. Nach wenigen Metern schon war ich zum ersten Mal ausgerutscht, hatte nur mühsam an einem von Schmeils Gartenzaunpfählen Halt gefunden. Vorsichtig war ich weiter zur Dorfstraße marschiert, vor jedem Schritt sorgsam den Boden taxierend. Die eisglatte Fläche unmittelbar vor der Einmündung des Ludwigsburger Wegs hatte ich trotzdem übersehen. Von einer Sekunde zur anderen riss es mir die Füße zur Seite, und ich landete mit einem dumpfen Schlag auf meinem nur dürftig gepolsterten Hinterteil. Der Schmerz schoss mir scharfen Messerspitzen gleich in den Leib; ich schnappte nach Luft.

Leise vor mich hinfluchend tastete ich die Umgebung nach Stellen ab, auf denen ich mich wieder aufrichten konnte. Im selben Moment sah ich die beiden Männer, nur wenige Meter von mir entfernt. Ein mit einem hellen Mantel und einem roten Schal bekleideter, etwa vierzig Jahre alter, auffallend großer Typ, ein kleines Mikrofon in der Hand, breitbeinig vor einer stoppelhaarigen, mindestens einen Kopf kleineren, in eine verschlissene, dunkle Jacke gehüllten Gestalt aufgebaut. Ich kannte nur den kleinen Stoppelhaarigen, hatte nicht gerade Vorteilhaftes über ihn gehört. Bernd Gerner, ein Arbeiter des Sägewerks, der mit seinem Bruder und den Eltern in einem alten Hof am Rand des Dorfes lebte und für seine häufigen Sauftouren und Schlägereien bekannt war. Sogar Tante Lina sollte der Kerl handgreiflich bedroht haben, wie Verena Engel mir erzählt hatte.

»Sie sind doch ein Einheimischer. Das ist nicht zu übersehen«, hörte ich den groß gewachsenen Mann, offenbar einen Journalisten fragen. »Was glauben Sie, wer aus Ihrem Dorf ist der Mörder? Welchem von Ihren Nachbarn trauen Sie es zu?«

Ich war gerade dabei, mich vorsichtig wieder in die Höhe zu hieven, als Gerner explodierte. Seine Rechte schoss seinem Gegenüber ohne jede Vorwarnung mitten ins Gesicht. Er riss dem Journalisten das Mikrofon aus der Hand, schlug ein zweites Mal zu. Die groß gewachsene Gestalt kam ins Straucheln, Blut tropfte aus seiner Nase. Gerner brüllte irgendetwas von: »Scheißkerl, neugieriger!«, warf das Mikrofon auf den Boden, stampfte wütend darauf herum. Ich hörte das Plastikgehäuse bersten, sah die Kunststoffteile in alle Richtungen splittern. Bis der Journalist wieder zu sich gefunden hatte, stapfte Gerner bereits mit grimmiger Miene vom Tatort weg, sein rechtes Bein seltsam hinter sich herziehend, als litte er unter einer Verletzung.

Ich richtete mich vollends auf, hatte das Schreien des Fremden im Ohr.

»Sind Sie wahnsinnig?«, rief er mit vom Schmerz verzerrter Stimme. »Gibt es in diesem Dorf nur Verbrecher und Verrückte?« Er hielt sich ein Taschentuch vor die Nase, versuchte, die Blutung zu stoppen.

Ich überlegte gerade, dass es wohl am besten war, mich möglichst schnell davonzumachen, als ich seine Bitte hörte.

»Hallo, Sie! Sie haben doch alles gesehen. Der Kerl hat mich angegriffen, das können Sie bezeugen, ja?«

Ich wusste, dass es falsch war, den Mann gerade so stehen zu lassen, entschied mich dennoch dazu. Der Fremde musste schließlich nicht hier im Dorf bleiben, ich aber schon. Zumindest noch einen Monat etwa, bis mir das Erbe endgültig überschrieben war. Und in diesen vier Wochen konnte mir der unberechenbare Schläger jederzeit über den Weg laufen, vor allem jetzt, wo ich ebenfalls in dem Sägewerk zu arbeiten beabsichtigte. Nein, es war besser, mich aus der Sache herauszuhalten, noch dazu, wo mich das aufdringliche Gehabe dieser Boulevard-Reporter selbst mordsmäßig nervte. Was musste der Kerl hier die Leute mit dämlichen Fragen belästigen!

Ich vermied deshalb jeden weiteren Blick in die Richtung des Journalisten, machte auf der Stelle kehrt und lief wieder zu Tante Linas Haus zurück. Einkaufen konnte ich auch noch später, der Laden hatte bis in den Nachmittag geöffnet.

»Hallo, Sie«, tönte es hinter mir. »Sind Sie taub? Sie haben es doch genau gesehen! Der hinkende Irre hat mich ohne jeden Grund geschlagen. Warum helfen Sie mir nicht?«

Natürlich zeugte mein Verhalten nicht gerade von mitfühlender Verbundenheit mit dem verletzten Opfer eines Gewalttäters, aber in meiner Situation schien es mir einfach die richtige Entscheidung.

Ich ließ den Mann also rufen und schimpfen, verkroch mich die nächsten Stunden im warmen Wohnzimmer.

Zwei Tage später wurde mir endgültig bewusst, dass ich mich richtig verhalten hatte. Gleich in den ersten Stunden meiner Tätigkeit im Sägewerk stieß ich nämlich auf den gewalttätigen Stempflinger – und zwar im wahrsten Sinn des Wortes. Ich hatte meinen neuen Arbeitsplatz im Verwaltungsgebäude des Unternehmens bezogen, einen kleinen, gerade mal vier auf fünf Meter großen Raum mit Schreibtisch, Computer und schmalem Regal zur Materialablage, und mich bei der Sekretärin, einer älteren, aus einem Nachbarort stammenden Frau Kaul nach einem Stuhl für mein Zimmer erkundigt, weil eine Sitzgelegenheit fehlte, als ich beim Verlassen des kleinen Gebäudes plötzlich mit Gerner zusammenprallte.

»Schauen Sie doch im Vorratslager nach«, hatte mir die Sekretärin empfohlen und sich entschuldigt, dass das Büro nicht vollständig eingerichtet war. »Sie finden es unten neben dem Eingang. Die Tür ist nicht verschlossen.«

Gerner sah keinen Anlass, sich für sein ungestümes Verhalten zu entschuldigen, obwohl er, ohne auf den Weg vor sich zu achten, direkt in mich hineingerannt war. Er warf mir einen missmutigen Blick zu, hinkte ein paar Meter weiter bis zu der Stelle, wo das Sägewerksgelände abrupt in die Tiefe abfiel, und nahm direkt vor dem Maschendrahtzaun, der die Straße vor dem Abgrund abschirmte, breitbeinig Aufstellung.

Ich glaubte zuerst, nicht richtig zu sehen, nahm die Sache wohl erst in dem Moment als reales Geschehen wahr, als ich das Plätschern hörte. In völlig verschlissene, ehemals wohl dunkelblaue Arbeitskleidung gehüllt stand die stoppelhaarige Gestalt keine zehn Meter von mir entfernt und pinkelte mit kräftigem Strahl in den Abgrund. Der Mann zeigte keinerlei Reaktion, als ich mich verlegen in die Richtung des Schuppens bewegte. Er genierte sich offensichtlich nicht, verrichtete sein Geschäft bis zum Ende, eine etwas wirre Melodie laut vor sich hinträllernd. Ohne auf meine Anwesenheit zu achten, schüttelte er in aller Ruhe die letzten Tropfen von sich. Als endlich wieder alles verpackt war, wischte er sich seine Hände an den Hosen ab und hinkte langsam davon, sein rechtes Bein wieder so seltsam hinter sich herziehend, wie ich es schon einmal beobachtet hatte.

Ich vermied es, der grobschlächtigen Gestalt hinterherzuschauen, konzentrierte mich stattdessen auf den Inhalt des Schuppens. Es handelte sich um einen etwa fünf auf fünf

Meter großen Holzverschlag, der vor dem Eingang einer breiten Höhle errichtet und mit Möbeln, Werkzeugen und in offenen Regalen verwahrten Gartengeräten vollgepackt war. Wie clever dabei die von der Natur geschaffenen Gegebenheiten ausgenutzt wurden, bemerkte ich erst, als ich das Licht einschaltete. Das Vorratslager erstreckte sich weit in die Höhle hinein, folgte dem Hohlraum sogar noch um eine sanfte Rechtskurve und endete erst an einem in den Felsen eingelassenen Gitter, hinter dem der Boden in die Tiefe abzufallen schien. Die Wände und die Decke der Höhle waren naturbelassen, nur der Boden mit Beton geglättet. Man hatte auf diese Weise sowohl den Bau einer Lagerhalle als auch den dafür notwendigen Platz gespart, war wohl äußerst preisgünstig zu einem Vorratsraum gekommen. Eine geniale Idee!

Ich sah mich nach Stühlen um, entdeckte mehrere unkonventionell gestaltete Modelle. Sie schienen in der eigenen Firma hergestellt, trugen allesamt den Aufdruck: *HaSt.* Hartmann, Stempflingen.

Ich testete sie der Reihe nach, entschied mich für den Standfestesten, der auch meinem Rücken gut zu tun schien. Als ich wieder nach draußen trat, war Gerner verschwunden. Ich trug den Stuhl in meinen Arbeitsraum hoch, informierte die Sekretärin über meine erfolgreiche Suche.

»Na, dann kann es ja losgehen«, meinte sie.

Die Blätter mit Hartmanns handschriftlich ausgeführten Arbeitsaufträgen lagen unübersehbar mitten auf dem Schreibtisch. Wie wir es besprochen hatten, wünschte er sich einen neuen Internet-Auftritt seiner Firma, flotter und dynamischer als bisher, aber dennoch seriös in der Aufmachung. Ich hatte mir dazu in den letzten Tagen schon ausführlich Gedanken gemacht, mehrere Entwürfe zu Hause auf meinem Laptop ausgearbeitet und auf einem Stick gespeichert. Die folgenden Stunden vergingen wie im Flug: Ich lud meine

Entwürfe auf die Festplatte des Firmencomputers, führte sie alternativ in verschiedenen Schrifttypen und unterschiedlichen Farbtönen aus und überprüfte noch einmal alle Formulierungen auf ihren Sinn und die sprachliche Prägnanz.

Mitten in meiner Arbeit klopfte die Sekretärin an die Tür. Überrascht schaute ich auf.

»Mittagessen«, erklärte die Frau. »Sie kommen mit?«

»Jetzt schon?«, fragte ich.

Margot Kaul wies auf ihre Uhr. »Zehn nach zwölf, ja.«

Etwas verwirrt nahm ich zur Kenntnis, wie spät es schon war. Ich hatte völlig vergessen, ein belegtes Brot mitzunehmen, erinnerte mich vage an Hartmanns Erwähnung einer einfachen, aber täglich wechselnden Betriebsmahlzeit, die er mir bei meinem Vorstellungsgespräch gegen ein bescheidenes monatliches Entgelt von nur 50 Euro angeboten hatte. Insofern kam mir das Vorsprechen der Frau gerade recht. »Ich muss mich nicht vorher anmelden?«, erkundigte ich mich.

Sie schüttelte den Kopf.

Ich speicherte meinen neuesten Entwurf ab, zog meine Jacke an, folgte der Sekretärin die Treppe hinunter. »Wohin gehen wir?«

Wir waren vor dem Bürotrakt angelangt, folgten der schmalen Privatstraße leicht abwärts.

»Herr Hartmann hat Ihnen den Versammlungsraum nicht gezeigt?«

»Nein.«

»Kein Problem«, sagte sie. »Wir sind gleich da.«

Die Straße führte um die Ecke direkt auf die beiden Hallen zu, in denen die Baumstämme und das daraus gewonnene Rohholz verarbeitet wurden. Die Lkws, die die Bäume lieferten und das Holz abholten, kamen von der anderen Seite her zu den Hallen. Sie nutzten eine asphaltierte Zufahrt, die etwa 500 Meter oberhalb mitten im Wald von der Umgehungsstraße abzweigte und direkt zum Sägewerk führte. Die Gemeinde hatte die Stichstraße vor wenigen Jahren bauen lassen, um den Schwerlastverkehr aus dem Dorf zu verbannen, so hatte man mir erzählt.

Rechter Hand fiel das Gelände nicht mehr so steil ab wie noch in der Umgebung des Verwaltungsgebäudes. Büsche und niedrige Bäume säumten den Hang. Unterhalb ihrer winterlich kahlen Gerippe tauchten mehrere Etagen des aufgelassenen Steinbruchs aus der Tiefe.

Das kleine Bauwerk, auf das wir zuhielten, erhob sich auf der anderen Seite des Areals, unmittelbar vor dem Steilanstieg des Berges. Ein schmaler, vielleicht zehn Meter langer Flachdachbau mit großen Fenstern und einer frisch gestrichenen, hellroten Fassade. *Zur Räuberhöhle*, prangte in farbigen Lettern quer über die Wand.

Wir liefen auf eine breite, im oberen Bereich in Milchglas ausgeführte Tür zu, trafen auf eine Gruppe in Arbeitskleidung gewandeter Männer, die rauchend im verqualmten Vorraum standen und lauthals miteinander palaverten. Die kleine Gestalt mittendrin erkannte ich sofort: Gerners verkniffenes Gesicht war nicht zu übersehen. Er hatte eine Zigarette zwischen den Lippen, stieß eine blaue Wolke vor sich in die Luft. Ich merkte schnell, dass das Gespräch der Männer die beiden verschwundenen beziehungsweise ermordeten Frauen sowie das aggressive Auftreten verschiedener Journalisten zum Inhalt hatte, hörte Margot Kauls bissige Bemerkung, dass es nicht länger akzeptabel sei, sich den Zutritt zum Versammlungsraum mit der Passage dieses rauchgeschwängerten Lochs zu erkaufen.

»Ich dachte, auf dem gesamten Werksgelände sei Rauchen verboten«, warf ich ein.

»Das ist es auch«, zischte meine Begleiterin mit vor Zorn geröteter Miene. »Aber wenn der Chef nicht anwesend ist …

Manche Leute kennen keine Rücksicht. Und niemand traut sich, etwas gegen die zu unternehmen.« Sie beeilte sich, die nächste Tür zu öffnen, ließ mich eintreten.

Die Geräusche mit Messer und Gabel speisender sowie sich unterhaltender Menschen umgaben uns. Ich schaute mich um, blieb überrascht stehen. Der Raum, in dem wir uns befanden, war ein einziges architektonisches Wunderwerk. Geschaffen nicht allein von einem menschlichen Künstler, sondern auch und vor allem von der Natur. Es handelte sich um die perfekte Verbindung einer im Verlauf von Jahrtausenden entstandenen, großen Höhle und ihrer von Menschenhand erstellten Ergänzung. Der Boden, die Wände und die Decke – alles schien komplett von der Natur geschaffen. Dunkle, wellige Strukturen, wohin ich auch sah. Nur mit Mühe war der Übergangsbereich zwischen dem natürlichen Original und dem menschlich kreierten Imitat zu erkennen. Ich musste zwei Mal hinschauen, um die Stellen auszumachen, an denen die Felsformationen durch von einem Kunsthandwerker geschaffene Materialien ergänzt wurden, so perfekt war das ausgeführt.

Der größte Teil des Raumes lag im Bereich der von der Natur modellierten Höhle, darüber war ich mir nach mehreren Augenblicken ungläubigen Staunens klar. Eine außergewöhnlich breite Erdspalte, die die als Vorratslager genutzte Höhle an Fläche weit übertraf. Was die faszinierende Atmosphäre vervollkommnete, waren die überall an der Decke und den Wänden befestigten Girlanden mit Hunderten winziger Lämpchen, deren warmes, gelbes Licht dem Raum eine festlich anmutende Stimmung verlieh. Kein Wunder, dass es den an drei hellen großen Naturholztischen versammelten Menschen gut zu schmecken schien.

»Was möchten Sie gerne? Fleisch oder vegetarisch?« Die Stimme Margot Kauls erinnerte mich an den Grund meiner

Anwesenheit. Sie wies auf eine kleine, in einen Holzrahmen gefasste Tafel an der Wand, auf der mit weißer Kreide zwei verschiedene Mahlzeiten angezeigt waren.

Fleischküchle mit Kartoffelsalat.

Pilzragout mit Reis und grünem Salat.

Wir nahmen an einer schmalen Theke Aufstellung, hinter der eine in eine weiße Uniform gekleidete Frau um die fünfzig unsere Ankunft mit neugierigem Blick beobachtete.

»Irma Bäuerle, unsere Köchin. Und das ist Herr Grohm«, stellte die Sekretärin uns gegenseitig vor. »Er arbeitet seit heute bei uns.«

Wir nickten einander freundlich zu.

»Was hättet Sie denn gern?«, wollte Irma Bäuerle in ausgeprägt schwäbischem Dialekt wissen.

Ich hörte, dass sich meine Begleiterin für das Pilzragout entschied, schloss mich nach kurzem Blick auf die Teller der rundum Sitzenden ihrem Wunsch an.

»Die rauchen schon wieder«, äußerte Margot Kaul in missbilligendem Ton.

Die Köchin schöpfte zwei Teller voll, reichte sie uns über die Theke. »Kaum isch der Chef aus dem Haus, tanzet die Ratte uf dem Tisch«, gab sie ihre Entrüstung ebenfalls zu erkennen.

Ich nahm den Teller entgegen, holte mir Messer und Gabel, schloss mich der Sekretärin an.

»Getränke kosten extra. Jeweils einen Euro.« Sie deutete auf die Glasvitrine hinter der Theke. »Bei Irma Bäuerle zu bestellen.«

»Auch Kaffee?«, fragte ich, die Maschine neben der Kasse im Blick.

»Ein Euro«, bestätigte sie.

»Dann hole ich mir einen nach dem Essen«, sagte ich.

Margot Kaul stellte ihren Teller auf dem einzigen noch freien Tisch ab, zog sich einen Stuhl her.

»Ich darf mich zu Ihnen setzen?«, erkundigte ich mich.

»Aber ja«, gab sie zur Antwort.

Ich ließ mich ihr gegenüber nieder, bemerkte die neugierigen Blicke mehrerer Männer an den anderen Tischen. Neue Mitarbeiter waren hier wohl nicht allzu oft zu sehen. Etwa ein Dutzend Arbeiter waren an den Tischen versammelt, die meisten Gesichter waren mir unbekannt, nur einen glaubte ich schon einmal im Dorf gesehen zu haben. Bis auf zwei jüngere Männer, die etwas abseits saßen, trugen alle Arbeitskleidung; eine blaue Jacke samt Hose mit dem aufgedruckten Firmenemblem *Hast*.

Ich war gerade dabei, meiner Begleiterin guten Appetit zu wünschen, als die Tür aufging und zwei weitere Mitarbeiter, in intensivem Gespräch miteinander beschäftigt, den Raum betraten. Sie riefen laut: »En guede!«, und schlossen die Tür hinter sich. Fast alle Anwesenden erwiderten den Gruß. Auch wenn ich ihn nur von der Seite sah, erkannte ich einen der Männer sofort. Strobler, der neugierige Nachbar, der nur zwei Häuser von mir entfernt wohnte.

»Die rauchen so lange, bis eines Tages der ganze Laden abbrennt«, hörte ich seinen Begleiter schimpfen.

Strobler winkte mit seiner Rechten ab. »Sollen die ruhig. Wenn der Chef sich nicht drum kümmert …«

Beide steuerten auf die Theke zu, bestellten sich Fleischküchle und Apfelsaft-Schorle, nahmen am Nachbartisch Platz.

Ich aß von meinem Pilzragout, war vom ersten Moment an überzeugt, die richtige Wahl getroffen zu haben. Die Pilze waren in feine Scheiben geschnitten und hauchzart gedämpft, der Reis mit einer erlesenen Auswahl verschiedener Kräuter wohlschmeckend gewürzt. Lediglich über die Salatsoße konnte man streiten, aber das war prinzipiell Geschmackssache. So gut hatte ich auf jeden Fall schon lange nicht mehr gegessen. Noch dazu in dieser Umgebung! »Ein wunderschöner Raum. Und das Essen schmeckt hervorragend«, lobte ich deshalb, nachdem ich den Teller fast zur Hälfte geleert hatte. »Frau Bäuerle kocht selbst?«

Margot Kaul nickte. »Sie sollten es ihr persönlich sagen. Das hat sie verdient. So große Mühe, wie sie sich immer gibt.«

»Jeden Tag?«

»Montag bis Freitag, ja. Seit dem letzten Sommer. Leider erfährt sie nicht nur Zustimmung.«

Ich hatte mich gerade am Salat bedient, hielt mitten im Kauen inne. »Wie soll ich das verstehen?«, fragte ich.

Meine Begleiterin ließ sich Zeit mit ihrer Antwort. »So wie ich es sage«, erklärte sie schließlich, nachdem sie alles, was sie im Mund gehabt hatte, gründlich zerkaut und geschluckt hatte.

»Es gibt Mitarbeiter, die das Essen kritisieren?«

Margot Kaul spitzte die Lippen, fuhr sich mit der Zunge über die Zähne. »Ein paar von den Herren haben Sie doch gesehen.« Sie wies mit einer kurzen Kopfbewegung in die Richtung des Vorraums.

»Die Leute, die dort rauchen?«

»Obwohl es auf dem Werksgelände untersagt ist.«

»Das Verbot scheint mir nachvollziehbar. Hier wird Holz verarbeitet, die Gefahr begreift doch jeder. Wieso wird das Rauchverbot nicht strenger kontrolliert?«

Die Sekretärin legte ihre Stirn in Falten, fixierte mich mit strengem Blick. »Sie sind neu hier. Aber leben Sie nicht schon eine Weile im Dorf? So langsam sollten Sie die Verhältnisse doch …« Sie brach mitten im Satz ab, konzentrierte sich wieder auf ihren Teller.

Ich tat es ihr nach, verzichtete auf weitere Erklärungen. Offensichtlich wollte die Frau nicht über das Thema reden. Stattdessen machte ich mich an den Salat. Er schmeckte hervorragend. Klein geschnittene Endivienblätter, hauchdünne Gurkenscheiben, winzige Tomatenstücke, Splitter von Nüssen und Mandeln. Die Köchin hatte sich wahrlich Mühe gegeben.

Plötzlich kam Leben in den Raum. Die Männer am anderen Tisch erhoben sich von ihren Plätzen, schoben die Stühle zurück.

»Aber falls die noch zu sehen sind, keine Provokation«, erklärte ein großer Dunkelhaariger, seinen Teller und ein leeres Glas in der Hand, in die Richtung des Vorraumes schauend. »Weihnachten ist noch nicht lange vorbei.«

Sein Nachbar, ein kräftiger, etwa vierzig Jahre alter, gut aussehender Typ mit langen, blonden Haaren, lachte laut. »Keine Schlägerei an Weihnachten. Erst wieder nach den Feiertagen, Harald, wie?«

Sie trugen die Teller, Gläser und Tassen zur Theke, reichten sie der Reihe nach der Köchin, bedankten sich für das gute Essen.

»Irma, du kochst besser als meine Mutter«, hörte ich die sonore Bassstimme des Blonden, »und das will was heißen. Meine Mutter ist nämlich eine der besten Köchinnen auf der ganzen Alb.«

Die Frau hinter der Theke winkte verlegen ab.

»Doch, Irma«, stimmte einer der anderen Männer zu. »Unser Festessen an den Feiertagen war nichts gegen dein Ragout.«

Ich sah das strahlende Gesicht der Köchin, die sich trotz ihrer Verlegenheit ganz offensichtlich über die Komplimente freute, hörte, wie sich einer nach dem anderen freundlich von ihr verabschiedete.

»Wir sehen uns leider erst nächste Woche wieder«, erklärte der große Blonde. »Morgen geht's in die Schweiz.« Er lief zur Tür, blieb bei Margot Kaul stehen und wünschte ihr alles Gute und Gesundheit zum neuen Jahr. Die Sekretärin bedankte sich artig, wünschte ihm ebenfalls alles Gute.

»Heute kann sich Frau Bäuerle aber nicht beklagen«, sagte ich, nachdem die Männer freundlich grüßend den Raum verlassen hatten. »Die waren ohne Ausnahme sehr höflich.«

Margot Kaul nickte zustimmend. »Die haben Manieren, ja. Aber so sind leider nicht alle. Außerdem sind sie oft unterwegs.« Sie hielt einen Moment inne, fuhr sich mit der Zunge über die Lippen. »Die aber nicht. Die sind jeden Tag hier.« Ihre Kopfbewegung in die Richtung des Vorraumes brachte deutlich zum Ausdruck, wen sie meinte. »Kein Wunder. Was bringen die schon zustande? Rohe Stämme schälen und zerteilen, sonst nichts«, gab sie sich selbst die Antwort.

»Und die?« Ich wies auf den Nachbartisch, an dem die Männer gegessen hatten. »Was wollen sie in der Schweiz? Urlaub?«

»Urlaub? Nein. Das sind begabte Leute. Künstler, die ihr Handwerk perfekt beherrschen.« Meine Gesprächspartnerin schien vor Stolz zu wachsen. Sie reckte ihren Oberkörper in die Höhe, wies auf die Umgebung. »Der Raum hier. Er gefällt Ihnen, richtig?«

»Und ob!«, bekräftigte ich ihre Aussage. »Ein architektonisches Juwel.«

»Christian Palmer und Harald Gensch. Der Blonde und der Dunkelhaarige. Sie haben sie gesehen. Es ist ihr Werk.«

»Sie kamen auf die Idee, die Höhle auf diese Weise zu nutzen?«

»Und sie in einen Anbau zu integrieren, ohne dass diese Verbindung sofort ins Auge fällt.«

»Das ist ihnen hervorragend gelungen«, gab ich meiner Bewunderung Ausdruck.

»Palmer zeichnete die Pläne«, erklärte Margot Kaul. »Und er drechselte einen großen Teil der Holzverkleidung. Gemeinsam mit Gensch und den anderen Leuten.« Sie wies auf die Tür, durch die die Männer den Raum verlassen hatten.

»Und jetzt arbeiten sie in der Schweiz an ähnlichen Projekten. Zwei Bahnhöfe mit ihren Servicehallen und den Restaurants. Und kurz vor Weihnachten erhielten wir einen weiteren Auftrag: Die Innenausstattung eines Grandhotels in Davos.«

»Ein Grandhotel in der Schweiz?«, fragte ich überrascht.

»Genau. Das Feinste vom Feinen. Von uns geplant und gebaut.« Die sonst so kühle Frau hatte Mühe, ihre Begeisterung zu zügeln. Mit stolzgeschwellter Brust lehnte sie auf ihrem Stuhl, strich sich die Haare zurecht. »Firma Hartmann aus Stempflingen.« Sie schien sich mit jeder Faser ihres Körpers mit ihrem Arbeitgeber zu identifizieren.

»Da macht es sich bestimmt nicht so gut, wie das Dorf zurzeit in den Medien präsentiert wird.«

Sie wusste sofort, worauf ich anspielte. Ein Anflug von Missmut huschte über ihr Gesicht. »Das macht sich nicht gut, nein.«

»Hauptsache, die Sache hat mit der Firma nichts zu tun«, sagte ich.

Sie zögerte kurz, stimmte mir dann zu. »Das ist wichtig, ja. Gerade jetzt, wo sich Herr Hartmann so bemüht, die Streitereien aus der Welt zu schaffen.«

»Streitereien?«

Margot Kaul legte ihre Stirn in Falten, schüttelte den Kopf. Sie ärgerte sich offensichtlich darüber, dass ihr dieser Ausdruck über die Lippen gekommen war. »Sie müssen entschuldigen. Ich habe das nicht korrekt formuliert. So schlimm ist es nun auch wieder nicht. Aber Sie haben es ja selbst gesehen. Manche Leute, na ja … Rauchen, unverschämte Bemerkungen, immer neue …«

Ohrenbetäubender Lärm hinderte sie daran, weiterzusprechen. Als hätte sie es provoziert, wurde sie mitten im Satz von heftigem Poltern und Klirren unterbrochen.

»Alles in Ordnung, Irma?«, rief Strobler mit lauter Stimme.

Erschrocken drehte ich mich um, sah eine Ansammlung von Gabeln und Messern sowie kleine Tellerscherben über den Boden verstreut liegen, hörte die Antwort der Köchin.

»Nix passiert. Fast nur Besteck. Alles halb so schlimm.«

Bevor irgendjemand reagieren konnte, hatte sie die einzelnen Stücke bereits aufgelesen und im Geschirrspüler verstaut.

»Ein Kaffee«, sagte Margot Kaul. »Wollten Sie nicht noch einen Kaffee?« Sie wies zur Theke, tippte auf ihre Uhr.

Ich verstand den Wink, kam nicht mehr auf das Thema zurück. Was es mit den angedeuteten Streitereien innerhalb der Firma auf sich hatte, erfuhr ich deshalb erst eine Woche später. Wieder während des Mittagessens, aber nicht von der Sekretärin, sondern von einem der Betroffenen.

Die Arbeit hatte begonnen, mir Spaß zu machen. Zum ersten Mal seit langer Zeit hatte ich eine Beschäftigung, die mich von meinem privaten Elend ablenkte. Tag für Tag machte ich mich gern auf den Weg zum Sägewerk, auch wenn das Leben im Ort durch die kaum übersehbare Polizei- und Journalistenpräsenz zeitweise nervte.

»Mein Gott, hört das denn überhaupt nicht mehr auf?«, hatte sich an einem unserer gemeinsamen Abende selbst der sonst so ausgeglichene Thomas Schmeil beschwert.

Es hatte keiner weiteren Worte bedurft; mir war sofort klar, wovon er sprach. Das Auftauchen und Herumschnüffeln immer neuer Medienvertreter erregte mehr und mehr den Unwillen selbst der besonnensten Dorfbewohner. Sogar aus dem Ausland waren jetzt Kamerateams in den Straßen Stempflingens unterwegs, mehr schlecht als recht deutsch radebrechende Gestalten hielten allem, was zwei Beine hatte, ein Mikrofon vors Gesicht und erkundigten sich nach dem *Monster*. Ich reagierte wie die meisten Dörfler inzwischen schon instinktiv auf das Auftauchen potentieller Reporter. Kaum entdeckte ich irgendwo in der Ferne ein unbekanntes Gesicht, wechselte ich die Straßenseite und marschierte, den Kopf starr auf den Boden gerichtet, ohne jede Reaktion an dem Fremden vorbei, so aggressiv der sich auch gebärden mochte, mich vor sein Mikrofon oder seine Kamera zu zerren. Es hatte nichts mehr mit seriösem Journalismus zu tun, was sich in diesen Wochen bei uns abspielte – aber konnten wir das angesichts der unvorstellbar grauenvollen Erkenntnisse, die die polizeilichen Ermittlungen ergeben hatten, noch erwarten?

Alina Sievers war erst mehrere Wochen nach ihrem Verschwinden gestorben und in dieser Zeit gequält und wohl mehrfach vergewaltigt worden, daran gab es den Veröffentlichungen des Landeskriminalamtes nach überhaupt keinen Zweifel mehr. Und dass Susann Sartorius inzwischen demselben Schicksal ausgeliefert und in diesen Stunden einem ähnlichen Martyrium ausgesetzt war – wer wagte es noch, diesem in Ermittlerkreisen längst von der Vermutung zur Gewissheit mutierten Sachverhalt ernsthaft zu widersprechen?

Die Vorstellung, dass der für all diesen Irrsinn Verantwortliche aller Wahrscheinlichkeit nach hier in diesem Dorf oder seiner Umgebung zu finden war, lag wie ein Mühlstein um den Hals der meisten Einheimischen. Kaum eine Person im Ort, die sich in diesen Tagen nicht davon belastet fühlte. So war es auch kein Wunder, dass mein Gespräch mit Christian Palmer, eine Woche, nachdem ich den Mann mit den langen, blonden Haaren zum ersten Mal in der *Räuberhöhle* gesehen hatte, zwangsläufig bei diesem Thema landete.

Ich war spät dran an diesem Tag, hatte mich erst gegen halb eins auf den Weg gemacht und den stimmungsvollen Speiseraum bis auf die Köchin verlassen vorgefunden, als Palmer unmittelbar nach mir durch die Tür gestürmt kam.

»Ist noch was übrig für einen ausgehungerten Menschen, Irma?«, rief er laut, die Türklinke noch in der Hand.

Nebeneinander bauten wir uns vor der Theke auf, die Augen voller Verlangen auf den Topf und die Schüssel gerichtet, die als einzige noch nicht im Abwasch gelandet waren.

»Nur noch Schupfnudeln mit Kraut«, erklärte Irma Bäuerle. »Ihr seid spät dran. Das Kalbfleisch isch weg.«

»Macht nichts.« Unsere Antwort erfolgte synchron, brachte uns beide zum Lachen.

»Es reicht für zwei?«, fügte ich hinzu.

Die Köchin holte zwei flache Teller aus der Vitrine, winkte mit der Hand ab. »Aber guet«, rief sie. »Da werdet zwei Bäre davon satt.« Sie füllte die Teller, reichte sie über die Theke. Beide waren bis zum Rand gefüllt mit knusprig goldbraun gebratenen Schupfnudeln und würzig duftendem Kraut.

»Bubaspitzle! Prima. Do han i mi scho die ganze Zeit in der Schweiz drauf gfreut!«, schwäbelte Palmer. Er nahm noch eine Flasche Cola, drückte der Köchin eine Münze in die Hand.

Ich bat um eine Tasse Kaffee, ließ mich mit dem Mann am ersten Tisch nieder.

Palmer schien wirklich schon lange nichts mehr gegessen zu haben. Er stocherte mit seiner Gabel nach einer der recht groß geratenen Schupfnudeln, stopfte sie sich komplett in den Mund. Ich konnte mir ein Grinsen nicht verkneifen.

»Ja, ich weiß, ich bin unmöglich«, nuschelte mein Begleiter. Er hatte den Mund so voll, dass er nur ansatzweise zu verstehen war. »Ich habe einen Mordshunger!«

»Ist schon okay«, lachte ich. »Hauptsache, es schmeckt.«

»Das tut es«, erklärte er, bereits das nächste Stück zwischen den Zähnen. »Wie immer, wenn Irma kocht.«

Ins Gespräch kamen wir erst, nachdem wir unsere Teller geleert hatten. Ich fühlte mich rundum gesättigt, als ich das

Besteck zur Seite legte; wie Palmer es geschafft hatte, sich in der gleichen Zeit auch noch einen üppigen Nachschlag einzuverleiben, war mir schleierhaft. Er lehnte sich zufrieden auf seinem Stuhl zurück, trank den Rest seiner braunen Brause, während ich meine Tasse leerte. Palmer hatte ein abgeschlossenes Innenarchitekturstudium und eine vorher bereits absolvierte Tischlerlehre hinter sich, als er anlässlich einer Möbelmesse mit Hartmann ins Gespräch gekommen war und sich von dem Sägewerksbesitzer dazu überreden ließ, dessen Holz in besonderer Weise zu veredeln.

»Anfangs waren es nur die Ideen zweier idealistischer Spinner«, erzählte er mir, »aber weil wir beide so hartnäckige Sturköpfe sind, hat sich doch etwas daraus ergeben.«

Ich hatte die Fotos der von Palmer und seinem Team gestalteten Hotels, Luxusvillen, Bahnhöfe und verschiedener Eisenbahnwagen längst studiert und mehrere besonders kreativ ausgefallene Objekte in die Firmen-Präsentation eingefügt. Der neue Internet-Auftritt des Unternehmens wie auch die beiden Hochglanz-Prospekte, die am Morgen aus der Druckerei gekommen waren, fielen dermaßen überzeugend aus, dass Hartmann kurz vor zwölf Uhr in meinem kleinen Arbeitsraum aufgetaucht war und sich persönlich bei mir bedankt hatte. Voller Begeisterung über die bisher von mir geleistete Arbeit hatte er mich gebeten, ein spezielles Bewerbungsportfolio für die Innenausstattung der neuen Erste-Klasse-Wagen des Glacier-Express zu erstellen.

»Für diesen weltberühmten Zug in der Schweiz?«, hatte ich mich überrascht erkundigt.

»Dafür bewerben wir uns, ja«, hatte Hartmann mit vor Begeisterung leuchtenden Augen erklärt, »das wird unser Meisterstück. Sofern wir den Auftrag erhalten.«

Ich war sofort auf seine Bitte eingegangen, brachte sie doch eine außergewöhnliche Wertschätzung meiner Arbeit zum

Ausdruck. Jede freie Sekunde in den nächsten Tagen würde ich darauf verwenden, die Fertigkeiten der Firma in möglichst vorteilhaftem Licht erstrahlen zu lassen.

»Morgen beginnen wir mit der Inneneinrichtung des Grandhotels in Davos«, berichtete mir Palmer voller Enthusiasmus von seiner Arbeit. »Davon haben wir letztes Jahr noch nicht einmal zu träumen gewagt.«

»Sie sind dann die ganze Zeit wieder in der Schweiz?«

»Nur zur Endmontage«, sagte er. »Die entscheidenden Tätigkeiten erledigen wir hier bei uns. Herr Hartmann war sehr spendabel, er hat sich die Sache ganz schön was kosten lassen. Ein Idealist, der alles für seine Firma tut. Wir verfügen inzwischen über irrsinnig teure computergesteuerte Spezialfräsen, die arbeiten so präzise wie wir das mit noch so viel Perfektion nie hinbekämen. Es sei denn …«

Ich schaute auf, weil er mitten im Satz verstummte, sah, wie sich sein Gesicht mit Unmut überzog.

»Ja?«, wartete ich auf weitere Erklärungen.

»Es sei denn, diese Vollidioten pfuschen wieder und liefern uns untaugliches Holz.«

Er bemerkte meine fragende Miene, winkte mit der Rechten ab. »Wenn es nicht so verdammt ärgerlich wäre … Mit solchen Idioten zusammenarbeiten zu müssen! Letzte Woche ist es schon wieder passiert. Ich war nicht hier, konnte das Material nicht überprüfen. Und diese tumben Proleten sind unfähig, ordentlich zu arbeiten. Wir mussten noch mal von vorne anfangen, nach drei Tagen Schinderei! So viel Dummheit in so wenig Hirn, das ist schon strafbar. Hartmann ist einfach zu gutmütig. Er hätte die Idioten längst zum Teufel jagen müssen. Aber seine Verbundenheit mit diesem Kaff!«

Er benötigte eine Weile, sich zu beruhigen, führte dann aus, wie eminent wichtig es sei, mit qualitativ hochwertigem, von noch so kleinen Brüchen, Ästen und jeder Art von Schädlingen absolut freiem Material zu arbeiten und wie oft es den in der Rohholzverarbeitung beschäftigten Männern dennoch unterlaufe, solche minderwertigen Stücke zu übersehen. »Saufen und Rauchen, mehr kommt denen nicht in den Sinn.«

Weitere Ausführungen konnte er sich ersparen, ich wusste längst, von wem er sprach.

»Ohne Inzucht wäre das ganze Dorf doch längst ausgestorben«, schimpfte er. »So viele Verrückte auf so engem Raum findest du nirgendwo sonst auf der Welt.«

»Sie stammen nicht von hier?«, fragte ich.

Palmer lachte laut. »Sie wollen wissen, ob ich auch eines dieser Inzucht-Geschöpfe bin?« Sein Lachen wurde kräftiger. »Nein, ich stamme nicht aus Stempflingen. Ludwigsburg, die Stadt sagt Ihnen etwas?«

Ich nickte mit dem Kopf.

»Aber ganz abnabeln kann ich mich nicht«, gab er zu. »Mein Großcousin, so bezeichnet man diesen Verwandtschaftsgrad wohl, er lebt im Ort. Und er ist nicht gerade ein intellektuelles Aushängeschild.«

Palmer erhob sich, nahm unsere beiden Teller, reichte sie Irma Bäuerle. Mit einer weiteren Flasche Cola kam er zurück. »Der *Engel*. Die Dorfspelunke. Sie ist Ihnen ein Begriff?«

»Ich kenne sie, ja.«

»Na ja, dann erübrigt sich jedes weitere Wort. Der Wirt, er ist mein Großcousin. Stolz auf diese Verwandtschaft müssen Sie nicht von mir erwarten.«

»Der Wirt des *Engel*? Dann sind Sie auch mit Verena Engel verwandt?«, fragte ich überrascht.

»Die ehemalige Krankenschwester?« Palmer trank von seiner Cola. »Wir haben nur selten Kontakt, sie ist ständig unterwegs. Leider nur angeheiratet. Ihr Mann war ebenfalls ein Großcousin.«

»Eine Freundin meiner Großtante. Ich fand sie sympathisch.«

Mein Gesprächspartner stellte die Flasche ab, nickte. »Sie brachte mich auf die Idee, in Höhlen herumzukriechen und nach Fossilien zu buddeln. ›Wenn du schon auf die Alb ziehst, musst du auch ihre Schätze nutzen‹, mit diesen Worten hat sie mich damals empfangen, als ich hier anfing.«

»Sie suchen nach Fossilien?«

Palmer seufzte. »Woher die Zeit nehmen, wenn nicht stehlen?« Er trank den Rest der Brause, atmete kräftig durch. »Ich kam nach meiner Scheidung hierher. Verena glaubte, mir sei langweilig und ich benötige eine neue Aufgabe neben dem Beruf.« Er lachte. »Aber es macht Spaß, doch. Ab und zu gönne ich mir einen Höhlentrip. Natürlich nicht so profimäßig wie Sie.«

»Profimäßig?« Ich hob abwehrend meine Hände. »Was denken Sie von mir? Ich bin Anfänger ohne jede Erfahrung. Nur weil ich zufällig in einer Höhle auf diese Frau stieß …«

»Sie bezeichnen sich als Anfänger? Ich dachte, Sie räubern seit Jahren durch die Unterwelt der Alb?«

Ich schüttelte den Kopf. »Da sind Sie falsch informiert. Ich bin erst im Mai letzten Jahres hergezogen. Meiner Großtante ging es gesundheitlich sehr schlecht, das war der Grund.«

»Na, dann ist es doch Zeit für eine gemeinsame Exkursion«, schlug er vor. »Im Frühling, wenn es warm wird?«

»Warum nicht? Gerne«, stimmte ich ihm zu.

Irma Bäuerle trat an unseren Tisch, nahm meine Tasse samt dem Unterteller und der Cola-Flasche an sich. »Letzte Spülung«, sagte sie freundlich lächelnd. »Ich hoffe, ihr seid satt und zufrieden.«

»Das sind wir«, bestätigten wir unisono, ihre Kochkunst noch einmal lobend.

Sie bedankte sich, machte sich wieder hinter der Theke zu schaffen.

Wir verabschiedeten uns, liefen zum Verwaltungsgebäude, wo Palmer zu einem Arbeitsgespräch mit Hartmann verabredet war. Der Wind strich kalt übers Gelände, dichtes Schneegestöber hatte eingesetzt. Die Sicht reichte nicht weiter als höchstens zehn Meter. Wir hielten uns scharf rechts am Hang, um ja dem Steilabfall nicht zu nahe zu kommen.

»Diese ewige Kälte!«, schimpfte mein Begleiter.

Er hüllte sich in seine viel zu dünne Jacke, eilte mit Riesenschritten über das Firmengelände. Das Polizeiauto bemerkten wir erst, als wir das Verwaltungsgebäude fast erreicht hatten. Verblüfft starrten wir auf das leere Fahrzeug, betraten das Haus, nahmen die Treppe nach oben.

Margot Kaul stakste mit fahrigen Bewegungen und bleicher Miene unruhig vor ihrem Büro hin und her.

»Was ist los, Frau Kaul?«, wunderte sich Palmer, der Sekretärin die Hand reichend. »Haben wir Polizei im Haus?«

Die Frau schien seine ausgestreckte Hand nicht wahrzunehmen, starrte mit eingezogenen Schultern zur geschlossenen Tür. »Die wollten zum … zum Chef.« Sie hatte Mühe weiterzusprechen, verhaspelte sich zwei Mal hintereinander. »Er, er … Sie wollten wissen, wo er am 20. Dezember war. Ich musste nachschauen. Die drohten mir, ja die Wahrheit zu sagen. Dabei weiß ich überhaupt nicht, wo sich der Chef an diesem Tag aufhielt. Das war ein Samstag, und ich hatte keinen Eintrag. Aber gerade, als ich den Terminkalender überprüfte, kam er ins Büro.«

»Ja, und?«

»Sie hatten Fotos dabei. Fotos vom Chef und …« Sie schluckte, brachte kein weiteres Wort über die Lippen.

»Wer war noch darauf zu sehen?«, drängte Palmer.

»Der Chef und diese …« Sie schnappte nach Luft, streckte die Hand aus, um sich an der Wand festzuhalten. »Die drängten mich aus dem Büro. Die wollten verhindern, dass ich einen Blick … Aber ich habe die Fotos trotzdem gesehen.«

»Ja, und? Was haben Sie gesehen?«

Margot Kauls Augen huschten unruhig hin und her. »Der Chef und diese verschwundene, junge Frau.«

»Susann Sartorius?«, fragte ich verblüfft. »Die verschwundene Journalistin?«

»Genau die«, hauchte die Sekretärin. »Der Chef und diese Frau.« Ihre Stimme wurde immer schwächer, verstummte schließlich ganz. Den Rest fügte sie erst nach einer Weile hinzu. »Der Chef und diese Frau. Arm in Arm. Wie ein Liebespaar.«

12. Kapitel

Die Nachricht machte binnen weniger Stunden die Runde durchs Dorf. Noch am selben Abend wussten alle in und um Stempflingen Bescheid, was die in den Medien verkündete kryptisch anmutende Meldung konkret zu bedeuten hatte.

Neuigkeiten im Fall der spurlos verschwundenen Susann Sartorius. Die Polizei bestätigt die Festnahme einer Person, die kurz vor dem immer noch völlig ungeklärten Verschwinden der Journalistin zusammen mit ihr gesehen wurde. Die vorläufig in Polizei-Gewahrsam genommene Person stammt aus Stempflingen, dem kleinen Dorf, in dem wenige Monate vorher die sterblichen Überreste einer anderen Journalistin, Alina Sievers, in einer Höhle entdeckt worden waren. Noch gebe es aber keine Beweise dafür, dass die festgenommene Person mit dem Verschwinden der Frau zu tun habe, erklärte der Sprecher des Stuttgarter Landeskriminalamtes, es handle sich vorerst nur um eine genauere Überprüfung.

Hätten nicht eisige Kälte und knietief gefallener Schnee die Menschen daran gehindert, ihre Häuser zu verlassen, die Straße vor dem Dorfladen hätte wohl einen Massenansturm aufgewühlter und kaum zu beruhigender Seelen erlebt. So aber verkrochen sich fast alle in ihren Häusern und Wohnungen und brüteten allein oder in kleinen Gruppen über einem Geschehen, das einfach nicht zu verstehen war.

Hartmann, der wichtigste Mensch im ganzen Dorf, ausgerechnet er sollte mit dem ungeklärten Abtauchen der Journalistin zu tun haben? Hartmann, der mit Abstand erfolgreichste Mann in der gesamten Umgebung, der mit seinem Unternehmen unzähligen Leuten, ganzen Familien Arbeit, Einkommen, das tägliche Brot verschaffte? Hartmann, dessen

Ruf als Arbeitgeber wie auch als Privatmann von seiner überaus sozialen Einstellung geprägt war, der, wohin man auch hörte, Menschen in Not gegenüber äußerst kulant auftrat, ja sogar eine eigene, tatkräftige Hilfsorganisation gegründet hatte – er sollte in die grauenvollen Machenschaften verwickelt sein, die das Dorf seit Monaten in Atem hielten?

Ich spürte selbst, wie wenig das zusammenpasste. Hier der freundliche, überall nur vorteilhaft beleumundete Mann, dort die unvorstellbar gewalttätige Bestie, die sich junge Frauen schnappte, um ihnen wochenlang Gewalt anzutun. Ausgerechnet er, der größte Wohltäter der Umgebung, sollte diese sadistischen Züge in sich tragen? Das war schlicht und einfach unmöglich. Fast jeder im Dorf kam für die grauenhafte Rolle infrage, nur einer nicht: Hartmann. Nein, das konnte nicht sein. Die Polizei musste einem Irrtum aufgesessen sein.

Diese Meinung hörte ich von jedem, mit dem ich an diesem Tag noch sprach. Wer mir in den folgenden Stunden alles über den Weg lief, konnte ich später kaum noch sagen. Zu verworren waren meine Gedanken, zu unstet mein Sinn. Ich schaffte es nicht, mich auf meine Arbeit zu konzentrieren, kämpfte mich irgendwann, es war schon dunkel, durch dichten Schnee nach Hause. Erst die Unterhaltung mit Thomas Schmeil am Abend, unser seit Wochen eingeübtes Ritual, brachte mich langsam wieder in die Spur. Mühsam, Schritt für Schritt versuchten wir gemeinsam die Ereignisse des Tages zu reflektieren, nüchtern und möglichst frei von Emotionen, soweit das möglich war. Zwei Flaschen Wein standen dabei hilfreich zur Seite.

Wie hoch unser Alkoholpegel bereits war, als wir auf die Erkenntnisse der modernen Psychologie zu sprechen kamen, wage ich nicht zu beurteilen. Nicht hoch genug jedenfalls, um uns doch noch ein paar in ihrer zentralen Aussage deprimierende Gedanken austauschen zu lassen.

»Kein Mensch trägt nur positive Charakterzüge in sich. Jeder, ich betone: jeder, hat auch ein großes Arsenal unerfreulicher Verhaltensweisen in seinem Gepäck. Wo Licht, da ist auch Schatten. Die Trennlinie zwischen Schwarz und Weiß verläuft nicht außerhalb eines Menschen, sie geht mitten durch uns hindurch. Durch jeden von uns.« Thomas Schmeils Stimme war schon einem leichten Singsang erlegen, als er diese Weisheiten präsentierte. Dass er ihren Sinn dennoch verstand, merkte ich an seiner Antwort auf meinen Einwurf.

»Du meinst, niemand von uns ist ein Engel?«

»Niemand. Jeder trägt auch einen kleinen Teufel in sich. Einen kleinen oder einen großen. Es hängt nur von den Umständen ab, wer bei dir dominiert: dein Engel oder dein Teufel.«

»Geht es mir gut und ich befinde mich die meiste Zeit in der Gesellschaft freundlicher Menschen, dominiert mein Engel«, ergänzte ich seine Worte.

»Geht es dir aber schlecht oder du hast viele böse Typen um dich herum, dominiert dein Teufel. So jedenfalls erklären das die Psychologen.«

»Dann hat sich Hartmann fast immer von seinem Engel leiten lassen. Alles, was ich über den Mann gehört habe, deutet in diese Richtung. Aber jetzt kam plötzlich sein Teufel durch. Hat er sich deshalb die Frau geschnappt?«

Spät an diesem Abend erst verabschiedete ich mich von meinem Nachbarn und stapfte die paar Meter durch den schneebedeckten Garten zu Tante Linas Haus. Meinen Wecker hatte ich zum Glück vorher schon gestellt, sonst hätte ich am nächsten Morgen um Stunden verschlafen. Als ich nach langem Läuten endlich die Augen öffnete, war alles dunkel, nirgendwo ein Lichtstrahl zu sehen. Die Fenster, von klirrendem Frost gezeichnet, öffneten lediglich winzige Ausblicke auf die tief verschneite Umgebung. Wenigstens im Haus herrschten gerade noch annehmbare Temperaturen.

Ein ganz normaler Wintertag in diesem kleinen Dorf am Ende der Welt, ging es mir durch den Kopf. Im gleichen Moment fiel mir ein, was wenige Stunden vorher geschehen war. Nein, von einem normalen Tag zu reden, bedeutete die völlige Verkennung der Situation. Hartmann, die wichtigste Person des Ortes, verhaftet. Dieser Tag war alles, nur nicht normal.

Dachte ich später an die ganzen grauenvollen Ereignisse jener Monate zurück, wurde mir immer deutlicher, dass es genau diese Stunden waren, in denen die Katastrophe endgültig ihren Lauf nahm. Das konnte ich aber an diesem Morgen nicht wissen, schließlich waren wir alle nur mit einer einzigen Sache beschäftigt. Die Verhaftung des Sägewerksbesitzers, der schreckliche, bisher unvorstellbare Verdacht …

Eine dicke Schneedecke lag über dem ganzen Dorf, als ich kurz vor acht auf die Straße trat. Der Wind strich kalt übers Gelände, große, weiße Flocken rieselten ohne Unterlass aus den Wolken. Die Sicht reichte gerade so weit, dass ich das Haus meines Nachbarn erkennen konnte. Ich hüllte mich in meine Jacke, stakste vorsichtig durch die rutschigen Straßen. Obwohl ich wie durch ein Wunder kein einziges Mal zu Fall kam, benötigte ich mindestens die doppelte Zeit, bis ich endlich vor dem Verwaltungsgebäude der Firma angekommen war.

Ich lief die Treppe zu meinem Büro hoch, fand Margot Kaul in heller Aufregung vor. Ihre Tür stand weit offen, sie selbst lehnte unruhig hin und her wippend an ihrem Schreibtisch. Ich sah, wie sie mit überhasteten Bewegungen eine Telefonnummer eingab und offensichtlich vergeblich auf eine Reaktion aus dem Hörer wartete. Als sie sich zur Seite drehte, bemerkte sie mich.

Ich blieb stehen, musterte erschrocken ihre Miene. Sie schien um Jahre gealtert. Die Augen von dunklen Schatten flankiert, die Haut bleich, von Falten gezeichnet. Auch die etwas zu reichhaltig aufgetragene Schminke konnte nicht verbergen, dass sie vom Schock des vergangenen Tages um den größten Teil ihres nächtlichen Schlafes gebracht worden war.

»Guten Morgen, Frau Kaul«, grüßte ich. »Gibt es Neuigkeiten?«

Die Sekretärin rang um Atem. »Neuigkeiten?« Schwerfällig schüttelte sie den Kopf. »Nicht, was Sie meinen, nein.« Sie legte den Telefonhörer zurück, deutete auf den Apparat. »Aber die Staplerfahrer, ich kann keinen erreichen.«

»Die Staplerfahrer?«

»Gerner, Mang und Strobler. Die Stämme, die sie am Nachmittag noch abgeladen haben … Sie hängen total schief. Und jetzt der Schneefall die ganze Nacht. Ich fürchte …« Sie hielt mitten im Satz inne, musterte mich mit finsterem Blick.

»Ja?« Ich sah deutlich, wie es in ihr arbeitete. Sie kämpfte mit sich selbst, war erst nach mehreren Sekunden bereit, ihren Frust offenbar werden zu lassen. »Die haben wieder schlampig gearbeitet. Ich fürchte, das ganze Holz kommt ins Rutschen. Und niemand ist da, den ich hinschicken könnte. Wenn doch nur der Chef …« Sie winkte mit der Rechten ab, wandte sich wieder dem Telefon zu.

»Sie glauben, der ganze Holzstapel könnte verrutschen und die Straße blockieren?«

Margot Kaul nickte. »Heute Morgen müssten drei Lastwagen kommen … Die Erschütterungen, verstehen Sie?«

»Ich werde mich darum kümmern«, sagte ich. »Bis Sie die Staplerfahrer erreicht haben.«

Das Gesicht der Sekretärin entspannte zusehends. »Das würden Sie tun? Oh, das wäre wunderbar.« Sie beschrieb mir die Lage des Holzstapels, versprach, so bald wie möglich Hilfe zu schicken. »Und bitte, seien Sie vorsichtig!«, rief sie mir noch hinterher, als ich bereits die ersten Stufen abwärts genommen hatte.

Ich lief aus dem Gebäude, folgte dem Weg zur *Räuberhöhle*, stapfte daran vorbei, genau wie sie es mir erklärt hatte. Je weiter ich kam, desto rutschiger wurde der Untergrund. Der Schnee lag mehrere Zentimeter hoch auf dem gefrorenen Boden. Die Flocken fielen immer noch zahlreich vom Himmel.

Der nahe Steilabfall in den Abgrund war nur zu erahnen. Ich war froh, dass ich die Werkshallen unversehrt erreichte, bewegte mich vorsichtig daran vorbei. Noch war alles dunkel, kein Geräusch aus ihrem Inneren zu hören. Als ich sie endlich passiert hatte, sah ich den Lagerplatz am Rand der rückwärtigen Zufahrtsstraße vor mir. Rechts ein etwa zwei Meter hoher Maschendrahtzaun unmittelbar vor der Abbruchkante, links der steil ansteigende Berghang. Obwohl nur die Umrisse des gewaltigen Stapels zu erkennen waren, begriff ich sofort, was Margot Kaul gemeint hatte. Das Holz lagerte mehrere Meter hoch in bedenklicher Schieflage am bergseitigen Rand der Straße. Ein einziger unbedachter Zugriff und das gesamte Areal wurde unter ihm begraben. Kein Wunder, dass die Frau so aufgeregt nach den Staplerfahrern suchte. Hoffentlich lassen die sich bald blicken, überlegte ich, sonst …

Ich schreckte auf, weil ich ein lautes Klopfen hörte, das vom Hang hinter dem Holz zu kommen schien, wusste nicht, was es zu bedeuten hatte. War da etwa jemand beim Abladen der Stämme eingeschlossen worden? Ich versuchte, die Dunkelheit mit meinem Blick zu durchdringen, musterte die Umrisse der einzelnen Bäume. Sie lagen völlig ungeordnet über- und nebeneinander, entbehrten jeder Stabilität. Wenn sich wirklich eine Person dahinter aufhielt …

Das Geräusch verstummte für einen Moment, setzte dann aber mit unverminderter Lautstärke wieder ein. Jemand klopfte, das war jetzt deutlich zu hören, aber nicht auf Holz, sondern auf Eisen oder Metall. Irgendwo am Hang hinter den Stämmen, an deren oberen Ende, nicht weit von meinem Standort entfernt. Hatte die unbekannte Person mein Erscheinen bemerkt und angefangen zu klopfen, um meine Aufmerksamkeit auf sich zu ziehen? Ich durfte nicht länger zögern, musste mich der Sache annehmen.

Vorsichtig, mit kleinen Schritten stakste ich durch den Schnee. Der Untergrund war hier besonders glatt, ließ mich mehrmals beinahe den Halt verlieren. Ich kämpfte mich bis zum oberen Rand der Stämme vor, bemerkte, dass das Klopfen genau in dem Moment verebbte, als ich dort angelangt war. Obwohl die Dunkelheit immer noch keinen genauen Einblick ermöglichte, konnte ich den Spalt, der sich zwischen den aufgetürmten Baumstämmen und dem Berg auftat, deutlich erkennen. Wer immer das Holz hier gestern Abend abgelagert hatte, er hatte mordsmäßig geschludert. Statt die Stämme an den Berg anzulehnen und ihnen somit einen sicheren Halt zu verschaffen, lagerten sie mehrere Meter hoch frei auf dem Gelände - einer in den anderen verkeilt und mit der geringsten Erschütterung wohl zu Fall zu bringen.

Ein schrilles Quietschen wie von einem seit Jahren nicht mehr geölten Gartentor ließ mich aufhorchen. Es kam von derselben Stelle wie vorher das Klopfen. Ich hielt einen Moment still, musterte den schmalen Gang. Rechts das Holz, links der steil ansteigende Hang. Wenige Meter von mir entfernt eine kleine Einbuchtung, aus der plötzlich ein nur schwer zu identifizierender etwa mannsgroßer Schatten tauchte.

»Hallo«, rief ich. »Ist da jemand?«

Der Mensch, der dort stand – denn je länger ich in seine Richtung stierte, desto sicherer wurde ich, dass es sich um einen unter einer dunklen Kapuze und einer dunklen Jacke verborgenen Menschen handelte –, zeigte keinerlei Reaktion. Ich wusste nicht, was das zu bedeuten hatte, hörte plötzlich den Motor eines Autos am Ende der Straße. Dem Brummen nach schien es sich um einen großen Lastwagen zu handeln, eines der Fahrzeuge wohl, derentwillen Margot Kaul mich hierhergebeten hatte. Ich drehte mich zur Seite, sah in der Tat einen mit Holz beladenen LKW schlitternd um die Kurve biegen. Der Fahrer hatte Mühe, in der Spur zu bleiben, hielt sein Gefährt hart an der Bergseite, um ja dem Steilabfall nicht zu nahe zu kommen. Der Zaun, so stabil er sein mochte, bot einem schwer beladenen Fahrzeug dieses Kalibers nicht eine Sekunde Halt, das war augenfällig. Ich merkte, dass der Mann fast ungebremst auf das Areal unmittelbar vor dem schief gelagerten Stapel zufuhr, wusste, dass ich ihn unbedingt warnen musste. Ich drückte mich von dem Holz weg, rutschte ein Stück zur Seite.

Das Geräusch hinter mir vernahm ich genau in dem Moment, als mein linker Fuß endlich wieder Halt gefunden hatte. Ich versuchte noch, mich umzudrehen und nach der Ursache des Geräusches zu schauen, als plötzlich der Umriss eines Schattens aus der Dunkelheit tauchte und mir einen Schlag versetzte, der mich alles vergessen ließ.

13. Kapitel

Als ich wieder zu mir kam, hörte ich ein unheimliches Poltern. Im ersten Moment schien es nur aus mehreren Metern Entfernung zu kommen, dann aber schwoll es immer lauter an und erstreckte sich über den gesamten Berghang über mir. Es krachte und donnerte, und dann prasselten die Stämme vor und neben mir nieder. Ich spürte, dass ich dem Geschehen hilflos ausgeliefert war. Weg, nur weg von hier, schrie es in mir.

Ich versuchte, mich aufzurichten, fühlte mich von höllischen Schmerzen gepeinigt. Bei jedem Atemzug glaubte ich, die Stiche von Messerspitzen in meinem Leib zu spüren, jede unbedachte Bewegung drohte mir das Bewusstsein zu rauben. Ich wagte kaum, Luft zu holen. Zentimeter um Zentimeter drückte ich mich in die Höhe.

Um mich herum herrschte Chaos. Baumstämme lagen kreuz und quer über den gesamten Platz verstreut, aufeinander, nebeneinander, ineinander verkeilt. Nur ein schmaler, vielleicht zwei Meter breiter Streifen unmittelbar vor dem Maschendrahtzaun, der das Gelände vor dem Abgrund schützte, war frei geblieben. Keine zehn Meter von dem Holz entfernt wartete mit laufendem Motor der große LKW, dessen Scheinwerfer das Areal in ein helles, einer Theaterbühne ähnliches Licht tauchten. Ich sah den Fahrer aus seiner Kabine klettern und rings um das Chaos herum auf mich zulaufen. Offensichtlich hatte ich das Bewusstsein nur für den Moment des Sturzes verloren, war sofort danach wieder zu mir gekommen.

Ich richtete mich vollends auf, hielt für einen Augenblick den Atem an, weil sich wieder die Messerspitzen in meinem

Inneren bemerkbar machten. Höllische Schmerzen ließen mir die Tränen aus den Augen schießen.

Ich sah den Mann, einen stämmigen Glatzkopf, mit vorsichtigen Schritten über die Stämme klettern, hörte von Weitem schon sein Fluchen. »Himmeldonnerwetter, welches Arschloch war da wieder am Werk?«

»Die haben die Stämme falsch gelagert«, presste ich mühsam hervor. Jedes Wort, jedes Atemholen ließen mich aufstöhnen.

»Es ist doch ewig dieselbe Scheiße!«, schimpfte der Glatzkopf. »Wann jagt ihr diese Pfeifen endlich zum Teufel?« Er blieb direkt vor mir stehen, musterte aufmerksam meine untere Gesichtshälfte. »Mein Gott, Sie bluten ja. Hat es Sie erwischt?«

Ich versuchte, mein Kinn abzutasten, bekam den Arm vor Schmerzen kaum hoch. Erst nach mehreren Anläufen spürte ich eine kleine Wunde. »Das ist nicht schlimm«, erwiderte ich, auf meine Brust deutend. »Hier tut es richtig weh.«

»Die Rippen?«, fragte er. »Damit ist nicht zu spaßen. Wenn eine gebrochen ist, können Sie sich selbst damit aufspießen. Sie müssen zum Arzt, aber sofort!«

Ich schüttelte den Kopf, biss die Zähne zusammen, stieg über mehrere Stämme weg, bis ich das freie Areal erreicht hatte. Im gleichen Moment hörte ich einen Gabelstapler um die Ecke biegen. Die Maschine schoss mit hohem Tempo auf die quer liegenden Bäume zu, bremste wenige Meter davor ab. Ein gleißend heller Strahler über der Fahrerkabine leuchtete den Weg vor ihr aus.

»Da ist es, dieses Arschloch!«, rief der Glatzkopf, sich dem Fahrer des Gabelstaplers zuwendend.

Ich erkannte Gerner hinter dem Steuer der Maschine, hörte seine Stimme, als er den Kopf aus dem Führerstand streckte. »Strobler, der blöde Hund! Der hatte gestern Abend Schicht. Und ich kann es jetzt wieder ausbaden.«

»Strobler? Der Neue?«, brüllte der Lastwagenfahrer. »Der faule Sack! Der wollte nur schnell an die Flasche!«

Ich wusste nicht, was der Mann damit andeuten wollte, konnte es vor Schmerzen kaum mehr aushalten. Ich bückte mich nieder, versuchte vorsichtig, durchzuatmen. Die Messerspitzen in meinem Inneren waren erneut mit voller Intensität am Werk. Ich stöhnte so laut auf, dass sich der Glatzkopf wieder zu mir umdrehte.

»Mein Gott, was ist mit Ihnen los? Sie müssen zum Arzt, aber sofort!«

Ich wollte abwinken, hatte aber nicht mehr die Kraft dazu. Kolikartige Schmerzen trieben mich fast zur Bewusstlosigkeit. Ich benötigte mehrere Minuten, bis ich wieder reagieren konnte, fühlte mich von der beißenden Kälte und der Nässe zusätzlich geplagt. »Ich gehe in mein Büro«, presste ich hervor, als ich mich endlich wieder gerade aufrichten konnte. »Dann sehen wir weiter.«

Ich ließ die beiden Männer stehen, stapfte durch den Schnee zurück. Hinter mir hörte ich den Motor des Gabelstaplers brummen. Gerner machte sich wohl an die Arbeit, das Chaos zu beseitigen.

Ich kämpfte mich vorsichtig bis zum Verwaltungsgebäude durch, streifte meine Schuhe am Eingang sorgfältig ab.

Margot Kaul starrte mit besorgter Miene zu mir her, als ich mühsam die Stufen zu ihrem Büro hoch keuchte. »Was ist mit Ihnen passiert?«, fragte sie.

Im gleichen Moment spürte ich wieder die stechenden Schmerzen. Ich versuchte, vorsichtig Luft zu holen, überlegte, was ich ihr antworten sollte. »Jemand hat sich hinter den Stämmen zu schaffen gemacht. Ich habe gerufen und plötzlich …«

Sie fiel mir mitten ins Wort. »Oh nein. Die Stämme. Und Sie hat es erwischt.« Es war eine Feststellung, keine Frage.

Mir fehlte die Kraft, sie über die wirkliche Ursache meiner Verletzung aufzuklären.

Sie griff zum Telefon, wechselte ein paar Worte, legte den Hörer dann wieder auf. »Die Ärztin kommt. Sie legen sich so lange hin.« Mit ausgestrecktem Arm wies sie auf das Sofa im Nebenraum ihres Büros.

Ich fühlte mich dermaßen schwach, dass ich ihr ohne Widerrede gehorchte. Sie wartete, bis ich meine Jacke und die Schuhe ausgezogen hatte, reichte mir dann eine Decke. »Und jetzt?«, fragte sie.

»Gerner räumt den Platz frei. Der erste Lastwagen ist schon da«, erklärte ich.

»Wie soll das nur weitergehen ohne den Chef?«, jammerte sie.

Ich lehnte mich auf dem Sofa zurück, versuchte gleichmäßig zu atmen, um die Schmerzen niederzuhalten. Trotz der unbequemen Lage musste ich eingedöst sein, denn als ich meine Augen wieder öffnete, sah ich eine junge Frau vor mir stehen, die gerade ihre Hand von meinem Arm zurückzog.

»Ah, da ist er wieder«, begrüßte sie mich in einem seltsam fremden und doch irgendwie vertrauten Tonfall.

Ich wusste nicht, was sie von mir wollte, musterte sie wohl mit einem etwas zu misstrauischen Blick.

»Keine Angst, junger Mann. Ich will Ihnen nichts tun«, fuhr sie nämlich fort, ein spitzbübisches Lächeln in ihrer Miene, »man hat nach mir gerufen. Ich bin die Ärztin. Steensen ist mein Name. Sie wurden von einem niederstürzenden Baumstamm getroffen, habe ich gehört.«

Erschrocken richtete ich mich auf. »Ich muss eingenickt sein. Entschuldigen Sie bitte.«

»Wo tut es weh? Die Schramme am Kinn kann es nicht sein, das ist nur ein kleiner Kratzer.«

Ich kam zu keiner Antwort, stöhnte stattdessen vor Schmerzen auf. Unbedachte Bewegungen jedweder Art waren für mich im Moment eindeutig tabu.

»Ah ja«, sagte sie. »Ich verstehe. Die Rippen.« Sie deutete auf meine Brust, griff nach ihrer Tasche. »Wenn Sie sich bitte kurz freimachen.«

Ich biss die Zähne zusammen, schob den Pulli, das Hemd und das T-Shirt hoch, soweit ich dazu in der Lage war, spürte ihre warme Hand auf meiner Haut. Sie tastete meinen gesamten Brustkorb vorsichtig ab, zog dann ihr Stethoskop vor und ließ mich kräftig durchatmen. Im gleichen Moment überfiel mich wieder das unbarmherzige Stechen.

Die Ärztin wartete geduldig, bis ich mich beruhigt hatte, setzte erneut ihr Stethoskop an. »Wo genau hat es Sie getroffen?«, erkundigte sie sich dann. »Haben Sie es bewusst mitbekommen?«

Ich berichtete ihr von dem fahrlässig schief aufgetürmten Holz, erwähnte das seltsame Klopfen und die dick vermummte Gestalt, die plötzlich auf mich eingestürmt war.

»Und dieser Mann hat dann den ganzen Stapel zum Einsturz gebracht?«, wunderte sie sich, meine Worte offensichtlich missverstehend.

»Wohl kaum«, erwiderte ich. »Das kam eher von dem schwer beladenen Lastwagen. Die Erschütterungen, die er verursachte.«

»Ich denke, Sie haben auf jeden Fall Glück gehabt, viel Glück. Meines Erachtens handelt es sich nur um eine Rippenprellung«, erklärte die Ärztin. »Die kann allerdings höllische Schmerzen verursachen. Wenn Sie Pech haben, über viele Wochen hinweg. Gebrochen ist wahrscheinlich nichts. Genau kann ich das aber erst sagen, wenn ich Sie unter dem Röntgenschirm gesehen habe. Deshalb nehme ich Sie jetzt mit.«

»Wohin?« Ich trug in diesem Moment wohl nicht gerade die intelligenteste Miene zur Schau.

Dr. Steensen lachte jedenfalls laut auf, betrachtete mich mit spitzbübischem Grinsen. »Ist nicht gerade Ihr bester Tag heute, Herr Grohm, wie?«

Ich deutete ein vorsichtiges Kopfschütteln an.

»Wir fahren zu uns in die Praxis. Obersteußlingen, der Nachbarort. Ich arbeite mit Dr. Lennart zusammen. Ich nehme an, Sie kennen ihn?«

»Ja, natürlich«, gab ich zur Antwort.

»Sie haben doch nichts dagegen, oder?« Sie betrachtete mich mit besorgtem Gesichtsausdruck. Eine freundliche, hübsche Frau um die Dreißig mit kurzen, braunen Haaren und einem schmalen Gesicht. Vielleicht etwas verschlafen wirkend, aber mein Gott, wie früh am Tag war es noch! »Der kürzeste Weg für Sie. Der müsste trotz Ihrer Schmerzen auszuhalten sein, was meinen Sie?«

»Ja«, stimmte ich ihr zu. »Wenn Sie der Ansicht sind, dass es sein muss.«

»Es ist besser«, betonte sie. »Ich kann nicht ausschließen, dass doch eine Rippe angebrochen ist. Wir sollten alle Zweifel ausschließen.«

»Na gut. Und Sie nehmen mich mit?«

»Ich nehme Sie mit, ja«, antwortete sie, wieder ihr spitzbübisches Grinsen im Gesicht.

Unter Schmerzen hüllte ich mich wieder in meine Jacke, folgte der Ärztin zu ihrem Wagen. Ein älterer blauer Polo, wenn ich das richtig wahrnahm. Immerhin war es inzwischen hell geworden, und der Schneefall hatte auch ein Ende gefunden. Trotzdem war keine einzige Straße freigeräumt.

»Wenn Sie große Schmerzen haben, müssen Sie sich nicht festschnallen. Ich werde versuchen, vorsichtig zu fahren«, bot sie mir an, nachdem ich neben ihr Platz genommen hatte.

Ich zog mir den Gurt über Brust und Schulter, spürte das heftige Stechen.

»Lassen Sie es gut sein«, sagte sie, als sie mein verzogenes Gesicht bemerkte. »Das nehme ich auf meine Mütze.«

Ich schob den Gurt zurück, holte vorsichtig Luft. Es dauerte eine Weile, bis ich wieder voll durchatmen konnte.

Wir verließen das Sägewerksgelände, passierten den Friedhof und die Kirche, bogen dann beim Laden in die Dorfstraße ein. Die Ärztin fuhr langsam, warf einen prüfenden Blick zur Seite. »Es ist zu ertragen?«, erkundigte sie sich.

Das Auto holperte über mehrere gefrorene Schneebrocken, kam leicht ins Schlingern. Sie starrte auf die Straße, reduzierte das Tempo. »Die habe ich nicht gesehen, tut mir leid.«

Ich stützte mich mit den Füßen ab, versuchte, eine einigermaßen erträgliche Haltung einzunehmen. »Ich glaube, das Schlimmste ist überstanden«, gab ich zur Antwort, mehr meine Hoffnung als den realen Zustand zum Ausdruck bringend.

Wir näherten uns der breiten Umgehungstraße, bogen auf sie ab.

»Sie sind extra wegen mir nach Stempflingen gekommen?«, fragte ich.

»Frau Kaul hat angerufen, ja. Sie klang sehr besorgt. Und auf den ersten Blick hatte sie auch allen Grund dazu«, antwortete Dr. Steensen. »Das Sägewerk kenne ich. Man hat ja schon einmal nach einem Arzt verlangt.«

Ich kämpfte wieder mit meinen Schmerzen, kam erst nach einer Weile dazu, mich nach der Ursache zu erkundigen.

»Nein, neulich handelte es sich nicht um Holz, das den Halt verloren hatte«, sagte sie dann, ihren Kopf schüttelnd. »Neulich waren zwei Staplerfahrer mit ihren Maschinen aufeinandergeprallt. Angeblich aus Versehen.« Die Art, wie sie die letzten drei Worte betonte, ließ mich aufhorchen. Es war nicht zu überhören, dass sie den Sachverhalt ganz anders einschätzte.

»Zwei Staplerfahrer sind aufeinandergeprallt?« Ich hatte noch nie davon gehört.

»Der Leiter des Werks oder der Besitzer, ich kenne seine Funktion nicht genauer, unternahm alles, die Sache nicht publik werden zu lassen. Dem war das sichtbar peinlich.«

»Herr Hartmann?«

»So hieß der Mann, glaube ich, ja. Ein kräftiger, untersetzter Typ.«

»Das könnte er sein«, bestätigte ich.

»Er versuchte die ganze Zeit, zu beschwichtigen. Ein Versehen, meinte er, das könne passieren bei fleißigen Leuten. Na ja.« Dr. Steensen bremste das Auto ab, weil wir uns Obersteußlingen näherten.

»Die Männer waren schwer verletzt?«, hakte ich nach.

Die Ärztin musterte mich mit ihrem spitzbübischen Lächeln. »Sie haben nichts davon mitbekommen? Das war erst kurz vor Weihnachten.«

»Nein«, antwortete ich. »Aber ich arbeite auch erst seit ein paar Tagen im Werk.«

»In der Holzproduktion?«

»Nein. Grafik-Design«, erklärte ich. »Meine Aufgabe ist es, die Produkte der Firma in ein besonders erfreuliches Licht zu rücken.«

»Oh, das klingt wesentlich interessanter. Und was die beiden Staplerfahrer anbelangt: Schwer verletzt war zum Glück keiner. Allerdings hat es einen der Herren am Fuß erwischt. Ich habe ihn zum Facharzt geschickt. Wenn der nicht entsprechend behandelt wird, kann es zu massiven Gehproblemen kommen.«

Natürlich hätte ich gern die Namen der beiden Verunglückten sowie die genaueren Begleitumstände des Geschehens erfahren, aber ich traute mich nicht, meine Neugier so offen zum Ausdruck zu bringen. Zudem fürchtete ich, dass die junge Ärztin an die Schweigepflicht gebunden war und mir gegenüber die Identität ihrer Patienten sowieso nicht preisgeben durfte. Wahrscheinlich handelte es sich bei einem der beiden Kontrahenten um diesen Gerner, den hatte ich mehrfach auffällig hinken sehen. Völlig in Gedanken versunken, merkte ich gerade noch rechtzeitig, dass die Frau das Auto zum Halten brachte. Gleich vor dem ersten Haus im Ort. Ich war noch nie hier gewesen, schaute überrascht aus dem Fenster. Ein schmuckes, helles Einfamilienhaus mit einem kleinen Anbau und einem großen Garten ringsherum. *Dr. Torben Lennart, Allgemeinmedizin*, las ich auf einem Schild an der Eingangstür.

»Schaffen Sie es allein?«, fragte Dr. Steensen.

Ich öffnete die Tür, stützte mich vom Boden ab. »Danke, ja«, antwortete ich. Mühsam, unter großen Schmerzen gelang es mir, mich aus dem Sitz zu lösen und in die Höhe zu kommen. Der Boden war hier im Bereich der Praxis komplett vom Schnee befreit, dazu ausgiebig mit Feinsand bestreut. Ich erreichte jedenfalls ohne jedes Problem die Eingangstür, ließ mich dann von der Ärztin direkt zu einem der Behandlungsräume führen. Wir passierten den Empfang, der im Moment nicht besetzt schien, dann das Wartezimmer. Ich warf einen Blick ins Innere des hell eingerichteten Raumes, sah zwei ältere Frauen über bunte Zeitschriften gebeugt an der Rückwand sitzen, hörte plötzlich eine bekannte Stimme.

»Was machst du hier?«

Erstaunt schaute ich Thomas Schmeil ins Gesicht. Er hatte sich von seinem Stuhl erhoben, musterte mich mit fragendem Blick. »Ist was passiert?«

»Ein kleiner Unfall«, antwortete ich ohne lange zu überlegen, »nichts Besorgniserregendes. Ich werde nur kurz geröntgt.«

»Glatteis?«

Ich schüttelte den Kopf. »Ein Holzstapel. Im Sägewerk. Und du?«

»Ich hole nur Arznei. Für meine Schwiegermutter, du weißt ja. Dr. Lennart hat noch ein paar Packungen vorrätig.« Er bot mir an, auf mich zu warten und mich nach Hause mitzunehmen, winkte mir abschließend zu, als ich dem Rufen der Ärztin Folge leistete.

Dr. Steensen schien ihre gute Laune auch in den Räumen der Praxis nicht verloren zu haben. »Da haben wir noch einmal Glück gehabt«, gab sie mir wenig später zu verstehen, und deutete auf meine Untersuchungsergebnisse auf dem Bildschirm, »nichts gebrochen, alles heil.«

Vorsichtig, die stechenden Schmerzen immer noch in der Brust, holte ich Luft. »Dann handelt es sich wirklich nur um eine Rippenprellung.«

»Nur eine Prellung«, bestätigte sie. »Aber das ist bekannt: Ein einziger kräftiger Schlag auf den Leib und Sie spüren es wochenlang. Ich kann Ihnen ein Schmerzmittel mitgeben, dann müssen Sie nicht extra in die Apotheke. Und was Ihren Arbeitsplatz betrifft …«

»Danke«, sagte ich. »Wenn es irgend geht, möchte ich ins Büro. Ich bin erst seit ein paar Tagen dabei, ich habe es Ihnen erzählt. Und es hinterlässt sicher keinen guten Eindruck …« Wenn es mit dem Werk überhaupt weitergeht, schoss es mir durch den Kopf, wenn Hartmanns Verhaftung nicht alles zum Erliegen bringt.

»Das müssen Sie entscheiden«, erklärte die Ärztin. »Ich kann es Ihnen nur anbieten.«

Ich bedankte mich für ihre Hilfe, füllte ein Datenblatt aus, nahm eine große Packung Schmerztabletten entgegen.

»Wenn es Komplikationen gibt, rufen Sie an. Hier ist die Nummer der Praxis«, sagte sie zum Abschluss und reichte mir eine kleine, rote Visitenkarte. *Dr. Torben Lennart und Dr. Frauke Steensen, Praktische Ärzte, Obersteußlingen*, las ich und im gleichen Moment fiel es mir wie Schuppen von den Augen, weshalb mir ihre Sprache die ganze Zeit so fremd und gleichzeitig doch so vertraut vorgekommen war. *Frauke Steensen*, ein typischer norddeutscher Name, genau wie ihre Mundart. Offensichtlich hatte es nicht nur mich, sondern auch die Ärztin vom einen Ende des Landes ans andere verschlagen, weshalb auch immer.

Ich kam nicht mehr dazu, sie darauf anzusprechen, wurde sie doch von der sichtlich aufgeregten Arzthelferin zu einem anderen Notfall, diesmal anscheinend in Obersteußlingen selbst, gerufen. Sie reichte mir kurz die Hand, entschuldigte sich dann, mit dem anderen Arm bereits in ihre Jacke schlüpfend. Als ich mich dem Wartezimmer näherte, trat Thomas Schmeil aus der Tür.

»Die Stimme kam mir bekannt vor«, erklärte er. »Wir können fahren?«

»Ich bin fertig«, stimmte ich zu. »Ich hoffe, du hast nicht zu lange warten müssen.«

Mein Nachbar winkte mit der Rechten ab. »Dir geht es wirklich gut so weit?«

Ich verabschiedete mich von der Arzthelferin, einer etwas drallen, üppig geschminkten, jungen Frau, die wieder ihre Fassung gefunden zu haben schien und fröhlich vor sich hinpfiff. Sie warf mir einen interessierten Blick zu, winkte mir dann nach, während ich Thomas Schmeil zu seinem Wagen folgte. Solange ich sorgsam auf den Weg achtete und mich nicht zu allzu ungestümen Bewegungen hinreißen ließ, war mein Zustand zu ertragen.

Schmeil fuhr sein Auto einen halben Meter zurück, damit ich besser einsteigen konnte, wartete, bis ich Platz genommen hatte.

»Den Gurt kann ich leider …«

»Ist schon klar«, fiel er mir verständnisvoll ins Wort. »Du hast eine schmerzhafte Prellung, ja?«

»Die Rippen.«

»Kein Problem. Meine alte Karre hat noch keine Gurtwarnung«, erklärte er.

Wir fuhren denselben Weg zurück, auf dem ich auch hergekommen war, mit dem großen Unterschied allerdings, dass man die Umgehungsstraße inzwischen komplett vom Schnee freigeräumt hatte. Jedenfalls auf dem kurzen Abschnitt, auf dem wir sie nutzten. Stempflingen dagegen wartete mit dem gewohnten Schneechaos auf. Schmeil bog vorsichtig in die Dorfstraße ein, stoppte dann wenige Meter vor dem Laden.

»Willst du wirklich in die Firma?« Er musterte mich mit besorgter Miene. »Ich halte das für keine gute Idee.«

Ich hatte ihm von dem schief aufgetürmten Holz erzählt und darauf verwiesen, dass es durch die Erschütterungen des schweren Lastwagens ins Rutschen gekommen war. Die unbekannte Person, die sich hinter dem Stapel zu schaffen gemacht hatte und dann auf mich losgestürmt war, hatte ich nicht erwähnt. Bevor ich auf die reale Ursache meiner Verletzung zu sprechen kam, wollte ich mich selbst davon überzeugen, was es mit dem Gelände und vor allem der Einbuchtung hinter dem Holz auf sich hatte. Was gab es dort Geheimnisvolles, das es wert war, einen Menschen niederzuschlagen? Vielleicht konnte ich heute Mittag schon von meinem Büro aus vorbeischauen und einen Blick darauf werfen.

»So schlimm ist es nicht mit meiner Verletzung«, gab ich meinem Nachbarn deshalb zur Antwort. »Außerdem habe ich dort erst vor ein paar Tagen …« Ich erhob mich aus meinem Sitz, hielt plötzlich inne, weil die bohrenden Schmerzen mit einem Mal mit unverminderter Wucht wieder einsetzten.

Ich schnappte nach Luft, wartete sehnsüchtig darauf, dass die scharfen Messerklingen endlich Ruhe gaben.

»Siehst du«, sagte Thomas Schmeil. »Es geht nicht. Du fährst mit mir nach Hause und rufst im Büro an. Morgen wieder, da kannst du es versuchen.«

Ich ließ mich wieder in den Sitz zurücksinken, signalisierte ihm mit kurzem Kopfnicken meine Zustimmung. Die Schmerzen waren zu heftig. Es hatte wirklich keinen Sinn.

Schmeil fuhr bis unmittelbar vor Tante Linas Gartentür, wartete dort, bis ich ausgestiegen war. Ich bedankte mich bei ihm, versprach, ihn wie gewohnt am Abend aufzusuchen, stapfte dann die paar Meter durch den Schnee ins Haus.

Die Zimmer waren dermaßen ausgekühlt, dass man sich kaum darin aufhalten konnte. Nur mit großer Mühe und unendlich vielen Pausen gelang es mir, den Ofen anzufeuern. Jedes Holz, das ich in seinem Schlund versenkte, bereitete mir neue Schmerzen. Ich atmete kräftig durch, als das Feuer endlich laut prasselte.

Margot Kaul telefonisch zu erreichen, war unmöglich. So oft ich es auch versuchte, sie nahm nicht ab. Nach drei vergeblichen Anläufen verzichtete ich aufs Erste auf jeden weiteren Anruf. Die Frau stand unter Dauerstress, wusste wohl selbst nicht, wie sie den Tag angesichts der Verhaftung Hartmanns bewältigen sollte.

Ich warf weitere Holzscheite ins Feuer, machte mir dann das Sofa im Wohnzimmer als Liege zurecht, um mich in dem inzwischen warmen Raum auszuruhen. Ich suchte mir eine Position, in der mich die Messerspitzen in meinem Leib möglichst wenig traktierten, streckte mich vorsichtig aus.

Natürlich war es illusorisch zu glauben, ich könnte auf diese Weise auch innerlich zur Ruhe finden. Nur weil in meiner unmittelbaren Umgebung niemand tobte oder lärmte, bedeutete das noch lange nicht, dass dieser äußere Friede auf meine

Psyche abfärbte. Die Ereignisse dieses Morgens waren noch viel zu präsent und nicht einmal in Ansätzen verarbeitet, als dass ich mich ihnen hätte entziehen können. Ein unbekannter Gewalttäter hatte mich niedergeschlagen und mich diesen höllischen Schmerzen ausgesetzt, ohne dass ich dem Kerl das Geringste angetan hatte. Warum war er auf mich losgegangen, was hatte er vor mir verbergen wollen? Gab es überhaupt keine Chance herauszufinden, um wen es sich dabei handelte?

Wieder und wieder versuchte ich, mir den Moment vor Augen zu holen, in dem ich, alarmiert durch das seltsame Klopfen und Quietschen durch den Schnee bis an den Rand des Holzstapels vorgedrungen war und in den dunklen Spalt spähte. Ich hatte eine kleine Einbuchtung im Berghang entdeckt, dazu die unter einer dunklen Kapuzenjacke verborgene Gestalt, war vom Geräusch des um die Ecke biegenden Lastwagens abgelenkt worden. In der Absicht, den Lkw-Fahrer des abschüssig lagernden Holzes wegen zu alarmieren, hatte ich mich zur Seite gewandt. Diese Situation hatte der Unbekannte eiskalt ausgenutzt. Er war über mich hergefallen und hatte mich niedergeschlagen.

Weshalb dieser Gewaltakt? Weil ich ihn auf keinen Fall erkennen durfte? Oder weil er dort hinter dem Holz etwas entdeckt hatte, das er Fremden gegenüber unbedingt verheimlicht wissen wollte?

Ich wusste nicht, wie ich die Sache einschätzen sollte, konzentrierte mich wieder auf den Augenblick, in dem ich die unbekannte Gestalt zum ersten Mal wahrgenommen hatte. Hinter dem Holz, aus der schmalen Einbuchtung tretend. Ein Mann, bekleidet mit einer dunklen Jacke und der dazugehörigen Kapuze in einer Körperhaltung, die …

Ich hielt inne, schnappte nach Luft. Genau das war der Punkt. Die Körperhaltung des Unbekannten, seltsam ungelenk und verkrampft, dazu vollkommen ungewohnt und auffallend anders als bei den meisten anderen Menschen. So als hätte er zwei verschieden lange Beine oder zumindest eine schiefe Hüfte. Wo war mir eine Person mit genau diesen Merkmalen schon einmal aufgefallen?

Ich richtete mich vorsichtig auf, lief mit kleinen Schritten in die Küche, kochte mir einen Kaffee. Die Tasse mit der würzig duftenden, heißen Flüssigkeit in der Hand kehrte ich ins warme Zimmer zurück. Ich zog mir einen Stuhl vor, setzte mich an den Tisch. Das Feuer im Ofen prasselte leise vor sich hin. Ich nahm die Tasse an den Mund, trank in kleinen Schlucken. Im gleichen Moment, als ich den Kaffee wohlig über meinen Gaumen rinnen spürte, wusste ich, wo und wann mir die Person, die ich am frühen Morgen hinter dem Holzstapel entdeckt hatte, bereits vorher vor Augen gekommen war: In jener Nacht, in der ich, von meinen unbarmherzigen Albträumen geweckt, aus dem Fenster gespäht und eine nur teilweise vermummte Gestalt im Vorgarten entdeckt hatte. Strobler, den seltsamen Nachbarn zwei Häuser weiter. In genau jener ungelenken, leicht schiefen Körperhaltung war er durchs Gestrüpp gestapft, in der ich ihn heute Morgen aus der Einbuchtung hinter dem Holz hatte kommen sehen.

Jetzt verstand ich auch Gerners Worte, die der ungehobelte Kerl voller Wut aus dem Führerstand seines Gabelstaplers geschleudert hatte. »Strobler, der blöde Hund! Der hatte gestern Abend Schicht. Der faule Sack! Der wollte nur schnell an die Flasche!«

Strobler also hatte das Holz so schief aufgeschichtet. Aber wirklich aus reiner Fahrlässigkeit, um seinen Job möglichst schnell zu erledigen? Oder vielleicht aus einem ganz anderen Grund? Etwa, weil er sich heute Nacht bis in den Morgen mit einem Gegenstand beschäftigen wollte, der im Hang hinter dem Holz zu finden war? Weil er dort etwas entdeckt hatte, das er für sich auszunutzen gedachte?

Je länger ich darüber nachdachte, desto wütender wurde ich. Wie kam der Dreckskerl dazu, mich einfach niederzuschlagen? Vor wenigen Tagen noch hatte er an meiner Tür geläutet und mir mit scheinheiliger Miene Weihnachtsgrüße und eine Flasche Wein überbracht. Von Nachbar zu Nachbar. Und heute Morgen?

Er hatte mich garantiert erkannt, wusste genau, wen er vor sich hatte, als er über mich hergefallen war. Im Gegensatz zu ihm hatte ich mich nicht in dem dunklen Spalt versteckt, sondern war draußen durch den Schnee gestapft. Außerdem war ich nicht ruhig geblieben, sondern hatte mich lauthals zu Wort gemeldet. »Hallo! Ist da jemand?«, oder so ähnlich hatte ich gerufen, als ich seine Silhouette entdeckt hatte. Spätestens an der Stimme musste er mich erkannt haben – und trotzdem hatte er mir den brachialen Schlag versetzt.

Nein, es gab keine Entschuldigung für sein Verhalten. Der Dreckskerl hatte genau gewusst, wen er vor sich hatte. Himmeldonnerwetter, das Schwein sollte büßen!

Ich donnerte mit der Faust auf den Tisch, stöhnte laut auf. Die Wut auf den Nachbarn hatte mich vergessen lassen, wie es körperlich um mich stand. Ich hielt einen Moment inne, holte vorsichtig Luft. Unzählige Messerspitzen machten sich in meiner Brust zu schaffen. So sehr es mich ärgerte, aber mit etwaigen Racheaktionen musste ich mich vorerst zurückhalten. Dazu war ich im Moment nicht fähig.

Der Gedanke an den gewalttätigen Kerl zwei Häuser weiter ließ mir dennoch keine Ruhe. Mühsam, unter Schmerzen, stützte ich mich auf den Tisch, erhob mich von meinem Platz. Ich lief ein paar Schritte, spürte, dass mir die Kraft ausging. Mehrere Minuten verweilte ich auf der Stelle, versuchte, wieder zu mir zu finden. Strobler, tobte es in mir, dem Dreckskerl habe ich die Schmerzen zu verdanken. Dieser Gewalttäter hat mich niedergeschlagen.

Ich setzte mich erneut an den Tisch, versank wieder in den Gedanken an die nächtliche Szene. Den Kopf auf die Ellbogen gestützt, lief das ganze Geschehen noch einmal vor mir ab. Das seltsame Klopfen und Quietschen hinter dem Stapel, der schmale Spalt, die kleine Einbuchtung, aus der die mannsgroße Gestalt plötzlich auftauchte …

Strobler, ich hatte jeden Zweifel an seiner Identität verloren, war mir jetzt absolut sicher. Die Körperhaltung war eindeutig. Ich kannte keine andere Person, die ihren Körper so bewegte, sich dermaßen ungelenk abstützte. Er war es. Er hatte mir den Schlag versetzt. Was sollte ich tun? Den Mann zur Rede stellen, ihn anzeigen oder in einen Hinterhalt locken, um ihm das heimzuzahlen, was ich hatte erdulden müssen?

Ich musste nicht lange überlegen, zu einer Antwort zu finden. Den Kerl anzuzeigen, hatte überhaupt keinen Sinn. Ich konnte der Polizei nicht den geringsten Beweis dafür präsentieren, dass er über mich hergefallen war. Und ihn zur Rede zu stellen … Was sollte das bringen? Der würde niemals zugeben, dass er sich hinter dem Holz verborgen und mich dann niedergeschlagen hatte. Der würde alles abstreiten, mich höchstens für verrückt erklären, ausgerechnet ihn zu verdächtigen. Und dann?

Ich hatte Mühe, zur Ruhe zu finden, beschloss, zuerst auf eigene Faust zu überprüfen, was es mit der Stelle hinter dem Holz auf sich hatte. Falls sie irgendwann in den nächsten Tagen zugänglich und nicht von neuen, stabileren Holzstapeln verstellt sein würde. Strobler hatte sich dort zu schaffen gemacht. Er hatte irgendetwas entdeckt, was den Augen eines Fremden verborgen bleiben sollte. Wenn der Kerl bereit war, deshalb einen Menschen niederzuschlagen, musste es sich um etwas äußerst Wertvolles handeln. Dort musste ich ansetzen, das war die einzig sinnvolle Methode, dem Gewalttäter auf die Schliche zu kommen.

Wie um mich auf andere Gedanken zu bringen, läutete in dem Moment das Telefon. Erstaunt sah ich auf. Wer wollte an einem normalen Werktagmorgen mit mir sprechen? Irgendein Werbeheini, mir den neuesten Schwachsinn aufzuschwätzen?

Zögernd erhob ich mich, lief zum Apparat.

»Oh, da habe ich aber Glück«, meldete sich eine weibliche Stimme. »Ich fürchtete schon, Sie seien bei der Arbeit. Hier ist Verena Engel. Sie erinnern sich noch an mich?«

Jetzt, wo die Frau ihren Namen genannt hatte, wusste ich natürlich sofort, wer da in der Leitung war. »Ja, natürlich«, sagte ich. »Den schönen Mittag bei Ihnen und das interessante Gespräch habe ich nicht vergessen.«

»Das freut mich«, erklärte sie. »Und weil Sie unser nettes Treffen erwähnen: Gerade deshalb rufe ich an.« Sie hustete, entschuldigte sich. »War ja ein schöner Schock gestern, als ich von meiner Tochter zurückkam, von der Verhaftung Ihres neuen Chefs zu hören. Sie arbeiten doch im Werk, wie Sie damals angedeutet haben, richtig?«

»Seit den Feiertagen, ja. Und schockiert war ich auch, allerdings.«

»Na, dann können Sie jetzt ja tüchtig aufatmen. Wie fast alle im Dorf.«

Ich verstand nicht, was sie meinte, fragte nach.

»Was ich damit sagen will? Dass sich Herr Hartmann wieder auf freiem Fuß befindet. Sagen Sie nicht, Sie hätten noch nichts davon gehört.«

»Herr Hartmann ist wieder frei?«, rief ich überrascht.

»Sie haben es wirklich nicht gewusst? Er ist wieder frei, ja. Und die Polizei habe sich bei ihm entschuldigt. Es handle sich um ein großes Missverständnis. Das erzählen jedenfalls die Leute im Dorf. Die sind ganz besessen von dem Thema.«

Diese Neuigkeit stellte in der Tat alles andere in den Schatten. Der Besitzer des Sägewerks wieder frei, eine wichtigere

Botschaft gab es weit und breit nicht zu vermelden. Offensichtlich unschuldig, was die Sache mit der ermordeten beziehungsweise verschwundenen jungen Frau betraf. Aber war das nicht von vornherein klar gewesen? Wie war die Polizei überhaupt auf eine solch abstruse Idee gekommen, ausgerechnet Hartmann sei in die Sache involviert?

»Aber wieso sind Sie heute nicht im Werk, wenn ich fragen darf?« Verena Engels Frage riss mich aus meinen Gedanken.

»Ich hatte einen Unfall. Heute am frühen Morgen«, gab ich zur Antwort.

»Oh. Was ist passiert?«

Ich erzählte der Frau die offizielle Version, ging mit keinem Wort auf den Mann hinter dem Holzstapel ein. Zuerst wollte ich mich selbst davon überzeugen, was an der Stelle, wo ich ihn entdeckt hatte, so außergewöhnlich war. Anschließend konnte ich Stroblers Gewalttat immer noch öffentlich machen.

»Sie sind schwer verletzt?«, erkundigte sie sich. »Kann ich etwas für Sie tun?«

»Alles halb so schlimm«, versuchte ich sie zu beruhigen. »Rippenprellung, sonst nichts.«

»Das ist aber sehr schmerzhaft«, meinte sie. »Das weiß ich aus eigener Erfahrung.«

»Ja. Aber ich habe Medikamente dagegen erhalten. Im Notfall …«

»Dann weiß ich nicht, ob ich mit meinem Anruf gelegen komme. Ich wollte Sie nämlich einladen.«

»Einladen?«

»Morgen Abend. Zu mir. Falls Sie sich dazu imstande fühlen.«

»Oh, ich denke, das müsste gehen«, erklärte ich impulsiv, ohne erst lange darüber nachzudenken. Im gegenwärtigen Zustand war ich um jede Ablenkung froh, die mich auf andere Gedanken kommen ließ. Etwas in der Sache unternehmen, die mir so auf den Nägeln brannte, konnte ich ohnehin nicht. Im Moment jedenfalls nicht.

»Der Weg ist ja nicht weit«, sagte meine Gesprächspartnerin. »Und für den Notfall: Medizinisch geschultes Personal findet sich bei mir im Haus.«

Ich hörte sie lachen, wusste zuerst nicht, warum. Dann erinnerte ich mich an ihren Beruf. Verena Engel hatte ihr Leben als Krankenschwester verbracht. Sie war über Jahrzehnte hinweg damit beschäftigt gewesen, mehrere Ortschaften medizinisch zu betreuen. Wenn es hier in der Nähe eine kompetente Person gab, die sich mit Prellungen oder ähnlichen Notfällen auskannte, dann wohl sie. Besser aufgehoben als bei ihr konnte ich mich in Stempflingen und Umgebung kaum fühlen. »Na, dann bin ich morgen Abend ja wirklich in den besten Händen«, stimmte ich deshalb zu.

»Das hoffe ich doch«, bekräftigte sie. »Ich freue mich, Sie zu sehen. Und für die Stunden bis dorthin wünsche ich Ihnen möglichst wenig Beschwerden.«

Das war ein frommer Wunsch, der sich leider nur mit der wiederholten Einnahme von Schmerztabletten verwirklichen ließ. Im Vergleich zu den schrecklichen Ereignissen, die in den folgenden Wochen auf mich einstürzen sollten, war die Rippenprellung allerdings ein harmloses, kaum zu erwähnendes Geschehen.

14. Kapitel

Ich hatte mich um fast eine ganze Stunde verspätet, als ich kurz nach 20 Uhr an Verena Engels Tür läutete. Ein kräftiger Wind peitschte durch die Straßen, immer neue Böen wirbelten Blätter und kleine Zweige in die Höhe. Der Weg durch den großen Garten zu dem kleinen, zitronengelben Haus mit dem einstöckigen, quadratischen Anbau war gründlich freigeräumt und gestreut, das Gelände drum herum nach wie vor üppig mit Schnee bedeckt. Aus dem Inneren hörte ich gedämpfte Musik und verschiedene Stimmen.

Die Verspätung hatte ich nur indirekt selbst zu verantworten. Fast den gesamten Tag war ich trotz kurzer, periodisch wiederkehrender Schmerzattacken darum bemüht gewesen, einen ersten ausführlichen Entwurf eines Bewerbungsportfolios für die Inneneinrichtung der neuen Erste-Klasse-Wagen des Glacier-Express zu erstellen. Jens Hartmann hatte mich am frühen Morgen persönlich im Büro begrüßt und sich nach meinem Gesundheitszustand erkundigt; trotz seiner eigenen Probleme war er offensichtlich über die offizielle Version des mir zugestoßenen Unglücks bis ins Detail informiert.

»Und wie steht es mit unserem Bewerbungsportfolio?«, hatte er mich anschließend gefragt. Die Art, wie er die Worte hervorbrachte und mich dabei musterte, hatte deutlich offenbart, wie sehr ihm dieses Thema am Herzen lag.

»Heute Abend präsentiere ich Ihnen einen ersten Entwurf«, war ich ihm entgegengekommen, »einverstanden?«

Vor lauter Dankbarkeit und Freude hatte er mir mehrere Sekunden lang die Hand gedrückt.

Natürlich hatte ich mich sofort an die Arbeit gemacht. Zu meinem Glück war ich von länger anhaltenden Schmerzattacken verschont geblieben, hatte mich deshalb voll auf die Ausarbeitung eines Präsentationskonzeptes konzentrieren können. Vielleicht lag es am reichhaltig genossenen Kaffee, den mir Margot Kaul ohne jede Aufforderung mehrmals an diesem Tag servierte, ich hatte jedenfalls, zumindest was meine Kreativität anbelangte, einen guten Tag erwischt. Die Sekretärin schien mir gegenüber um eine Art Wiedergutmachung bemüht, wahrscheinlich, weil sie sich für die von mir erlittenen gesundheitlichen Probleme verantwortlich fühlte.

Mir war sehr schnell eine geniale Idee gekommen, wie ich das Projekt gestalten konnte, und daran hatte ich dann den ganzen Tag gearbeitet, unterbrochen nur von einer kurzen Mittagspause, in der ich gemeinsam mit Frau Kaul die Kantine aufgesucht hatte. Meinem dringenden Wunsch, den Hang hinter dem aufgestapelten Holz zu untersuchen, hatte ich aus Zeitmangel nicht nachkommen können.

Gegen 17 Uhr endlich war ich so weit. Ich hatte einen Entwurf realisiert, der mich trotz unvollständiger Ausführungen selbst so begeisterte, dass ich beschloss, ihn Hartmann zu zeigen. Ich erstellte mehrere Sicherungskopien, führte ihn dem Firmenchef dann auf dem größten im Büro vorhandenen Monitor vor.

»Es handelt sich um einen ersten Entwurf«, hatte ich ihn vorgewarnt, »er ist sehr emotional und bedarf noch ausführlicher sachlicher Ergänzungen.«

Woher mir die Idee gekommen war, was den entscheidenden Geistesblitz ausgelöst hatte, entzog sich meiner Kenntnis. Statt einer nüchtern die Fertigkeiten der Firma präsentierenden Darstellung hatte ich voll auf einen emotionalen Zugang gesetzt und dazu eine kurze Animation realisiert, die spielerisch zum Thema führte.

Eine junge, unscheinbare Frau, unterwegs in einem unbequemen, mit kalter Plastik und farblosem Kunststoff ausgestatteten Waggon. Gelangweilter Gesichtsausdruck, lustlose Körperhaltung, altmodische graue Kleidung. Draußen hinter den Fenstern waberten Nebelschwaden, von einer Landschaft war nichts zu erkennen. Keine Sonne, keine Farben, kein Licht – überall nur Dämmer, die ganze Szene dazu in Schwarz-Weiß ausgeführt.

Mit einem Mal aber erhob sich die junge Frau von ihrem Platz und wechselte in den nächsten Wagen und plötzlich veränderte sich die ganze Welt: Von Schwarz-Weiß zu intensiven Farben und prächtigen Landschaften hinter den Fenstern. Die unscheinbare graue Maus verwandelte sich in eine wunderschöne, modisch gekleidete Frau. Hinter den Fenstern zeigten sich traumhafte Landschaftspanoramen und die junge Frau betrachtete fasziniert das geschmackvolle Holzinterieur um sie herum, das dem Innenraum des Waggons eine traumhafte Atmosphäre verlieh …

Hartmann hatte genau so reagiert, wie ich es erhofft hatte. Gebannt war er dem Spot gefolgt, hatte dann begeistert auf den Tisch geklopft. »Das ist es!«, hatte er erklärt. »Genau so müssen wir es machen.«

Annähernd zwei Stunden hatten wir uns über die endgültige Fassung der Präsentation unterhalten, keiner hatte auf die Uhr geachtet. Kurz nach sieben erst war ich aus dem Büro in die Dunkelheit getreten, hatte überrascht die heftigen Windböen wahrgenommen, die durch die Straßen peitschten.

Trotzdem fühlte ich mich bedeutend wohler als an den Vortagen, als ich vor Verena Engels Tür stand. Die überaus zufriedenstellende Arbeit der letzten Stunden wie auch die begeisterte Zustimmung des Sägewerkbesitzers hatten mir neue Impulse verliehen und mich vieles von dem albtraumhaften Geschehen der vergangenen Wochen wenigstens zeitweise vergessen lassen. Offenbar war mir das anzusehen, denn als Verena Engel ihre Tür öffnete und mich im Schein ihres hellen Dielenlichtes betrachtete, empfing sie mich mit einem freundlichen: »Gott sei Dank! So schlimm kann es um Sie nicht bestellt sein. Sie sehen aus wie das blühende Leben!«

Sie schüttelte mir die Hand, nahm dankend die Flasche Rotwein entgegen, die ich ihr reichte.

»›Das blühende Leben‹ ist wohl etwas übertrieben«, erwiderte ich. »Aber heute geht es mir wesentlich besser als gestern, das ist richtig.«

»Das freut mich, prima!« Sie zog mich ins Innere, schloss die Tür.

»Ich habe Stimmen gehört«, sagte ich. »Bin ich nicht der einzige Besucher?«

Verena Engel nahm meinen Schal und die Jacke entgegen, grinste. »Mögen auch die Rippen verletzt sein, die Ohren scheinen zu funktionieren.«

Ich folgte ihr ins Wohnzimmer, nahm überrascht das spitzbübische Grinsen wahr, das mir von dem großen Sofa entgegenstrahlte.

»Sie sind nicht der einzige Besucher, nein«, begrüßte mich Frauke Steensen, sich von ihrem Platz erhebend, »Verena hat mich auch eingeladen. Ohne mir zu verraten, dass es sich um eine größere Veranstaltung handelt.«

Ich fühlte mich seltsam verlegen, reichte der Ärztin die Hand. Sie trug ein langes, samtrotes Kleid, hatte sich zwei kleine Zöpfe in die Haare geflochten, was ihr schmales Gesicht noch hübscher erscheinen ließ. Ich wagte kaum, sie anzuschauen, so umwerfend bezaubernd sah sie aus.

»Ich habe keine Ahnung, von welcher größeren Veranstaltung da die Rede ist«, meldete sich Verena Engel zu Wort. »Ich wollte heute Abend einfach mal wieder mit zwei sympathischen Leuten zusammen sein.« Sie musterte uns mit lächelnder Miene. »Und was das gegenseitige Bekanntmachen betrifft – vor wenigen Minuten habe ich erfahren, dass ich mir das ersparen kann, den Rippen sei Dank.« Sie bat mich, Platz zu nehmen, erkundigte sich nach meinem Getränkewunsch. »Ein süffiger Aperitif wie wir?«, fragte sie, auf die beiden etwa zur Hälfte gefüllten Gläser und die Flasche auf dem Tisch deutend. »Wir dürfen heute alle zugreifen. Niemand muss fahren. Frauke übernachtet bei mir. Zum Glück ist Freitag und sie hat am Wochenende frei.«

»Hier im Haus?«, fragte ich überrascht.

Die Gastgeberin nickte. »Es ist höchste Zeit. Wir haben uns schon lange nicht mehr getroffen.«

»Sie kennen sich näher?« Ich deutete auf den Aperitif, nickte Verena Engel zu.

Sie verschwand aus dem Raum, kehrte mit einem leeren Glas zurück, schenkte mir ein.

Ich bedankte mich, wartete, bis beide ihre Gläser aufgenommen hatten, prostete ihnen dann zu.

»Auf schnelle Genesung«, meinte Frauke Steensen. Ihre Wangen hatten deutlich an Farbe gewonnen, die kleinen Zöpfe baumelten über den Ohren.

»Wir kennen uns näher«, ging Verena Engel auf meine Frage ein, »beruflich sozusagen. Ich war mehrere Jahre nebenbei als Dozentin an der medizinischen Fakultät der Uni in Tübingen tätig, an der Frauke einen Teil ihres Studiums absolvierte. Frauke besuchte eines meiner Seminare. So lernten wir uns kennen. Und ein Stück weit haben Sie es auch mir zu verdanken, dass Sie gestern von einer so kompetenten Frau behandelt wurden. Wer weiß, welchem Kurpfuscher Sie sonst in die Hände gefallen wären.«

»Na, na.« Die Ärztin winkte verlegen ab. »Verena übertreibt manchmal gern.«

»Wo übertreibe ich? Dass ich dich dazu bewogen habe, bei uns deine ersten selbstständigen Jahre zu verbringen?«

»Nein, auf diese Stelle hast du mich aufmerksam gemacht, das ist korrekt. Und du hast mich auch überredet, mich hier zu bewerben. In der Provinz statt im Ausland.«

»Sie wollten ursprünglich ins Ausland?«, mischte ich mich ins Gespräch.

»Weg. Weit weg von zu Hause«, bekannte Frauke Steensen.

»Das liegt irgendwo im Norden?«, fragte ich.

»Lübeck«, antwortete sie. »Meine Sprache verrät mich, wie?«

Ich nickte. »Sie kam mir gestern sofort vertraut vor.«

»Verena erzählte mir vorhin, dass wir von derselben Kante stammen.«

»Ich bin in Rahlstedt geboren«, sagte ich. Der Hamburger Stadtteil lag keine 35 Kilometer von Lübeck entfernt. »Warum wollten Sie weit weg von zu Hause? Lübeck ist eine wunderschöne Stadt.«

Frauke Steensen wandte den Blick von mir ab, starrte auf ihr Glas. »Mein Vater.« Sie schüttelte den Kopf. »Sein Tod.«

Ich merkte, dass sie nicht weiter darüber sprechen wollte, ärgerte mich über meine Neugier. »Verzeihung. Ich wollte Sie nicht …«

»Manchmal läuft das Leben anders, als wir es uns wünschen«, fiel mir Verena Engel ins Wort. »Aber Sie kennen das ja. Ihnen ist es auch nicht besser ergangen.« Sie nahm ihr Glas an den Mund, trank es vollends leer. »Und jetzt wollen wir uns endlich einem erfreulicheren Thema widmen. Ich hatte heute Abend Lust auf etwas Ausgefallenes. Und weil Anneliese im Laden gerade etwas besonders Gutes vorrätig hatte … Kurz, es gibt überbackenen Chicorée in Béchamelsoße und Salzkartoffeln. Ich darf servieren?«

Ich wollte gerade meine freudige Zustimmung zum Ausdruck bringen, als draußen etwas mit einem lauten Schlag an die Hauswand prallte. Erschrocken starrten wir zum Fenster.

»Der Sturm, den sie angekündigt haben«, meinte Verena Engel. »Zum Glück habe ich vorgesorgt und alle Läden geschlossen.«

»Die haben einen Sturm angekündigt?«, fragte ich.

»Für den gesamten Südwesten. Den halben Mittag schon. Sie haben nichts gehört?«

»Wann denn?«, erwiderte ich. »Ich war die ganze Zeit mit einem neuen Entwurf beschäftigt.«

Wir liefen zur Tür, schauten nach draußen. Ein heftiger Wind pfiff durch den Garten, schüttelte die Zweige der Büsche und Bäume kräftig durch. Die Luft fühlte sich seltsam lau, fast warm an, meilenweit von den eiskalten Temperaturen der vergangenen Wochen entfernt.

»Na ja, das Brett«, hörte ich Verena Engels Stimme. »Wenn sonst nichts ist.« Ich folgte ihrem ausgestreckten Arm, sah eine große, dunkle Holzplatte auf dem Boden vor dem Wohnzimmerfenster liegen. »Und wie warm es ist! Verrückt, was?«

Wir gingen ins Haus zurück, holten das Essen samt Tellern und Besteck aus der Küche, trugen es ins Wohnzimmer. Der überbackene Chicorée verbreitete einen wunderbaren Duft im ganzen Raum. Meine Geschmacksnerven fühlten sich dermaßen angeregt, dass mein Magen leise knurrte.

»Das riecht ja wunderbar.« Frauke Steensen reichte mir der Reihe nach die Schüsseln, bediente dann die Gastgeberin und sich selbst.

»Sie erzählten von einem neuen Entwurf«, erkundigte sich Verena Engel. »Mit einem Unterton, als hätten Sie Spaß an Ihrer neuen Arbeit gefunden.«

»Spaß?« Ich ließ ein kleines Stück des wohlschmeckenden Chicorée auf meiner Zunge zergehen, signalisierte ihr meine Zustimmung zu ihrer Vermutung. »Die macht mir überraschend viel Spaß, ja.«

»Um was geht es konkret bei diesem Entwurf?«

»Die Firma bewirbt sich um die Innenausstattung der neuen Erste-Klasse-Wagen des Schweizer Glacier-Express.«

»Dieser berühmte Zug in der Schweiz?«, fragte Frauke Steensen. Die Überraschung war ihr deutlich anzumerken.

»Genau der, ja.«

»Eine Firma aus dem kleinen Stempflingen? Wow, nicht schlecht.«

Ich bemerkte das Interesse der beiden Frauen, berichtete nicht ohne Stolz von der Animation, die ich hierzu gefertigt hatte. Gebannt folgten sie meinen Ausführungen, unterbrachen sogar für kurze Zeit ihre Mahlzeit.

»Liebe Leute, das klingt echt gut! Ich glaube, Hartmann hatte einen Glückstag, als er Sie für seine Firma engagierte«, meinte Verena Engel.

»Vielen Dank für das Kompliment«, wehrte ich ab. »Aber das ist mein Beruf, den ich seit Jahren ausübe.«

»Auf jeden Fall baut es Hartmann auf, so begabte Mitarbeiter in seiner Nähe zu wissen. Und das hat er im Moment ganz besonders nötig.«

Natürlich war mir klar, worauf meine Gastgeberin anspielte. Der Firmenchef habe sich mit Susann Sartorius am Tag vor ihrem Verschwinden zu einem heimlichen Rendezvous in Sigmaringen getroffen, hatte ich am Mittag während des Essens in der *Räuberhöhle* gehört. Niemand wisse, wer die Polizei darüber informiert habe, aber es gebe einen Film, der Hartmann gemeinsam mit der Journalistin zeige. Für den Sägewerksbesitzer seien die Ermittlungen der Beamten jetzt schon nicht folgenlos geblieben: Seine Frau habe die Koffer gepackt und sei mitsamt der beiden Kinder auf und davon. Was davon Realität und was Gerücht war – ich wusste es nicht.

»Ich kenne den Mann nur beruflich. Von seinem Privatleben habe ich keine Ahnung«, sagte ich deshalb.

»Das ist auch nicht nötig«, konterte Verena Engel. »Über sein Privatleben müssen Sie nur die Leute im Dorf befragen. Die wissen angeblich alles bis ins kleinste Detail. Das ist so widerlich!«

»Es geht um diese Festnahme im Zusammenhang mit der verschwundenen Journalistin?«, fragte Frauke Steensen.

Unsere Gastgeberin nickte. »Hartmann hat sich wohl auf ein kurzes Techtelmechtel mit ihr eingelassen. Am Tag vor ihrem Verschwinden haben sie sich in einem Restaurant in Sigmaringen getroffen. Die Polizei verfügt über einen Film, auf dem beide zu sehen sind.«

»Wer hat diesen Film aufgenommen?«, fragte ich.

»Wenn ich das wüsste«, meinte Verena Engel. »Ich finde es ohnehin seltsam, dass ein solcher Film überhaupt existiert. Irgendjemand scheint Hartmann und die Journalistin regelrecht mit der Kamera verfolgt zu haben. Sie sind an mehreren Orten zu sehen. So viel zum Thema Datenschutz.«

»Den Film gibt es wirklich?«, warf ich ein.

»Allerdings«, erklärte die Frau voller Überzeugung. »Der existiert in der Tat. Ich habe ihn zwar nicht persönlich gesehen, aber mein Informant ist absolut zuverlässig. Gestern Abend haben wir miteinander telefoniert. Ein Polizeibeamter, mit dem ich schon bei vielen Notarzteinsätzen zusammentraf. Keine besonders erfreulichen Momente. Das verbindet. Da schwindelt man sich nicht an.«

»Von der Journalistin gibt es weiterhin keine Spur?«, erkundigte sich die Ärztin.

»Die tappen völlig im Dunkeln. Ich fürchte …«

»Ja?«

»Ich weiß nicht, ob die Frau noch lebt.«

Frauke Steensen musterte ihre Gesprächspartnerin betroffen. »Du glaubst wirklich, dass sie dasselbe Schicksal erleiden musste wie diese andere Journalistin?«

»Gibt es Erkenntnisse, die dagegensprechen?« Verena Engel hob abwehrend ihre Hände. »Ich habe keine große Hoffnung, nach so langer Zeit. Die Frau ist seit mehr als drei Wochen verschwunden. Ohne jede Spur.«

»Dann gibt es hier in diesem Ort oder in der Umgebung eine Person …« Frauke Steensen verstummte mitten im Satz, ließ das Ungeheuerliche unausgesprochen.

»Ich muss zugeben: Hätte ich damals von diesem Wahnsinn gewusst, ich hätte niemals versucht, dich ausgerechnet hierher zu locken. Wenn beide Frauen wirklich demselben Verbrecher zum Opfer fielen …«

»Soll das erste Opfer nicht auch noch lange gefangen gewesen sein?«

»Sie wurde gefangen gehalten und gequält«, bestätigte Verena Engel. »Über Wochen hinweg. Die Polizei ist sich sicher.«

»Das ist doch krank, oder?« Frauke Steensen schüttelte den Kopf. »Wer tut so etwas?«

»Du hast gedacht, Gewalttäter dieses Kalibers gibt es nur in anderen Ländern?«

»Jedenfalls wohl kaum bei uns. Und auf keinen Fall hier in der Provinz«, fügte die Ärztin hinzu.

»Ja, ja, die heile Welt der Provinz.« Verena Engel ließ ein lautes Lachen hören. »Bevor wir uns aber auf die Provinz einlassen, will ich doch erst mal den Nachtisch holen.« Sie erhob sich von ihrem Platz, lief zur Tür, wies unmittelbar vor dem Verlassen des Zimmers zu mir. »Hier, unser Gast, er hat die Überreste der Frau entdeckt. Ohne ihn wäre vielleicht bis heute nichts von ihrem Tod bekannt.«

»Sie waren das?« Frauke Steensen musterte mich überrascht.

»Ich war das, ja«, sagte ich. Die Ärztin war wahrscheinlich die einzige Person im weiten Umkreis, die den Fund in der

Höhle nicht mit mir in Verbindung brachte. Aber auch nur deswegen, weil sie erst vor Kurzem in den Nachbarort gekommen war.

»Sie haben in dieser Höhle gegraben? Weshalb?«

»Ich war auf der Suche nach Fossilien.«

»Wieso in dieser Höhle?«

»Das war Zufall«, antwortete ich wahrheitsgemäß. »Purer Zufall.«

»Und dann stießen Sie plötzlich auf eine menschliche Leiche? Uah!«

Ich konnte förmlich hören, wie abstoßend sie die Situation empfand.

»Das stelle ich mir grauenvoll vor.« Sie schüttelte den Kopf. »Dabei war ich früher immer total begeistert, wenn wir im Urlaub irgendwelche Höhlen besuchten. Postojna in Slowenien, die Bärenhöhle hier auf der Schwäbischen Alb, die Saalfelder Seengrotten … Das waren die Highlights der Ferien mit meinem Vater und meiner Mutter, die mir fast alle in Erinnerung geblieben sind. Und als mich Verena auf die Stellenausschreibung Dr. Lennarts aufmerksam machte …« Frauke Steensen hielt einen Moment inne, weil aus der Küche das Scheppern von Töpfen und direkt im Anschluss daran die Stimme Verena Engels: »Nichts passiert!«, zu hören war, fuhr dann fort: »Na ja, im ersten Moment ging mir doch tatsächlich der Gedanke durch den Kopf: Oh, da kann ich ja in meiner Freizeit in den Höhlen dort herumklettern. Aber jetzt, wo ich hier bin … Ich wüsste nicht einmal, wo ich eine Höhle finde.« Sie lachte verlegen. »Und dann allein … Also, ich glaube, im Moment ist das keine so gute Idee.«

»Wieso denn nicht? Es gibt viele interessante Höhlen hier in der Umgebung. Wir könnten doch gemeinsam …« Ich schwieg erschrocken, bemerkte den konzentrierten Blick, mit dem sie mich musterte. Die Sätze waren mir gerade so über die Lippen gegangen, ohne jede Überlegung.

»Wir beide?«, fragte sie zögernd.

»An einem der nächsten Tage?« Ich hatte Mühe, die Worte zu formulieren, hörte gerade noch ihr leises, aber deutliches: »Gerne!«, bevor die Tür aufging und Verena Engel wieder das Zimmer betrat.

Unsere Gastgeberin trug ein voll beladenes Tablett in den Händen, betrachtete uns mit erstaunter Miene. »Was ist los?«, fragte sie. Sie steuerte den Tisch an, lud die Schüsseln und Teller ab, schob das Tablett zur Seite. Ein wunderbarer Duft nach Mandellikör breitete sich im Raum aus.

Ich benötigte mehrere Sekunden, mich aus meiner Verlegenheit zu lösen, merkte, dass es Frauke Steensen ähnlich erging.

»Was ist mit euch?«, spottete Verena Engel in anzüglichem Ton. »Hat es euch die Sprache verschlagen?«

Ich hustete kräftig, reckte meinen Oberkörper in die Höhe. Etwas zu abrupt. Trotz der vorsorglich eingenommenen Schmerztabletten machten sich sofort wieder die scharfen Messerspitzen in meiner Brust bemerkbar. Ich stöhnte leise auf, sah die Augen unserer Gastgeberin auf mich gerichtet.

»Die Rippen?«, fragte sie. »Oh, Sie armer Kerl! Und ich dachte schon …«

Ich biss die Zähne zusammen, winkte mit der Rechten ab. »Es ist nicht so schlimm, wie es aussieht«, erwiderte ich. »Tut mir leid.«

»Das muss Ihnen nicht leid tun. Bisher haben Sie ja gut durchgehalten.« Verena Engel nahm eine große, fast bis an den Rand gefüllte Glasschüssel in die Hände, streckte sie uns entgegen. »Tiramisu. Aus eigener Zubereitung.« Sie wies auf die mitgebrachte Thermoskanne. »Kaffee dazu? Koffeinfrei, versteht sich.«

Ihr Angebot holte uns endgültig wieder in die Realität zurück. Wir griffen beide zu, warteten, bis sich auch die Gastgeberin versorgt hatte. Der Nachtisch schmeckte hervorragend. Feiner weicher Biskuit, aromatischer Käse, dazu der wunderbare Duft des Mandellikörs.

»Wie genau ist es passiert?« Verena Engels Blick zielte zu mir.

»Mein Unfall?« Ich betonte das Wort, gab ihm einen leicht verfänglichen Akzent. Beide schienen ihn sofort wahrzunehmen, musterten mich mit skeptischen Mienen.

»Es handelt sich doch um einen Unfall, oder?«, hakte Verena Engel nach.

Hätte es an dem, was auf uns zukam, etwas geändert, wenn ich den beiden Frauen offen und ehrlich mit der Wahrheit gekommen wäre? Hätte ich – das Märchen vom Unfall jetzt endlich zur Seite schiebend und die unverstellte, wenn auch unangenehme Realität darlegend – das Unheil verhindern oder wenigstens abmildern können?

Ich weiß nicht, wie oft mir diese Fragen in der Folgezeit durch den Kopf gingen, mich nachts aus dem Schlaf rissen, mich mit Kaskaden unaufhörlicher Selbstvorwürfe überschwemmten – aber woher sollte ich damals wissen, was das Schicksal oder besser: das in vollkommene Finsternis getauchte Gehirn eines bösen Menschen für uns ausgedacht hatte?

Anstatt also die vermummte Gestalt hinter dem Holz zu erwähnen und deren Identität offenzulegen, blieb ich bei der bisher kolportierten Version und stellte das schlampig aufgestapelte Holz samt den durch den schwer beladenen Lkw ausgelösten Erschütterungen als Ursache meiner Verletzung dar.

»So einfach ist das also zu erklären? Und ich glaubte vorhin deutliche Skepsis gegenüber der Unfall-Theorie zu vernehmen …« Ein heftiger Schlag gegen den Laden ließ Verena Engel verstummen.

Unwillkürlich wandten wir unsere Blicke zum Fenster, hörten das Toben des Sturms draußen. Unsere Gastgeberin gewann ihre Contenance am schnellsten zurück.

»Ich glaube, ihr übernachtet heute beide bei mir.«

Erfreut über den Themenwechsel lachte ich auf. »Haben Sie überhaupt so viele Betten?«, fragte ich.

»Was glauben Sie, wie viel Platz wir benötigen, wenn die Kinder samt befreundeten Familien hier aufkreuzen? Wollen Sie sich sicherheitshalber von der Qualität der Matratzen überzeugen?«

Vielleicht hätte ich angesichts des tobenden Sturms draußen das offensichtlich ernsthaft gemeinte Angebot annehmen sollen. Weil ich meiner nicht mehr allzu jungen Gastgeberin jedoch nicht noch mehr Unannehmlichkeiten bereiten wollte, zudem gerade einmal etwa 500 Meter entfernt wohnte, beharrte ich darauf, nach Hause zu gehen.

Mitternacht war schon eine geraume Zeit vorbei, als ich mich auf den Weg machte. Ich hatte mich bei Verena Engel eindringlich für das wunderbare Essen und den harmonischen Abend bedankt und den Moment, den sie – weshalb auch immer – die Ärztin und mich allein an der Haustür zurückließ, dazu genutzt, Frauke Steensen ein holprig vorgetragenes: »Unser gemeinsamer Höhlentrip. Ich melde mich, okay?«, zuzuraunen.

So beschwerlich sich der Weg nach Hause angesichts des unaufhörlich tobenden Sturms auch gestaltete, die Antwort der jungen Frau ging mir nicht mehr aus dem Sinn. »Ich freue mich«, hatte sie mir zugeflüstert, drei Worte, die mich von diesem Moment an auf Schritt und Tritt begleiteten.

Vom Sturm entwurzelte Schnee- und Eisbrocken donnerten rings um mich auf den Boden, von den Dächern gelöste Ziegel preschten unberechenbaren Geschossen gleich durch die Luft. Eine Windböe nach der anderen jagte durch die

Straßen, riss mich mal in diese, dann wieder in eine andere Richtung. Und längst spürte ich wieder die Messerspitzen in meiner Brust.

Irgendwie aber nahm ich das alles nur am Rande wahr. Abgetaucht in eine andere Realität taumelte ich durch die sturmgepeitschten Gassen Stempflingens nach Hause, einzig das Gesicht Frauke Steensens und ihr zustimmendes: »Ich freue mich!« im Sinn. So etwas war mir schon lange nicht mehr passiert.

15. Kapitel

Der Sturm tobte fast die ganze Nacht. Erst am frühen Morgen ebbte er langsam ab, wurde dann aber von wolkenbruchartigen Regengüssen abgelöst. Mehrfach schreckte ich aus dem Schlaf, von unbekannten Geräuschen aller Art in die Realität katapultiert. Mal war es ein Ast, den eine Böe an ein Fenster geschleudert hatte, mal ein Ziegel, der seiner Verankerung entrissen worden war. In den meisten Fällen konnte ich die Ursache des Lärms überhaupt nicht ermitteln. Und so oft ich in diesen Stunden auch aus dem Bett torkelte und voller Besorgnis aus einem der Fenster spähte, der ganze Schaden war erst am nächsten Morgen zu übersehen.

Es sah aus wie nach dem Krieg – dieser makabre Vergleich schoss mir als Erstes durch den Kopf, als ich gegen zehn Uhr die Haustür öffnete und über den Gartenweg zur Straße blickte – auch wenn ich zum Glück noch nie einen Krieg hatte erleben müssen. Das Chaos vor mir ähnelte in verblüffender Weise den Bildern, die Journalisten aus Krisengebieten übermittelten. Teilweise abgedeckte Dächer, zerfledderte Büsche und Bäume, platt gewalzte Zäune, dazu Äste und Zweige sowie Teile von Ziegeln im Garten wie auf der Straße. Die am Vortag noch annähernd 30 Zentimeter hohe Schneedecke war infolge der frühlingshaft warmen Luft fast komplett verschwunden, dafür staute sich das Wasser in Pfützen und kleinen Seen, wohin ich auch sah.

Das Haus zu verlassen kam einem lebensgefährlichen Unternehmen gleich, wie ich am eigenen Leib erfahren musste. Ich hatte nur einen einzigen Schritt vor die Tür getan, lag sofort der Länge nach mitten in einer Riesenpfütze. Der Boden war nach wie vor spiegelglatt und weil der Himmel alle Schleusen geöffnet hatte, war ich innerhalb weniger Sekunden von Kopf bis Fuß völlig durchnässt. Vor Schmerzen stöhnend krabbelte ich auf allen Vieren ins Haus zurück, ließ mir heißes Wasser in die Wanne und gönnte mir ein Bad.

Die Sintflut hielt den ganzen Samstag an. Natürlich schweiften meine Gedanken immer wieder zum vorherigen Abend und zu Frauke Steensen zurück, und ich war mehrmals in der Versuchung, sie anzurufen und mit ihr einen Termin für ein Treffen zu vereinbaren, konnte mich dann aber doch nicht dazu durchringen. An diesem Tag kam ich einfach nicht auf die Beine. Ich fühlte mich matt und zerschlagen, litt zudem an immer neuen Schmerzattacken in meiner Brust.

»Glaubst du, das geht nur dir so?«, kommentierte Thomas Schmeil am Abend mein Gejammer. Er lachte laut, zeigte keine Spur von Verständnis für meine depressive Anwandlung. »Gestern noch herrschte tiefer Winter, heute haben wir Frühling. Die Temperaturen draußen haben von einem Tag auf den anderen um 20 Grad zugelegt. 20 Grad Celsius mehr innerhalb von 24 Stunden. Das haut den stärksten Ochsen um!« Er trank den Rest des Rotweins, den ich mitgebracht hatte, prostete mir zu. »Erzähle mir lieber von deinem Abend gestern. War es die Unterhaltung mit der alten Engel wert, mich hier allein in meiner Hütte versauern zu lassen?«

Überrascht musterte ich seine Miene. Schmeil starrte mit großen Augen zu mir her. War da ein Hauch von Eifersucht in seiner Stimme, weil ich ihm am Vorabend ausnahmsweise keine Gesellschaft geleistet hatte? Ich wollte es nicht glauben, schob es dem reichlich genossenen Alkohol zu. Die Wangen meines Nachbarn leuchteten in kräftigem Rot, seine Bewegungen schienen nur noch teilweise kontrolliert. Offensichtlich war das nicht die erste Flasche, der er heute Abend zusprach.

Ich hatte keine Lust, Frauke Steensens Anwesenheit oder gar meine Verabredung mit ihr zu erwähnen. Die Begegnung mit ihr bedeutete mir zu viel, um sie in seinem gegenwärtigen Zustand zur Sprache zu bringen. Stattdessen ging ich auf das Thema ein, das zurzeit ohnehin alle im Dorf bewegte. »Hartmanns Frau soll ihre Koffer gepackt haben.«

»Das hat die alte Engel erzählt?«, fragte er.

»Na ja, das behaupten jedenfalls die Leute.«

»Die Leute.« Thomas Schmeil winkte mit der Rechten ab. »Was wissen die denn schon? Wieso habe ich dann die komplette Familie Hartmann heute Mittag einträchtig in ihrem Auto durchs Dorf fahren sehen? Mama, Papa, beide Kinder?«

»Heute Mittag?«

»Heute Mittag«, bestätigte er. »Gegen drei Uhr.«

»Wahrscheinlich hat sie es sich wieder anders überlegt«, sagte ich.

»Geht uns auch nichts an. Wenn Hartmann was mit der Journalistin hatte, ist das seine private Angelegenheit. Willst du, dass dein Privatleben vor allen Leuten ausgebreitet wird?«

Ich schüttelte den Kopf.

»Siehst du«, meinte Thomas Schmeil. »Lassen wir Hartmann also in Ruhe. Hauptsache, die Geschäfte seiner Firma laufen gut, damit dein Arbeitsplatz sicher ist und du hier bleiben kannst, oder?«

»Zugegeben, das ist mir wichtig, ja«, bestätigte ich. »Zumal mir der Job viel Spaß macht, wie ich dir erzählt habe. Vielen Dank, dass du ihn mir vermittelt hast.«

Mein Nachbar winkte mit seiner Rechten ab. »Einen Punkt hat die alte Engel garantiert nicht erwähnt. Dabei lässt der mir keine Ruhe.«

»Was meinst du?«, fragte ich.

Schmeil erhob sich, lief aus dem Zimmer, kam dann mit einer neuen Flasche Rotwein zurück. »Nicht, dass du mir verdurstest.«

Ich wedelte abwehrend mit der Hand, konnte dennoch nicht verhindern, dass er die Flasche entkorkte und uns beiden weit über das normale Maß hinaus einschenkte. »Danke, danke, es reicht.«

Erst als die Gläser fast bis an den Rand gefüllt waren, schob er die Flasche wieder weg. »Zum Wohl!« Er gönnte sich einen kräftigen Schluck, wartete, bis ich seinem Beispiel folgte. »Die Fotos«, sagte er dann. »Alle Medien sind sich einig, ich habe es überprüft. Den halben Tag saß ich vor dem Computer und schaute alles durch. Es existieren unzählige Aufnahmen. Hartmann und die Journalistin auf dem Parkplatz in Sigmaringen. Die beiden in der Fußgängerzone. Das Paar vor dem Schloss. Beide über der Donau. Wie kamen diese Fotos zustande?«

»Das habe ich mich auch schon gefragt«, musste ich zugeben. »Aber ich weiß nicht, woher sie stammen.«

»Wo schafft die Polizei die Aufnahmen her? Überwachen die jetzt jede Stadt?«

Auch wenn ich mich selbst schon über die Herkunft dieser in den Nachrichten erwähnten Fotos gewundert hatte, wir kamen an diesem Abend zu keinem befriedigenden Ergebnis. Der zunehmende Alkoholpegel vor allem meines Nachbarn ließ unsere Diskussion mehr und mehr in den weitgehend sinnlosen Austausch plakativer Schlagworte abgleiten. Viel mehr als: »Totale Überwachung. Da stecken garantiert die Amis dahinter!«, brachten wir nicht mehr zustande. Ich war nur froh, dass der Boden nicht mehr gefroren war, als ich kurz vor Mitternacht vorsichtig die paar Meter zu Tante Linas Haus in Angriff nahm. Ein zweites Mal an diesem Tag der Länge nach vor der Eingangstür zu landen, wollte ich mir ersparen. Weil es aber weiterhin wolkenbruchartig regnete, wurde ich trotz der kurzen Entfernung durch und durch nass. Das Hemd und der Pulli klebten mir auf der Haut, als ich endlich in die Diele trat.

16. Kapitel

Den wolkenverhangenen Sonntag verbrachte ich fast vollständig mit meinem Laptop. Der Entwurf für die Innenausstattung der Erste-Klasse-Wagen des Glacier-Express bedurfte schließlich noch gründlicher Ausarbeitung. Ich konzentrierte mich auf die Anfangspassage, versuchte, sie mit weiteren Details zu komplettieren. Meine Rippenprellung machte mir in diesen Stunden nur ein einziges Mal zu schaffen. Ich hatte sie fast schon vergessen, als ich beim Verlassen des Zimmers aus Versehen auf die Türkante prallte. Die Messerspitzen in meiner Brust machten sich augenblicklich wieder ans Werk. Ich verharrte auf der Stelle, wartete, bis die Schmerzen einigermaßen abgeebbt waren.

Erst am Nachmittag riss die dicke Wolkenwand draußen langsam auf. Die Regentropfen wurden spärlicher, versiegten schließlich ganz. Kurz vor 16 Uhr zeigten sich die ersten Sonnenstrahlen des Tages. Hungrig nach frischer Luft speicherte ich alles ab, hüllte mich in meine Jacke und trat auf die Straße. Draußen war es warm wie im Frühling. Der pure Wahnsinn, überlegte ich, solche Temperaturen Mitte Januar.

Ich schwitzte schon nach wenigen Metern, zog die Jacke aus, klemmte sie unter den Arm. Kein Wunder, dass der Schnee vollständig verschwunden war. Stattdessen erstreckten sich überall Pfützen und kleine Seen, gesäumt von Blättern, Ästen und Ziegelresten. Ich stakste um das Wasser, versuchte, die Straßen trockenen Fußes zu bewältigen. Der intensive Regen schien alle abgeschreckt zu haben, ihre Häuser zu verlassen; ich traf jedenfalls keine Menschenseele. Erst als ich in die Nähe des *Engel* kam, hörte ich laute Stimmen. Ich wechselte auf die andere Straßenseite, sah, dass die Eingangstür der Kneipe offenstand. Dem Lärmpegel nach zu urteilen schien sie gut besucht. Unzählige ausschließlich männliche Stimmen schrien durcheinander. Ich warf einen Blick ins Innere, sah Gerner einen kräftigen Zug aus einer Flasche nehmen. Im gleichen Moment wusste ich, wohin ich meine Schritte lenken würde. Der Hang hinter dem Sägewerk. Es war Sonntag. Vielleicht hatte ich Glück und das Holz war abgetragen.

Weil ich nicht mitten durch das Werksgelände marschieren wollte, nahm ich den Umweg über den Friedhof. Ich passierte die Kirche, lief dann mitten durch das Gräberfeld. Das Gelände war verwaist. Ich folgte dem mit Platten ausgelegten Weg, stieg über unzählige Pfützen und kleinere Seen hinweg, bog dann zum Hinterausgang ab. Das alte, angerostete Tor gab ein durchdringendes Quietschen zum Besten, als ich es öffnete. Wahrscheinlich wurde es selten benutzt, weshalb sollte man es ölen?

Hinter dem Friedhof führte der in den rohen Fels gehauene Weg steil hinunter zur Stichstraße, mitten durch den Wald. Der Boden war von Erdschlieren überzogen, Pfütze auf Pfütze erschwerte das Vorwärtskommen. Obwohl ich sorgsam darauf achtete, nicht ins Wasser zu treten, hatte ich nach kurzer Zeit nasse Füße.

Als ich die Stichstraße erreichte, verschwand die Sonne hinter den Bergen. Ich hielt auf das Sägewerk zu, sah nach wenigen Minuten dessen rückwärtiges Gelände vor mir. Hier war es vollkommen still, außer den zahlreich von den Zweigen der Bäume prasselnden Wassertropfen nichts zu hören. An Sonntagen kam so gut wie kein Fahrzeug in diesen Winkel am Rand des Dorfes; die Straße diente allein den mit Holz beladenen Lastwagen, um das Sägewerk direkt von der Umgehungsstraße her erreichen zu können, ohne den umständlichen Weg durch die schmalen Gassen Stempflingens nehmen zu müssen.

Es dämmerte schon leicht, als ich auf den Platz gelangte, auf dem die Lkws entladen wurden. Die Straße strebte hier steil bergan, sodass ich den von mir gesuchten Hang erst auf den letzten Metern vor Augen hatte: Ohne aufgeschichtetes Holz, frei zugänglich, wie ich voller Freude bemerkte. Der Weg hatte sich gelohnt, endlich konnte ich mich mit eigenen Augen überzeugen, was Strobler, dieser verkommene Halunke, hier zu suchen gehabt hatte.

Ich blieb stehen, schaute mich nach allen Seiten um. Außer dem ständig und überall von den Bäumen tropfenden Wasser war nichts zu hören und nichts zu sehen. Ich wartete ein paar Sekunden, lief dann auf den Berghang zu. Der Asphalt reichte nahe an die Felsen heran, nur ein schmaler Streifen des ursprünglichen Bodens kam dazwischen zum Vorschein. Helle Kalkfelsen, nur teilweise von Erde bedeckt. Ich folgte dem Hang, sah die schmale Einbuchtung schon von Weitem. Die Stelle, wo sich der Kerl versteckt hatte. Etwa zweieinhalb Meter hoch und fast genauso breit. Der Eingang zu einer Höhle, von einem angerosteten Metallgitter verschlossen.

Ich trat an die Absperrung heran, merkte, dass es sich um ein altes Tor aus senkrecht verlaufenden Metallstreben handelte. Es ließ sich zwar nicht öffnen, gab aber schon bei meinem ersten Versuch ein oder zwei Zentimeter nach. Was hatte Strobler hier gesucht?

Ich beugte mich weiter vor, um das Schloss genauer in Augenschein zu nehmen, hörte ein seltsames Rauschen. Es kam aus der Höhle. Ich blieb stehen und lauschte. Irgendwo tief im Inneren des Berges rauschte, gurgelte und toste es einem Wasserfall oder einem Gewässer ähnlich, das in heftigen Kaskaden zu Tal schießt. Ein Bach im Bauch des Gebirges?

So verwunderlich es sich im ersten Moment anhören mochte, im Bereich der Alb war das nichts Außergewöhnliches. Der Großteil des Gebirges bestand aus Kalk. Dieses wasserlösliche Gestein war von den Niederschlägen der vergangenen Jahrmillionen intensiv bearbeitet worden. Das Wasser war eingesickert, hatte den gelösten Kalk mit sich weggeführt und so unzählige feine Risse und Spalten in den verbleibenden Felsen geschaffen. Im Verlauf der Zeit hatten sich diese Spalten zu Höhlen und teilweise zu ganzen Höhlensystemen erweitert. An den Stellen, wo das Wasser auf wasserundurchlässige Tonschichten stieß, verliefen heute noch Höhlenbäche. Viele dieser Gewässer flossen unzählige Kilometer weit durch das Innere des Gebirges, bis sie irgendwo am Rand als Quellen zum Vorschein kamen. Je nach Niederschlagsintensität konnten diese Bäche zu harmlosen Rinnsalen verkommen oder gar austrocknen oder aber sich zu reißenden Gewässern verwandeln, das hatte ich in der Vorbereitung auf meine Fossiliensuche in verschiedenen wissenschaftlichen Abhandlungen gelesen. War diese Höhle hier also der Zugang zu einem dieser unterirdischen Rinnsale, das sich jetzt durch den intensiven Regen und die Schneeschmelze in ein wildes und gefährliches Ungetüm verwandelt hatte? Und was hatte Strobler hier zu suchen gehabt?

Das Rauschen, Gurgeln und Tosen aus der Tiefe des Berges nahm kein Ende. Ich zog mein Handy aus der Tasche, schaltete die Taschenlampenfunktion ein, leuchtete ins Innere. Die Höhle war knapp zweieinhalb Meter breit und ähnlich hoch, der Boden von scharfen Gesteinskanten übersät. Sie führte etwa zehn bis zwölf Meter fast geradlinig in den Berg, schien dann nach rechts abzubiegen. Genauer konnte ich es nicht erkennen, weil das Licht meines Handys nicht mehr hergab.

Ein lautes Knattern ließ mich aufhorchen. Ich schaltete das Gerät aus, drehte mich zur Seite. Ein dick vermummter Motorradfahrer preschte mit aufgeblendeten Scheinwerfern von der Stichstraße her auf den Platz, musterte das Gelände. Ich drückte mich in den Schatten des Eingangs, ähnlich wie Strobler es getan hatte, wartete, bis der Mann das Sägewerksgelände vollends erreicht hatte und dort zwischen den Werkshallen verschwand. Die Dämmerung war inzwischen weiter fortgeschritten, nur noch die Konturen der Bäume und der weiter entfernten Berge waren zu erkennen. Wollte ich noch irgendetwas Substantielles entdecken, musste ich mich beeilen.

Ich schaltete erneut die Lampe ein, konzentrierte mich auf das Schloss der Tür. Es war nur zur Hälfte eingerastet, hing wie das gesamte Metallgestell schief in seinem Scharnier. Ich steckte das Handy weg, griff mit beiden Händen nach den Metallstreben der Tür und zog sie mit kräftigem Druck nach oben. Ein kurzes, schrilles Quietschen … und sie gab nach. Ich wollte es zuerst nicht glauben, dass die Tür so einfach auszuhebeln war, spürte aber tatsächlich keinerlei Widerstand mehr. Nur noch ein sanfter Druck gegen das Metall und der Zugang zur Höhle lag frei vor mir. Unmöglich, dass Strobler das nicht bemerkt hatte. Und im gleichen Moment war mir klar, was er hier gewollt und weshalb er mich niedergeschlagen hatte: Der Kerl war – aus welchen Gründen auch immer – in die Höhle eingedrungen, um hier …

Ja, was? Hatte er nach etwas gesucht? Oder die Höhle als Versteck benutzt? So aggressiv, wie er augenblicklich gegen mich losgegangen war, musste es sich um eine größere Sache handeln. Um alles in der Welt hatte er vermeiden wollen, dass ich ihn mit der Höhle in Verbindung bringen würde. Weshalb?

Ich wusste nur eine Antwort. Schon einmal, vor wenigen Monaten erst, hatte ich in einer Höhle etwas entdeckt. Und inzwischen war wieder eine junge Frau verschwunden, eine Frau, deren Schicksal ganz offen mit dem des von mir ausgegrabenen Opfers in Verbindung gebracht wurde. Sollte der Mörder erneut zugeschlagen und auch Susann Sartorius auf dieselbe Weise wie Alina Sievers *entsorgt* haben?

Ich spürte, wie mich fröstelte. Gänsehaut breitete sich auf meinem Rücken, meinem Nacken, meinen Armen aus. Wenn ich mit meinen Vermutungen auch nur annähernd richtig lag, befand ich mich hier in größter Gefahr. Jede Minute, jeden Augenblick, den ich hier verweilte, konnte die Konfrontation mit dem Mörder bringen, der unbedingt verhindern musste, dass die Überreste seines Opfers samt etwaigen Hinweisen auf seine Identität ans Tageslicht gerieten. Sollte ich zu meiner eigenen Sicherheit also sofort die Polizei verständigen?

Ich ließ die Tür offenstehen, trat zwei Schritte zurück, musterte die Umgebung. Auch wenn die Dunkelheit jetzt von Minute zu Minute weiter fortschritt, war der große Platz dennoch gut zu übersehen. Das weite Areal lag einsam und verlassen vor mir. Keine Menschenseele weit und breit. Wieso auch? Die größte Dummheit, zu der sich der Mörder hinreißen lassen konnte, war es, sich in der Nähe der Stelle, wo er sein Opfer vergraben hatte, sehen zu lassen. Genau das musste er um alles in der Welt vermeiden, um ja nicht mit der Tat in Zusammenhang gebracht zu werden. Weshalb also sollte ich mich hier fürchten?

Ich spürte, wie sich das Adrenalin in meinem Blutkreislauf langsam wieder auflöste, wurde ruhiger. Es gab überhaupt keinen Grund zur Aufregung, meldete sich mein Verstand zu Wort, kein einziges Indiz, das auf eine in dieser Höhle vergrabene Leiche hinwies. Und das aggressive Verhalten Stroblers konnte auf eine ganz andere Ursache zurückzuführen sein. Ich atmete kräftig durch, entspannte zusehends. Nur keine künstliche Panikmache, arbeitete es in mir. Ich musste mich selbst überzeugen, wie unsinnig diese Vorstellungen waren, jetzt, wo der Eingang zu der Höhle offenstand.

Die Neugier siegte endgültig über meine Angst. Ich warf einen letzten Blick auf die weite Fläche vor mir, sah, dass sie genauso einsam und verlassen dalag wie zuvor. Das Handy mit der eingeschalteten Taschenlampe in der Hand wandte ich mich dem Boden der Höhle zu. Wenn hier irgendwo in der letzten Zeit eine Leiche vergraben worden war, musste das zu sehen sein. So schnell verheilten die Narben im Untergrund nicht, das wusste ich inzwischen. Ich leuchtete den kompletten Boden ab, sah nur den nackten Fels vor mir. Viele scharfe Gesteinskanten, unzählige kleine Vertiefungen. Alles viel zu hart, um etwas vergraben zu können.

Ich näherte mich der Stelle, wo der Gang nach rechts abbog, merkte, dass das Rauschen immer lauter wurde. Weit konnte das Wasser nicht mehr entfernt sein. Ich ließ das Licht über den Boden huschen, musterte die Wände und die Decke. Die Höhle verlor hier an Breite, blieb aber immer noch außergewöhnlich hoch. Der Gang setzte sich genauso fort wie bisher. Hartes Gestein, wohin ich auch sah. Zwölf, fünfzehn Meter weit durch den Berg, dann am Ende nach links hin offen. Immer noch keine Spur von einem Bach.

Ich leuchtete alles sorgsam ab, entschied mich nach kurzem Zögern dafür, weiterzulaufen. Die Höhle war immer noch hoch genug, dass ich aufrecht gehen konnte, der Boden, die Wände und die Decke vom Aussehen her so stabil, dass ich keine Einsturzgefahr befürchtete. Für einen Moment blieb ich stehen, blickte ein letztes Mal zum Eingang zurück, der sich nur noch schwach vor der Dämmerung des Hintergrunds abzeichnete, wagte mich dann langsam, Schritt für Schritt ins Innere des Berges vor. Das Rauschen wurde jetzt immer lauter, übertönte alle anderen Geräusche. Das Wasser konnte nicht mehr weit von mir entfernt sein. Ich näherte mich der Rückwand des Stollens, spürte einen Hauch feuchter Luft in meinem Gesicht. Ich strich mir über die Backen, stolperte über eine leichte Erhöhung, die an dieser Stelle aus dem Boden ragte. Erschrocken richtete ich den Lichtkegel meiner

Lampe nach unten. Hatte sich hier jemand am Untergrund zu schaffen gemacht?

Ich zog eine Zwei-Euro-Münze aus meinem Geldbeutel, bückte mich nieder, stocherte mit ihr im Boden. Ohne Erfolg. Wo ich es auch versuchte, überall kam feuchter, blanker Fels zum Vorschein. Nein, hier war garantiert nichts von Menschenhand vergraben worden.

Ich richtete mich wieder auf, steckte die Münze in die Tasche. Noch zwei bis drei Meter, dann hatte ich die Stelle, wo die Höhle nach links abbog, erreicht. Jetzt war es nicht mehr nur ein Rauschen, jetzt steigerte sich das Geräusch zu einem wilden Tosen. Und auch die Luft war von feinen Wassertröpfchen getränkt. Wie in der unmittelbaren Nähe eines gewaltigen Wasserfalls.

Ich richtete den Strahl der Lampe nach links, merkte, dass das Licht leicht flackerte. Nicht auch noch das, schoss es mir durch den Kopf, nicht ausgerechnet jetzt, wo ich endlich …

Ich blieb stehen, schüttelte mein Handy hin und her, wartete, dass das Flackern nachließ. Rational wahrscheinlich eine absurde Reaktion, aber sie zeigte Erfolg. Das Licht huschte wie gewohnt in gleichmäßiger Stärke über die Wände. Ich leuchtete sorgsam die Felsformationen vor mir ab, sah die feinen Wassertropfen, die auf den Boden perlten, schob mich vollends um die Ecke. Endlich hatte ich das tosende Geschehen vor mir.

Drei, vier Meter entfernt schoss ein gewaltiger Wasserstrahl rechts aus dem Berg. Er tauchte in eine kleine Höhle, die sich vor meinem Stollen auftat, verschwand irgendwo an deren Sohle. Ich trat einen Schritt weiter vor, leuchtete die Ausbuchtung vor mir mit meiner Lampe aus. Es handelte sich um einen fast quadratischen, etwa drei auf drei Meter breiten und ähnlich hohen Raum, in den aus verschiedenen Richtungen sowohl mein eigener als auch der Wasser führende Stollen mündeten. Beide Höhlengänge waren annähernd gleich groß, der von rechts einmündende etwa fünfzig Zentimeter hoch von dem reißenden Wasserlauf gefüllt. Irgendwo im Boden des kleinen Raumes musste das Wasser einen Ablauf gefunden haben, sonst hätte es sich in meinen Stollen ergossen.

Ich musterte die Decke und die Wände der neu entdeckten Höhle, sah, dass sie vor Feuchtigkeit trieften. Überall perlten Wassertropfen an ihnen herab. Ich schob mich ein Stück nach vorne, um einen Blick auf den Boden des kleinen Raumes zu erhaschen, wurde vom erneuten Flackern meines Lichtstrahls überrascht. Ich konnte kaum etwas erkennen, schüttelte das kleine Gerät verärgert hin und her. Diesmal dauerte es etwas länger als vorher, dann jedoch leuchtete das Licht in gewohnter Stärke wieder auf. Ich richtete es erneut auf die Höhle, nahm erstaunt wahr, dass sie wesentlich weiter in die Tiefe reichte, als ich es bisher wahrgenommen hatte. Ein am Ende des Stollens in die Höhe ragender Fels nahm mir die Sicht.

Ich bewegte mich noch ein Stück weiter auf den Hohlraum zu, spürte die Gischt des Wasserfalls jetzt im Gesicht und im Nacken. Innerhalb weniger Sekunden war ich völlig eingenässt. Ich wollte nur einen kurzen Blick in den Abgrund vor mir werfen und mich dann sofort wieder zurückziehen, als ich den seltsamen Gegenstand am Boden der Höhle bemerkte. Unmittelbar hinter der Stelle, wo der mit lautem Tosen in die Tiefe stürzende Wasserfall auf den Untergrund traf, erstreckte sich ein etwa mannsgroßes Gebilde, das einem menschlichen Körper verblüffend ähnlich sah. Ich glaubte zuerst, eine Art Schaufensterpuppe hinter der wie ein nur teilweise transparenter Vorhang die Sicht versperrenden Gischt des dort aufprallenden und nach allen Seiten stiebenden Wassers zu erkennen, begriff dann aber plötzlich, was ich in Wirklichkeit vor mir hatte. War es der seltsam verformte Arm, der mir die endgültige Gewissheit brachte? Er hatte sich an einem aus der Seitenwand ragenden Vorsprung verfangen, ließ deutlich alle fünf Finger der Hand erkennen. Oder war es der vorne aufgerissene Schuh, aus dem deutlich sichtbar drei Zehen hervorschauten?

Ich wollte es nicht wahrhaben, alle meine Sinne sträubten sich dagegen – allein, der Bruchteil einer Sekunde, in dem die Gischt des Wassers weshalb auch immer verschwunden oder zur Seite geweht den Blick auf die vermeintliche Puppe dahinter unbarmherzig freilegte, beseitigte jeden Zweifel. Ich zitterte am ganzen Leib, der Schweiß schoss mir aus allen Poren, mein Herz schien seinen Dienst zu versagen. Ich versuchte, meine Füße vom Boden zu reißen, mich umzudrehen, das Inferno vor mir zurückzulassen. Es wollte nicht gelingen. Meine Schuhsohlen schienen festgenagelt, die Knie zu schwach, den schweren Körper noch länger zu tragen, die Lungen unfähig, die Not leidenden Organe mit frischem Sauerstoff zu versorgen.

Wie ich aus der Höhle nach draußen gelangte – ich konnte es später nicht mehr sagen. Allein die Beulen und Hämatome an meiner Stirn und den Oberarmen bezeugten, dass ich den Weg viel zu schnell und ohne jede Vorsicht hinter mich gebracht haben musste.

17. Kapitel

Mitternacht war längst vorbei, als ich endlich ins Bett kam. Die Fragen der verschiedenen Polizeibeamten zu beantworten, war ein mühsames und nervenaufreibendes Unterfangen – aber das kannte ich ja bereits von meinem ersten Leichenfund.

Natürlich hatte ich erst ein paar Sekunden gezögert, den Notruf auszulösen, nachdem ich aus der Höhle ins inzwischen fast genauso dunkle Freie gespurtet war. Um Luft ringend und die schmerzenden Stellen am Kopf und den Armen vorsichtig abtastend, war ich mir augenblicklich darüber im Klaren, wie die Polizei reagieren würde, wenn ausgerechnet ich den Fund einer weiteren Leiche anzeigen würde. Aber konnte ich den Beamten wirklich zum Vorwurf machen, dass sie sich wunderten, wenn ein und dieselbe Person innerhalb weniger Monate zum zweiten Mal damit ankam, schon wieder auf einen toten Menschen gestoßen zu sein?

»Was haben Sie entdeckt?«, hatte deshalb der diensthabende Beamte im fernen Albstadt nachgehakt, als ich vor der Höhle stehend per Notruf bei ihm vorstellig geworden war. »Eine Leiche?«

»Ich fürchte, ja.«

»Was heißt: Sie fürchten?«, hatte er gepoltert. »Ja oder nein?«

»Ja«, hatte ich erwidert. »Sie müssen herkommen und sich selbst überzeugen.«

Weil dem Mann offensichtlich jede Ortskenntnis von Stempflingen fehlte, hatte ich als Treffpunkt die Bushaltestelle vor dem Laden am Eingang des Dorfes ausgemacht.

»Stempflingen«, hatte er gebrummt. »Menschenskind, sind Sie etwa auf die vermisste Journalistin gestoßen?«

»Ich fürchte, ja«, hatte ich ihm zugestimmt.

»Himmeldonnerwetter, das darf doch nicht wahr sein! Dann wurde die Frau ebenfalls ermordet. Genau wie die andere. Und auch in einer Höhle verscharrt. Welcher Teufel ist in diesem Dorf am Werk?«

»Ich weiß es nicht«, hatte ich ihm geantwortet.

Sie waren zu zweit. Norbert Geuer, ein junger Polizeiobermeister und Ina Wied, seine kaum ältere Kollegin. Sie gabelten mich an der vereinbarten Stelle auf, fuhren mit mir gemeinsam durchs Sägewerk bis vor die Höhle.

Die junge Beamtin hatte mich sofort auf meinen Namen angesprochen. »Daniel Grohm. Sagen Sie, haben Sie nicht auch die Leiche im vergangenen Herbst in der Höhle entdeckt?«

»Ich weiß, wie verrückt das klingt«, hatte ich erwidert. »Aber so ist es, ja.«

Die skeptischen Mienen der beiden Polizisten hatten mich den ganzen Abend begleitet. Und sie hatten sich auch nicht aufgehellt, als ich ihnen meine Beweggründe, ausgerechnet in diese Höhle einzusteigen, erklärte.

»Am Donnerstagmorgen soll das gewesen sein?«, hatte die Polizeiobermeisterin nachgehakt. »Und … habe ich das richtig verstanden: Sie glauben, nicht von dem einstürzenden Holz, sondern von einer Person, die hier aus dieser Höhle kam, niedergeschlagen worden zu sein?«

»Ja, genau.«

Ihr Kollege hatte mich mit verkniffener Miene betrachtet. »Was wollten Sie hier? Sie wussten doch, wie gefährlich das war, so nahe an den Baumstämmen?«

»Die Sekretärin der Firma, Frau Kaul, hatte mich darum gebeten. Sie hatte Angst, dass der Stapel einstürzt, wenn einer der angemeldeten Lkws auf das Gelände fährt.«

»Aber genau das ist doch passiert, wenn ich Sie richtig verstehe.«

»Ja, leider. Ich war zu spät dran. Ich konnte den Lastwagen nicht mehr daran hindern, so weit vorzufahren.«

Den Gesichtern der beiden Beamten nach zu urteilen, waren sie mit meinen Aussagen überhaupt nicht klargekommen. Ihre Skepsis meiner Person gegenüber hatten sie auch dadurch zum Ausdruck gebracht, dass sie nicht gemeinsam, sondern einer nach dem anderen in die Höhle eingestiegen waren – nicht der von mir angedeuteten Enge im Inneren wegen, sondern um mich nicht aus den Augen zu lassen, wie mir schien. Meiner Bitte, mich bis zum Eintreffen der zuständigen Kriminalbeamten zu Hause aufhalten zu dürfen, waren sie jedenfalls nicht nachgekommen. So hatte ich die nächsten eineinhalb Stunden auf der Rückbank ihres Dienstwagens verbracht, angefüllt mit Selbstvorwürfen, den Leichenfund an die Polizei gemeldet zu haben.

Kurz nach 20 Uhr waren die angekündigten Kollegen endlich aufgetaucht. Steffen Braig und Katrin Neundorf, die beiden Kriminalhauptkommissare, mit denen ich mich in den vergangenen Wochen schon mehrfach unterhalten hatte, sowie die beiden Spurensicherer Helmut Rössle und Dr. Kai Dolde, die damals schon die Leiche von Alina Sievers ausgegraben hatten. Alle vier verhielten sich mir gegenüber recht freundlich, das musste ich fairerweise zugeben. Obwohl es für sie sicher eine besondere Belastung darstellte, ausgerechnet an einem Sonntagabend den Weg in dieses gottverlassene Kaff auf der Alb anzutreten, verzichteten sie auf jede aggressive Attitüde und blieben in fast jeder Phase unserer Begegnung der Situation entsprechend korrekt. Sie waren über meinen Fund und die Umstände offensichtlich informiert, sahen sich sofort nach der Begrüßung jeweils zu zweit in der Höhle um und traten im Anschluss daran gemeinsam mit den uniformierten Kollegen zu einer kurzen Besprechung zusammen. Sie unterhielten sich mit gedämpften Stimmen, weshalb ich nicht viel verstehen konnte. Lediglich ihr angeregter Disput über die Frage, ob sie zur Bergung der Leiche Verstärkung herbeirufen sollten oder nicht, drang deutlich an meine Ohren.

»Alle achtzig Deifel von Sindelfinge. I han koi Luscht, mein Arsch nass zu mache. I han heit scho duscht!«, hörte ich Rössle brummen.

Wenn ich es richtig interpretierte, wollten sie die Sache dennoch ohne zusätzliche Einsatzkräfte angehen. Ich bekam noch mit, wie Braig den Technikern sein Angebot offerierte: »Wenn ihr uns braucht, wir sind in der Nähe«, sah dann die beiden Kommissare auf mich zukommen.

»Wenn es für Sie okay ist, würden wir uns jetzt gern über die genauen Umstände Ihrer Entdeckung unterhalten«, eröffnete Braig das Gespräch. »Dort in unserem Dienstwagen?«

Es handelte sich um einen grauen Kombi, aus dem Rössle und Dolde gerade mehrere Koffer holten und an den Eingang der Höhle schleppten. Ich nahm auf dem Beifahrersitz Platz, Neundorf neben, Braig schräg hinter mir.

»Ich weiß, dass Sie unseren Kollegen alles erzählt haben«, meinte der Kommissar. »Aber aus erster Hand hört sich vieles ganz anders an, das wissen Sie selbst. Deshalb möchte ich Sie bitten, doch noch einmal darauf einzugehen, wie Sie auf die Leiche stießen.«

Ich kam seinem Wunsch nach, berichtete ausführlich, angefangen vom Donnerstagmorgen bis zu dem schockierenden Anblick vor wenigen Stunden. Die nachdenklichen Mienen der beiden Beamten vor Augen ging ich aus eigenen Stücken auf die Tatsache ein, dass ich jetzt zum zweiten Mal einen toten Menschen entdeckt hatte. »Ich weiß, wie verrückt das klingt, aber zumindest der erste Leichenfund war purer Zufall«, betonte ich.

Braig schien sich eher mit meiner Interpretation abzufinden als seine Kollegin.

»Ein wirklich verblüffender Zufall«, sagte sie.

»Ja«, stimmte ich zu. »Das ist schon verblüffend. Aber es gibt keine andere Erklärung.«

Sie musterte mich lange mit nachdenklichem Blick, schien mit sich zu kämpfen, ob sie sich mit dieser Aussage zufriedengeben sollte.

Ihr Kollege war es, der nach einer Weile das Thema wechselte. »Sie glauben also, am Donnerstagmorgen nicht von dem einstürzenden Holzstapel verletzt worden zu sein, sondern von einer Person, die sich dahinter aufhielt und dann plötzlich auf Sie losging …«

»Das *glaube* ich nicht«, fiel ich dem Kommissar ins Wort, »das *war* so.«

»Das war so?«, fragte er. »Haben Sie das vorhin nicht etwas anders erzählt? Als Spekulation oder Vermutung?«

»Nein«, bekräftigte ich meine Aussage. »Dieser Mann war da. Und er hat mich niedergeschlagen. *Er* hat mich verletzt, nicht das Holz.«

»Aber der behandelnden Ärztin haben Sie von dem mysteriösen Unbekannten nichts erzählt«, wandte Neundorf ein. »So habe ich das gerade verstanden.«

»Das ist richtig«, gab ich zu. »Mir ging es in dem Moment nicht gut. Total beschissen, um es klar zu sagen. Ich war nicht ganz bei mir, als die Ärztin kam. Man hatte sie gerufen, weil der Holzstapel eingestürzt und ein Mann dabei verletzt worden war. Ich. Davon ging sie aus. Ich hatte nicht die Kraft, das zu korrigieren.« Obwohl mir das spätestens an dem Abend, als wir uns bei Verena Engel getroffen hatten, gut möglich gewesen wäre, überlegte ich im Stillen. Zum Glück wussten die beiden Kommissare nichts von dieser privaten Begegnung, sonst hätten sie mich mit noch skeptischeren Blicken traktiert.

Insbesondere Neundorf schien Schwierigkeiten zu haben, meinen Worten Glauben zu schenken. »So, so, dieser mysteriöse Unbekannte«, erklärte sie nämlich. »Der soll also letztendlich verantwortlich dafür gewesen sein, dass Sie heute Abend in diese Höhle eingedrungen sind. Nachdem Sie das Tor, das den Zutritt verhindern soll, aus den Angeln gehoben hatten.«

Ich schaute auf, weil die Kritik in ihren Worten nicht zu überhören war, versuchte, Kontra zu geben. »Ich glaube, Sie haben die Sache nicht ganz begriffen«, sagte ich.

»Aha.« Sie musterte mich mit zusammengekniffenen Augen.

»Ich habe den Kerl am Donnerstagmorgen am Eingang der Höhle überrascht. Entweder weil er sich dort an dem Tor zu schaffen machte oder weil er gerade aus der Höhle kam. Das war dem schon zu viel. Er stürmte auf mich los und schlug mich nieder. Warum? Darauf gibt es doch nur eine Antwort: Weil er etwas zu verbergen hat. Weil er unbedingt verhindern musste, dass ich ihn mit der Höhle oder irgendetwas in der Nähe in Verbindung bringe. Das war so wichtig, dass er auf einen zufällig dort anwesenden Menschen losging. Welche Folgen das für mich hatte, wie schwer er mich verletzte, interessierte den Kerl nicht. Können Sie nicht nachvollziehen, dass ich fast das gesamte Wochenende hindurch nur den einen Gedanken hatte, herauszufinden, was in oder um diese Höhle unbedingt verborgen bleiben sollte?«

Die Kommissarin schien trotz meiner eindringlichen Schilderung noch nicht überzeugt. »Schade nur, dass Sie dieses Phantom, das Sie so übel malträtiert hat, nicht genauer beschreiben können.«

»Nicht genauer beschreiben?« Ich musste unwillkürlich lachen. »Sie täuschen sich. Ich habe den Kerl erkannt. Ich weiß, wer es war.«

»Wie bitte?«

Die Reaktion kam gleichzeitig, fast auf die Sekunde genau. Neundorf und Braig reckten ihre Oberkörper in die Höhe, starrten mit neuer Aufmerksamkeit zu mir her.

»Sie wissen, wer Sie niedergeschlagen hat?«, erkundigte sich der Kommissar.

»Ich habe ihn erkannt, obwohl es noch dunkel war«, antwortete ich. »An seiner Körperhaltung, diesen ungelenken Bewegungen. Damit hat er sich verraten. Ja, ich weiß, um wen es sich handelt.«

»Um wen?«, fragte Braig.

»Strobler heißt der Mann. Er wohnt zwei Häuser von mir entfernt. Ein Nachbar.«

»Strobler?«, hakte Neundorf nach. »An seiner Körperhaltung wollen Sie den Mann erkannt haben? Obwohl es noch dunkel war?«

»Ja, an seiner Körperhaltung und seinen Bewegungen. Die sind dermaßen auffällig, das kann nur dieser Strobler gewesen sein. Ich bin mir absolut sicher. Und vielleicht erinnern Sie sich: Ich habe den Mann mehrfach, ich glaube, zwei oder drei Mal mit Susann Sartorius sprechen sehen. Irgendwo im Dorf. Wann und wo, kann ich nicht mehr sagen, aber das spielt auch keine Rolle. Ich habe es Ihnen mitgeteilt, damals, bei unseren Gesprächen.«

Die Kommissarin nickte zustimmend. »Wir haben den Mann daraufhin überprüft. Gründlich, mit allem, was uns zur Verfügung steht. Es gab keinerlei Verbindung zu der getöteten Frau.«

»Damals vielleicht nicht«, erwiderte ich. »Jetzt aber schon.«

»Wir werden uns darum kümmern«, erklärte ihr Kollege. »Wenn Sie sich so sicher sind.«

»Das bin ich, ja«, sagte ich. »Und es gibt einen weiteren Punkt, der diesen Strobler belastet.«

Neundorf und Braig musterten mich aufmerksam.

»Gerner, sein Kollege im Sägewerk. Beide laden mit ihren Gabelstaplern die Stämme von den Lastwagen und lagern sie hier am Hang vor der Höhle ab, bis das Holz verarbeitet wird. Der schiefe Stapel, der am Donnerstag einstürzte: Strobler hatte ihn am Vorabend aufgeschichtet. Das behauptete jedenfalls dieser Gerner. Und ich denke, ich weiß auch, warum.«

»Ja?«

»Nicht weil er zu faul war, auf eine ordentliche Lagerung zu achten, nein. Sondern weil er plante, in dieser Nacht in die Höhle zu gehen. Um nämlich die Leiche dort zu entsorgen. Er musste das Holz in einem gewissen Abstand zum Hang aufschichten, er durfte es nicht an den Berg anlehnen, wie sie das sonst zur Sicherheit machen. Er benötigte den Raum zwischen Holz und Berg, um so unbemerkt in die Höhle verschwinden zu können. Das ist ihm offensichtlich geglückt. Aber dann, gerade wollte er sie wieder verlassen, tauchte ich auf. Da musste er handeln.«

»Eine reichlich fragwürdige Hypothese«, meinte die Kommissarin. Sie seufzte laut, schöpfte Luft. »Strobler. Wir werden uns um den Mann kümmern. Was Sie betrifft ...« Sie zögerte einen Moment, warf einen Blick zu ihrem Kollegen. »Wem haben Sie von diesem Strobler erzählt? Ich meine, dass Sie glauben, dass er es war, der Sie ...«

»Niemandem«, sagte ich. »Sie sind die Ersten. Ich habe am Donnerstag lange überlegt, ob ich bei Ihnen, das heißt, der Polizei anrufen und es mitteilen soll, aber ...«

»Aber?«, hakte sie nach.

»Ich hatte keine Beweise«, erklärte ich. »Außer, dass ich mir absolut sicher bin, ihn gesehen zu haben. Deshalb wollte ich mich erst in der Höhle umsehen, ob es etwas Verdächtiges zu entdecken gibt. Na ja. Das habe ich jetzt ja getan.«

»Okay.« Neundorf musterte kurz ihren Kollegen, wandte sich dann wieder mir zu. »Dabei bleibt es vorerst. Sie erzählen bitte niemandem von Strobler. Dass Sie ihn erkannt haben. Niemandem. Okay?«

Ich wusste zwar nicht, weshalb das so wichtig war, signalisierte mit Kopfnicken dennoch mein Einverständnis.

»Wir kümmern uns um den Mann. Wir nehmen ihn in die Mangel. Heute Abend noch. Ob wir da sofort Erfolg haben? Abwarten, das kann dauern. Vielleicht hat er tatsächlich mit der Sache zu tun. Was aber Sie angeht – Sie behalten das vorerst für sich. Nichts über Strobler. Das ist wichtig, sonst torpedieren Sie unsere Arbeit. Klar?«

Ich sagte es ihr zu, konfrontierte sie mit der Frage, die mir schon den ganzen Abend auf dem Herzen lag. »Die Leiche hier. Es handelt sich um Frau Sartorius?«

Neundorf wandte sich von mir ab, blickte zur Seite. »Woher sollen wir das wissen? Die Untersuchungen haben noch nicht einmal begonnen, das sehen Sie doch selbst.«

Natürlich war ich mit der Antwort nicht zufrieden, aber was sollte ich tun? Ich würde es noch früh genug erfahren, Ungeduld war jetzt wirklich fehl am Platz. Das Aufsehen, das der neue Leichenfund in den Medien auslösen würde, stand mir jetzt schon plastisch vor Augen. *Schon wieder tote Person in einer Höhle in Stempflingen entdeckt. Welche Bestie mordet in diesem Dorf?* Und dazu mein Name, weil ich jetzt auch noch auf diese Leiche gestoßen war.

»Eine Frage«, wandte ich mich zum Abschluss unseres Gesprächs an die Kommissare. »Dass diese Tote von *mir* entdeckt wurde, müssen die Journalisten das unbedingt erfahren?«

Neundorf und Braig musterten mich nachdenklich.

Die Kommissarin fand als Erste zu einer Antwort. »Wollen Sie wirklich darauf verzichten, berühmt zu werden? *Junger Höhlenforscher stößt erneut auf eine Leiche?*«

»Darauf verzichte ich gerne, ja«, betonte ich.

»Wir werden sehen, was sich machen lässt«, erklärte Braig. Er deutete auf die uniformierten Kollegen draußen. »Wir sind nicht die Einzigen, die es wissen. Auch in der Notruf-

Zentrale ist Ihr Name vermerkt. Und das dürfte das größte Problem sein. Darauf haben wir keinen Einfluss. Wenn ein hartnäckiger Journalist dort nachbohrt …« Er zuckte mit den Schultern. »Ich fürchte, auf Dauer lässt sich das nicht verheimlichen.«

Mit der Auflage, jederzeit für weitere Gespräche zur Verfügung zu stehen, hatte ich mich von den Beamten verabschiedet und auf den Nachhauseweg gemacht. Unterwegs, mitten im Sägewerksgelände, waren mir die ersten neugierigen Stempflinger begegnet. Zwei ältere Frauen, viel zu dick angezogen für die selbst jetzt in der Nacht immer noch laue Luft, strammen Schrittes die *Räuberhöhle* passierend.

»Mir hent a Polizeiauto gsehe. Isch do was passiert?«

Mit kräftigem Schulterzucken Unwissenheit vortäuschend war ich schnurstracks weitermarschiert.

Im *Engel* herrschte immer noch viel Betrieb. Zwar war jetzt die Eingangstür geschlossen, ein Fensterflügel jedoch geöffnet, sodass das Palaver unzähliger männlicher Stimmen laut nach draußen schallte. Obwohl ich die Kneipe auf der gegenüberliegenden Straßenseite passierte, strich mir eine von intensivem Bierdunst getränkte Wolke in die Nase.

Ich bog in die Dorfstraße ab, folgte ihr nach oben. Trotz der immer noch lauen Luft war niemand draußen unterwegs. Ich kam an einer Ansammlung großer und kleiner Pfützen vorbei, näherte mich dem Ludwigsburger Weg. Stroblers Haus lag dunkel hinter dem schmalen Vorgarten. Der Kerl hielt sich entweder in einem der auf der Rückseite gelegenen Zimmer auf oder er war ausgeflogen. Für immer? Vielleicht fürchtete er das Auftauchen der Polizei und hatte sich bereits aus dem Staub gemacht?

Ich wandte meine Augen von seinem Grundstück ab, lief weiter. Nicht dass er mich noch von einem der dunklen Fenster betrachtete und sich über meine Neugier wunderte. So sehr wunderte, dass er wirklich noch vor dem Erscheinen der Beamten die Flucht ergriff.

Zu Hause angelangt, aß ich ein belegtes Brot, wurde dann mit einer Flasche Rotwein in der Hand bei Thomas Schmeil vorstellig. Ein Haus weiter war immer noch kein Licht zu sehen.

»Ich habe schon zwei Mal bei dir geläutet«, empfing mich mein Nachbar mit unüberhörbar vorwurfsvollem Unterton. »Was ist heute Abend los?«

»Du wirst es nicht glauben.« Ich überreichte ihm den Wein, wies ins Innere des Hauses. »Lass uns erst mal Platz nehmen, dann erzähle ich dir alles.«

Er entkorkte die Flasche, schenkte uns beiden ein. Als ich zu meinem Bericht ansetzte, lauschte er atemlos meinen Worten.

»Eine Leiche hast du gefunden? Diese vermisste Journalistin?« Er sprang aus seinem Sessel, starrte mich mit weit aufgerissenen Augen an.

Der Rest des Abends war, angefüllt mit den wildesten Vermutungen und Spekulationen bezüglich der Identität der toten Person wie der des Mörders, im Nu vergangen. Niemand von uns zweifelte ernsthaft daran, dass es sich um die vermisste Journalistin Susann Sartorius handelte, auch wenn ich mich nach wie vor außerstande sah, irgendwelche konkreten Merkmale zum Aussehen der Leiche beizutragen.

»Ich konnte ja nicht einmal erkennen, ob es sich um eine Frau oder einen Mann handelt«, gab ich zu.

»Ich hoffe nur, du träumst nicht die halbe Nacht von deinem grausigen Fund«, verabschiedete mich Thomas Schmeil kurz nach Mitternacht vor seinem Haus. »Wenn dir die tote Frau keine Ruhe lässt, du weißt, wo du mich findest.«

Das war gut gemeint, half mir aber trotzdem nicht durch die Nacht. Alle paar Minuten schreckte ich aus dem Schlaf, das Gesicht Susann Sartorius' vor mir, wie sie hier in Tante Linas Wohnzimmer vor mir saß und sich mit mir unterhielt. Überraschenderweise erinnerte ich mich in diesen Momenten noch an Einzelheiten, die ich längst vergessen geglaubt hatte. Sie wohne in Ottensen, hatte sie mir erzählt, jenem beliebten Hamburger Stadtteil, in dem ich während meines Grafikstudiums ebenfalls gelebt hatte. »Und dann sind Sie hierhergezogen?«, hatte sie mich stirnrunzelnd gefragt. Ich sah noch genau ihre zweifelnde Miene vor mir, mit der sie zum Ausdruck gebracht hatte, dass sie meinen Ortswechsel nicht nachvollziehen könne. Ich hatte ihr einen Kaffee gemacht, den sie angesichts der Kälte draußen voller Genuss getrunken hatte. Und dann waren wir auf das Verschwinden von Alina Sievers zu sprechen gekommen und auf das Unwetter, das an jenem Tag gewütet hatte. Susann Sartorius hatte mir erzählt, dass sie nach Fotos suche, die in diesen Stunden gemacht worden waren, um die Folgen des Gewittersturms zu dokumentieren. Sie hatte darauf gehofft, auf einem dieser Bilder Alina Sievers zu finden und so vielleicht auf eine Person zu stoßen, in deren Gesellschaft sich die Frau kurz vor ihrem Verschwinden aufgehalten hatte. Leider war es mir nicht möglich gewesen, ihr zu helfen. Ich hatte keine Fotos gemacht, wusste auch von niemand, den ich ihr hätte empfehlen können. Deshalb hatte ich sie …

Siedend heiß fiel mir ein, was ich Susann Sartorius deshalb geraten hatte. Ich hatte die bildhübsche junge Frau zu meinen Nachbarn geschickt. War sie auf diese Weise mit Strobler ins Gespräch gekommen? Mit Strobler, ihrem späteren Mörder?

Zwei oder drei Mal hatte ich sie in den darauf folgenden Tagen mit ihm sprechen sehen, irgendwo im Dorf und auch unmittelbar vor seinem Haus. Hatte er sich da die junge Frau geschnappt? Oder hatte er sich mit ihr an einem anderen Ort, vielleicht außerhalb des Dorfes verabredet, um sie ungestört überwältigen und in seine Gewalt bringen zu können?

Unzählige Male kam mir die Unterhaltung mit ihr in dieser Nacht in Erinnerung. Susann Sartorius bei mir in Tante Linas Wohnzimmer, eine Tasse Kaffee vor sich und die Wärme des Holzfeuers genießend. Unser angeregtes Gespräch, das Schicksal von Alina Sievers erörternd, ihre Pläne, Spuren der vermissten Frau zu finden und schließlich unsere mit beiderseitiger Verblüffung wahrgenommene Erkenntnis, aus derselben weit entfernt gelegenen Stadt zu kommen. Und dann meine Empfehlung, bei anderen Dörflern um Rat zu fragen …

Schweißgebadet und von vehementen Kopfschmerzen geplagt brachte ich am nächsten Morgen den Wecker nur mühsam zum Verstummen. Nagende Selbstvorwürfe hatten mich durch die Nacht begleitet, einer schlimmer als der andere. War ich mit schuld daran, dass Strobler sich jetzt schon zum zweiten Mal eine junge Frau hatte schnappen können? Fiel es in meine Verantwortung, dass Susann Sartorius diesem widerlichen Verbrecher zum Opfer gefallen war? Warum hatte ich ihr nicht geholfen, Fotos des Unwetters zu finden, weshalb hatte ich es zugelassen, dass sie mit diesem perversen Gewalttäter in Kontakt kam?

Als ich mich endlich aus dem Bett schälte, fühlte ich mich müder und erschöpfter als zuvor.

18. Kapitel

Es war immer noch dunkel, als ich kurz nach acht Uhr das Verwaltungsgebäude des Sägewerks erreichte. Die Stufen zu meinem Büro bewältigte ich mit neuer Kraft. Ich hatte mir zu Hause einen starken Kaffee gebrüht und Schluck für Schluck die belebende Wirkung des Koffeins wahrgenommen. Die laue Luft draußen hatte dazu beigetragen, die Mühsal der von Albträumen begleiteten Nacht zu überwinden.

Margot Kaul telefonierte gerade, als ich ihr Büro passierte. »Jawohl, Herr Kommissar, wir sind im Haus«, hörte ich sie mit seltsam belegter Stimme sagen, bevor sie den Hörer auflegte.

Ich blieb vor der geöffneten Tür stehen, grüßte.

Sie schien mich kaum wahrzunehmen. »Schon wieder eine Leiche«, erklärte sie. »In einer Höhle auf dem Werksgelände.« Sie wies auf das Telefon. »Die Polizei hat gerade angerufen.«

Ich trat in ihr Büro, nickte.

»Der Holzstapelplatz ist am Rand abgesperrt. Und ein Polizeibeamter steht Wache. Vorhin beim Vorbeifahren habe ich es gesehen. Ich dachte noch, was machen die Ihres Unfalls wegen ein Theater. Und jetzt reden die schon wieder von einem Toten. Hört das denn nie auf in diesem verrückten Dorf?«

»Susann Sartorius«, sagte ich. »Die vermisste Journalistin.«

Margot Kaul musterte mich mit in Falten gelegter Stirn.

»Wenn wir ehrlich sind«, fügte ich hinzu. »Insgeheim war es doch zu befürchten, dass auch Frau Sartorius längst nicht mehr lebt.«

Die Sekretärin wedelte mit ihren Händen durch die Luft. »Was, was reden Sie denn da?«, stotterte sie.

»Na ja«, versuchte ich mich zu rechtfertigen. »Das mag ja pessimistisch klingen. Aber die Frau ist jetzt schon ein paar

Wochen verschwunden. Spurlos. Genau wie Alina Sievers zuvor. Ich meine, so ganz unverhofft kommt das ja nicht, dass die vermisste Journalistin ...«

»Die vermisste Journalistin? Was wollen Sie mit der?«

»Die Leiche in der Höhle«, erklärte ich.

»Die Leiche in der Höhle?« Heute Morgen schien Margot Kaul fast alle meine Sätze wiederholen zu wollen.

»Ja. Dass es sich um Frau Sartorius handelt, war doch ziemlich klar.«

»Strobler. Unser Gabelstaplerfahrer«, erwiderte sie.

»Was ist mit dem Kerl?«

Die Sekretärin wedelte mit ihrer rechten Hand durch die Luft. »Die Leiche in der Höhle. Es ist Strobler, unser Gabelstaplerfahrer!«

»Wie bitte?« Ich schleuderte ihr die Worte in einer solchen Lautstärke entgegen, dass sie erschrocken zu mir aufsah. »Wer behauptet das?«

»Dieser Kommissar. Brail oder Braig, ich weiß den Namen nicht mehr genau. Gerade hat er mich informiert. Nachher wollen sie vorbeikommen, mit uns sprechen.«

Ich starrte die Frau mit verständnisloser Miene an, hörte kaum die Sätze, die sie noch hinzufügte.

»Dabei arbeitet der Mann doch noch gar nicht lange bei uns. Gerade mal ein halbes Jahr oder etwas länger. Aber nicht viel. Und jetzt ist er tot und liegt in einer Höhle auf unserem Werksgelände. Oder lag, muss ich sagen. Sie haben ihn ja bereits abtransportiert heute Nacht, wie der Kommissar sagte. Was ist bei uns nur los?«

An diesem Morgen an geordnete Arbeit zu denken, war unmöglich. Ich saß vor meinem Laptop, darum bemüht, meine Gedanken auf die Innenausstattung der neuen Erste-Klasse-Wagen des Glacier-Express und die optimierte Präsentation unserer Einrichtungsideen zu lenken und hatte die ganze Zeit nur die Gestalt Stroblers vor Augen. Strobler, wie er vor Tante Linas Haustür stand und mir, verbunden mit den herzlichsten Weihnachtsgrüßen, die Weinflasche überreichte; Strobler in der *Räuberhöhle* beim Essen und im Gespräch mit seinem Arbeitskollegen; Strobler vor seinem Haus und unterwegs im Dorf, sich mit Susann Sartorius unterhaltend; Strobler, nachts in Tante Linas Vorgarten, sorgsam die Umgebung ausspähend – und natürlich auch diese Szene: Stroblers Umrisse im Dunkel des frühen Wintermorgens, am Fuß der schief aufgestapelten Stämme, Sekunden, bevor er auf mich lostürmte. Dieser Mann sollte die tote Person in der Höhle sein?

Ich konnte es nicht glauben, hatte felsenfest damit gerechnet, Susann Sartorius' sterbliche Überreste entdeckt zu haben. Und jetzt diese Wendung. Ich sollte im Getöse des durch die Höhle schießenden Wassers ausgerechnet auf die Leiche des Mannes gestoßen sein, der mich wenige Tage vorher niedergeschlagen hatte. Wie sollte das zu erklären sein? Ich wusste es nicht, fand nicht einmal einen Ansatz zu einer logischen Begründung. Meine Gedanken fuhren Achterbahn, in einem Tempo, in dem ich unmöglich zu einer ruhigen Überlegung finden konnte. Ich war jedenfalls in meiner beruflichen Arbeit kaum weitergekommen, als es kurz vor elf Uhr an der Tür meines kleinen Büros klopfte und der Kommissar, mit dem ich mich erst vor wenigen Stunden unterhalten hatte, vor mir stand.

»Hallo. Entschuldigen Sie bitte, Herr Grohm, dass ich gerade so bei Ihnen hereinplatze, aber hätten Sie einen Moment Zeit?«, fragte Kommissar Braig.

Ich stand auf, reichte ihm die Hand, räumte den Stuhl frei, den ich mir ein paar Tage zuvor als Aktenablage aus der Vorratskammer besorgt hatte. »Wenn Sie damit vorlieb nehmen«, bot ich ihm an.

Braig nickte, ließ sich auf dem Stuhl nieder. Er hatte Schwierigkeiten, seine Beine unterzubringen, schob sie neben meinen Schreibtisch. »Viel Platz haben Sie hier wirklich nicht.«

»Der Raum ist ein Provisorium«, erklärte ich wahrheitsgemäß. »Ich arbeite erst seit knapp drei Wochen hier. Und mein Job war ursprünglich nicht vorgesehen.«

Der Kommissar warf einen Blick auf den Monitor meines Laptops, rückte seine Beine erneut zurecht. »Sie haben gehört, wen wir da aus der Höhle geborgen haben?«

Ich hob meine Hände, signalisierte ihm mit geöffneten Handflächen meine Überraschung. »Strobler, ja?«

»Genau der.«

»Ich kann es nicht fassen«, betonte ich.

»Sie haben ihn nicht erkannt?«

»In der Höhle?«, fragte ich.

Braig nickte.

»Wie denn?«, sagte ich. »Sie waren doch selbst drin. Da waren doch nur die Umrisse zu sehen.«

»Sie haben nicht bemerkt, dass es sich um einen Mann handelt?«

»Ja, wie denn?«, wiederholte ich, erheblich lauter als vorher. »Der lag hinter dem Wasserstrahl. Man konnte fast nichts sehen vor lauter Gischt.«

»Der Strahl war die ganze Zeit so stark?«

»Solange ich in der Höhle war, ja. Und als ich begriffen hatte, was da vor mir lag, sprang ich sofort wieder ins Freie. Hier, die Beule habe ich mir dabei geholt.« Ich deutete auf die Schwellung über meiner rechten Schläfe.

»Wann haben Sie Herrn Strobler zum letzten Mal lebend gesehen?«

»Lebendig?« Ich musste nicht lange überlegen. »Am Donnerstagmorgen, als er auf mich losging. Ich habe es Ihnen erzählt.«

»Und danach?«

»Danach habe ich ihn nicht mehr gesehen, wie denn auch? Ich hatte ja höllische Schmerzen, war im Nachbardorf bei der Ärztin und den Rest des Tages zu Hause, die meiste Zeit im Bett oder jedenfalls auf dem Sofa. Und den Freitag verbrachte ich hier im Büro, vom frühen Morgen bis in den späten Abend, weil ich so viel zu tun hatte. Einen neuen Entwurf ausarbeiten, wenn Sie es genau wissen wollen. Und was den Samstag betrifft, das muss ich Ihnen wohl nicht extra erklären. Zuerst tobte der Sturm und dann regnete es wie zehn Wolkenbrüche auf einmal, da war nicht viel mit Aus-dem-Haus-Gehen.«

Braig musterte mich mit ruhiger Miene. »Sie sagen also, Sie haben Herrn Strobler nach der seltsamen Begegnung am Donnerstagmorgen nicht mehr gesehen.«

»Das sage ich nicht nur«, betonte ich, »das war so.« Ich merkte, dass er immer noch nicht davon abließ, mich aufmerksam zu beobachten, fühlte mich leicht genervt. »Sie werden mir doch nicht unterstellen wollen, ich hätte den Mann aus Rache für seinen Gewaltakt totgeschlagen und in die Höhle geschafft? An den Tagen noch dazu, wo ich wegen der Rippenprellung zeitweise vor lauter Schmerzen kaum zu atmen wagte?«

»Warum sollte ich Ihnen das unterstellen?«, fragte der Kommissar.

»Ich weiß es nicht. Es kam mir nur so vor.«

»Sie täuschen sich.« Braig winkte ab. »Mit wem hatte Herr Strobler hier im Dorf Kontakt? Fällt Ihnen jemand ein?«

»Hier im Dorf?« Ich überlegte, kam zu keinem Ergebnis. »Das kann ich Ihnen nicht sagen, tut mir leid. Ich lebe erst seit ein paar Monaten hier und kenne nur wenig Leute. Da müssen Sie andere fragen.«

»Aber Sie wohnen doch in seiner Nachbarschaft. Zwei Häuser von ihm entfernt, in derselben Straße, wenn ich mich richtig erinnere. Das ist doch korrekt, oder?«

»Ja, das ist es. Aber ich kann Ihnen trotzdem nicht helfen. Ich habe Strobler kaum gesehen. Der lebte allein, glaube ich, ohne Familie. Aber nicht einmal das könnte ich beschwören.«

»Sie haben sich nicht mit ihm unterhalten? Von Nachbar zu Nachbar? Oder mal draußen auf der Straße vor seinem Grundstück?«

»Ich kann mich nicht erinnern«, gab ich zur Antwort, seine Frage bedenkend. »Nur ein einziges Mal, kurz vor Weihnachten. Da stand der Mann vor der Tür und brachte mir eine Flasche Wein. Als Präsent. Ich war völlig überrascht. Damit hatte ich nicht gerechnet. Ich kannte ihn ja fast gar nicht.«

»Ein seltsames Dorf.« Der Kommissar ließ einen lauten Seufzer hören. »Nachbarn, die sich nicht miteinander unterhalten. Leute, die nicht einmal einen Steinwurf voneinander entfernt wohnen, aber keinen Kontakt zueinander haben.« Er hielt einen Moment inne, setzte dann erneut an. »Und hier in der Firma? Sie arbeiten beide im gleichen Unternehmen. Und das ist ja nicht gerade riesengroß.«

»Dass er auch im Sägewerk arbeitet, habe ich in dem Moment bemerkt, als ich ihn in der Kantine sah. Vorher wusste ich nicht mal das.«

»Wie war sein Verhältnis zu den Kollegen? Können Sie mir dazu etwas sagen?«

Ich sah den angestrengten Blick meines Gesprächspartners, holte tief Luft. »Also, wir sind beide im gleichen Unternehmen tätig, das ist richtig. Aber in völlig verschiedenen Abteilungen, wie Sie sehen. Und was mich betrifft: Ich bin nicht mal drei Wochen hier. Dass ich den Mann in der Kantine bemerkte, war Zufall. Er saß mit einem Arbeitskollegen am einen Tisch, ich zusammen mit Frau Kaul, der Sekretärin, an einem anderen. Wir haben uns wohl gegrüßt, ich weiß es nicht mehr genau, aber ins Gespräch … Nein, tut mir leid.«

»Mit wem saß Strobler da zusammen?«

»Mit welchem Kollegen?« Ich versuchte, mir den Mittag ins Gedächtnis zu rufen, an dem ich ihn in der *Räuberhöhle* gesehen hatte. Strobler war gemeinsam mit einem mir Unbekannten in der Kantine erschienen, als ich bereits am Essen war. Um wen es sich bei seinem Begleiter handelte? »Ich kenne den Mann nicht«, sagte ich wahrheitsgemäß. »Der arbeitet wahrscheinlich ebenfalls hier im Werk. Aber ich habe ihn seither nicht mehr gesehen.«

Der Kommissar wollte gerade zu einer neuen Frage ansetzen, als mir noch etwas einfiel. »Strobler und sein Begleiter mokierten sich über die Arbeiter, die im Vorraum der Kantine standen und rauchten. Das ist im gesamten Sägewerksgelände strengstens verboten.«

»Welche Leute waren das?«, erkundigte sich Braig.

»Na ja, allen voran dieser Gerner. Den habe ich jedenfalls gesehen. Die anderen … Ich kenne die Leute nicht.«

»Gerner. Ist das dieser Gabelstaplerfahrer, der Strobler Ihrer Aussage nach beschuldigte, den Holzstapel so schief angelegt zu haben?«

»Genau der, ja«, bestätigte ich. »Ich glaube, die beiden sind sich spinnefeind.«

»Wie kommen Sie darauf?«

»Zwei Gabelstaplerfahrer sollen vor ein paar Wochen eine heftige Auseinandersetzung gehabt haben. Hier im Werk. Angeblich prallten sie mit ihren Fahrzeugen aus Versehen aufeinander. In Wirklichkeit aber … Es soll Absicht gewesen sein. Mehr kann ich dazu nicht sagen, ich weiß es nur vom Hörensagen.«

»Zwei Gabelstaplerfahrer?«

»So heißt es, ja.«

»Aber Sie wissen nicht, ob es sich dabei um Strobler und Gerner handelte?«

»Ich hörte keine Namen, nein. Aber beide arbeiten im Werk mit diesen Fahrzeugen. Und die Sache ging anscheinend nicht gerade glimpflich aus.« Ich hielt inne, beschloss, dem Kommissar gegenüber nicht zu erwähnen, dass Frauke Steensen mir von diesem Vorfall erzählt hatte.

»Wieso?«, fragte er.

»Na ja. Immerhin musste ein Arzt geholt werden. Hörte ich jedenfalls«, antwortete ich.

»Ein Arzt musste geholt werden«, wiederholte Braig. »Das ist interessant.« Er machte sich Notizen, sah zu mir her. »Hierher ins Sägewerk?«

Ich nickte.

»Wann war das?«

»Ich glaube, im Dezember. Vor meiner Zeit jedenfalls.«

Der Kommissar steckte seinen Notizblock weg, zog seine Beine zu sich her. »Wir werden der Sache nachgehen. Danke.« Er schob den Stuhl zurück, erhob sich etwas schwerfällig. »Wenn Ihnen noch etwas einfällt, jede weitere Information hilft uns weiter«, sagte er und reichte mir seine Karte. »Rufen Sie an. Jederzeit.« Er bewegte sich zur Tür, legte die Hand auf die Klinke. »Was Ihr Büro betrifft: Sie sollten sich um einen größeren Raum bemühen. Ihre Besucher werden es Ihnen danken.«

19. Kapitel

Natürlich dauerte es nur ein paar Tage, bis die Nachricht, dass ich es war, der Stroblers Leiche in der Höhle entdeckt hatte, die Runde im Dorf machte. *Der Fischkopf. Schon wieder der.*

»Mit dem Kerl stimmt doch was et«, hörte ich eine der älteren Frauen im Kreis ihrer Gesprächspartnerinnen lauthals spekulieren, als ich abends auf dem Nachhauseweg den Laden betrat. »Des isch doch koin Zufall, dass oi ond dieselbe Person zwoi Mol innerhalb a paar Woche zwoi Leiche entdeckt.«

Ich hatte gute Lust, zu erwidern, dass die Funde doch allein auf purem Zufall beruhten, ließ es aber sein. Stattdessen verhielt ich mich so, als hätte ich nichts gehört, holte mir ein Netz mit Äpfeln, einen Karton Milch und eine Müsli-Packung aus dem Regal und lief zur Kasse, um zu bezahlen. Die Gespräche waren augenblicklich verstummt, kaum dass mich die Frauen wahrgenommen hatten; mit verlegenem Schweigen wandten sie mir ihre Rücken zu. D'Annelies tippte mit zusammengepressten Lippen den jeweiligen Preis in die Kasse, ersparte sich jede Konversation mit dem im falschen Moment aufgetauchten Kunden. Der Gruß, mit dem sie mich verabschiedete, drang kaum an meine Ohren. Ich hatte den Laden noch nicht verlassen, da ging das Getratsche schon wieder los.

»Der dut doch grad so, als wär überhaupt nix passiert«, hörte ich, noch bevor die Tür hinter mir ins Schloss fiel.

In der Tat hatte sich mit meinem Fund der Leiche Stroblers die Atmosphäre des Dorfes erneut stark verändert. Waren in den letzten Tagen trotz des ungeklärten Todes von Alina Sievers und des nach wie vor nicht nachvollziehbaren Verschwindens von Susann Sartorius wieder Ansätze zu Ruhe und Normalität eingekehrt, so brach mit dem Bekanntwerden des Fundes einer weiteren Höhlenleiche die seit den letzten Wochen des vergangenen Jahres bekannte Hektik wieder über Stempflingen herein. Journalisten durchkämmten die Straßen, klopften voller Misstrauen und Neugier an sämtliche Türen. Unbehelligt von nervigen Anfragen durchs Dorf zu kommen, war unmöglich, Kamerateams und wissbegierige Reporteraugen verfolgten jeden Schritt, den man tat. Berichte aus dem und über das »schwäbische Monsterdorf« schienen die Verkaufszahlen der Zeitungen wie die Einschaltquoten der Fernseh- und Radiosender ins Unendliche zu katapultieren, so zahlreich machten sich deren Vertreter in Stempflingen breit.

Meinen beruflichen Verpflichtungen konzentriert nachzugehen, war in diesen Tagen nur unter erschwerten Bedingungen möglich. Ich schlich mich morgens kurz vor sieben bereits aus dem Haus, eilte so schnell es ging durch das noch dunkle Dorf ins Werk. Die Eingangstür des Verwaltungsgebäudes blieb jetzt ständig geschlossen, journalistischen Anfragen jeder Art erteilte Frau Kaul in ungewohnt barschem Ton deutliche Absagen. War vor kurzer Zeit noch die Verhaftung des Sägewerkbesitzers der Aufreger Nummer eins im Dorf, hatte der Leichenfund dieses Thema jetzt völlig verdrängt. Nur was irgendwie in einen Zusammenhang mit Strobler gebracht werden konnte, interessierte noch. Die kleine Seitenstraße, in der er gelebt hatte, die Nachbarn, sein Arbeitsplatz, die Kollegen, seine bisher noch unbekannten Freunde, die ebenfalls noch nicht geklärten Familienverhältnisse …

Nach und nach wurden immer mehr Einzelheiten aus dem Leben des Mannes bekannt. Im vergangenen Sommer erst war er nach Stempflingen gekommen, um seine Arbeit als Gabelstaplerfahrer und Mädchen für alles im Sägewerk aufzunehmen. Gewohnt hatte er von Anfang an in dem alten, von ihm gemieteten Haus – allein, ohne Anhang. Frisch geschieden, ohne Kinder war er nach Stempflingen übersiedelt. Strobler stamme aus dem Umland von Köln, war in verschiedenen Zeitungen zu lesen; er sei in der ehemaligen DDR aufgewachsen, irgendwo bei Dresden, behaupteten andere. Weshalb er sich ausgerechnet unser kleines Dorf und den wohl nicht sonderlich gut bezahlten Arbeitsplatz im Sägewerk als Lebensmittelpunkt ausgesucht hatte, schien nicht geklärt.

Nicht weniger im Dunkeln blieb vorerst sein privates Umfeld: Mit wem er während des immerhin mehr als sechs Monate währenden Aufenthalts in Stempflingen näheren Kontakt gepflegt, welche Personen in dieser Zeit in einem engeren Verhältnis zu ihm gestanden hatten – niemand war fähig, diese Fragen befriedigend zu beantworten. Namen über Namen wurden genannt, einige aus dem Dorf, die meisten aus der Umgebung stammend. Einer nach dem anderen wurde nach kurzer Überprüfung wieder verworfen.

Ähnlich verhielt es sich mit den Bezugspersonen seines früheren Lebens: Weder eine ehemalige Partnerin noch Verwandte oder Freunde des Ermordeten konnten der Darstellung der Medien nach identifiziert werden. Stroblers Leben schien wie ein riesiges Puzzle, von dem sich zwar Teile in den Randbereichen zusammensetzen ließen, dessen entscheidende Partien im Zentrum jedoch unauffindbar blieben. Das konkrete Bild des Mannes wollte einfach nicht entstehen. Kein Wunder, dass immer abstrusere Spekulationen zu hören waren, etwa dass Strobler unter falschem Namen nach Stempflingen gekommen sei, um sich die Unterhaltszahlungen an seine geschiedene Partnerin zu ersparen, oder dass es sich bei ihm um einen flüchtigen Kriminellen handele, der jetzt von seinen mafiösen Verfolgern entdeckt und zur Strecke gebracht worden war.

Dass es auch nach mehreren Tagen intensiver Bemühungen nicht gelungen war, ein realistisches Bild des Ermordeten zu erstellen, schien etlichen Vertretern des Boulevard-Journalismus überhaupt nicht zu gefallen. Ihr Auftreten jedenfalls wurde von Tag zu Tag zudringlicher und rabiater, der Gang durchs Dorf ohne indiskrete Kamerabegleitung irgendeines durchgeknallten Privatsendervoyeurs fast unmöglich. Die Gier nach neuen Erkenntnissen schien endgültig alle Hemmungen besiegt zu haben.

Genau in dieser Situation drang die Information, dass die beiden in völlig verschiedenen Höhlen entsorgten Leichen von ein und derselben Person entdeckt worden waren, zu den Medien durch. Dass das kein Zufall sein konnte, war allen Boulevard-Ermittlern vom ersten Moment an klar. In Windeseile hatte sich mein Name herumgesprochen. Von einer Sekunde auf die andere stand nicht mehr Strobler im Mittelpunkt des medialen Interesses, sondern ich. Eine unübersehbare Meute mit Kameras und Mikrofonen bewaffneter Neugieriger belagerte, wie mir Thomas Schmeil telefonisch mitteilte, an diesem Nachmittag Tante Linas Haus. Der Zaun wurde an verschiedenen Stellen niedergetrampelt, zwei Keramikfiguren gingen zu Bruch. Dass keine Fensterscheibe beschädigt wurde, war nur dem beherzten Eingreifen zweier Polizeibeamter zu verdanken, die von meinem Nachbarn informiert und um Hilfe gebeten worden waren.

Ich selbst konnte mich gerade noch rechtzeitig aus dem Büro stehlen, bevor die Adresse meines Arbeitsplatzes zu den Voyeuren vor Tante Linas Haus durchsickerte. Frau Kaul war gerade mit einem jungen, blonden Mann beschäftigt, als ich an ihrem Büro vorbeikam. Ich erklärte ihr kurz, dass ich mich davonmachte, weil ein ganzer Tross Journalisten auf dem Anmarsch sei, bat sie, keine Auskunft über meine Person zu erteilen.

»Aber, Herr Grohm, machen Sie sich deswegen keine Sorgen. Von mir erfahren die nicht ein einziges Wort!«, versprach sie mir.

Ich bemerkte den erstaunten Blick des kurzhaarigen Blonden, erkannte ihn wieder. Daimle, der Software-Betreuer der Firma, den ich schon im Dorfladen beim Überprüfen der Kasse gesehen hatte. In ungelenker Körperhaltung schief nach vorne gebeugt stand er über der Computertastatur der Sekretärin und schielte zu mir her. Er trug anscheinend immer die gleiche, dünne, kurze Jacke, erinnerte mich mit seinem Milchgesicht erneut an einen kaum gealterten Konfirmanden.

»Also dann, einen schönen Abend noch!«, verabschiedete ich mich, folgte der Treppe nach unten. Zum Glück hatte bereits die Dämmerung eingesetzt, als ich mich aus dem Sägewerksgelände davonschlich. Ich nahm den schmalen, wenige Meter hinter dem Verwaltungsgebäude steil den Hang hinaufführenden Trampelpfad, der nur den Einheimischen bekannt war, und kämpfte mich zum Hintereingang des Friedhofs hoch. Als ich das Gräberfeld erreichte, hörte ich das laute Palaver der unten auf der Straße vorbeiziehenden Menge. Ich wartete, bis sie hinter der Kurve verschwunden waren, eilte zum Haupteingang des Friedhofs unweit der Kirche und passierte dann den *Engel*. In der Kneipe brannte zwar Licht, Geräusche aus dem Inneren waren jedoch keine zu hören. Offensichtlich war es noch zu früh für das abendliche Alkoholgelage.

Ich lief weiter, warf einen Blick auf den hell erleuchteten Laden, in dessen Eingangsbereich eine Gruppe älterer Dorfbewohner in ein intensives Gespräch vertieft schien. Als ich um die Ecke in die Dorfstraße bog, prallte ich beinahe mit einer jungen Frau zusammen, die gerade aus dem Haus auf den Gehweg trat. In letzter Sekunde sprang ich zur Seite, sah auf. Ich erkannte sie sofort.

»Oh, Verzeihung!« Die Worte kamen uns fast gleichzeitig von den Lippen. Die Überraschung in unser beider Gesichter geschrieben, lachten wir laut auf.

»Na, so ein Zufall!« Frauke Steensen fand als Erste wieder zu Wort. Sie stellte ihre Tasche, die sie in der rechten Hand trug, auf dem Boden ab, musterte mich mit lächelnder Miene.

»Beinahe hätte ich mir die nächste Rippenprellung zugezogen«, witzelte ich.

Ich nahm allen Mut zusammen, reichte ihr die Hand. Wir begrüßten uns gegenseitig, ein paar Sekunden länger als üblich, standen dann etwas verlegen einander gegenüber.

»Sie sind beruflich unterwegs«, kam es mir nach einer Weile endlich von den Lippen. Ich deutete auf das Haus hinter uns.

Die Ärztin nickte. »Die üblichen Patientenbesuche«, sagte sie. »Zum Glück der letzte heute. Feierabend. Dr. Lennart hat Praxisdienst.«

»Oh, schön«, freute ich mich mit ihr. »Ich bin auch gerade auf dem Weg nach Hause.«

»Sie wirken aber etwas gehetzt«, meinte sie. »So schnell, wie Sie um die Ecke kamen …« Sie lachte verlegen.

»Gehetzt, ja.« Ich nickte zustimmend. »Das trifft die Sache. Ganz genau.«

Frauke Steensen musterte mich mit fragendem Blick. Sie trug enge, dunkelblaue Jeans, ein helles Sweatshirt, hatte die Haare zu einem kurzen Pferdeschwanz gebunden.

»Journalisten sind hinter mir her«, fuhr ich fort. »Sie waren unterwegs zu meinem Büro. Ich konnte gerade noch rechtzeitig entkommen. Über einen schmalen Seitenpfad. Mein Nachbar hat mich freundlicherweise gewarnt.«

»Oh«, sagte sie. »Ich verstehe. Vorhin habe ich es gehört. Sie haben die Leiche dieses Mannes entdeckt.«

»Ja. Wie der Zufall so spielt. Ich war mal wieder in einer Höhle unterwegs …«

»Und jetzt wollen Sie nach Hause?«

Ich rang um Luft, ließ einen lauten Seufzer hören. »Was soll ich sonst tun? Die haben das Grundstück heute Mittag schon gestürmt, sobald mein Name bekannt war. Ich weiß es von meinem Nachbarn. Am besten, ich schließe alle Läden und Türen und verbarrikadiere mich so lange, bis die irgendwann aufgeben.«

»Und wie lange wollen Sie das durchhalten?«

»Keine Ahnung.« Ich bemerkte ihren skeptischen Blick, sah das Auto am Rand der Straße, erkannte es wieder. Ein älterer, blauer Polo. Im gleichen Moment kam mir die Idee. »Oder ich finde jemand, der mir hilft«, sagte ich. »Eine Fluchthelferin zum Beispiel.« Ich fühlte mich plötzlich sehr aufgeregt, hatte Mühe weiterzusprechen. »Haben Sie heute Abend zufällig schon etwas vor?« Mein Puls raste in atemberaubendem Tempo. Im Nachhinein wunderte ich mich, dass mir die Worte ohne jedes Stottern von den Lippen gegangen waren.

Frauke Steensen musterte mich überrascht, schien einen Moment zu überlegen. »Nein«, sagte sie dann. »Ich habe nichts vor.«

»Oh, dann könnten wir doch gemeinsam etwas unternehmen. Vielleicht nicht gerade eine Höhle erkunden ...« Ich versuchte zu lächeln, bekam aber nichts hin als nur ein verzerrtes Grinsen. »Ich würde Sie gerne einladen. Vielleicht etwas essen oder trinken. Irgendwo in der Umgebung. Hätten Sie Lust?«

Ihre Antwort kam schneller, als ich erwartete. »Warum nicht? Gerne.«

»Sie müssten mich allerdings wieder mal mitnehmen«, sagte ich, auf ihren Polo deutend.

Wir lachten beide laut auf. Ein befreiendes, endgültig jede Verlegenheit beseitigendes Lachen.

20. Kapitel

Es wurde ein wunderschöner Abend.

Wir fuhren zuerst zu ihr nach Obersteußlingen, wo sie die Tasche mit den Patientenunterlagen und den Medikamenten abstellte und sich kurz umzog und erfrischte. Sie wohnte wenige Häuser von der Praxis entfernt in einer kleinen Einliegerwohnung, die einen separaten Zugang von der dem Wald zugewandten Seite des Gebäudes her hatte. Das von einer hellgelben Fassade geprägte Haus lag an einem steilen Hang direkt am Dorfrand und wurde nur von einer jungen Familie mit einem kleinen Kind bewohnt.

»Die Wohnung ist nicht jedermanns Sache«, warnte mich Frauke Steensen, als wir auf die Rückseite des Hauses zuliefen. »Aber für die eineinhalb Jahre, die ich hier praktiziere, reicht sie aus.«

Sie hatte das Auto am Rand des schmalen Weges abgestellt, der keine zehn Meter weiter direkt in den Wald führte. Über dick vermooste Steinplatten kamen wir durch einen verwilderten, von wirrem Brombeergestrüpp überzogenen Garten zur Tür.

»Was stört Sie an der Wohnung?«, fragte ich.

»Na ja«, sagte sie. »Vom Haupteingang des Hauses her gesehen liegt sie im Keller. Nur weil das Gelände so steil abfällt, gibt es an der Rückfront hier einen ebenerdigen Zugang. Aber der ist nach Norden ausgerichtet. Viel Sonne habe ich nicht.«

Sie schloss die Tür auf, betätigte den Lichtschalter, ließ mich eintreten. »Zum Glück funktioniert die Heizung recht gut. Hier auf dieser Seite habe ich es warm. Aber das Zimmer, das zum Berg hin ausgerichtet ist, benutze ich nicht. Nicht einmal als Abstellkammer. Es ist feucht und kalt.«

Wir standen bereits mitten in der breiten Diele. Eine vielstrahlige, über den gesamten Deckenbereich führende Lichtgirlande tauchte den Raum in ein angenehmes, warmes Licht.

»Die hat mir Dr. Lennart geschenkt«, sagte sie, auf die Girlande deutend. »Um die sterile Atmosphäre aufzubessern.«

»Steril? Ich finde es überhaupt nicht steril«, gab ich zur Antwort. »Im Gegenteil. Mit den vielen kleinen Lämpchen sieht das sogar peppig aus.«

Sie führte mich in ihr kleines Wohnzimmer, das mit einem kräftig roten IKEA-Dreisitzer, einem runden Glastisch und einer schmalen Vitrine ausgestattet war, bot mir zu trinken an. »Ich möchte mich nur kurz umziehen«, entschuldigte sie sich.

Ich nahm auf dem Sofa Platz, griff nach einer Ausgabe des *SPIEGEL,* die neben mehreren Exemplaren des *STERN* auf dem Tisch lag, blätterte in dem Heft. Im Zimmer war es angenehm warm. Irgendwo in der Wohnung plätscherte Wasser, dann war das Gebläse eines Föhns und kurz darauf das Quietschen einer Schranktür zu hören. Wenige Minuten später stand Frauke Steensen frisch geduscht und neu eingekleidet im Zimmer. Die Haare offen, das Gesicht dezent geschminkt ging ein angenehmer Zitrusduft von ihr aus. Sie trug einen weiten, weißen Pullover, der in der Taille unter einem breiten, hellbraunen Gürtel auslief, dazu enge, schwarze Jeans. Sie sah hübscher aus denn je.

Ich schnappte demonstrativ nach Luft. »Mein Gott, was haben Sie vor? Einen reichen Prinzen angeln?«

Sie lachte, strahlte übers ganze Gesicht. »Danke für das Kompliment. Aber ich weiß nicht einmal, ob es in dieser Gegend überhaupt Prinzen gibt.«

»Hm, ich fürchte, da haben Sie sich wirklich die falsche Region ausgesucht.«

»Oh, im Moment fühle ich mich ganz wohl«, konterte sie umgehend.

Zehn Minuten später waren wir wieder unterwegs. Ich lehnte mich im Sitz weit zurück, lockerte mit meiner linken Hand den Druck des Gurtes, um meine Rippen zu schonen. Wir unterhielten uns über Gott und die Welt, kamen irgendwann darauf zu sprechen, wie unfassbar es war, dass ich jetzt schon wieder eine Leiche in einer Höhle entdeckt hatte, und landeten schließlich in einem gemütlichen Lokal in der Fußgängerzone von Balingen. Wir bestellten uns zwei große Salatplatten, dazu Sojabratlinge und zum Nachtisch Bananeneis. Die Momente, in denen wir uns voller Verlegenheit als Fremde begegneten, wurden von Stunde zu Stunde spärlicher. Ich fühlte mich leicht und beschwingt wie seit Monaten nicht mehr, nahm nicht wahr, wie der Abend verflog. Erst als der Wirt nach mehrmaligem Räuspern dezent auf seine Armbanduhr deutete, gelangte ich langsam wieder in die Realität zurück. Ich schaute mich um, sah, dass alle anderen Gäste das Lokal längst verlassen hatten.

Ich lag lange wach in jener Nacht, hatte viele Stunden das Gesicht Frauke Steensens vor mir. Womit ich noch vor wenigen Tagen niemals gerechnet hatte – mein Aufenthalt in dem kleinen Dorf hatte einen neuen Sinn bekommen. Unser gemeinsamer Abend in Balingen sollte nicht ein einmaliges Unternehmen bleiben, vielmehr der Anfang zu einem neuen Lebensabschnitt werden. Dieser Hoffnung hatten wir uns jedenfalls, gegen Mitternacht wieder vor Tante Linas Haus angelangt, gegenseitig versichert. Und wir hatten alles dafür getan, dieser Hoffnung Chancen zu einer Realisierung zu geben.

»Sei mir bitte nicht böse, aber ich möchte nichts überstürzen«, hatte Frauke Steensen mich gebeten. »Wir haben alle Zeit der Welt.«

Wir hatten uns im Versprechen, bald wieder vom anderen zu hören, voneinander verabschiedet und uns in gewohnter Weise unserer Nachtruhe zugewandt.

Drei Tage später, es war das Wochenende vor meinem lange ersehnten Notartermin, übernachtete ich zum ersten Mal bei ihr. Wir hatten den Abend in ihrem gemütlichen Wohnzimmer mit dezenter Musik, nachdenklichen Gesprächen und einer Flasche Rotwein verbracht. Irgendwie hatte es sich ergeben, dass ich auf das traumatische Geschehen um den Tod meiner Tochter und meine aus diesem Grund komplett entwurzelte Existenz mitsamt der zerbrochenen Ehe zu sprechen gekommen war. Sanft meinen Arm streichelnd war Frauke Steensen meinen Worten gefolgt.

»Und du?«, hatte ich mich später erkundigt. »Welche Erinnerungen schleppst du mit dir herum?«

»Das willst du wirklich wissen?«

Vielleicht hätte ich sie nicht danach fragen sollen. Was sie mir nämlich anschließend berichtete, machte mir schnell klar, dass ihr Schicksal meiner eigenen Vergangenheit an Tragik in nichts nachstand, im Gegenteil.

»Hast du schon einmal mit einem manisch depressiven Menschen zusammengelebt?«, hatte sie mich gefragt und von ihrem Vater erzählt, der zuerst in Hamburg, später dann in Lübeck als Arzt tätig gewesen war. »Er war unglaublich mitfühlend mit seinen Patienten und überaus beliebt. Aber die Krankheit, die saß in ihm fest. Gegen die hatte er keine Chance. Er liebte mich und meine Mutter über alles. Aber alle paar Monate wochenlange depressive Phasen und dann auch noch mehrere Suizidversuche – das hält der stärkste Partner nicht aus. Meine Mutter musste sich scheiden lassen, sie konnte nicht mehr. Und ich war in der Uni. Jetzt gab es niemanden mehr, der ihn in letzter Sekunde doch noch zurückholen konnte. Willst du noch mehr hören?«

Statt einer Antwort hatte ich sie in den Arm genommen und geküsst.

21. Kapitel

Den Notartermin am Dienstag wahrzunehmen, hatte ich bereits mit Thomas Schmeil verabredet. Er hatte dort genauso zu erscheinen wie ich, also war es zweckmäßig, dass wir gemeinsam fuhren.

Und dann, ausgerechnet an diesem Tag, platzte die Bombe.

Kurz vor acht Uhr läutete ich an der Tür meines Nachbarn, Ausweis und alle anderen wichtigen Papiere in meiner Tasche verstaut. »Ich bin soweit«, gab ich ihm lauthals zu verstehen.

Es dauerte eine Weile, bis er endlich öffnete. Heftig um Luft ringend stand er vor mir, starrte mich mit großen Augen an.

»Was ist los?«, fragte ich besorgt und deutete ins Innere. »Ist was mit deiner …«

Ich kam nicht dazu, den Satz zu vollenden.

»Die Nachrichten«, fiel er mir mitten ins Wort. »Im Internet. Hast du es gelesen?«

»So früh? Ich muss erst mal richtig wach werden, bevor ich daran denken kann, im Internet zu surfen und mir Nachrichten reinzuziehen«, antwortete ich.

»Die bringen es fast alle. Strobler, du hast es nicht mitbekommen?«

»Nein, ich weiß von nichts. Was ist mit Strobler?«, fragte ich.

»Er lebte undercover hier, schreiben die.«

»Undercover? Wie soll ich das verstehen?«

»Als Polizeispitzel«, zischte Thomas Schmeil.

»Wie bitte?« Ich streckte meinen Arm aus, klammerte mich an der Hausfassade fest. »Was sagst du da?«

»Er war ein Polizeispitzel. Deshalb kam er ins Dorf. Unter falschem Namen. Sie schreiben es fast alle.«

»Strobler? Der Typ, den ich in der Höhle …«

»Undercover«, bestätigte mein Nachbar.

»Und was wollte er hier? Ich meine, was war sein Auftrag?«

Thomas Schmeil fuchtelte mit seinem rechten Arm durch die Luft. »Woher soll ich das wissen? Darüber schreiben sie nichts.«

Ich war völlig durcheinander, benötigte eine Weile, wieder zu einem klaren Gedanken zu finden. »Es hat mit den Journalistinnen zu tun«, überlegte ich. »Alina Sievers und Susann Sartorius, richtig?«

»Ich weiß es nicht«, antwortete er. »Bisher ist darüber anscheinend nichts bekannt.«

»Auch nicht, wer ihn getötet hat?«

Thomas Schmeil schüttelte den Kopf. »Es geht nur um seine Tätigkeit als Polizeispitzel.«

»Polizeispitzel«, wiederholte ich, nach wie vor fassungslos. »Ein Polizeispitzel, der andere Leute ohne jeden Grund niederschlägt.« Die Worte waren mir gerade so herausgerutscht.

»Strobler?«, fragte mein Nachbar. »Wen hat er niedergeschlagen?«

»Mich«, gab ich zur Antwort. »Der Dreckskerl hat mich vor der Höhle überfallen. Deshalb wurde ich verletzt. Der Holzstapel war nicht daran schuld.«

»Der hat dich niedergeschlagen?« Thomas Schmeil schüttelte den Kopf. »Langsam verstehe ich überhaupt nichts mehr.«

Ich winkte ab. »Ich werde es dir genau erklären. Aber sollten wir uns nicht langsam auf den Weg machen?«

Er musterte mich mit vorwurfsvollem Blick, drehte sich dann abrupt zur Seite und verschwand im Haus. Ich hörte ihn in einem der Zimmer herumstöbern, dann quietschte eine

Schranktür. Kurz darauf kehrte er mit einer dicken Jacke bekleidet zur Tür zurück.

»Du willst nicht noch mal nach deiner Schwiegermutter schauen?«, fragte ich.

Er winkte ab. »Sie schläft«, sagte er, schloss dann die Tür. Er lief zur Garage, fuhr seinen alten Golf auf die Straße, ließ mich einsteigen.

»Deinen Ausweis hast du dabei?«, fragte ich.

Statt einer Antwort nickte er nur mit dem Kopf. Ich schaute zur Seite, sah seine etwas verbissen wirkende Miene. War er beleidigt, weil ich ihm bisher die Wahrheit über die Ursache meiner Verletzung verschwiegen hatte? Ich beschloss, ihm den Vorfall genau zu erklären.

Schmeil hörte ohne ein Wort zu sagen aufmerksam zu. Lediglich am Schluss meiner Ausführungen ließ er sich zu einer kurzen Bemerkung hinreißen. »Warum hast du mir das nicht gleich erzählt?«

Ich gab ihm eine ehrliche Antwort. »Am Anfang konnte ich nicht mit Gewissheit sagen, ob es sich wirklich um Strobler handelte, der mich da angegriffen hatte. Schließlich war es noch dunkel, als das passierte. Alle glaubten, ich sei von einem der niederstürzenden Stämme getroffen worden. Das war mir gerade recht, da musste ich mich nicht um lange Erklärungen bemühen. Und später, als ich mir absolut sicher war, dass mich wirklich Strobler niedergeschlagen hatte und ich das der Polizei mitteilte, verboten die mir, den Kerl namentlich zu erwähnen. ›Kein Wort zu irgendjemand, dass Sie Strobler erkannt haben.‹ Darauf legten diese Kommissare besonderen Wert.«

»Darauf legten die besonderen Wert?«, maulte Schmeil. »Na ja, das ist kein Wunder. Die wussten natürlich genau, dass es sich bei dem Typ um einen Kollegen von ihnen handelte. Den wollten sie möglichst aus allem raushalten, um seine Identität nicht zu gefährden.«

Jetzt war es an mir, betroffen zu schweigen. So plausibel diese Schlussfolgerung war – darüber hatte ich noch nicht nachgedacht. Das also war der Grund, weshalb mich die beiden Kriminalbeamten dringend ersucht hatten, Stroblers Namen nicht in Umlauf zu bringen. Im gleichen Moment fiel mir auch wieder die seltsame Reaktion der Kommissarin ein, damals, als ich sie darüber informiert hatte, dass ich Susann Sartorius mehrfach mit Strobler hatte sprechen sehen. Sie hatte den Namen des Mannes einfach ohne jede Regung zur Kenntnis genommen. Jetzt war mir klar, weshalb.

»Ich an deiner Stelle«, meinte Thomas Schmeil, »würde diesen Strobler im Nachhinein anzeigen und Schadenersatz und Wiedergutmachung vom Staat verlangen. Wenn du dir wirklich sicher bist, dass der dich niedergeschlagen hat. Ein Polizeibeamter, der Leute verprügelt. Wie weit sind wir denn?«

»Ich bin mir absolut sicher, dass er es war. Aber wie soll ich das beweisen?«

Aufgewühlt von der neusten Enthüllung erreichten wir Albstadt. Sogar der Notar, ein freundlicher, älterer Herr, hatte bereits davon gehört.

»Sie kommen aus Stempflingen, nicht wahr«, hatte er uns empfangen. »Da ist ja allerhand los. Eine ermordete Journalistin, dazu eine verschwundene und jetzt ein getöteter Polizist. Was geht da vor?«

»Da fragen Sie die Falschen«, hatte Thomas Schmeil erwidert. »Wir haben nichts damit zu tun.«

Zum Glück hatte der Notar nicht auf weiteren Erklärungen insistiert, sondern war schnell zu seiner eigentlichen Aufgabe übergegangen. Er hatte unser beider Identität überprüft und anschließend Tante Linas Testament verlesen. Thomas Schmeil erhielt 5.000 Euro, *Hartmanns Hoffnung* 20.000 und mir als dem Haupterben vermachte sie den gesamten Grundbesitz samt Haus sowie den verbliebenen Rest ihres Geldvermögens, noch einmal fast 4.000 Euro. Inhaltlich war das nichts Neues, wir hatten das bis auf den letzten Betrag ja alles gewusst; trotzdem fühlte ich mich spätestens in dem Moment, als der Notar sich erhob und mir per Handschlag zum Empfang des Erbes gratulierte, wie neugeboren.

Das war ich im übertragenen Sinn jetzt ja in der Tat: Was ich an materiellem Besitz durch den Konkurs meiner Firma verloren hatte, war mir durch Tante Linas großzügige Hinterlassenschaft wieder zuteilgeworden. Auf den genauen Wert des Vermächtnisses kam es dabei nur bedingt an, der war ohnehin erst bei einem etwaigen Verkauf zu ermitteln, die existentielle Sicherheit aber, die mir daraus erwuchs, war mit nichts in der Welt aufzuwiegen. Ich konnte jetzt in Ruhe darüber nachdenken, ob ich in dem kleinen Dorf auf der Schwäbischen Alb bleiben oder mich doch besser wieder in meiner alten Heimat nach einem neuen Job umsehen wollte – ohne zeitlichen Druck und fernab jeder Befürchtung, im Notfall um materielle Unterstützung nachsuchen zu müssen. Und ein weiterer Gedanke, so theoretisch und weitab jeder Realität er im Moment auch anmuten mochte, schwirrte mir gemeinsam mit dem Bild Frauke Steensens durch den Kopf: Das Erbe eignete sich nicht nur als Basis eines einzelnen, sondern durchaus als Grundlage des gemeinsamen Lebens zweier Menschen. Und dieser Sachverhalt ließ mir Tante Linas großzügiges Vermächtnis noch wertvoller erscheinen.

Mit neuem Lebensmut versehen verließ ich mit Thomas Schmeil den Notar. Meinem Begleiter indes schien es nicht ganz so gut zu gehen. Er lehnte es zwar nicht ab, als ich ihn zu einem frühen Mittagessen in einem Lokal in der Nähe des Notariats einlud, blieb jedoch außergewöhnlich wortkarg. Hatte er vielleicht darauf gehofft, einen größeren Anteil von Tante Linas Erbe zu erhalten – etwa, indem ich zu seinen Gunsten auf den verbliebenen Rest ihres finanziellen Vermögens verzichtete? Rechnete man die Zeit zusammen, die er für die uneigennützige Unterstützung meiner Großtante aufgebracht hatte, hatte er nach allem, was mir Tante Lina erzählt hatte, weit mehr verdient als ich – aber das war doch wohl weder der Grund für seine Hilfe noch eine ernsthaft zu erwartende Option gewesen. Nein, seine Verstimmung beruhte auf einem anderen Sachverhalt, wie mir während unserer nur stockend in Gang gekommenen Unterhaltung auf der Rückfahrt deutlich wurde.

»Was ist mit dir?«, fragte ich. »Warum bist du so ruhig?«

»Ruhig?« Er wandte seinen Blick einen Moment von der Straße ab, musterte mich kurz. »Na ja, es gibt allen Grund, ruhig zu sein«, sagte er dann.

Ich hatte Schwierigkeiten, zu begreifen.

»Solange ich es noch nicht schwarz auf weiß vor mir sah …«, Schmeil deutete auf seine Aktenmappe auf der Rückbank. »Irgendwie wollte ich es nicht wahrhaben. Ich habe es verdrängt. Sie ist für ein paar Wochen verreist, sagte ich mir. Aber jetzt ist es endgültig. Der Notar hat es bestätigt.«

Mit einem Mal begriff ich, wovon er sprach. Tante Linas Tod. Schmeil hatte ihn offensichtlich immer noch nicht verarbeitet. Er trauerte um sie. Mehr als ich.

»Tante Lina«, sagte ich. »Du hast sie gemocht.«

Schmeil nickte, auf die Fahrbahn vor uns starrend. »Sie war eine außergewöhnliche Frau. Mutig und engagiert. Immer bereit, anderen zu helfen. Menschen, die in Not waren. So wie ich mit meiner Schwiegermutter. Ohne deine Tante hätte ich es nicht geschafft. Damals, als meine Frau mich einfach sitzen ließ. Das Leben in diesem verrückten Dorf sei ihr nicht zuzumuten, sie habe es zu lange schon ertragen müssen, durfte ich mir von ihr anhören. Und ihre Mutter? Ich hätte keine Ahnung, um was für ein böses, gefühlskaltes Weib es sich bei der Alten handele, sonst würde ich nicht so naiv daherreden. Ein Pflegeheim sei das Richtige, dort gebe es genügend Fachkräfte, die sich um sie kümmerten. Persönliche Ansprache sei jetzt nicht mehr nötig, davon bekomme die Alte ohnehin nichts mehr mit. Weißt du, wie beschissen es mir ging, damals, kurz nach dem Tod unseres Sohnes, als meine eigene Frau mir dann auch noch mit solchen Weisheiten kam? Ich hatte meinen Beruf aufgegeben, meine jahrelang mit Begeisterung und vollem Engagement ausgeübte Profession, weil mich das Schicksal unseres Kindes an den Rand des Wahnsinns geschleudert hatte. In dem Moment benötigte ich nichts dringender als einen Menschen, der mir dabei half, mich wieder aufzurichten, wieder ins Leben zurückzufinden … und dann das.« Er schwieg einen Moment, saß stocksteif mit beiden Händen ans Lenkrad geklammert in seinem Sitz. »Ohne deine Tante hätte ich es nicht geschafft«, wiederholte er. »Unmöglich. Sie kam mir sofort zu Hilfe, als sich meine Frau auf und davon machte, in ihr heiß geliebtes Südamerika, weg aus diesem kalten Dorf in diesem kalten Land, wie ich es mir immer anhören musste. Lina ließ uns nicht im Stich. Ohne sie hätte ich den Weg zurück nicht mehr geschafft. Dass ich und meine Schwiegermutter noch leben, haben wir deiner Tante zu verdanken. Du kannst stolz auf sie sein!«

Ich warf ihm einen Blick zu, sah, dass ihm zwei Tränen über die Wangen perlten. Augenblicklich spürte ich mein schlechtes Gewissen. Ich, der einzige Verwandte, der Lina geblieben war, empfand keinerlei Skrupel, den Tag zu genießen, der mir die endgültige Überschreibung ihres Erbes brachte. Obwohl ich mich nur wenige Monate um sie gekümmert hatte, kassierte ich jetzt den Großteil ihres Besitzes. Schmeil dagegen, den keinerlei verwandtschaftliche Beziehungen mit ihr verbanden, der nur aus purem Zufall in ihrer Nachbarschaft gewohnt hatte, trauerte um sie wie ein kleines Kind.

»Tut mir leid«, versuchte ich mich zu entschuldigen. »Ich habe Tante Linas Tod von mir weggeschoben. Ich weiß nicht, warum. Vielleicht, weil ich Angst davor hatte, schon wieder einer mir nahestehenden Person hinterherzutrauern. So wie ich das die letzten Jahre fast bis zur Selbstaufgabe betrieben habe. Dass es mich noch gibt, ist ein gutes Stück weit auch ihr zu verdanken.«

Schmeil warf mir einen kurzen Blick zu, bremste das Auto ab, bog in die Zufahrt nach Stempflingen ein. »Du brauchst dich nicht zu entschuldigen«, erwiderte er. »Sei froh, dass du wieder so viel neuen Lebensmut gewonnen hast. Und wenn deine Tante ihren Teil dazu beigetragen hat, dann behalte sie umso freundlicher in Erinnerung.«

Wir erreichten das Dorf, sahen uns einer großen Menschenmenge gegenüber, die sich am Anfang der Dorfstraße zusammengefunden hatte.

Der gesamte Bereich des Gehwegs vor dem Laden, ja sogar ein Teil der Straße war von heftig miteinander diskutierenden Leuten belagert. Thomas Schmeil bremste den Wagen ab, kurbelte das Fenster herunter, erkundigte sich lauthals nach der Ursache der Aufregung. »Strobler, der Polizeispitzel, was?«, rief er laut.

Zwei ältere Frauen, ich kannte sie nur vom Sehen, stürzten augenblicklich zu uns her.

»Noi, Thomas, des ischs et!«, erklärte eine der beiden. »Des mit dem Polizeispitzel wisset mir scho seit heut Morge. Aber jetzt waret scho wieder die Kommissare von Stuttgart da ond hent den Harald gholt!«

»Verhaftet!«, mischte sich die andere Frau ins Gespräch. »Verhaftet isch er worde direkt im Werk!«

»Wer?«, erkundigte sich Schmeil.

»Der Harald Gensch. Du kennsch ihn doch, oder?«

»Der Harald? Natürlich kenne ich ihn. Gut sogar. Er ist einer der besten Schreiner, die bei Hartmann arbeiten«, erklärte er, mir zugewandt. »Ein tüchtiger Kerl.«

Ich erinnerte mich sofort an den Mann, eine große dunkelhaarige Gestalt. In der *Räuberhöhle* beim Mittagessen hatte ich ihn ein paar Mal gesehen. »Er arbeitet mit Christian Palmer zusammen«, sagte ich.

»Genau«, bestätigte Schmeil, streckte den Kopf dann wieder aus dem Fenster. »Warum wurde er verhaftet? Soll er die junge Frau und diesen Strobler ermordet haben?«, fragte er.

Die beiden Frauen konnten vor lauter Aufregung kaum noch an sich halten. Sie fuchtelten wild mit ihren Händen durch die Luft, begannen gleichzeitig loszusprudeln. »Mir könnets et glaube. Den Harald kennt hier doch jeder. Dass ausgerechnet der die Fraue auf dem Gewisse hat … Der falsche Polizist hat ihm hinterherspioniert. Deshalb hat er auch noch den umbracht. Noi, mir sind völlig fertig!«

Es schien wirklich, als würde das Dorf überhaupt nicht mehr zur Ruhe kommen. Am Nachmittag, ich war eigentlich zu einem Gespräch mit Hartmann verabredet, das aber aufgrund der vorgefallenen Ereignisse auf einen unbestimmten Termin hatte vertagt werden müssen, kam ich in einer der kurzen Phasen, in denen das Telefon nicht unablässig läutete, mit Margot Kaul ins Gespräch. Harald Genschs Verhaftung machte auch ihr zu schaffen.

»Die Kommissare verlangten auch Herrn Hartmann zu sprechen«, erklärte mir die Frau mit immer noch leicht zitternder Stimme. »Sie glauben nicht, wie ich erschrocken bin. Ich dachte, die wollen ihn schon wieder mitnehmen. Wie vor zwei Wochen.« Sie legte eine Pause ein, fuhr sich über ihre frisch geföhnten Haare. »Dabei sind sie nur gekommen, um sich bei ihm zu entschuldigen. Sie seien einer Fehlinformation aufgesessen, damals. Das war nicht zu überhören. Jetzt sei die Sache aber endgültig geklärt. Es gebe keinerlei Zweifel mehr. Gensch sei der Täter, nicht er.«

»Gensch ist der Täter?«, fragte ich. »Er hat Alina Sievers und Strobler ermordet?«

»Ich kann es immer noch nicht glauben. Harald Gensch. Den hatte doch wirklich niemand im Verdacht.«

22. Kapitel

Bis zum Abend war es überall bekannt. *Verhaftung in Stempflingen nach Mord an Polizeispitzel,* verkündeten die Schlagzeilen, beide Ereignisse, die an diesem Tag publik geworden waren, vereinend. Der Name des Festgenommenen wurde zwar noch nicht genannt, wohl aber seine berufliche Tätigkeit, ein Sachverhalt, den Hartmann des guten Rufes seiner Firma wegen um alles in der Welt hatte vermeiden wollen. Was nützten die kreativsten Werbeclips, wenn die Produkte des Werks als von Mörderhand erstellt diffamiert werden konnten?

Frauke war entsprechend aufgewühlt, als sie kurz nach 19 Uhr an diesem Abend bei mir eintraf. »Den ganzen Tag habe ich von meinen Patienten nichts anderes zu hören bekommen«, berichtete sie, nachdem ich ihr von meinem erfolgreich verlaufenen Notartermin erzählt hatte. »Der ermordete Mann – ein Spitzel der Polizei. Ein Kerl, der nur deswegen nach Stempflingen kam, um die Leute auszuhorchen. Wem kann man denn noch vertrauen, wenn selbst die eigene Polizei mit solch hinterhältigen Methoden arbeitet? Irgendwie war der Typ ohnehin allen suspekt, niemand kannte ihn so richtig. Der hatte kaum Kontakt zu Leuten im Dorf, erzählten mir alle, der war nur mit den Angestellten im Sägewerk zusammen, und sogar dort gab es ständig Auseinandersetzungen. Woher konnte der überhaupt wissen, dass der Mörder der jungen Journalistin ausgerechnet bei Hartmann arbeitet? Und jetzt, genau in dem Moment, wo es ihm endlich gelingt, den Verbrecher zu entlarven, fällt er ihm auch noch zum Opfer. Was für ein Wahnsinn!«

»Und was sagen die Leute zur Verhaftung von Harald Gensch?«, fragte ich.

»Das brachte sie vollends aus der Fassung. Niemand wollte es glauben. Der Harald doch nicht, das sei unmöglich. Einige hatten sich zwar gewundert, woher er das viele Geld für sein etwas zu groß und zu protzig geratenes Haus bei uns am Rand von Obersteußlingen mit all dem überzogenen Schnickschnack wie Swimmingpool und Wintergarten hat, und auch der dicke Daimler, den er seit ein paar Jahren fährt, erregte schon Aufsehen, aber sonst ...«

»Du kennst den Mann?«

»Kennen, was heißt *kennen*? Ich wurde mal zu ihnen gerufen, kurz vor Weihnachten. Seine Tochter war gestürzt, beim Spielen die Treppe runter, an einem Sonntagmittag. Nichts Schlimmes, aber so im ersten Moment waren die Eltern total in Panik.«

»Und? Welchen Eindruck hast du von der Familie?«

Frauke hob abwehrend beide Hände. »Keinen. In so einer Situation hast du keine Zeit, dir Gedanken über den Charakter oder das allgemeine Befinden fremder Leute zu machen. Vor allem, wenn du sie nicht oder kaum kennst. Die Frau und der Mann, ja wirklich beide, waren außer sich vor Angst, dass der Kleinen ernsthaft etwas passiert sein könnte, daran erinnere ich mich noch. Aber damit hat es sich auch schon. Und dass Eltern sich derart um das Wohlergehen ihres Kindes sorgen, ist völlig normal. Da wäre eher das Gegenteil verwunderlich: Eltern, die keine oder nur wenig Gefühlsregungen zeigen, wenn es ihrem Kind schlecht geht, lassen mich aufhorchen. Aber bei den Genschs hatte ich diese Bedenken nicht, im Gegenteil. Der Mann war ehrlich besorgt, ohne Zweifel. Dass der zwei oder vielleicht sogar drei Menschen auf dem Gewissen haben soll ...«

»Sie wohnen bei dir in Obersteußlingen?«

»Keine 500 Meter entfernt. Das Haus kannst du nicht übersehen. Eine schon etwas protzig wirkende Villa im, ich würde mal sagen, Toskana-Stil. Soll es wohl sein. Rundbogenfenster, überdachte Terrasse, großer Wintergarten mit angebautem Swimmingpool und Unmengen von kitschigen, weißen Steinskulpturen vor und um das Haus. Sollen wohl irgendwelche antiken Götter darstellen. Das wirkt so richtig neureich. Meinem Empfinden nach passt das nicht hierher in so ein abgelegenes, kleines Dorf. Aber die Geschmäcker sind eben verschieden, und die Familie verfügt offensichtlich über eine ganze Menge Geld.«

»Ist das der Grund?«, überlegte ich. »Haben die Morde mit dem vielen Geld zu tun?«

Frauke Steensen musterte mich nachdenklich. »Du meinst, Genschs Reichtum basiert auf einem Verbrechen?«

»Oder zumindest auf irgendwelchen nicht gerade legalen Geschäften. Wäre doch vorstellbar, oder?«

»Und weshalb ermordet er dann die Journalistin?«

»Vielleicht war sie ihm auf die Schliche gekommen. Sie drohte damit, ihre Erkenntnisse zu veröffentlichen.«

»Deshalb bringt er sie um?« Sie legte ihre Stirn in Falten, wog den Kopf bedächtig hin und her. »Da muss es aber um verdammt viel gegangen sein.«

»Das kann doch sein. Wenn Gensch wirklich auf kriminelle Tour zu dem Vermögen kam … Vielleicht hat er in dem Zusammenhang schon einmal einen Menschen getötet?«

Frauke gab keine Antwort, schien über meine Worte nachzudenken.

»Wenn ich mir das genauer überlege, muss es sich um eine größere Sache handeln«, fuhr ich fort. »Eine sehr große sogar. Oder glaubst du, die Polizei setzt eigens einen Beamten oder Mitarbeiter als Spitzel ein, wenn es bei Genschs Machenschaften nur um Peanuts geht? Dieser Strobler kam im letzten Sommer ins Dorf, nahm einen Job im Sägewerk an und lebte mehr als ein halbes Jahr hier. Mit einer gefälschten Biografie. Immer in dem Risiko, als Polizeispitzel entlarvt zu werden. Vielleicht ist der Mann in Wirklichkeit verheiratet, vielleicht hat er sogar eine Familie? Obwohl, das kann ich mir nur schwer vorstellen. Auf jeden Fall würde die Polizei wohl kaum einen solchen Aufwand betreiben, wenn es bei Genschs Vergehen nicht um eine bedeutende Sache ginge. Bei dem Mann handelt es sich um einen großen Fisch, würde ich mal sagen, ein außergewöhnliches Kaliber. Und das, was er sich hat zuschulden kommen lassen, war ihm mindestens zwei, wenn nicht sogar noch mehr Morde wert. Dass ihm das niemand hier in der Umgebung zutraut, zeigt nur, wie raffiniert er ist.«

»Puh.« Frauke spitzte erschrocken den Mund, blies Luft von sich. »Du kannst mir richtig Angst machen.«

»Jetzt doch nicht mehr«, gab ich zur Antwort und nahm sie zärtlich in den Arm. »Erstens haben sie den Täter endlich gefasst und außerdem …« Ich zog sie vollends an mich, küsste sie auf den Mund.

Ihr leise genuschelter Kommentar war kaum zu verstehen. »Und außerdem?«

»Außerdem übernachtest du heute eh bei mir. Da hast du einen persönlichen Beschützer direkt an deiner Seite und brauchst vor nichts und niemand Angst zu haben.«

Voller Freude nahm ich wahr, wie sie sich eng an mich drückte. Ich konnte ja zu diesem Zeitpunkt noch nicht wissen, wie sehr ich mich mit dieser Aussage täuschen sollte.

23. Kapitel

Harald Genschs Festnahme hatte es tatsächlich geschafft, die Aufmerksamkeit vieler Medienvertreter für einen halben Tag von Stempflingen abzulenken. Wie ein Heuschreckenschwarm waren die Kamerateams mit dem Bekanntwerden der polizeilichen Maßnahme über den Nachbarort hergefallen und hatten sich an der »Protzvilla des Höhlen-Mörders« delektiert. Jede Steinskulptur des Anwesens, jede Pflanze innerhalb und außerhalb des Wintergartens wurde aus unzähligen Blickwinkeln aufgenommen und auf den Monitoren des gesamten Landes ausgebreitet und als Ausdruck des Größenwahns der »Mordbestie von der Schwäbischen Alb« kommentiert.

Erst als das Landeskriminalamt zu einer überstürzt angekündigten Pressekonferenz noch am Dienstagabend bat, wandte sich die Aufmerksamkeit der Journalisten wie der Öffentlichkeit wie in den vergangenen Wochen gewohnt wieder Stempflingen zu.

Ich wurde von der erneuten Wendung der Ereignisse erst am nächsten Morgen von Frau Kaul persönlich unterrichtet.

»Jetzt geht alles wieder von vorne los«, empfing sie mich mit sauertöpfischer Miene.

»Harald Gensch?«, fragte ich.

Die Sekretärin schnippte einen Fussel von ihrer Jacke, nickte. »Hätten Sie so etwas gedacht?«

»Ich kenne den Mann nicht. Zwei oder drei Mal habe ich ihn beim Essen in der *Räuberhöhle* gesehen. Er saß an einem Nachbartisch.«

»Viele haben sich ja gewundert«, meinte Margot Kaul. »Das protzige Haus und der dicke Wagen … Aber, na ja, eine

Erbschaft oder ein Lottogewinn, so erklärt man sich das dann ja. Und jetzt das! Nutzt seine Stellung bei uns aus, um Geld in die Schweiz zu schmuggeln …«

»Wie bitte?« Ich fiel der Frau mitten ins Wort. »Wovon reden Sie da?«

Die Sekretärin betrachtete mich mit abweisendem Blick. »Sagen Sie nur, Sie haben noch nichts davon gehört!«

»Nein«, beteuerte ich. »Schmuggel in die Schweiz? Ich weiß nichts davon.«

»Millionen. Über Jahre hinweg. Als Angestellter unserer Firma.« Sie schleuderte mir die Worte voller Entrüstung entgegen. »So viel Geld, dass die Polizei eigens einen Beamten auf ihn ansetzt und ihn undercover ermitteln lässt. Und der verdächtigt am Anfang auch noch Herrn Hartmann, hinter der Sache zu stecken. So kamen die ganzen Aufnahmen vom Treffen des Chefs mit dieser verschwundenen Journalistin zustande. Strobler, unser Gabelstaplerfahrer, dieser falsche Fünfziger, ließ Herrn Hartmann nicht aus den Augen. Bis er endlich kapierte, dass er hinter dem Falschen her war. Und kaum hat er Gensch entlarvt, wird er ermordet und die Polizei hat keine Ahnung, von wem und weshalb!«

»Wie? Strobler soll nicht von Gensch …«

»Haben Sie denn überhaupt nichts mitbekommen?«, maulte die Frau. »Gensch hat ein wasserdichtes Alibi. Das Grandhotel in der Schweiz. Die arbeiteten Tag und Nacht, fast ohne Pause. Der konnte dort unmöglich weg. Die Polizei hat alles überprüft.«

»Und Alina Sievers und Susann Sartorius?«

Margot Kaul schüttelte den Kopf. »Damit hat er nichts zu tun. Gensch und die ermordeten Journalistinnen, das sind zwei Paar Stiefel. Da gibt es keine Verbindung. So lauten jedenfalls die offiziellen Erklärungen. Werfen Sie einen Blick ins Internet. Da finden Sie alles bis ins Detail.«

Ich verabschiedete mich von der Sekretärin, ging in mein Büro, folgte ihrer Empfehlung. Die Nachrichtenportale überschlugen sich mit den neuesten Meldungen zur Festnahme Genschs. Der Mann war seit mehreren Jahren mit illegalen Geldtransfers in die Schweiz beschäftigt, so die Erkenntnisse der Polizei. In Zusammenarbeit mit zwei ebenfalls festgenommenen leitenden Angestellten einer großen Bank. Die brachten das Geld reicher Klienten nach Stempflingen, und Gensch versteckte es in eigens von ihm vorbereiteten Hohlräumen in dem Holz, das für die Inneneinrichtung von Gebäuden in der Schweiz hergerichtet worden war. Das teilweise aufwendig und kunstvoll mit filigranen Schnitzereien verzierte Material hatte den Zoll stets ohne Probleme passiert. Im Alpenstaat angekommen sorgte Gensch für die Weiterleitung des Geldes. Der Mann habe auf diese Weise im Verlauf der Zeit Hunderttausende verdient, deutlich mehr als mit seinem Beruf als Schreiner.

Wie es der Polizei gelungen war, Gensch als Täter zu identifizieren, wollten die zuständigen Behörden nicht verraten. Man habe aber einen Undercover-Ermittler platziert, als sich die Hinweise auf einen immer stärker anschwellenden Schwarzgeldtransfer in diesem Umfeld verdichteten. Der Arbeit dieses Mannes sei es zu verdanken, dass man Gensch auf die Schliche kam, auch wenn vorher fälschlicherweise eine andere Person verdächtigt worden sei. Auf allen Portalen wurden die verschiedensten Ansichten seiner Villa präsentiert, Porträts kitschiger, weißer Steinskulpturen reihten sich aneinander.

Von den Morden an Alina Sievers und Gerd Strobler war in dem Zusammenhang genauso wenig die Rede wie vom ungeklärten Verschwinden Susann Sartorius'. Lediglich eine Meldung verwies auf die Aussage eines Polizeisprechers, Gensch habe mit der in Stempflingen aufgefundenen getöteten Frau wie dem Verschwinden einer weiteren Journalistin mit an Sicherheit grenzender Wahrscheinlichkeit nichts zu tun. Auch für den Mord an dem verdeckt arbeitenden Polizeibeamten könne der Mann nicht verantwortlich gemacht werden, sein Alibi in dieser Angelegenheit sei geklärt.

Ich wusste nicht, wie lange ich mich durch die verschiedenen Infoblöcke gekämpft hatte. Je intensiver ich mich damit beschäftigte, desto verwirrter wurde ich. Hatte ich den Sachverhalt wirklich richtig verstanden, dass Strobler zwar allein deshalb als verdeckter Ermittler ins Dorf gekommen war, um die Wege und die Verantwortlichen illegaler Geldtransfers in die Schweiz aufzudecken, jetzt aber, nach erfolgreich verlaufener Identifizierung des Täters nicht von diesem, sondern von einer unbekannten Person getötet worden war? Einem Komplizen Genschs etwa? Wieso aber war davon nirgendwo die Rede?

Und was war mit den beiden Journalistinnen? Die eine ermordet, die andere verschwunden – aber Gensch hatte damit angeblich nichts zu tun?

Es war schon dunkel, als ich meine Sachen zusammensuchte und das Büro verließ. Weit war ich nicht gekommen an diesem Tag, nennenswerte Fortschritte in der Vervollständigung des neuen Werbespots hatte ich trotz aller Versuche, mich auf meine Arbeit zu konzentrieren, nicht erzielt. Hartmann hatte ich weder gehört noch gesehen; der Mann war angesichts der so plötzlich ans Tageslicht gebrachten jahrelangen Machenschaften einer seiner wichtigsten Angestellten wohl zu schockiert, um das normale Tagesgeschäft zu erledigen. Ob die Firma durch Genschs kriminelle Geschäfte nicht auch noch in Mitleidenschaft gezogen wurde – auszuschließen war das zu diesem Zeitpunkt auf keinen Fall. Den Verlautbarungen der Medien nach hatte der Mann die hochwertigsten Erzeugnisse des Werkes für seine Betrügereien benutzt. Inwieweit dieser Tatbestand die gesamte Firma in ein schlechtes Licht rückte, musste man erst abwarten. Blieb nur die Hoffnung, dass sich potentielle Kunden nicht davon abschrecken ließen.

Als ich auf dem Nachhauseweg den *Engel* passierte, glaubte ich von der anderen Straßenseite aus eine mir bekannte Person vor dem Lokal stehen zu sehen. Ich verlangsamte meinen Schritt, starrte durchs Dunkel, erkannte die kräftige Gestalt Christian Palmers, der trotz der Kälte mit einer Bierflasche in der Hand an der Hauswand lehnte. Im gleichen Moment hatte der Mann auch mich entdeckt.

»Grohm«, rief er lallend, »was treibst du mitten in der Nacht?« Er war offensichtlich angetrunken.

»Mitten in der Nacht?« Ich querte die Straße, lief zu ihm hin. »Es ist kurz vor sechs. Feierabend. Ich komme aus dem Büro.«

»Büro«, lallte Palmer. »Ich scheiß dir auf dein Büro!« Er fuhr mit seinem rechten Arm so heftig durch die Luft, dass Bier aus der Flasche schwappte. Ich sprang zur Seite, hörte, wie die Flüssigkeit neben meinen Füßen auf den Boden klatschte.

»Was ist los mit dir?«, fragte ich.

»Was mit mir los ist?«, wiederholte er. Er machte zwei wacklige Schritte auf mich zu, musterte mich aus nächster Nähe. Eine kräftige Alkoholfahne waberte mir entgegen.

»Du verkehrst im *Engel*?«, brachte ich meine Verwunderung zum Ausdruck, an unsere Unterhaltung in der *Räuberhöhle* denkend.

»Im *Engel*«, rief er laut. »Jawohl! Wenn dein bester Kumpel so eine Scheiße baut, bleibt dir nur der *Engel*! Ich ertränke mein Elend im Alkohol, verdammter Mist!«

Ich wusste sofort, was er meinte. Genschs Verhaftung machte ihm zu schaffen. Sie hatten eng zusammengearbeitet. Kein Wunder, dass er die Contenance verloren hatte. Wenn er von Genschs Geldschmuggel nichts mitbekommen hatte, konnten ihn die Ereignisse des heutigen Tages durchaus von den Beinen holen. Wobei Alkohol garantiert keine Lösung war.

»Das ist keine gute Idee«, widersprach ich ihm deshalb. »Trinken hilft weder dir noch ihm.«

»Hört, hört!«, grölte er laut. »Grohm, der Moralapostel spricht.«

»Weil ich es gut mit dir meine, nur deshalb.«

»Grohm meint es gut mit mir, wie schön!«, lallte er, seine Worte mit krampfhaftem Gelächter begleitend. »Mein Kumpel betrügt mich nach Strich und Faden. Er treibt seine eigenen krummen Geschäfte direkt vor meiner Nase. Aber Grohm meint es gut mit mir. Das ist schön!«

»Du hast nichts von Genschs Schmuggel gewusst?«

»Bist du auch ein Bulle, Grohm? Bist du ein Schnüffler wie unser Strobler? Haben Sie dich auch deswegen zu uns geschickt?«

»Was soll die dumme Frage?«

Palmer riss seine Augen weit auf, tippte mir mit dem Zeigefinger seiner rechten Hand auf die Brust. Wieder schwappte Bier aus der Flasche. »Weil mich die Bullen den halben Mittag mit diesem Quatsch genervt haben. ›Sie arbeiten seit Jahren eng mit Herrn Gensch zusammen und wollen nichts von seinen kriminellen Geschäften gemerkt haben? Der Mann baut Hohlräume ins Holz, das er gemeinsam mit Ihnen bearbeitet, und Sie kriegen nichts davon mit? Sind Sie blind? Oder haben Sie ihm dabei geholfen? Das Holz entsprechend präpariert, damit die vielen großen Scheine besser Platz fanden? Wie viel hat Ihnen das denn gebracht, welchen Anteil haben Sie erhalten?‹«, ahmte er die Fragen der Beamten nach. Er rülpste laut, starrte mich mit weit hervorquellenden Augäpfeln an. »Nein, verdammt noch mal«, brüllte er dann in solcher Lautstärke, dass man seine Worte im halben Dorf hören konnte, »auch wenn die Scheißbullen mir das nicht glauben: Ich habe nichts davon gewusst. Nichts, Grohm, verstehst du, nichts, überhaupt nichts! Der hat das die ganze Zeit vor meinen Augen getrieben und ich Vollidiot habe nichts, überhaupt nichts davon gemerkt!« Er riss die Bierflasche hoch, donnerte sie dann mit voller Wucht auf den Boden. Sie zersprang in tausend Teile, Scherben splitterten durch die Luft, der Inhalt ergoss sich in breiten Fontänen in die Umgebung.

Ich spürte, wie meine Schuhe und Hose nass wurden, trat schnell zur Seite. Überall stank es nach Bier.

»Na prima!«, sagte ich. »Die Nachbarn werden sich freuen.«

Palmer gab keine Antwort. Er starrte wortlos auf den Boden, betrachtete die Folgen seiner ungestümen Tat. »Scheiße«, murmelte er dann.

Im gleichen Moment hörte ich die Stimmen. Ich wandte mich zur Seite, sah keine fünfzig Meter von uns entfernt die Umrisse mehrerer Männer. Sie kamen vom Sägewerk her auf uns zu. Ich musste nicht zwei Mal hinschauen, um die hinkende Gestalt zu erkennen. Gerner mit seinen Kumpanen auf dem Weg zum *Engel*. Ich wusste, was das bedeutete. Palmer hatte mir damals in der *Räuberhöhle* deutlich genug erklärt, was er von diesen Leuten hielt. Und jetzt in seinem angetrunkenen Zustand …

Ohne lange zu überlegen, packte ich ihn am Arm, zog ihn von der Kneipe weg. Sollte sich der Wirt um das Chaos auf dem Gehweg kümmern, er hatte Palmer die Bierflaschen – dem Alkoholpegel nach mussten es mehrere gewesen sein – verkauft. Ich schaffte es gerade noch, die widerspenstige und vor sich hinmaulende Gestalt um die Ecke zu bugsieren, als die Männer den Vorplatz des *Engel* erreichten. Laut schimpfend nahmen sie den Scherbenhaufen zur Kenntnis.

»Welches Aas war das?«, hörte ich Gerners nuschelnde Stimme.

Ich zerrte Palmer noch ein Stück die Dorfstraße hoch, bis wir auch den ausgeleuchteten Bereich des auf der anderen Seite gelegenen Ladens verlassen hatten, fragte dann nach seiner Wohnung.

»Ludwigsburg«, antwortete er in deutlich vom Alkohol geprägtem Singsang.

»Hier«, schnauzte ich ihn an. »Ich will wissen, wo du hier in Stempflingen wohnst. Allein findest du den Weg nicht mehr, das sehe ich. Also lass dir helfen!«

»Du willst mir helfen?« Er riss den Kopf ruckartig nach vorne, glotzte mich mit seinen weit aufgerissenen Augen an.

»Wo du wohnst, will ich wissen.« Langsam aber sicher ging mir sein Verhalten auf die Nerven. Die Temperaturen waren in den letzten Tagen wieder spürbar gefallen, die eisige Luft kroch mir unter die Haut. Ich hatte keine Lust, mich zu erkälten.

»Oben«, lallte er, mit der Rechten die Hauptstraße hoch zeigend, »der Palmer wohnt ganz oben.«

Ich wusste nicht, wo genau das war, packte ihn dennoch am Arm, zog ihn mit die Dorfstraße hoch. Wir passierten den Abzweig zu meinem Haus, dann vier weitere Querstraßen rechts und links, waren nicht mehr weit von den letzten Gebäuden des Dorfes entfernt. Plötzlich blieb Palmer stehen.

»Kommst du mit, einen saufen?«, lallte er.

Ich schüttelte den Kopf. »Danke, mir ist nicht nach Saufen. Und für dich ist es besser, du legst dich ins Bett und schläfst deinen Rausch aus, anstatt noch mehr zu trinken.«

Er schien nicht verstanden zu haben. »Warum kommst du nicht mit? Willst du noch was zum Vögeln aufreißen?«

»Nein, das will ich nicht«, antwortete ich.

»Also, dann komm mit hoch.« Er wies auf das doppelstöckige Haus in der linken Seitenstraße, etwa fünfzig Meter von uns entfernt. *Esslinger Weg*, war auf dem Straßenschild zu lesen.

Ich hatte keine Lust, ihm in seinem angetrunkenen Zustand länger als unbedingt notwendig Gesellschaft zu leisten, beschloss, ihn noch zur Haustür zu begleiten, mich dann aber auf den Nachhauseweg zu machen. Wir erreichten das breite Gartentor, das vom Licht einer der wenigen Straßenlaternen erhellt wurde. Ich wartete, bis er das schrill quietschende Metallgestell geöffnet hatte, klopfte ihm dann auf die Schulter und verabschiedete mich.

»Wieso kommst du nicht mit?«, protestierte er.

Ich winkte ab. »Heute nicht. Wir können uns ein anderes Mal treffen.«

»Grohm, du verstehst nicht zu leben!«, maulte Palmer. »Du willst mir nur den Spaß verderben.«

Ich hörte ihn noch schimpfen, als ich bereits wieder die Dorfstraße erreicht hatte und ihr abwärts folgte.

24. Kapitel

Allzu überrascht war ich nicht, als mich zwei Tage später der Kommissar in meinem Büro aufsuchte. Ich kannte Braig ja von mehreren Gesprächen, war zudem am frühen Morgen beim Betreten des Verwaltungsgebäudes schon von einer aufgeregten Margot Kaul vorgewarnt worden, die völlig aufgelöst über das erneute Auftauchen einer ganzen Horde von Polizeibeamten und Feuerwehrleuten im Werk schwadronierte.

»Die haben den halben Holzlagerplatz abgesperrt«, hatte sie gejammert. »Was wollen die uns denn noch alles zumuten?«

»Den Holzlagerplatz? Aber der war doch schon gesperrt. Zumindest im Bereich vor der Höhle.«

»Ja«, hatte sich die Sekretärin ereifert. »Aber jetzt stehen dort auch noch zwei Feuerwehrwagen und ein Sanitätsauto. Und Polizisten jede Menge. Was wollen die denn jetzt schon wieder?«

»Haben Sie die Beamten nicht gefragt?«

Margot Kaul hatte heftig nach Luft geschnappt. »Das ist es doch! Die verweigern jede Auskunft. ›Weitere Untersuchungen‹, bekomme ich zu hören, sonst nichts!«

Nach diesen Worten hatte ich erst gar nicht den Versuch unternommen, mich vor Ort persönlich nach der neuen Maßnahme zu erkundigen. Da es sich um eine Aktion innerhalb des Werkes handelte, war Herr Hartmann sicher längst darüber ins Bild gesetzt worden.

Es dauerte auch nur etwa dreißig Minuten, bis Braig und seine Kollegin bei uns im Verwaltungsgebäude auftauchten. Ich hörte die Kommissarin mit Frau Kaul sprechen, als es an meiner offenen Bürotür klopfte. Irritiert über die Störung sah ich auf, erkannte den Kommissar.

»Einen Moment«, bat ich, auf den Stuhl in der Ecke deutend. »Aber nehmen Sie doch schon mal Platz.«

Ich saß an meinem Laptop und war gerade dabei, die Aufnahmen der ersten im Schweizer Grandhotel ausgeführten Holzarbeiten in meinen Spot einzufügen. Ich nahm die Fotos vollends auf und gab den Befehl zum Speichern, wandte mich dann dem Besucher zu.

»Tut mir leid, wenn ich wieder mal störe«, entschuldigte sich Braig. Er hatte sich auf dem Stuhl niedergelassen, streckte seine Beine in die Richtung der offenen Tür. Die einzige Möglichkeit, sich in dem winzigen Raum einigermaßen gerade zu halten.

»Sie haben den Holzlagerplatz noch weiter in Beschlag genommen«, sagte ich.

»Deshalb bin ich hier«, erklärte er. »Die Höhle, in der Sie Strobler fanden. Wie gut kennen Sie sie?«

Ich schüttelte demonstrativ den Kopf. »Überhaupt nicht. Das habe ich Ihnen vor ein paar Tagen schon erzählt. An dem Abend, als ich Strobler entdeckte, war ich zum ersten Mal drin. Vorher wusste ich ja nicht einmal, dass es dort eine Höhle gibt. Erst an dem Morgen, als er mich niederschlug, habe ich sie bemerkt.«

»Was ist mit anderen Personen? Wen außer Strobler haben Sie je in der Nähe der Höhle gesehen?«

»Was soll ich Ihnen jetzt antworten?«

»Die Namen der Leute, die Sie irgendwann dort gesehen haben.«

Ratlos hob ich meine rechte Hand, ließ sie auf den Schreibtisch fallen. »Sie fragen den Falschen. Der Holzlagerplatz … Das ist nicht mein Gebiet. Ich komme dort nicht hin. Höchstens in die Nähe, wenn ich mittags Essen gehe. Die Kantine des Werks liegt nicht weit entfernt.«

Braig gab sich noch nicht zufrieden. »Ihnen fällt niemand ein?«

»Die Arbeiter, die mit dem Holz beschäftigt sind. Die die Stämme von den Lkws laden. Gerner und Mang. Ich weiß nicht, wer sonst noch. Na ja, die Lastwagenfahrer, die auch.«

»Die Lkw-Fahrer, ah ja.« Er nickte, machte sich Notizen. »Wissen Sie, ob es sich immer um dieselben Leute handelt?«

Ich schüttelte den Kopf. »Tut mir leid. Fragen Sie Frau Kaul oder Herrn Hartmann. Ich weiß es nicht.«

»Das werde ich tun, ja«, sagte Braig. »Was ist mit Fossiliensammlern oder Höhlenforschern? Hobbymäßigen, meine ich. Ihnen fällt niemand ein?«

»Sie haben mich schon einmal danach gefragt. Nein, mir ist niemand bekannt. Vielleicht, wenn ich schon länger hier leben würde. Aber so …« Ich sah, wie er seine linke Schläfe massierte und an mir vorbei in die Ferne blickte. Er schien nachzudenken.

»Ist es richtig«, ergriff ich die Gelegenheit, eine Frage zu stellen, die mir seit Tagen auf den Nägeln brannte, »dass Ihr Kollege Strobler nicht von Gensch getötet wurde?«

Mein Besucher fühlte sich von meinen Worten wohl etwas provoziert. Er legte seine Stirn in Falten, schien zu einer barschen Entgegnung ansetzen zu wollen, überlegte es sich dann aber im letzten Moment anders. Seine Miene entspannte sichtbar. »Bisher sieht es nicht danach aus«, sagte er.

»Und Frau Sartorius? Sie können immer noch nichts zu ihrem derzeitigen Aufenthaltsort sagen?«

Braig holte tief Luft. »Nein«, bekannte er. »Die Sache bleibt rätselhaft.« Er wandte seinen Kopf zu mir her, musterte mich angestrengt. »Vorerst jedenfalls.«

»Die Festnahme Genschs hat in dieser Beziehung nichts gebracht?«

»Wir haben darauf gehofft, ja. Aber bis jetzt …« Er hob beide Hände. »Die Verhöre laufen noch. Vielleicht haben wir Glück.«

Unser Gespräch fand ein jähes Ende, weil sein Handy läutete. Er entschuldigte sich, nahm das Gespräch an, erhob sich dann von seinem Stuhl. Ich sah, wie sich sein Gesichtsausdruck deutlich veränderte. Er legte die Stirn in Falten, schien plötzlich ungeduldig. »Ich muss weiter«, erklärte er mir dann. Er nickte mir zu, lief aus meinem Büro.

Ich hörte ihn draußen ein paar Worte mit seiner Kollegin wechseln, dann sprangen beide die Treppe hinunter und verließen das Verwaltungsgebäude.

Dass es sich wirklich um eine größere Aktion handelte, die die Polizei heute am Holzlagerplatz in die Wege geleitet hatte, bemerkte ich am Mittag, als ich zum Essen in die *Räuberhöhle* ging. Margot Kaul war seit Stunden mit Arbeit direkt in Hartmanns Büro beschäftigt, also machte ich mich allein auf zur Kantine. Der Platz war immer noch fast zur Hälfte von Polizei- und Feuerwehrfahrzeugen in Beschlag genommen, genau wie es die Sekretärin am Morgen beschrieben hatte. Ich sah eine Handvoll uniformierter Beamter vor dem Eingang der Höhle stehen, konnte aber nicht erkennen, was dort ablief. Erst beim Essen, es gab wunderbar zubereitete Fischfilets mit Kartoffelsalat und zum Nachtisch Mousse au chocolat, hörte ich aus der Unterhaltung am Nachbartisch, dass die Polizei ein Forscherteam in die Höhle geschickt habe, das den gesamten Hohlraum genau untersuchen solle. Da es seit Tagen nicht mehr geregnet habe, sei der Wasserlauf ausgetrocknet und die Höhle frei zugänglich. Wahrscheinlich hoffe die Polizei, auf diese Weise Spuren des Mörders ihres getöteten Kollegen zu finden.

Die Arbeiten in der Höhle zogen sich über den ganzen Tag hin und wurden, obwohl sie auf dem Gelände des Sägewerks stattfanden, von mehreren Reportern und Kamerateams begleitet. Wie spät es war, als die große Unruhe aufkam, wusste ich später nicht mehr. Intensiv mit meiner Arbeit beschäftigt, nahm ich nur am Rand wahr, wie aufgeregt sich Margot Kaul am Telefon gebärdete. Ohne auf ihre Worte zu achten, hörte ich sie mehrfach verwundert aufschreien, dann schien sie das Gebäude verlassen zu haben. Erst eine Weile danach, draußen dämmerte es bereits, stürmte sie plötzlich mit großen Schritten die Stufen hoch direkt in mein Büro.

»Oh mein Gott, haben Sie es mitbekommen?« Sie schnappte nach Luft, hatte Mühe, sich zu beruhigen. Ihr Puls jagte; sie musste sich am Türrahmen festklammern, um nicht den Halt zu verlieren.

»Was soll ich mitbekommen haben?«, fragte ich.

Margot Kauls Gesicht war hochrot angelaufen, Schweißperlen rannen ihr über die Stirn. Sie wischte sich mit dem Handrücken über den Haaransatz, stocherte aufgeregt mit der Rechten durch die Luft. »Strobler«, keuchte sie. »Unser Gabelstapler …« Sie brach mitten im Wort ab, ersparte sich den Rest.

»Ja?«

»Er wurde nicht bei uns ermordet. Gott sei Dank.«

Ich wandte mich endgültig von meinem Monitor ab, versuchte, den Sinn ihrer Aussage zu begreifen. »Was soll das heißen: Er wurde nicht bei uns ermor…?«

Ich hatte meine Frage noch nicht zu Ende gesprochen, als sie schon lossprudelte. »Nicht auf unserem Gelände. Nicht auf unserem Holzlagerplatz und auch nicht da in der Höhle, wo Sie ihn gefunden haben.«

»Wer behauptet das?«, wollte ich wissen.

»Die Polizei«, erklärte sie. »Die Höhle hat einen zweiten Ausgang. Am oberen Rand des Dorfes.«

»Wie bitte?«

»Die Leute haben kein anderes Thema mehr. Das ganze Dorf, was sage ich, die ganze Umgebung ist auf den Beinen.«

»Es geht um die Höhle, in der ich …«

»In der Sie Strobler gefunden haben«, fiel sie mir ins Wort. »Die Polizei beauftragte professionelle Höhlenforscher, so habe ich das jedenfalls gehört, die Höhle genau zu erkunden. Die hatten das schon länger vor, konnten es aber erst heute angehen, weil es jetzt seit zehn Tagen nicht mehr geregnet hat und alles gefroren ist. Die Wasser führenden Gänge in diesem Bereich seien jetzt trocken. Alle reden davon, dass die ein riesiges Labyrinth verschiedener Stollen entdeckt hätten. Die Forscher waren den ganzen Tag darin unterwegs. Und jetzt hat die Polizei den oberen Teil des Dorfes abgesperrt, ich habe es selbst gesehen. Freunde haben mich vorhin angerufen, deshalb war ich dort.«

»Wo ist das?«

»Dort, wo sie den zweiten Ausgang der Höhle entdeckt haben. Am Esslinger Weg.«

Am Esslinger Weg, überlegte ich, dort, wo Christian Palmer wohnte …

»Strobler soll dort oder irgendwo weiter im Berg ermordet worden sein. Die Leute behaupten, die Polizei habe das festgestellt«, fuhr die Sekretärin fort.

»Dort an diesem anderen Ausgang?«, fragte ich verblüfft.

»In diesem Teil der Höhle. So habe ich das verstanden. Die Beamten hätten Blut gefunden. Ob es von ihm stammt, keine Ahnung.«

»Und wieso bin ich dann dort unten auf die Leiche des Mannes …« Ich verstummte mitten im Satz, hatte die Antwort selbst auf der Zunge.

»Das Wasser.« Margot Kaul war schneller als ich. »Die große Flut nach dem Sturm. Strobler muss in der Nacht, als dieser Orkan tobte, getötet worden sein. Sie erinnern sich?«

Natürlich erinnerte ich mich an den Abend. Ich war bei Verena Engel eingeladen, hatte Frauke näher kennengelernt … »In dieser Nacht?«, überlegte ich laut.

»Und dann kam die große Flut. Es regnete fast das gesamte Wochenende durch.«

»Bis Sonntagmittag. Ich erinnere mich noch genau. Gegen Abend, die Wolken hatten sich endlich verzogen, machte ich mich auf den Weg zum Holzlagerplatz. Ich wollte sehen, was an der Stelle, wo Strobler mich niedergeschlagen hatte, so besonders war. Da entdeckte ich ihn.«

»Das Wasser soll ihn mitgerissen haben. Die Leiche des Mannes«, ergänzte die Sekretärin.

»Wer behauptet das?«

»Die Polizei. Anwohner, die direkt an den Absperrungen wohnen, haben es gehört, als diese Kommissare sich mit den Höhlenforschern darüber unterhielten. Die Forscher sollen diese Version ausdrücklich unterstützt haben.«

»Ich fasse es nicht. Der Mann wurde nicht dort getötet, wo ich ihn gefunden habe, sondern in einer anderen Höhle? Wie weit ist das entfernt?«

Margot Kaul zog die Nase hoch. »Fragen Sie nicht mich, fragen Sie die Polizei! Wie verlaufen diese Höhlengänge? Sie waren drin, nicht ich!«

»Die laufen gewunden, mit unzähligen Ecken und Kurven, auf und ab.«

»Hauptsache, die ganze Sache hat nichts mit unserer Firma zu tun.«

»Wieso?«

»Sie haben es doch gehört. Strobler soll dort oben am anderen Ausgang der Höhle ermordet worden sein. Am oberen Dorfrand. Nur weil es so stark regnete, wurde er vom Wasser mitgerissen. Zufällig bis in die Nähe unseres Holzlagerplatzes. Aber nur zufällig! Mit uns hat das nichts zu tun«, betonte sie.

Verblüfft angesichts dieser Logik musterte ich die Sekretärin. Nur weil der Mann angeblich am anderen Ende des kleinen Dorfes getötet wurde, sollte die Angelegenheit jetzt nichts mehr mit dem Werk zu tun haben? »Aber er arbeitete doch extra bei uns, weil er diese illegalen Geldtransfers aufdecken wollte«, widersprach ich ihr. »Und mich schlug er hier am Rand des Holzlagerplatzes nieder.«

»Ja, aber das ...« Margot Kaul kam nicht mehr zu einer ausführlichen Antwort, weil ihr Telefon läutete.

Sie wandte sich von mir ab, lief zu ihrem Büro. Ich hörte, wie sie das Gespräch annahm, dann erneut mit lauter Stimme mit der Sensation des Tages aufwartete. In blumigen Worten berichtete sie der Person am anderen Ende der Leitung, was sie kurz zuvor erfahren hatte.

So ging es fast den gesamten restlichen Nachmittag. In und um Margot Kauls Büro herrschte hektischer Betrieb. Mitarbeiter des Werks riefen an oder kamen persönlich vorbei, Journalisten verlangten eine Stellungnahme zu den neusten Erkenntnissen. Ich hatte zwar, unmittelbar nachdem die Sekretärin wieder an ihren Arbeitsplatz zurückgekehrt war, meine Bürotür geschlossen, war jedoch selbst zu aufgewühlt, um zu konzentrierter Tätigkeit zu finden. So sehr ich mich bemühte, die erneute Wendung des Geschehens hielt mich gefangen. Hatte die Polizei wirklich festgestellt, dass Strobler an einer ganz anderen Stelle getötet worden war, als ich ihn gefunden hatte? Getötet, versteckt und dann vom anschwellenden Wasser mitgerissen, dorthin, wo er kurz zuvor so rabiat gegen mich vorgegangen war? Ich konnte es kaum glauben.

Hinzu kam die Behauptung, die Höhle, in die ich mich voller Angst wenige Meter weit vorgewagt hatte, sollte nur der Anfang beziehungsweise das Ende zu einem gewaltigen, unterirdischen Labyrinth sein. Wieso war das erst jetzt bemerkt worden?

Im selben Moment, als ich mir die Frage stellte, wurde mir bewusst, dass sie auf einem Denkfehler beruhte. Das unterirdische System von Gängen war nicht erst jetzt entdeckt worden. Mindestens eine Person hatte davon gewusst. Eine Person, die das Labyrinth voller Raffinesse für ihre eigenen skrupellosen Zwecke zu nutzen gewusst hatte …

Mir wurde heiß und kalt zugleich, als ich daran dachte, was das bedeutete. In diesem Dorf gab es einen Menschen, der in der Unterwelt umherschlich, um sich dort im wahrsten Sinn des Wortes der Leichen seines verbrecherischen Tuns zu entledigen. Durch einen Zufall war das jetzt bekannt geworden. Die Unbilden des Wetters, kombiniert mit der Neugier eines kurz zuvor übel Zugerichteten, erst vor wenigen Monaten ins Dorf Gezogenen, hatten zur Entdeckung dieser bisher verborgenen Leichenhalle geführt.

Wer war dieser Mensch?

Wie viele Unschuldige waren ihm bereits zum Opfer gefallen?

Es war längst dunkel, als ich gegen 17.30 Uhr meine Sachen zusammensuchte und das Büro verließ. Margot Kaul, in ein intensives Telefonat vertieft, winkte mir flüchtig zu.

Zu Hause angelangt, warf ich ordentlich Holz in den Ofen, duschte und zog frische Kleidung an. Am Vortag hatte ich frisches Weißkraut, Kartoffeln, Hackfleisch und Käse zum Überbacken eingekauft. Ich ging zum Kühlschrank, legte alles auf dem Tisch bereit, um eines von Fraukes Lieblingsessen zuzubereiten: Dithmarscher Kohlpfanne. Wir hatten uns für den Abend bei mir verabredet, sozusagen als Beginn des Wochenendes, das wir gemeinsam verbringen wollten. Frauke hatte nur noch ein paar Patientenbesuche zu erledigen, im Anschluss daran beabsichtigte sie, sich zu Hause frisch zu machen und umzuziehen und dann zu mir zu kommen.

Es war kurz nach halb acht, als sie bei mir auftauchte. In eine dicke Winterjacke gehüllt, eine Tasche mit ihren Utensilien fürs Wochenende in der Hand, stand sie vor meiner Tür.

Wir umarmten uns noch auf der Schwelle, schafften es trotz Eiseskälte erst nach ein paar Minuten ins Haus. Erst als wir uns schwer atmend voneinander lösten, bemerkte ich ihre Aufregung.

»Was ist los?«, fragte ich.

»Hast du es schon gehört?«

»Die Sache mit dem unterirdischen Labyrinth?«

Sie schälte sich aus ihrer Jacke, nickte. »Und Frau Sartorius.«

»Was ist mit ihr?«, fragte ich.

»Sie haben sie gefunden«, sagte sie.

Verblüfft starrte ich sie an. »Wo?« Ich nahm ihr die Jacke ab, hängte sie mit einem Kleiderbügel an die Garderobe. Wir waren noch nicht im Wohnzimmer, da sprudelte es schon aus ihr heraus.

»In einer der Höhlen.«

»Was sagst du da?« Statt uns zu setzen, blieben wir mitten im Wohnzimmer stehen. Wohlige Wärme strömte uns entgegen.

»Sie ist tot. Sie sind auf ihre Leiche gestoßen.«

»Wer?«

»Die Polizei. Wohin ich auch kam bei meinen letzten Besuchen, die Leute sind alle außer Rand und Band.«

»In welcher Höhle haben sie sie gefunden?«, fragte ich.

»In der Nähe, wo dieser Polizeispitzel, der dich niederschlug …« Sie stockte. »Wie hieß der Mann?«

»Strobler.«

»Genau. Nicht weit von dem Ort entfernt, wo der ermordet worden sein soll. An diesem anderen Ausgang der Höhle. In einem Seitenstrang. Etwas höher als der andere Gang, erzählen die Leute. Deshalb konnte ihr das Wasser nichts anhaben.«

Ich hatte Mühe, mich zu fassen. »Dann ist die Frau ebenfalls tot. Was für ein Wahnsinn!« Ich schüttelte den Kopf.

»Hier«, ich deutete auf die Couch und das Zimmer, »hier habe ich mich mit ihr unterhalten.«

»Sie war hier bei dir?«

»Irgendwann vor Weihnachten. Sie lief von Haus zu Haus, wollte alles über das Verschwinden von Alina Sievers wissen. Ich wunderte mich noch, wie viel sie schon in Erfahrung gebracht hatte.«

»Dann hängt ihr Tod wirklich mit dem der anderen Journalistin zusammen.«

»Ich fürchte, ja«, stimmte ich Frauke zu.

»Und es handelt sich um denselben Mörder«, meinte sie.

Ich wusste kein Argument, das gegen diese Schlussfolgerung sprach, nickte. »Susann Sartorius kam ihm zu nah. Irgendwann in ihren Recherchen.«

»Und der Kerl läuft immer noch frei herum.« Sie schaute mit zerfurchter Stirn an mir vorbei, holte tief Luft. »Kann man da noch ruhig schlafen?«

Ich spürte förmlich, dass sie sich ernsthaft sorgte, nahm sie in den Arm und drückte sie an mich. »Jetzt genießen wir erst mal unser gemeinsames Wochenende. Bei mir gibt es keinen Grund zur Angst. Und was die Zeit nach dem Wochenende betrifft: Mein Haus hier ist groß genug für zwei.« Wir küssten uns, ließen uns aufs Sofa fallen.

Natürlich kamen wir im Verlauf des Abends und der darauf folgenden Tage immer wieder auf das Thema zu sprechen – wie konnte es anders sein angesichts der Ungeheuerlichkeit des gesamten Geschehens. Drei Menschen waren hier in diesem kleinen Dorf in den letzten Monaten ermordet worden, möglicherweise von der Hand ein und desselben Verbrechers. Da die Polizei weiterhin auf der Darstellung bestand, Harald Gensch komme als Mörder Stroblers nicht infrage, verdichtete sich mehr und mehr der Verdacht, der undercover arbeitende Polizeibeamte könne demselben Täter zum Opfer gefallen sein wie die beiden Journalistinnen. War Strobler bei seinen Nachforschungen über die illegalen Geldtransfers in die Schweiz dem Mörder der Frauen durch Zufall in die Quere oder gar auf die Schliche gekommen?

Sollte es tatsächlich so gewesen sein, musste der unbekannte Verbrecher aber blitzschnell reagiert haben: So schnell jedenfalls, dass Strobler seinen Verdacht oder seine Erkenntnisse nicht mehr an seine Kollegen hatte weitergeben können. Oder war die Polizei inzwischen doch auf der Spur des Mörders und wartete nur noch auf eine günstige Gelegenheit, den Kerl in Gewahrsam zu nehmen?

Jeder Tag, der im Zusammenhang mit der Stempflinger Mordserie ohne Festnahme verstrich, machte deutlicher, dass diese Überlegung auf falschen Annahmen basierte: Nein, die Polizei war dem Mörder offensichtlich nicht auf der Spur; der Verbrecher lief nach wie vor völlig unbehelligt von irgendwelchen Maßnahmen der Ermittler durch die Gegend.

Was der Entdeckung der Leiche Susann Sartorius' bezüglich der Reaktionen in der Öffentlichkeit folgte, ließ sich mit den Erfahrungen der vergangenen Monate nicht mehr vergleichen: Jetzt mit dem Auftauchen bereits des dritten ermordeten Menschen in ein und demselben winzigen Ort schien endgültig das Interesse auch noch des letzten, im hintersten Winkel dieses Globus lebenden Journalisten geweckt. Schon am Samstagmittag, Frauke und ich hatten uns gerade auf den Weg nach Reutlingen gemacht, wo wir gemütlich bummeln und einkehren wollten, quoll Stempflingen über von Menschen und Fahrzeugen aus aller Herren Länder. Nur mit größter Mühe war es uns gelungen, das Dorf zu verlassen, alles war von parkenden, hupenden, hin und her kurvenden Blechkarossen übersät.

»Oh nein, was soll das noch werden!«, hatte Frauke geschimpft, als wir in der Höhe des Dorfladens minutenlang nicht vom Fleck gekommen waren. »Vielleicht ist es besser, wir übernachten heute bei mir. Wer weiß, ob es heute Abend in Stempflingen überhaupt noch möglich ist, bis zu dir durchzukommen.«

Wir hatten es dennoch geschafft. Kurz vor Mitternacht, wir hatten uns in Reutlingen noch einen Kinobesuch gegönnt, war Stempflingen dann doch wieder zur Ruhe gekommen. Vielleicht lag es auch an der eisigen Kälte, die einen Aufenthalt im Freien über längere Zeit vollkommen unmöglich machte.

Vollends unerträglich wurde die Situation dann am Montag, als die Polizei mit der Verlautbarung aufwartete, dass Susann Sartorius ähnlich wie auch schon Alina Sievers nicht sofort getötet, sondern wahrscheinlich über Wochen hinweg aufs Übelste malträtiert und mehrfach vergewaltigt worden war. Die Journalistin musste lange Zeit gefangen gehalten und missbraucht und erst wenige Stunden vor der Entdeckung ihrer Leiche ermordet worden sein.

Welche Bestie ist in diesem Dorf am Werk? – So lautete unausgesprochen die zentrale Botschaft der kriminalpolizeilichen Ermittlungsergebnisse. Daher war es kein Wunder, dass sich die meisten Medien in den folgenden Tagen mit Horrormeldungen aus unserem kleinen Dorf geradezu überschlugen.

Selbst für mich, der ich noch nicht einmal ein Jahr hier lebte, war es eine Qual, die Nachrichtenportale im Internet zu überfliegen. Um überhaupt einen einigermaßen seriösen Einblick in den aktuellen Ermittlungsstand der Polizei zu erhalten, kaufte ich mir am Dienstagmorgen die Lokalzeitung und nahm sie mit ins Büro. So sachlich und nüchtern der Bericht auch ausfiel, die Tatsache, dass sich das alles in meiner unmittelbaren Nähe abgespielt hatte, machte die Lektüre nur schwer erträglich. Noch dazu, wo ich die Frau, von der hier die Rede war, persönlich gekannt und mich mit ihr unterhalten hatte.

Susann Sartorius war den Erkenntnissen des Gerichtsmediziners und der Polizei nach erst am Tag ihres Auffindens getötet worden. Wo sie die Wochen vorher verbracht hatte, war nicht bekannt. Der Vielzahl der Verletzungen nach zu urteilen, die ihr vor ihrem Tod zugefügt worden waren, hatte sie die Zeit nach ihrem Verschwinden kurz vor Weihnachten in der Gewalt ihres Mörders verbringen müssen – ähnlich wie wenige Monate vorher schon Alina Sievers. Wo dieses grauenvolle Martyrium stattgefunden hatte, war nicht bekannt – die Polizei schien jedenfalls nach wie vor vollkommen ratlos. Was die Frau dabei hatte erleiden müssen, ließ sich nicht einmal ansatzweise in Worte fassen, es überstieg wohl jede Vorstellung.

Welche unmenschliche Verkommenheit existiert da mitten unter uns, brachte der Verfasser der Zeilen sein Entsetzen über das Geschehen zum Ausdruck, *wie kann ein Mensch zu derlei Schandtaten fähig sein?* Er schloss seinen Bericht in der Hoffnung, dass es der Polizei bald gelingen möge, den Täter zu fassen, bevor der noch einmal zuschlagen könne. *Oder müssen wir tatsächlich mit der Angst als ständigem Begleiter leben, dass diese immer noch völlig unbekannte Bestie gerade wieder dabei ist, sich ihr nächstes Opfer zu krallen?*

25. Kapitel

Selten hatte ich mich dermaßen aufs kommende Wochenende gefreut wie in diesen Tagen. Das Leben in Stempflingen war nach den jüngsten Ereignissen anstrengend, ja fast unerträglich geworden. Horden von Medienvertretern aus unzähligen Ländern bevölkerten die Straßen. Überfallartig suchten sie sich ihre Opfer. Jede noch so kurze Bewegung innerhalb des Dorfes geriet zum Spießrutenlauf, egal zu welcher Tageszeit. Morgen für Morgen eilte ich noch im Dunkeln aus dem Haus, versuchte, den kurzen Weg ins Werk einigermaßen unbehelligt hinter mich zu bringen. Abends verkrochen wir uns in Fraukes oder meinen Räumen, verschlossen die Haustür und die Fensterläden und reagierten weder auf ungestümes Läuten noch auf Nerven strapazierendes Klopfen.

Die Fertigstellung meines Glacier-Express-Spots war mir Hartmanns Reaktion zufolge dennoch sehr gut gelungen. Als ich ihm am späten Mittwochnachmittag die Endfassung vorspielte, erhob er sich ohne ein Wort zu sagen von seinem Stuhl und nahm mich in den Arm.

»Danke«, hauchte er, »vielen, vielen Dank. Endlich mal wieder etwas Erfreuliches.« Er trat zwei Schritte zurück, legte den Kopf schief. »Sie müssen entschuldigen«, sagte er, »die vergangenen Tage … das war alles etwas zu viel für mich.«

Ich sah die Tränen, die ihm über die Wangen kullerten, hatte keine Schwierigkeiten, zu verstehen, wovon er sprach. Erst war einer seiner wichtigsten Mitarbeiter, der die besten Produkte der Firma für illegale Finanztransaktionen missbraucht hatte, unter großem Medien-Getöse verhaftet worden, dann hatte man einen weiteren Angestellten des Werks ermordet. Im Nachhinein hatte er erfahren, dass es sich bei dem Mann um einen Polizeispitzel gehandelt hatte, der über Monate hinweg ihn selbst als Übeltäter im Visier gehabt hatte. Und jetzt war man auch noch auf die Leiche der jungen Frau gestoßen, mit der er – von sämtlichen Medien breit getreten – einen Nachmittag verbracht hatte. Einen ihrer letzten Tage in Freiheit, wie jetzt offenbar geworden war, bevor sie sich über mehrere Wochen hinweg den Fängen einer unmenschlichen Bestie ausgesetzt gesehen hatte. Wer wollte all das über sich ergehen lassen, ohne von Blessuren gezeichnet zu sein?

»Sie müssen sich nicht entschuldigen«, gab ich ihm deshalb zur Antwort. »Der ganze Wahnsinn ist nicht mehr zu ertragen.«

Wir unterhielten uns über all die vor einem halben Jahr noch unvorstellbaren Ereignisse, die über Stempflingen hereingebrochen waren, tauschten aus, was uns bekannt war. Wir waren ja beide in das Geschehen involviert: Er als der Arbeitgeber eines der Opfer, ich als der Entdecker von gleich zwei der Ermordeten. Hartmann wurde mir trotz all der Distanz, die aus unserem beruflichen Verhältnis erwuchs, immer sympathischer, zeigte er doch zumindest in seinen Worten außerordentlich intensive Anteilnahme am Leiden der Getöteten.

»Wissen Sie, was ich mir seit Tagen vorwerfe? Dass ich Frau Sartorius an dem Tag im Dezember, als ich mich mit ihr über die Hintergründe des Verschwindens von Frau Sievers unterhielt, nicht in ihrer Wissbegier gebremst habe. Dass ich die Gefahr, die ihr drohte, nicht bemerkt habe. Ich wollte mir Zeit nehmen, ihr in ihren Untersuchungen helfen und was habe ich bewirkt? Mein Gott, ich hätte die junge Frau vor ihrem schrecklichen Schicksal bewahren können! Warum habe ich es nicht getan?«

Erst spät an diesem Abend kam ich aus dem Büro. Wir hatten uns meinen Spot in allen Einzelheiten vorgenommen, jede Sequenz bis ins Detail besprochen. Hartmann zeigte sich rundum zufrieden. Lediglich die Erwähnung Stempflingens wollte er vermeiden.

»Das Dorf ist in den letzten Wochen in der breiten Öffentlichkeit derart in Misskredit geraten, dass ich Sie bitten möchte, es durch einen unbelasteten Begriff zu ersetzen. Nicht, dass ich mich von meiner provinziellen Herkunft distanzieren will, aber der Name Stempflingens wird auf lange Zeit mit schrecklichen Verbrechen assoziiert werden. Dies zu ändern, liegt nicht in unserer Hand. Wir sollten diese Tatsache aber in unserer Öffentlichkeitsarbeit berücksichtigen.«

Mir war die Problematik seines Anliegens auf Anhieb klar, und so einigte ich mich mit ihm nach einigem Überlegen, den Namen des Dorfes durch den Hinweis: »Qualität aus Baden-Württemberg« zu ersetzen.

Als ich dann endlich kurz nach 20 Uhr nach Hause kam, fand ich an der Haustür eine kleine Notiz, die mir Frauke hinterlassen hatte. *War gerade um die Ecke auf Patientenbesuch und wollte bei dir reinschauen. Aber du bist nicht da und dein Handy ist aus. Schade. Fahre nachher mit Dr. Lennart nach Sig. Bis Morgen!*

Ich zog sofort mein Mobiltelefon aus der Tasche, um mich bei ihr zu entschuldigen, hatte aber kein Glück. 20.11 Uhr. Kein Wunder. Heute Abend fand in Sigmaringen ein Ärztemeeting statt, das sie gemeinsam mit ihrem Praxis-Kollegen besuchen wollte, wie sie mir vor Tagen schon erzählt hatte.

»Nicht, dass ich Lust dazu hätte.« Ich hatte Fraukes Worte jetzt noch im Ohr. »Aber das Treffen an dem Abend ist Pflichtprogramm. Nerviges Gelaber verschiedener Funktionäre und Wichtigtuer, zwei Mal im Jahr. Mit meiner praktischen Arbeit als Ärztin hat das nicht viel zu tun. Aber manchmal werden Gesetzesänderungen vorgestellt und Empfehlungen diskutiert, wie man mit ihnen umgehen kann. Deshalb sollte ich es nicht versäumen. Dr. Lennart hat es mir ans Herz gelegt, persönlich hinzugehen und mich nicht durch ihn vertreten zu lassen. Auch wegen möglicher Kontakte zu Kollegen, die ihre Praxis aufgeben wollen und Nachfolger suchen. Persönliches Kennenlernen hilft da weit mehr als Internetausschreibungen. Obwohl ich langfristig eigentlich nicht hier in der Region bleiben will.«

Ich erinnerte mich noch, dass sie erwähnt hatte, dass es an diesem Abend sehr spät werden könne und ich deshalb nicht auf sie warten solle. Sie würde sich von Dr. Lennart bis vor ihre Wohnung chauffieren lassen und dann zu Hause übernachten. So sehr ich es bedauerte, sie in diesen Stunden nicht in meiner Nähe zu wissen, schien mir ihr Vorschlag doch sinnvoll. Nach einem derart langen Arbeitstag blieb nur noch das Bedürfnis nach Ruhe und Schlaf, alles andere stellte eine zusätzliche Belastung dar.

Ich sprach ihr deshalb ein paar liebe Sätze aufs Band, aß dann ein belegtes Brot und griff nach einer Flasche Wein, um meinen Nachbarn aufzusuchen. Auf dem Weg zur Tür hörte ich das Telefon läuten. Ich lief zurück, stellte den Wein ab, nahm das Gespräch an.

Verena Engel war in der Leitung. »Störe ich so spät am Abend?«, fragte sie.

»Nein«, gab ich zur Antwort, über den Anruf ehrlich erfreut, weil ich die Frau mochte. »Und dass Sie jetzt anrufen, ist gut. Ich bin nämlich erst seit ein paar Minuten zu Hause.«

»Oh, da will ich aber gar nicht lange stören. Ich würde Sie nur gerne mal wieder einladen. Mir hat unser Abend neulich gut gefallen.«

»Mir auch!«, betonte ich. »Sehr gut sogar!« Ich musste mich bremsen, nicht zu überschwänglich zu klingen. Aber jenem Abend und Verena Engels damaliger Einladung hatte ich letztendlich die Beziehung zu Frauke zu verdanken.

»Meine Tochter und mein Schwiegersohn benötigen meine Hilfe. Und weil mir das gerade recht kommt, dieses verrückte Dorf wenigstens eine Zeit lang wieder mal zu verlassen, werde ich schon am Freitag fahren. Jetzt weiß ich natürlich nicht, ob Sie morgen Abend nicht schon etwas anderes planen.«

»Nein«, sagte ich, »wir, ähm, ich komme gerne.«

Meine Gesprächspartnerin stutzte, meldete sich dann wieder zu Wort. »Morgen Abend«, erklärte sie, »so wie beim letzten Mal? Ich habe vorhin zufällig Frau Steensen bei einem ihrer Patientenbesuche getroffen und sie spontan eingeladen ... Sie hat zugesagt. Wenn es Sie nicht stört?«

»Nein«, antwortete ich. »Das stört mich wirklich nicht.« Wusste sie von unserer Beziehung oder war sie darum bemüht, Frauke und mich zusammenzubringen? Ich musste unwillkürlich lachen.

»Dann freue ich mich. Morgen Abend gegen sieben?«

»Morgen Abend gegen sieben.« Ich bedankte mich für die Einladung, beendete das Gespräch.

Als ich bei Thomas Schmeil läutete, war fast der gesamte Stress des Tages von mir abgefallen. Ich fühlte mich leicht und beschwingt, pfiff leise vor mich hin, als er die Tür öffnete. Wenn ich auch heute auf Fraukes Gesellschaft verzichten musste, morgen Abend hatten wir wieder ein gemeinsames Ziel!

»Dir scheint es gut zu gehen.« Thomas Schmeil musterte mich mit überraschter Miene. »Hat dir dein Chef ein besonderes Lob erteilt?«

»So kann man das sagen, ja«, stimmte ich ihm zu.

Ich reichte ihm den Wein, folgte ihm ins Wohnzimmer. Er entkorkte die Flasche, schenkte uns beiden ein. Ich berichtete ihm von meiner Diskussion mit Hartmann, reichte ihm ein Papiertaschentuch, weil er etwas Wein verkleckert hatte.

»Er will nicht mehr mit Stempflingen in Verbindung gebracht werden?«, hakte mein Nachbar nach, den Wein von der Tischplatte tupfend.

»Ist doch nachvollziehbar, oder?«, warf ich ein. »Wenn potentielle Kunden die Produkte der Firma mit brutalen Gewaltakten in Verbindung bringen, wird er nicht sonderlich viel davon verkaufen. Also verzichtet er auf den Namen des Dorfes.«

»Solange er das Werk nicht in einen anderen Ort verlegt, ist nichts dagegen einzuwenden. Der Arbeitsplätze wegen, meine ich.«

Ich hatte sein Argument verstanden. »Davon kann nicht die Rede sein. Ich denke, das könnte er sich finanziell nicht leisten.«

Wir kamen auf Hartmanns Verdienste für die Bewohner Stempflingens und der Umgebung zu sprechen, von denen mir bisher nur ein kleiner Teil geläufig war. Thomas Schmeil kannte die Biografie des Mannes wie den Werdegang des Sägewerks recht gut.

»Meine Ex und meine Schwiegermutter, als sie noch fit war. Was glaubst du, wie oft sie von Hartmann anfingen. Der Mann war damals schon der König der gesamten Region.«

Er berichtete von der kleinen Schreinerei, die Hartmanns Vater betrieben hatte, erzählte, wie es dem Sohn gelungen sei, den Betrieb Stück für Stück zu erweitern und immer mehr Menschen einen Arbeitsplatz zur Verfügung zu stellen. Obwohl mein Nachbar nicht aus dem Dorf stammte und das alles nur vom Hörensagen wusste, konnte er dermaßen viele Details und Anekdoten zu diesem Thema beisteuern, dass wir uns den ganzen Abend fast ausschließlich über die ohne jeden Zweifel bedeutendste Person Stempflingens unterhielten. Kurz vor elf, die Flasche war längst geleert, fand ich endlich müde ins Bett.

Den nächsten Tag verbrachte ich in dem Bemühen, alle Hinweise auf das Dorf aus meinem Werbespot zu entfernen und durch das gewünschte *Made in Baden-Württemberg* zu ersetzen, ohne die Atmosphäre des Films dadurch zu beeinträchtigen. Das erwies sich als schwieriger als vermutet, musste ich doch eine komplette Sequenz, die verschiedene Arbeitsvorgänge im Stempflinger Werk zeigte, neu bearbeiten. Fraukes Anruf kurz nach zehn Uhr freute mich daher ganz besonders, befreite er mich doch wenigstens für ein paar Minuten von meiner mühseligen Tätigkeit.

»Wie geht es dir?«, erkundigte sie sich.

»Gut«, charmierte ich, »wenn du anrufst, noch besser.«

»Danke.« Sie begnügte sich mit einer kurzen Antwort, schien nicht zum Spaßen aufgelegt.

»Wie war es gestern auf eurem Meeting?«

»Ach, das ...« Ihre Stimme klang seltsam müde und trotzdem irgendwie aufgeregt. Obwohl sich das eigentlich gegenseitig ausschloss. »Anstrengend«, fuhr sie dann fort. »Stundenlang überflüssiges Gelaber.«

»Tut mir leid«, sagte ich. »Ich dachte, es bringt dir ...«

Frauke fiel mir mitten ins Wort. »Ich muss mit dir reden«, erklärte sie.

»Nur zu«, ermunterte ich sie. »Ich habe Zeit.«

»Persönlich«, betonte sie. »Nicht per Handy.« Jetzt klang ihre Stimme wirklich aufgeregt.

»Persönlich. Ja, gerne. Ich freue mich immer, wenn wir uns sehen. Das weißt du doch. Heute Abend. Frau Engel hat uns beide eingeladen.«

»Vorher«, erklärte Frauke. »Bis heute Abend kann ich nicht warten.«

»Vorher?« Ich wunderte mich zwar über ihre Eile, nahm ihren Wunsch dennoch erfreut zur Kenntnis. »Gerne. Wann hast du Zeit?«

»Zwischen eins und zwei?«, fragte sie. »Da müssten wir alle Patienten durch sein. Und die Praxis öffnet erst wieder um halb drei.«

»Zwischen eins und zwei«, stimmte ich ihr zu. »Und wo treffen wir uns?«

»Du bist im Büro?«

»Ich arbeite immer noch an meinem Spot, ja«, bestätigte ich. »Willst du bei mir vorbeikommen?«

»In das Verwaltungsgebäude gleich hinter der Einfahrt des Werkes?«, fragte sie.

»Genau dort. Wenn du dich beeilst, können wir zusammen essen.«

»Mir reicht mein Müsli«, erwiderte sie. »Aber wir sehen uns. Bei dir heute Mittag.«

Ich kam nicht mehr dazu, mich zu verabschieden, weil sie das Gespräch bereits abgebrochen hatte. Wahrscheinlich saß das Wartezimmer voller Leute und sie hatte die kurze Zeit zwischen zwei Patientengesprächen genutzt, mich anzurufen. Was ihr so auf dem Herzen brannte, dass sie mich heute Mittag schon sprechen wollte? Ich machte mir deswegen keine großen Gedanken, freute mich vielmehr darauf, sie zu treffen. Worum es auch ging, mir war es recht, musste ich so doch nicht mehr so lange auf unser nächstes Zusammensein warten. Sie hatte wohl gestern Abend in Sigmaringen bei ihrem Ärztetreffen etwas erfahren, was sie mir unbedingt mitteilen wollte.

Ich machte mich wieder an meine Arbeit, ging dann kurz vor zwölf Uhr in die *Räuberhöhle* und aß einen großen Teller Spaghetti Bolognese und einen Becher Bananeneis. Es schmeckte wie immer vorzüglich. Ich bedankte mich bei Frau Bäuerle, erwarb ein weiteres Eis, um Frauke damit zu überraschen. Vielleicht hatte sie Lust, mit mir einen Kaffee zu trinken und das Eis zu naschen.

Ich war längst zurück und hatte gerade einen Blick auf das Zifferblatt meiner Armbanduhr geworfen, als das Handy läutete. 13.50 Uhr.

»So ein Mist!« Fraukes Stimme klang genervt. »Jetzt war ich gerade auf dem Weg zu dir, als der Notruf kam. Autounfall auf der Umgehungsstraße. Muss was Größeres sein, weil sie nach mehreren Ärzten verlangen. Damit ist unser Treffen wohl hinfällig. Die Praxis quillt vor Leuten über. Alle sind erkältet. Das nimmt kein Ende!«

»Das tut mir leid. Dann ist es vielleicht besser, wir treffen uns erst später und reden dann miteinander. Damit deine Hektik nicht noch schlimmer wird. Oder willst du doch übers Handy …«

»Nein«, fiel sie mir ins Wort. »Das ist zu wichtig. So nebenbei geht das nicht. Und jetzt muss ich mich auf die Verletzten konzentrieren. Oh nein, das sieht wirklich übel aus. Die ganze Fahrbahn vor mir …« Sie verstummte, schien das Gelände vor sich zu mustern, meldete sich erst ein paar Sekunden später wieder. »Das darf nicht wahr sein! Da sind zwei Autos frontal aufeinandergeprallt. Ich muss Schluss machen. Wir sehen uns spätestens heute Abend, okay?«

Ich kam gerade noch dazu, ihr zuzustimmen, dann war die Verbindung unterbrochen. Hätte ich auch nur im Geringsten geahnt, was uns bevorstand, ich wäre auf der Stelle losgerannt, um sie und uns davor zu bewahren. So aber blieb ich in meinem Büro und beschäftigte mich weiter mit meinem Spot.

26. Kapitel

Kurz nach 21 Uhr hielt ich es nicht länger aus. Mehrfach in der letzten Stunde hatte ich versucht, Frauke telefonisch zu erreichen, vergeblich. Ich hatte es bei ihrem Handy und über den Festnetzanschluss der Praxis versucht, war aber immer nur mit der Mobilbox verbunden worden.

Verena Engel, bei der ich kurz nach 19 Uhr eingetroffen war, war unablässig bemüht gewesen, mich zu beruhigen. »Die Praxis ist völlig überlastet, das hat sie doch selbst erwähnt. Alle sind erkältet und rennen zum Arzt. Die haben im Moment einfach keine Zeit, ans Telefon zu gehen.«

Fast zwei Stunden lang hatte ich mich von diesen durchaus nachvollziehbaren Argumenten davon abhalten lassen, mehr zu unternehmen, als nur mein Handy zu bearbeiten. Jetzt aber, den Blick auf die Uhr gerichtet, konnte ich meine innere Unruhe nicht länger unterdrücken. Ich sprang von meinem Stuhl, blickte Hilfe suchend zu meiner Gastgeberin. »Irgendetwas stimmt da nicht. Das spüre ich.« Die Worte waren mir impulsiv, ohne jede Überlegung über die Lippen gekommen.

»Fünf nach neun.« Verena Engel musterte das Zifferblatt ihrer Wanduhr, ersparte sich eine billige Antwort. »Dass sie überhaupt nichts hören lässt ...« Sie holte tief Luft, wies aufs Telefon. »Dr. Lennarts private Nummer. Haben Sie die?«

Ich schüttelte den Kopf.

»Dann schaue ich nach.« Sie erhob sich von ihrem Platz, lief aus dem Raum, kehrte mit dem großformatigen Telefonbuch des Landkreises zurück. »Das haben wir gleich«, sagte sie, in dem Verzeichnis blätternd.

Ich beugte mich zum Tisch, griff nach meinem Handy, gab die Ziffern ein, die sie mir diktierte. Wenige Augenblicke später hatte ich die Stimme des Arztes am Ohr. Ich stellte mich vor, erkundigte mich ohne langes Drumherum nach dem Verbleib Fraukes.

»Frau Dr. Steensen?«, fragte er überrascht.

»Ja. Ist sie noch in der Praxis?«

»Nein, wieso denn? So spät doch nicht mehr!«

»Ja, aber …« Ich wusste nicht weiter, spürte die Hand meiner Gastgeberin. Verena Engel griff nach dem Mobiltelefon, nannte ihren Namen. »Wir warten auf Frau Dr. Steensen«, erklärte sie. »Wissen Sie, wo sie sich aufhält?«

»Nein, ich habe keine Ahnung«, gab der Arzt zur Antwort. Ich konnte ihn gut verstehen, weil Verena Engel auf Zimmerlautstärke umgeschaltet hatte. »Wir haben uns gegen 19.20 Uhr voneinander verabschiedet. Es war spät heute, weil wir so viele Patienten betreuen mussten«, fuhr er fort. »Ich ging kurz nach ihr, löschte das Licht und schloss ab. Das war um halb acht, etwa zehn Minuten, nachdem Frau Dr. Steensen die Praxis verlassen hatte.«

»Sie hat Ihnen nicht erzählt, was sie vorhatte?«

»Nein, also wissen Sie, heute war so ein Trubel … Wir waren beide ziemlich fertig. Die vielen Patienten. Und vorher, in der Mittagspause, wurden wir zu einem schweren Unfall gerufen. Wir hatten nicht einmal Zeit, kurz auszuspannen. Wahrscheinlich ist sie nach Hause und hat sich aufs Ohr gelegt.«

»Und jetzt schläft sie so fest, dass sie ihr Handy nicht läuten hört.« Verena Engel signalisierte mit anhaltendem Kopfnicken Zustimmung zu der Überlegung ihres Gesprächspartners. »So wird es wohl sein.«

»Versuchen Sie es später noch einmal bei ihr«, riet Dr. Lennart. »Oder warten Sie bis morgen früh. Sie hat es sich verdient, in Ruhe zu schlafen. Der Tag war anstrengend heute, wirklich.«

Meine Gastgeberin bedankte sich bei dem Arzt für die Auskunft, reichte mir mein Handy. »Und? Was meinen Sie?«

Ich schüttelte den Kopf. »Nein«, sagte ich. »Sie liegt nicht im Bett und schläft. Ich glaube das einfach nicht.«

»Sie machen sich ernsthafte Sorgen.«

Ich lief unruhig auf und ab, warf meine Hände in die Höhe. »Ich weiß selbst nicht genau, wieso. Aber ja, ich mache mir Sorgen. Es ist einfach so ein Gefühl, ein seltsames, beunruhigendes Gefühl.«

Ich hatte ihr vorher, kurz nachdem ich bei ihr eingetroffen war, von unserer aufkeimenden Beziehung erzählt. »Seit Ihrer Einladung. Damit fing es an.«

»Das freut mich sehr«, hatte sie mir mit leuchtenden Augen erklärt, die mehr noch als ihre Worte ihre Begeisterung über unser Glück verrieten. »Für Sie und für Frauke.«

Ich blieb neben meinem Stuhl stehen, schaute zur Uhr. Viertel nach neun. »Sie wollte dringend mit mir reden. Heute Mittag schon. Aber dann wurde sie zu diesem dämlichen Unfall gerufen …«

»Worüber wollte sie reden?«

»Ich weiß es nicht. Aber es war ihr sehr wichtig.«

»Sie hat keine Andeutungen gemacht?«

»Nein«, sagte ich. »Sie wollte mir etwas erzählen. Aber nicht übers Telefon, sondern persönlich. Unbedingt. Und sie hatte es eilig. Heute Abend sei es zu spät, meinte sie. Aber dann passierte dieser dämliche Unfall.«

Verena Engel betrachtete mich mit nachdenklicher Miene. »Vielleicht sollten wir wirklich nach ihr schauen. Und wenn es nur dazu dient, Sie von Ihrer Unruhe zu befreien. Das Dumme ist nur …«

»Ja?«

»Meine Freundin, mit der ich sonst fahre, ist heute Abend in Tübingen.«

»Das ist kein Problem. Ich frage meinen Nachbarn. Der übernimmt das sicher gern.« Die Idee war mir kurz zuvor gekommen. Zu Fraukes Wohnung in Obersteußlingen war es nicht weit. Thomas Schmeil ließ sich bestimmt nicht lange bitten, wenn ich ihm mein Anliegen mitteilte. Eine Viertelstunde lang konnte er seine Schwiegermutter ohne Probleme allein lassen.

Ich sah Verena Engels zustimmendes Kopfnicken, fühlte mich im gleichen Moment erleichtert. Die Aussicht, selbst etwas zur Aufklärung der Situation zu unternehmen, dämpfte meine Nervosität. Ich gab Schmeils Nummer in mein Handy ein, hatte ihn kurz darauf in der Leitung.

»Du?«, fragte er verwundert. »Ich dachte …«

Ich ließ ihn nicht weitersprechen, schilderte ihm in kurzen Worten mein Problem.

»Du meinst, sie liegt im Bett und ist vor lauter Stress eingeschlafen?«

»Das kann schon sein«, gab ich zu. »Aber irgendwie …«

»Du machst dir zu viele Gedanken«, versuchte er mich zu beruhigen. »Lass sie in Ruhe schlafen und genießt den Abend zu zweit. Du und deine Gastgeberin, meine ich. Morgen früh wird sie sich schon wieder melden, deine Ärztin. Ausgeschlafen und fit.«

»Hoffentlich«, sagte ich, nicht ganz überzeugt von seinen Ausführungen.

Ich muss mit dir reden. Persönlich. Bis heute Abend kann ich nicht warten. Ich hatte Fraukes Worte noch im Ohr. »Es ist nur …«

»Also gut«, willigte Schmeil ein. »Ich sehe schon, du bist irgendwie von der Rolle. Fahren wir kurz hin. Sie wohnt in Obersteußlingen, hast du erzählt, oder?«

»Nicht weit von der Praxis, ja«, bestätigte ich.

»Dann machen wir das. Die paar Minuten kann ich Hedwig allein lassen.«

Ich bedankte mich für seine Zusage, verabredete den Platz gegenüber dem Dorfladen als Treffpunkt.

Zehn Minuten später waren wir bereits unterwegs. Ich hatte Verena Engel versprochen, mich sofort zu melden, sobald wir bei Frauke eingetroffen waren. Vielleicht war sie ja wirklich vor Erschöpfung eingeschlafen und hatte der Einladung deshalb nicht nachkommen können. Falls aber nicht …

»Du machst dir Sorgen?«, fragte Thomas Schmeil. Er wandte seinen Blick von der Straße, musterte mich einen Moment. Die Scheinwerfer huschten durch den nachtdunklen Wald, tauchten die winterlich kahlen Bäume für Sekunden in grelles Licht. Nur wenige Fahrzeuge kamen uns entgegen.

»Na ja, was soll ich sagen …« Ich stockte mitten im Satz, wusste nicht weiter.

»Du wirst es gleich sehen: Alles ist in Ordnung.«

Wir erreichten das Nachbardorf, passierten die Arztpraxis, kamen zu dem schmalen Weg, der die Rückseite ihres am Dorfrand gelegenen Hauses erschloss.

»Ist das wirklich die richtige Adresse?«, erkundigte sich mein Begleiter. »Da geht es ja direkt in den Wald.« Er hatte das Auto unmittelbar vor der Abzweigung zum Stehen gebracht, starrte unentschlossen nach draußen. Alles war dunkel, nirgendwo ein Licht zu erkennen.

»Frauke wohnt im letzten Haus.« Ich wies nach rechts. »Im Untergeschoss in einer Einliegerwohnung.«

»Du bist dir sicher, dass wir hier …«

»Ja!«, fiel ich ihm ins Wort.

Er lenkte das Auto um die Ecke, bog auf den Feldweg ein. Das Licht der Scheinwerfer erfasste den brüchigen Untergrund der von Schlaglöchern übersäten, schmalen Fahrbahn, einen morschen, mitten in den Weg ragenden Ast, wurde dann plötzlich von den Rückstrahlern eines am Rand geparkten Wagens reflektiert. Ein kleiner, alter Polo tauchte aus dem Dunkel auf.

»Das ist ihr Auto«, stieß ich hervor. Aufgeregt starrte ich nach vorne.

»Na, siehst du«, zeigte sich Thomas Schmeil beruhigt. »Kein Grund zur Panik. Sie ist müde und schläft.«

Noch bevor er das Fahrzeug zum Stehen gebracht hatte, öffnete ich die Tür. Ich wand mich aus dem Sitz, sprang nach draußen. Im Licht der Scheinwerfer bemerkte ich die Umrisse der Steinplatten, die durch das Brombeergestrüpp des verwilderten Gartens zu Fraukes Wohnung führten. Ich folgte ihnen, strauchelte, spürte augenblicklich die Stiche der Dornen durch den Stoff der Jacke. Meinen Arm in die Höhe reißend fand ich auf den Weg zurück.

Ich näherte mich dem Haus, konnte nirgendwo einen Lichtschein erkennen. Weder unten in der Einliegerwohnung noch in den beiden Stockwerken darüber. War sie wirklich eingeschlafen?

Ich erreichte die Eingangstür, drückte auf die Glocke. Der Signalton war deutlich zu vernehmen. Keine Reaktion. Ich drückte erneut auf die Klingel, wartete.

»Und? Was ist?«, hörte ich Thomas Schmeils Stimme vom Weg her.

Ich gab keine Antwort, ballte meine rechte Hand zur Faust, ließ die Glocke mehrere Sekunden lang aufheulen. So tief Frauke geschlafen haben mochte, jetzt musste sie wach geworden sein.

»Ist sie da?« Mein Begleiter schien immer noch beim Auto zu warten.

Ich lauschte auf etwaige Geräusche aus dem Inneren. »Keine Ahnung«, rief ich laut. »Bis jetzt …« Ein leises Rascheln neben mir ließ mich verstummen. Ich richtete mein Augenmerk auf den winterlich kahlen Busch an der Hauswand, sah eine Katze den Hang hinaufspurten. Das Tier überwand den Anstieg mühelos, verschwand hinter das Gebäude.

Aus dem Inneren war immer noch nichts zu vernehmen. Ich läutete ein letztes Mal, zog dann mein Handy aus der Tasche und hielt es an die Fensterscheibe wenige Meter neben der Eingangstür. Sein Lichtstrahl huschte durch den Raum. Fraukes Wohnzimmer, ich erkannte es sofort wieder. Das kräftig rote Dreisitzer-Sofa, die schmale Vitrine, der Glastisch …

Erschrocken starrte ich in den Raum. Der Glastisch lag auf der Seite, der Boden war übersät mit Zeitschriften, Büchern und Papieren. Auf dem Teppich die Überreste eines zerschellten Glases, ringsum Splitter, ein Stück weiter der Rumpf einer Flasche, die Umgebung vollkommen eingenässt. Was war hier geschehen?

»Frauke! Wo bist du?« Ich schrie, so laut ich konnte, klopfte wie ein Verrückter an die Scheibe.

Wie lange ich so tobte? Keine Ahnung. Wahrscheinlich war das Glas kurz davor, zu Bruch zu gehen, denn als ich langsam wieder zu mir fand, hörte ich Thomas Schmeils erregte Stimme direkt an meinem Ohr irgendetwas von einem Wahnsinnigen brüllen. Erschrocken hielt ich inne, sah mich von den kräftigen Händen meines Begleiters umklammert und mehrere Meter vom Fenster weggeschoben.

»So!«, schimpfte er. »Bist du wieder da?«

Ich merkte, dass ich am ganzen Körper zitterte, musterte voller Angst das Haus. »Was ist da passiert?«, fragte ich.

»Ich weiß es nicht«, antwortete er. »Du hast plötzlich angefangen zu schreien und wie ein Wilder auf die Scheibe eingeschlagen.« Er ließ mich wieder los, lief zum Fenster, drückte sein Gesicht an das Glas.

»Frauke«, stammelte ich. »Wo bist du?«

27. Kapitel

Eine Ewigkeit schien vergangen, als die Polizeistreife endlich eintraf. Ich hatte Thomas Schmeil gegenüber darauf bestanden, die Beamten zu alarmieren, war nicht bereit gewesen, auch nur eine Sekunde länger auf ein Lebenszeichen von Frauke zu warten.

»Fahr du nach Hause zu deiner Schwiegermutter«, hatte ich ihn gebeten. »Aber ich gehe hier nicht weg, bevor ich nicht weiß, was da passiert ist.«

Er hatte erst nach einer Weile auf meinen Vorschlag reagiert. Den Beamten am Telefon davon zu überzeugen, Fraukes Wohnung schnellstmöglich in Augenschein zu nehmen, war nicht einfach gewesen. Erst als ich zu drastischeren Beschreibungen griff, um den Zustand des Wohnzimmers zu veranschaulichen, erklärte er sich bereit, seine Kollegen vorbeizuschicken.

»Das sieht nach einem Kampf aus, mitten in ihrem Wohnzimmer. Begreifen Sie das denn nicht?«

Thomas Schmeil war gerade zurückgefahren, als das Polizeiauto endlich auftauchte. Ich rannte dem Fahrzeug entgegen, als es am Beginn des Weges stoppte, machte die Beamten mit heftigem Winken auf mich aufmerksam. Sie parkten den Wagen, stiegen auf die Straße. Eine uniformierte Polizistin und ihr Kollege.

»Meine Freundin«, sprudelte ich unvermittelt los, auf das im Dunkeln verborgene Haus hinter mir deutend, »ich fürchte, sie wurde überfallen …« Ich stockte, als die beiden Beamten vor mir Aufstellung nahmen und mich aufmerksam musterten.

»Polizeiobermeisterin Älble«, stellte die Frau sich vor. »Ich glaube, wir kennen uns, oder?«

Ich war völlig in Gedanken, hatte Mühe, ihre Worte zu begreifen. »Wie bitte?«

»Die tote Frau in der Höhle«, erklärte sie. »Sie haben sie doch entdeckt. Oder täusche ich mich?«

Im gleichen Moment fiel es mir wieder ein. Der Tag, an dem ich auf die Leiche von Alina Sievers gestoßen war. Damals hatte alles angefangen. Frierend und mit einem mulmigen Gefühl im Leib hatte ich im Wald nahe der Höhle auf die Ankunft der Polizisten gewartet, weit länger als heute. »Das waren Sie damals«, sagte ich.

»Und mein Kollege, Peter Frenzel«, bestätigte sie, auf den Mann neben ihr deutend.

»Tut mir leid, dass ich Sie heute schon wieder belästige. Aber Frauke, meine Freundin …« Ich wies erneut in die Richtung des Hauses, berichtete in stockenden Worten, was ich entdeckt hatte. »Und dort vorne steht ihr Auto, sehen Sie?« Ich wies auf den alten Polo.

»Sie wollten sich heute Abend mit ihr treffen, und sie ist nicht gekommen?«

»Ja«, stimmte ich ihr aufgeregt zu. »Wir sind bei einer gemeinsamen Bekannten eingeladen. Aber Frauke …« Ich holte tief Luft, erzählte von ihrem Anruf und dem Wunsch, mich in einer dringenden Angelegenheit sofort persönlich sprechen zu wollen.

»Wann war das?«, erkundigte sich Frenzel.

»Kurz nach zehn Uhr heute Morgen. Wir verabredeten, uns in der Mittagspause zu sehen. Aber dann wurde sie zu einem Unfall gerufen, und wir mussten das Treffen auf heute Abend verschieben. Und jetzt …«

Die beiden Polizeibeamten schienen die Brisanz meiner Schilderung endgültig zu begreifen. Ohne ein weiteres Wort zu verlieren, setzten sie sich in Bewegung. Ich folgte ihnen, wies den Weg. Sie erreichten Fraukes Wohnung, suchten die gesamte Umgebung mit zwei starken Taschenlampen ab, drückten dann auf die Klingel. Wie schon zuvor bei mir ohne jede Reaktion.

Ich lief zum Fenster wenige Meter neben der Tür. »Hier. Das ist Fraukes Wohnzimmer«, erklärte ich.

Älble und Frenzel folgten meinem Hinweis, richteten den Strahl ihrer Lampen ins Innere. Ich sah, wie der Beamte erstarrte.

»Scheiße!«, kam es ihm über die Lippen.

Jetzt, im grellen Licht ihrer starken Batterien, kam die Verwüstung mitten im Raum noch weit deutlicher zum Vorschein. Der umgestürzte Glastisch, die zerschlagene Flasche, weithin verstreute Zeitschriften und Papiere, dazu die nassen Flächen auf Teppich und Parkett …

»Und? Glauben Sie mir jetzt endlich?«, presste ich mühsam hervor. Meine Stimme drohte zu versagen.

Die Frau winkte mit der Hand ab, wandte sich ihrem Kollegen zu. »Was meinst du?«, fragte sie. »Gehen wir rein?«

Ich sah, wie der Mann mit einem Schlüsselbund hantierte, sich dann am Türschloss zu schaffen machte. Er bückte sich nieder, untersuchte es, unternahm mehrere Versuche, es zu öffnen. Ich konnte es vor lauter Ungeduld kaum mehr aushalten. Aufgeregt sprang ich von einem Bein aufs andere.

»Hören Sie: So geht das nicht. Sie müssen uns in Ruhe arbeiten lassen.« Älble nahm mich am Arm, zog mich mit sich in den Garten. »Sie bleiben hier und rühren sich nicht vom Fleck. Ist das klar?«

»Aber ich muss doch …«

»Nichts!«, herrschte sie mich mit kräftiger Stimme an. »Sie müssen uns in Ruhe arbeiten lassen, sonst nichts. Haben Sie verstanden?«

Ich fühlte mich kraftlos und verlassen, starrte an der Frau vorbei ins Dunkel der Nacht. Mein blinder Aktionismus führte zu nichts, das war mir selbst klar. Aber einfach nur stillzuhalten und darauf zu warten, dass sich irgendetwas ergab, nein, das konnte niemand verlangen. Ich musste selbst etwas tun, dazu beitragen, Frauke aufzufinden, wo immer sie sich aufhielt.

Ein seltsames Knarzen riss mich aus meinen Gedanken. Ich blickte auf, sah, dass die Eingangstür zurückschwang. Frenzel stand breitbeinig davor, in der einen Hand die Taschenlampe, in der anderen eine Waffe, assistiert von seiner Kollegin. Dann verschwanden die beiden Beamten ins Innere der Wohnung.

28. Kapitel

Der Mann sah ziemlich mitgenommen aus. Müde, überanstrengt, kaum noch fähig, eine polizeiliche Untersuchung zu führen.

»Und?«, fragte ich mit zittriger Stimme. »Wo ist sie?«

Braig fuhr sich mit der Rechten durch die Haare, schüttelte den Kopf. »Ich kann es Ihnen nicht sagen, so leid es mir tut. Wir wissen es nicht.«

Zehn Minuten vor Mitternacht hatte er an Verena Engels Haustür geläutet. Wir saßen noch immer zusammen, gemeinsam auf eine Nachricht über den Verbleib Frauke Steensens wartend.

»Sie können mich jetzt nicht allein lassen«, hatte Verena Engel mir erklärt, nachdem ich, von Petra Älble nach Stempflingen zurückgebracht, zum zweiten Mal an diesem Abend bei ihr eingetroffen war. »Wir werden jetzt eine Kleinigkeit essen und dann zusammen auf Frauke warten. Vielleicht erweist sich unsere Aufregung doch noch als überflüssig.« Die abrupte Bewegung, mit der sie ihren Kopf zur Seite gewandt und meinem Blick ausgewichen war, hatte deutlich zum Ausdruck gebracht, dass sie selbst nicht an diese harmlose Version der Angelegenheit glaubte.

Auch Thomas Schmeils kurz darauf am Telefon vorgetragene Worte waren nicht imstande, mich zu beruhigen.

»Und? Hat sich die Sache geklärt?«, hatte er gefragt.

»Überhaupt nichts ist geklärt«, hatte ich lauthals erwidert. »Frauke ist spurlos verschwunden. Und die Zerstörung in der Wohnung hast du selbst gesehen.«

»Du darfst nicht so schwarz sehen. Jetzt warte erst mal ab, das klärt sich bald«, hatte er nicht nachgelassen, mir Mut zu machen. »Spätestens morgen früh wird sich alles als großes Missverständnis herausstellen und deine Ärztin gesund und munter vor dir stehen.«

Ich hatte es nicht länger ertragen und das Gespräch, ohne noch ein Wort zu sagen, beendet. Nein, so einfach lag die Sache nicht, das spürte ich deutlich. Hätten die beiden Polizeibeamten sonst sofort nach der *Sonderkommission Stempflingen* verlangt? Mit bleichen Gesichtern und angespannter Körperhaltung waren sie aus der Wohnung getreten, das Handy am Ohr. »Wir müssen das LKA verständigen. Die sollen sich die Räume anschauen.«

Mir war auf der Stelle klar gewesen, was das bedeutete. Meine Beine hatten nachgegeben, ich war vor den Beamten ins nasse Gras gesunken.

»Sie stehen sich sehr nahe?«

Mir hatte die Kraft gefehlt, die Frage Petra Älbles zu beantworten. Nur mühsam war es mir gelungen, mich wieder aufzurichten.

»Der Zustand des Wohnzimmers und der Diele von Frau Dr. Steensen weist darauf hin, dass es dort zu einer Auseinandersetzung kam«, erklärte Braig.

»Welcher Art?«, hakte Verena Engel nach.

Ich spürte den prüfenden Blick des Kommissars, mit dem er mich musterte. Dachte er darüber nach, wie viele von den ihm vorliegenden Erkenntnissen er mir zumuten konnte?

»Meine Kollegen stehen erst am Anfang der Untersuchung«, gab er zur Antwort. »Genaueres wissen wir erst in ein paar Stunden. Unsere besten Spurensicherer sind vor Ort.«

Die Vorsicht, mit der er eine konkrete Aussage vermied, ließ mich schaudern. »Wurde sie verletzt?«, kam es mir über die Lippen.

Braig massierte seine rechte Schläfe, fand erst nach mehreren Sekunden den Mut, meinem Blick standzuhalten. »Bitte, geben Sie uns Zeit. Wir werden alles tun, Frau …« Er stockte, suchte nach dem Namen. »Frau Dr. Steensen zu finden.«

»Zu finden, ja«, polterte ich. »So wie Alina Sievers und Susann Sartorius.« Die Tränen schossen mir aus den Augen, ich konnte nichts dagegen tun.

»Nein!« Verena Engel reagierte als Erste. »Sie werden sie finden. Lebendig!« Sie sprang von ihrem Stuhl, bückte sich zu mir nieder, nahm mich in ihre Arme. »Sie werden Frauke finden. Garantiert!«

Das Handy des Kommissars signalisierte den Eingang einer SMS. Er zog das Gerät aus der Tasche, las die Nachricht, gab eine kurze Antwort ein.

»Und?«, fragte ich, mich aus der Umarmung meiner Gastgeberin lösend und nach einem Taschentuch greifend.

Braig nahm den Kaffee, den Verena Engel ihm serviert hatte, an den Mund, trank einen kleinen Schluck. »Geben Sie uns Zeit, bitte«, wiederholte er. »Wir haben unsere besten Leute vor Ort, wirklich. Die stellen alles auf den Kopf. Nicht nur die Wohnung. Auch den Garten und die Straße. Denen entgeht nichts. Vertrauen Sie uns.«

Ich schnäuzte in das Taschentuch, wischte meine Nase sauber.

»Frau Dr. Steensen rief heute Morgen bei Ihnen an und bat um ein persönliches Gespräch«, sagte der Kommissar. »Am Telefon wollte sie nicht darüber sprechen. Das Thema war ihr zu heikel. Das ist richtig, ja?«

»Ja.« Ich steckte das Taschentuch weg. »Es war ihr so wichtig, dass sie mich möglichst bald treffen wollte. Sobald sie den letzten Patienten behandelt hatte.«

»Worum sollte es da gehen?«

»Ich weiß es nicht.«

»Sie machte keine Andeutungen?« Er musterte mich mit strengem Blick.

»Sie war total im Stress. Die Praxis voller Leute, ein Patient nach dem anderen. Sie hatte keine Zeit, mir irgendetwas zu erklären.«

»Ging es vielleicht um eine Sache, die sie gerade von einem Patienten erfahren hatte?«

Überrascht betrachtete ich das Gesicht des Mannes. Sein Kinn und die Wangen waren von Bartstoppeln übersät. »Daran habe ich bisher überhaupt noch nicht gedacht«, bekannte ich.

»Das wäre doch möglich, oder?«

»Vielleicht, ja.« Unschlüssig hob ich beide Hände.

»Wir werden uns die Liste ihrer Patienten genau vornehmen. Wann rief sie an? Erinnern Sie sich noch?«

»Kurz nach zehn«, antwortete ich wahrheitsgemäß. »Das weiß ich genau, weil ich um die Zeit auf die Uhr sah.«

»Sehr gut.« Er machte sich Notizen. Für einen Moment blieb es ruhig, dann kam er mit seiner nächsten Frage. »Sie praktiziert gemeinsam mit einem Kollegen. Richtig, ja?«

Ich nickte. »Dr. Lennart. Eigentlich ist es seine Praxis. Frauke arbeitet nur als Assistenzärztin auf Zeit.«

»Wie ist das Verhältnis zwischen den beiden?«, fragte Braig.

»Zwischen Frauke und Dr. Lennart?« Ich konnte nicht nachvollziehen, was er mit der Frage bezweckte.

»Falls Sie sich imstande sehen, das zu beurteilen.«

»Gut.« Ich wedelte mit meinen Händen durch die Luft. »Sie glauben doch nicht etwa …«

»Ich glaube überhaupt nichts. Sie haben mir nur erzählt, dass Frau Dr. Steensen aus der Praxis anrief und um ein persönliches Gespräch bat. Am Telefon wollte sie sich zum Inhalt ihres Anliegens nicht äußern. Weil jemand in der Nähe war, der davon nichts hören durfte?«

Ich wusste nicht, was ich antworten sollte, starrte verblüfft zu dem Kommissar. Verdächtigte er wirklich Dr. Lennart, mit Fraukes Verschwinden in Verbindung zu stehen?

»Das kann ich mir beim besten Willen nicht vorstellen«, mischte sich Verena Engel ins Gespräch. »Ich kenne Dr. Lennart seit vielen Jahren. Beruflich und privat. Ich habe Frauke empfohlen, sich bei ihm als Assistenzärztin zu bewerben. Sie fühlte sich wohl, was die Zusammenarbeit betraf. Wir haben uns mehrfach darüber unterhalten. Nein, das kann ich mir nicht vorstellen. Beide arbeiten zudem in eigenen Räumen. Die laufen sich in der Praxis nicht oft über den Weg. Höchstens am Anfang und am Ende ihres Dienstes. Aber dazwischen? Kaum.«

Braig war Verena Engels Ausführungen interessiert gefolgt, musterte aufmerksam ihre Miene. »Sie kennen Frau Dr. Steensen gut?«, fragte er.

»Ich arbeitete als Krankenschwester und war mehrere Jahre lang Gast-Dozentin an der medizinischen Fakultät der Uni Tübingen. Frauke Steensen war eine meiner Studentinnen. Es blieb nicht bei dem beruflichen Verhältnis. Wir kamen miteinander ins Gespräch und … Ja, ich kenne sie gut. Gemeinsame Schicksalsschläge, das verbindet.«

»Gemeinsame Schicksalsschläge?«, wiederholte der Kommissar.

Verena Engel ließ sich Zeit mit ihrer Antwort. Sie schien zu überlegen, ob sie überhaupt auf die Frage des Mannes eingehen sollte. »Fraukes Vater litt an Depressionen. Genau wie mein Mann. Beide schieden von dieser Krankheit geplagt *freiwillig*«, sie betonte das Wort, um die Absurdität seines Sinnes zu veranschaulichen, »aus dem Leben. Ich weiß nicht, ob Sie ermessen können, was das für die Angehörigen bedeutet.«

Überrascht blickte ich auf. Diesen Teil ihrer Familiengeschichte hatte sie mir bisher vorenthalten.

»Das tut mir leid«, sagte Braig. »Wann ist das mit Frau Dr. Steensens Vater passiert?«

»Letztes Jahr im Frühling. Frauke hatte ein sehr gutes Verhältnis zu ihm. Vor allem, seit ihre Eltern getrennt lebten.

Danach wollte sie nur noch von zu Hause weg. Weit weg. Am liebsten ins Ausland. Es war meine Idee, ihr stattdessen unsere Region zu empfehlen. Ich habe sie dazu überredet.«

»Wo lebte ihr Vater?«, erkundigte sich der Kommissar.

»In Lübeck«, antwortete Verena Engel.

»In Lübeck?«, wiederholte er. Die Überraschung war ihm ins Gesicht geschrieben. Ich sah förmlich, wie es in ihm arbeitete. »Lübeck liegt doch nur wenige Kilometer von Hamburg entfernt.« Er wandte sich von seiner Gesprächspartnerin ab, musterte mich mit nachdenklicher Miene. »Das kann doch kein Zufall sein.«

Natürlich war mir klar, was er mit der Erwähnung meiner Heimatstadt andeuten wollte. Alina Sievers, Susann Sartorius – die ermordeten Frauen kamen beide aus Hamburg. Und ich ebenfalls. »Lübeck liegt nicht weit entfernt, ja«, bestätigte ich. »Und Frauke ist auch in Hamburg geboren und hat dort den größten Teil ihres Studiums verbracht.«

Braig griff nach seiner rechten Schläfe, massierte sie mit der Spitze seines Zeigefingers. Eine Angewohnheit, mit der der Mann besonders anstrengende Stresssituationen zu bewältigen schien. Er schwieg, wandte seinen Blick nicht von mir. »Seit wann kennen Sie Frau Dr. Steensen?«, erkundigte er sich dann.

»Seit dreieinhalb Wochen«, antwortete ich wahrheitsgemäß. »Sie untersuchte mich nach dem Vorfall auf dem Holzlagerplatz. Nachdem Strobler mich niedergeschlagen hatte. Und dann, einen Tag später, waren wir beide hier bei Frau Engel eingeladen.«

»Und vorher – in Hamburg? In welchem Verhältnis standen Sie da zueinander?« Der Kommissar fixierte mich mit angestrengter Miene.

»Ich verstehe Ihre Frage nicht. Ich habe Frauke erst hier in Stempflingen kennengelernt«, beharrte ich.

Er schien mit sich zu kämpfen, ob er mir glauben sollte, reagierte erst nach dem zweiten Signalton auf das Läuten seines Handys. Ich sah, wie er kräftig durchatmete, dann nach dem Mobiltelefon griff und es ans Ohr hielt. Es schien sich um einen Kollegen zu handeln. Braig erhob sich von seinem Platz, lief in die Diele. Offensichtlich wollte er vermeiden, dass wir Inhalte des Gesprächs mitbekamen. Er lauschte der Information, hakte dann mit mehreren kurzen Fragen nach.

Ich versuchte, einzelne Worte zu verstehen, vergeblich. Er war zu weit entfernt, unterhielt sich zudem mit gedämpfter Stimme. Ich wollte mich gerade zur Seite drehen und Verena Engel meine Aufmerksamkeit zuwenden, als mir plötzlich ein Satz ins Ohr schwappte. Erschrocken hielt ich mitten in meiner Bewegung inne.

»Wo genau habt ihr das Blut entdeckt?«, hatte er gefragt. Ich hatte es Wort für Wort verstanden. Ein kalter Schauer lief mir über den Rücken, mein Herz begann zu rasen. *Wo genau habt ihr das Blut entdeckt?* Augenblicklich war mir klar, was das bedeutete.

29. Kapitel

Ich hatte fast die ganze Nacht kein Auge zugetan. Wie auch, angesichts der alles überwältigenden Angst, die mich mit Haut und Haaren ergriffen hatte? Zur Ruhe zu kommen, war unmöglich. Mein Leben war zur Hölle geworden, alle Teufel dieser Welt hatten sich gegen Frauke und mich verschworen.

Kurz vor ein Uhr war ich durch die dunklen Dorfstraßen nach Hause getrottet, auf eigenen Wunsch und gegen den ausdrücklichen Willen meiner Gastgeberin.

»Sie sollten hier bleiben. Mein Gästezimmer steht Ihnen gern zur Verfügung. Es ist nicht gut, wenn Sie jetzt noch gehen. Das große Haus und Sie – ganz allein.«

Ich hatte mich trotzdem nicht davon abhalten lassen, war keine Viertelstunde, nachdem der Kommissar sich verabschiedet hatte, ebenfalls gegangen.

»Wo haben sie Blut entdeckt?«, hatte ich ihn mit zitternder Stimme gefragt, nachdem er wieder in Verena Engels Wohnzimmer zurückgekehrt war.

»Die Untersuchungen laufen noch«, hatte er in müdem Tonfall erwidert. »Wir wissen nicht, von wem es stammt.«

Ein weiterer Anruf hatte ihn davor bewahrt, detaillierter auf meine Fragen eingehen zu müssen. Wieder hatte er das Zimmer verlassen, war dann in der Diele weit gedämpfter als vorher auf seine Gesprächspartner eingegangen. Irgendetwas von »kompletter Mannschaft« und »vollem Programm« war dennoch zu mir durchgedrungen. Nicht nur ich, auch die Polizei rechnete mit dem Schlimmsten, das war nicht zu überhören.

»Es ist Fraukes Blut, richtig?«, hatte ich ihn mit meiner Befürchtung konfrontiert, kaum dass er sein lange andauerndes Telefonat beendet hatte.

Braig war ruhig geblieben, hatte meinem angsterfüllten Blick bis zur letzten Sekunde standgehalten. »Wir wissen es nicht«, hatte er erklärt. »Das muss erst untersucht werden. Aber wir können es nicht ausschließen, nein.«

Für den Augenblick einer Sekunde hatte ich mich noch gewundert, wie ehrlich der Mann auf meine Frage eingegangen war, dann war ich wieder in meinen angsterfüllten Albträumen versunken.

Zu Hause angelangt, hatte ich keine Ruhe gefunden. Die halbe Nacht war ich rastlos hin und her marschiert. Von Zimmer zu Zimmer, die Treppe auf und ab, wütend und ohnmächtig zugleich, ständig von dem Bewusstsein getrieben, Frauke zu Hilfe eilen zu müssen.

Nur, was sollte ich tun? Draußen den Wald durchkämmen und nach einem Verlies suchen, vielleicht einer Höhle, wo irgendein perverser Gewalttäter Frauke versteckt hatte? Oder im Dorf von Haus zu Haus marschieren und Einblick in alle Zimmer verlangen, sämtliche Scheunen, Ställe, Garagen durchsuchen, jetzt, mitten in der Nacht? Und wenn dieser gottverdammte Verbrecher Frauke nicht hier bei uns, sondern irgendwo weiter weg in seinen Klauen hielt?

Ich wusste nicht aus noch ein, sank dann am frühen Morgen doch noch vor lauter Erschöpfung ins Bett, von den übelsten Albträumen geplagt. Schweißgebadet kam ich wieder zu mir, ein lautes Dröhnen und Rattern im Ohr. Ich benötigte mehrere Sekunden, zu begreifen, was das Geräusch verursachte, überlegte hin und her. Mit einem Mal war es mir klar: ein Hubschrauber.

Sie suchten nach Frauke! Sie taten etwas! Endlich!

Ich sprang aus dem Bett, warf einen Blick auf die Uhr. Fünf vor sieben. Draußen herrschte noch stockdunkle Finsternis. Ich schaute nach rechts, sah, dass ein gleißender Strahl aus der Höhe einen Teil des Waldes in helles Licht tauchte. Hatten sie sie entdeckt? In einer Höhle? Lebendig und gesund oder …

Ich zwang mich dazu, den Gedanken nicht zu Ende zu führen, griff nach der kleinen Visitenkarte, die mir der Kommissar heute Nacht überreicht hatte. »Wenn Ihnen irgendetwas einfällt, was uns weiterhelfen könnte – zögern Sie nicht. Rufen Sie mich an«, hatte er erklärt.

Ich gab die Nummer ein, hörte schon nach dem ersten Läuten seine Stimme. »Daniel Grohm«, meldete ich mich. »Der Hubschrauber. Haben Sie Frauke gefunden?«

»Herr Grohm.« Er klang überhaupt nicht müde, schien bereits wieder mitten in der Arbeit. »Wir suchen nach ihr, auch mit einem Hubschrauber, ja. Sie sehen, wir unternehmen alles …«

»Und? Gibt es ein Lebenszeichen?«

Braig zögerte einen Moment mit seiner Antwort, rang sich dann zu einer konkreten Aussage durch. »Wir haben Frau Dr. Steensens Handy.«

»Ihr Handy? Wo war es?«

»Im Wald. Am Rand Obersteußlingens, nicht weit von der Straße.«

»Gibt es Hinweise auf Fraukes Aufenthaltsort?«

»Wir sind dabei, das Handy auszuwerten.«

Ich merkte, dass der Hubschrauber abdrehte und seinen Lichtkegel auf ein tiefer gelegenes Waldstück zentrierte. »Sie wissen nicht, wie das Handy dorthin kam?«

Der Kommissar schien mit jemand zu sprechen, wandte sich erst nach einer Weile wieder mir zu.

»Wie kam das Handy in den Wald?«, wiederholte ich ungeduldig.

»Wir nehmen an, vom Rand der Straße aus. Es wurde ins Unterholz geworfen.«

»Oh, mein Gott«, presste ich hervor. »Das kann doch nur …«

»Gerner«, fiel Braig mir mitten ins Wort. »Was wissen Sie von dem Mann?«

»Gerner«, keuchte ich laut. »Haben Sie den im Verdacht?«

»Was wissen Sie von ihm?«

»Sie glauben, der hat Frauke …« Ich schnappte nach Luft. Im gleichen Moment hatte ich die Szene wieder vor Augen. »Er hat einen Journalisten niedergeschlagen. Mitten im Dorf. Ohne jeden Grund.«

»Wer behauptet das?«

»Das habe ich selbst beobachtet. Die beiden standen keine zehn Meter von mir entfernt.«

»Wann soll das gewesen sein?«, wollte der Kommissar wissen.

»Kurz nach Weihnachten, wenn ich mich richtig erinnere. Ich war damals noch nicht bei Hartmann angestellt.«

»Und wieso liegt dann keine Anzeige gegen den Mann vor?«, hakte er nach.

Ich zögerte mit der Antwort. »Gerner machte sich auf und davon, bevor der Journalist Hilfe holen konnte. Er kannte offensichtlich nicht seinen Namen.«

»Aber Sie waren doch Zeuge«, insistierte Braig.

»Ja, aber …« Ich verstummte, wusste nicht, welche Ausrede ich vorbringen konnte. Die Sache war mir unangenehm.

»Ich verstehe«, erklärte mein Gesprächspartner. »So viel zum Thema Zivilcourage.«

»Was spielt das jetzt für eine Rolle?«, gab ich ihm Kontra. »Haben Sie sonst keine Probleme?« Die Angst um Fraukes Schicksal drohte mich wieder zu überwältigen.

»Frau Dr. Steensen«, fuhr er scheinbar unbeirrt fort. »Hat sie Ihnen gegenüber diesen Gerner erwähnt?« Ich hörte, wie er mit einer Kollegin ein paar Worte wechselte, den Dialog dann mit einem knappen: »Dann fahren wir sofort!«, beendete.

»Nicht direkt«, gab ich zur Antwort.

Es dauerte ein paar Sekunden, bis er sich wieder meldete. »Was heißt das?« Sein Tonfall hatte sich verändert. Er atmete in kurzen Stößen, schien sich schnell zu bewegen.

»Frauke wurde ins Sägewerk gerufen, im Dezember schon. Zwei Gabelstapler waren aufeinandergeprallt. Mit Absicht, meinte sie, das sah nicht nach Unfall aus. Sie nannte zwar keine Namen, aber ich glaube, dass es sich um Gerner und Strobler handelte. Ich sah Gerner später jedenfalls humpeln.«

»Im Dezember?« Braig schien vollends außer Atem. Ich hörte das Schlagen mehrerer Autotüren, danach die Geräusche eines fahrenden Wagens.

»Ich meine, ja.«

»Und Sie glauben, dass dieser Gerner eine Verletzung davontrug?«

»Ich sah ihn mehrfach humpeln, ja. Und Frauke erwähnte, sie habe einen der beiden Kontrahenten an einen Facharzt verwiesen.«

»Das hat sie Ihnen gegenüber ausgesagt?«

»Ja, das weiß ich noch genau«, bestätigte ich.

Braig schien zufrieden, er bedankte sich jedenfalls für meine Auskunft und versprach, mich sofort zu informieren, sobald sich etwas Neues ergab.

»Sie glauben, Gerner hat Frauke überfallen?«, versuchte ich noch zu erfahren, merkte aber, dass er die Verbindung bereits abgebrochen hatte.

Gerner, tobte es in mir, dieser widerwärtige Schläger. Von der ersten Begegnung an hatte ich den Kerl als unsympathisch empfunden, als eine Sorte Mensch, der man weder am Tag, geschweige denn in der Nacht gerne über den Weg lief. Ich sah ihn vor mir, wie er plötzlich ohne jede Vorwarnung auf den Journalisten, diesen großen, kräftigen Mann einschlug und dann dessen Mikrofon zertrampelte, erinnerte mich auch an den Moment, als ich am ersten Tag meiner

Tätigkeit im Sägewerk vor dem Verwaltungsgebäude mit dem Kerl zusammengeprallt war und dann sprachlos vor Scham mit ansehen musste, wie er direkt vor meinen Augen breitbeinig Aufstellung nahm und durch den Zaun in die Tiefe pinkelte. Eine verrohte, sogar den primitivsten menschlichen Umgangsformen abholde Gestalt.

Und ausgerechnet der hatte Frauke in seine Gewalt gebracht? Je länger ich darüber nachdachte, desto mehr wurde mir bewusst, was das bedeutete. Frauke in den Händen dieses Unholds, das übertraf meine schlimmsten Albträume. Diesem unberechenbaren, gefühllosen Halunken war alles zuzutrauen. Der kannte keinerlei Hemmungen, nicht einen Hauch von Rücksicht auf andere, ich hatte es bei seinem Gewaltakt gegen den Journalisten selbst erlebt. Jede Sekunde, die sie dem Verbrecher ausgeliefert war, bedeutete größte Gefahr für ihre Gesundheit und ihr Leben. Ich musste sofort hin zu dem Kerl, Frauke aus seinen Händen befreien.

Ich eilte ins Bad, klatschte mir kaltes Wasser und eine kräftige Ladung Duschgel ins Gesicht und auf die Brust und versuchte, mich so schnell es ging zu erfrischen. Wo Gerner wohnte, war mir bruchstückhaft in Erinnerung. In einem alten, ziemlich heruntergekommenen Gehöft auf der anderen Seite des Dorfes. Vor ein paar Wochen war ich vorbeigekommen, hatte aber erst im Nachhinein erfahren, dass es sich um das Anwesen dieses Mannes handelte. Ich erinnerte mich noch an eine alte, verbraucht wirkende Frau, die auf einen Stock gestützt mühsam über das Gelände gehumpelt war, hatte auch noch das Gegacker von Hühnern in den Ohren, die dort in einem Verschlag untergebracht waren. Wahrscheinlich die Mutter des Kerls, hatte ich damals überlegt, dem Dorftratsch nach lebte er mit einem Bruder und den Eltern zusammen.

Ich nahm mir ein Handtuch, wischte mich trocken, suchte nach warmer Kleidung. Es war zwar längst Februar, aber immer noch bitterkalt. Ich hüllte mich in einen dicken Pullover aus Tante Linas Vorräten, griff nach der Winterjacke, machte mich auf den Weg. Obwohl es immer noch dunkel war, schien das Dorf längst erwacht. Das Dröhnen des Hubschraubers hatte seine Wirkung offensichtlich nicht verfehlt. Sein Lichtkegel erhellte inzwischen den höchstgelegenen Teil Stempflingens, genau das Areal, wo ich Gerners Anwesen vermutete. Von der Dorfstraße her waren Stimmen zu hören, zudem preschten dicht gedrängt hintereinander zwei Fahrzeuge den Berg hinauf. War die Polizei etwa dabei, das Gehöft des Verbrechers unter die Lupe zu nehmen?

Ich beeilte mich, die Anhöhe zu erklimmen, kam am Leonberger Weg vorbei, wo Verena Engel wohnte. Im ersten Obergeschoss brannte Licht, das war deutlich zu sehen. War die Frau so früh aufgestanden, weil sie heute zu ihrer Tochter fahren wollte, oder hatte der Lärm des Hubschraubers sie geweckt? Ich stolperte über einen unförmigen Steinbrocken, richtete meine Aufmerksamkeit auf den Weg vor mir. Er war im Dunkeln kaum zu erkennen und nur etwa alle dreißig Meter vom fahlen Licht einer Laterne beleuchtet.

Je weiter ich kam, desto lauter dröhnten die Rotoren des Hubschraubers. In diesem Teil des Dorfes waren längst alle, ob Mensch, ob Tier aus dem Schlaf gerissen worden. Es war einfach unmöglich, diesen Polizeieinsatz zu überhören. Ob Gerner dadurch nicht viel zu früh gewarnt worden war?

Ich hatte die vorletzte Seitenstraße beinahe erreicht, als ich auf das vielstimmige Geschrei aufmerksam wurde. *Cannstatter Weg*. Der Pfahl mit dem Schild hing schief in seiner Halterung, der Name zeigte eher zum Himmel als in den hier abzweigenden Weg. Keine hundert Meter weiter schien das halbe Dorf versammelt. Frauen und Männer, Junge und Alte, alle starrten auf das nahe Anwesen, das von den Scheinwerfern mehrerer Polizeifahrzeuge wie auch dem grellen Lichtkegel des darüber kreisenden Hubschraubers fast taghell beleuchtet war. Ich näherte mich der lauthals miteinander parlierenden Menge, hörte plötzlich aufgeregte Schreie.

»Jetzt hent se den Saukerl ond sei Hure!«

Die unübersehbare Anzahl der neugierigen Gaffer machte es mir unmöglich, zu erkennen, was auf dem nahen Gelände vor sich ging. Ich versuchte, weiter nach vorne zu gelangen, achtete nicht auf die Kommentare, die mich begleiteten.

»Du blöder Hund, bisch du noch ganz backe?«

Als ich das angrenzende Gelände endlich vor mir sah, bemerkte ich gerade noch, wie zwei uniformierte Beamte eine auffällig blondierte Frau und einen hinkenden Mann zu einem Polizeiauto führten und sie darin verstauten. Anschließend nahmen die beiden Beamten selbst darin Platz und starteten den Wagen. Der Fahrer hupte zwei Mal kurz, steuerte das Gefährt vorsichtig am Rand der wartenden Menge vorbei und dann auf die Dorfstraße zu.

Das Auto war noch nicht um die Ecke gebogen, als plötzlich eine schreiende Gestalt auf den Hof des Anwesens gestürmt kam, genau auf die anderen uniformierten Beamten zu, die sich am Eingangstor des großen Stalls zu schaffen machten. Es war noch zu dunkel, die Person zu identifizieren; erst als sie in das grell erleuchtete Areal humpelte, erkannte ich die alte Frau wieder, wohl Gerners Mutter. Sie keifte und zeterte mit schriller Stimme, war aber wegen des immer noch anhaltenden Lärms des Hubschraubers nicht zu verstehen. Ich sah, dass sie die Polizeibeamten daran hindern wollte, das Tor des Stalls zu öffnen, hörte das laute Schimpfen von einem der Männer. Er packte sie am Arm und bugsierte sie langsam, aber unnachgiebig zum Haus zurück.

Seine Kollegen führten ihre Arbeit derweil unbeirrt fort. Sie öffneten das Tor, leuchteten das Innere mit starken Taschenlampen aus. Sie schienen zielstrebig vorzugehen, begannen, den Stall auszuräumen. Zwei ältere Ackerwagen kamen zum Vorschein, dann eine große, auf der Seite verbeulte Maschine. Ich sah, dass der Hubschrauber abdrehte und sich auf ein Waldstück unterhalb des Dorfes konzentrierte, hörte das Quietschen des unförmigen Gefährts, das die Beamten in den Hof schoben. Offensichtlich war es nur schwer zu bewegen, erforderte die gemeinsame Anstrengung der Männer. Ich wusste nicht, was sie in dem alten Stall suchten. Hatte Gerner etwa Frauke darin versteckt?

Ich spürte, wie sich mein Herzschlag beschleunigte, fühlte Übelkeit in mir aufsteigen. Sollte Frauke die ganze Nacht über in dieser verwahrlosten Trümmerbude eingesperrt gewesen sein?

Ich löste mich aus der Menge, versuchte, über den Zaun zu klettern. Das Geschrei hinter mir weckte die Aufmerksamkeit des nur wenige Meter entfernt stehenden Polizisten. Er eilte auf mich zu, hinderte mich laut schimpfend daran, in den Hof des Anwesens zu gelangen.

»Hier geht's nicht weiter, junger Mann!«, polterte er in gestelztem Hochdeutsch.

»Frauke«, bettelte ich. »Hat er sie im Stall eingesperrt?«

Er ging nicht auf meine Frage ein, wartete, bis ich wieder auf dem Asphalt vor dem Zaun angelangt war. »Lassen Sie die Kollegen ihre Arbeit machen!«, fügte er übel gelaunt hinzu.

Ich trat rastlos von einem Fuß auf den anderen, versuchte, das Geschehen zu verfolgen. Die Männer rangierten einen der Dienstwagen vor die offene Stalltür, tauchten das Innere des alten Bauwerks mit den voll aufgeblendeten Scheinwerfern in grelles Licht. Ich konnte nur einen kleinen Teil des weitläufigen Raumes erkennen, der große Rest blieb hinter der Tür verborgen. Was sich mir darbot, war ein unübersehbares Wirrwarr alter Kisten und Gerätschaften, deren ursprünglicher Zweck kaum noch zu ermitteln war. Die

Männer schienen sich dem Areal in der Mitte des Stalls zugewandt zu haben. Ich sah sie Metallstangen, Spaten und andere Werkzeuge in das Gebäude schleppen, hörte sie dort arbeiten. Lautes Scharren und Kratzen, unablässiges Hämmern. Kräftige Schläge, wie mit einer Axt ausgeführt.

Ich wusste nicht, was sie damit bezweckten. Hatte Gerner etwa eine Art Verlies, ein unterirdisches Gefängnis in seinem Stall errichtet? Der Gedanke, dass er Frauke dort versteckt und die ganze Nacht über eingesperrt hatte, jagte mir eisige Schauer über den Rücken. Im Moder dieses Gerümpelhaufens in ein eiskaltes Loch verbannt, wie sollte sie das bei diesen eiskalten Temperaturen überleben?

Ich spürte, wie mir übel wurde, machte einen Schritt zur Seite, klammerte mich am Zaunpfahl fest. Alles schien sich um mich zu drehen. Ich schnappte nach Luft, merkte, dass ich am ganzen Körper zitterte. Was hatte der Dreckskerl Frauke angetan? Warum war ich nicht schon längst darauf gekommen, dass er hinter den ganzen Verbrechen steckte?

Das Geschrei aus dem Haus holte mich in die Realität zurück. Die keifende Stimme der alten Frau schallte quer über den Hof. Ich glaubte, irgendetwas von »Verbrechern in Uniform« und »Ihr machet alles kaputt« zu verstehen, merkte, dass sich die Männer davon nicht beirren ließen. Das Hämmern, Scharren und Kratzen setzte sich unablässig fort, ergänzt von zeitweiligem, schrillem Quietschen. Sie schienen den Boden des Stalls bis in den letzten Winkel auf darunter gelegene Räume hin zu untersuchen. Wussten sie nicht, wo genau das Versteck lag? Hatte der Verbrecher Fraukes Gefängnis dermaßen gut getarnt, dass der Zugang nicht zu finden war?

Ich versuchte mehrfach, den uniformierten Beamten am Zaun anzusprechen, vergeblich. Der Mann schien unbeirrbar, zeigte keinerlei Reaktion. Wurde meine Stimme zu schrill, mein Bitten zu aufdringlich, drehte er sich einfach um und wandte mir den Rücken zu. Sein gestelztes: »Lassen Sie die Kollegen ihre Arbeit machen und gehen Sie nach Hause wie die anderen Leute auch!«, schien das einzige Vokabular, das ihm zur Verfügung stand.

Je länger ich die Arbeit der Männer verfolgte, desto verzweifelter war mir zumute. Es war vollkommen sinnlos, was ich hier machte. Anstatt Frauke zu helfen, aus ihrem eisigen Loch freizukommen, stand ich am Zaun und trat mir die Füße in den Bauch. Dass es inzwischen hell geworden war, änderte nichts an der Situation. Zitternd vor Kälte und Erschöpfung wartete ich seit Stunden vergeblich auf ein Lebenszeichen von ihr.

Die beiden bekannten Stimmen hörte ich in dem Moment, als mich der Mut endgültig zu verlassen drohte. Ich war dermaßen in meine Angst versunken, dass ich sie zuerst nicht zuordnen konnte. Umso erstaunter sah ich auf, als Verena Engel und Thomas Schmeil Schulter an Schulter neben mir Aufstellung genommen hatten. Fast alle anderen Dörfler hatten den Platz vor Gerners Anwesen längst verlassen.

»Ich habe heute Morgen drei Mal bei dir geläutet, weil ich wissen wollte, wie es dir geht«, erklärte Schmeil. »Dabei hatte ich extra ein Frühstück vorbereitet, um dich auf andere Gedanken zu bringen. Vor lauter Frust lief ich ins Dorf und traf auf Frau Engel. Sie sah dich vorhin schon hier stehen und hatte den gleichen Gedanken wie ich. Deshalb haben wir dir das hier mitgebracht.« Er deutete auf den Korb in seiner Hand, der eine Thermoskanne, eine Tasse und einen Teller mit zwei belegten Brötchen enthielt.

»Wir dachten, dass Sie garantiert hier bleiben wollen«, fügte Verena Engel hinzu. »Bis die Polizei Frauke endlich befreit hat. Immerhin haben sie Gerner und seine Gespielin abgeholt. Wir haben uns ja darüber unterhalten, was unten im

Steinbruch manchmal läuft. Und dass der Dreckskerl Ihre Tante geschlagen und bedroht hat, weil sie ihm ins Gesicht sagte, seine Zuhälterei anzuzeigen, wird jetzt auch zur Sprache kommen. Dafür werde ich sorgen.«

Gerner also war es tatsächlich gewesen, vor dem Tante Lina solche Angst gehabt hatte? Ich nahm Verena Engels Aussage nur am Rande wahr. Und auch die Idee, mich für die freundliche Geste der beiden zu bedanken, kam mir an diesem Tag nicht in den Sinn. Ich war zu sehr mit anderen Dingen beschäftigt, als diesem Grundgebot der Höflichkeit Beachtung zu schenken. Wahrscheinlich wäre ich nicht einmal auf den Gedanken gekommen, ihr schmackhaftes Mitbringsel anzurühren, hätte Verena Engel mir nicht einen Kaffee ausgeschenkt und die Tasse samt Teller so lange vors Gesicht gehalten, bis mir nichts anderes übrig blieb, als zuzugreifen und den Kaffee samt den Brötchen langsam mit kleinen Schlucken und Bissen zu mir zu nehmen.

Auch ihr freundliches Angebot: »Solange Frauke nicht wieder heil und gesund bei uns ist, werde ich selbstverständlich nicht zu meinen Kindern fahren. Ich bleibe hier im Dorf und stehe Ihnen jederzeit zur Verfügung«, nahm ich nur am Rande wahr.

Keine dreißig Meter vor mir hatte das Hämmern und Schlagen nämlich plötzlich aufgehört und ungewohnter Stille Platz gemacht.

30. Kapitel

Gebannt, ein angebissenes Brötchen in der Hand, hatte ich die Veränderung auf dem Anwesen vor mir wahrgenommen. Mein Herz schlug bis zum Hals, fieberhafte Erregung hatte sich meiner bemächtigt. Hatten die Männer das unterirdische Verlies entdeckt?

Ich war nicht mehr imstande stillzuhalten, flehte den uniformierten Beamten vor mir an, mich passieren und einen Blick in den Stall werfen zu lassen. Der Mann reagierte noch aggressiver als zuvor; er wandte sich mir zu, fing sofort an zu schimpfen und mir den immer gleichen Sachverhalt an den Kopf zu werfen. »Wann begreifen Sie endlich, dass die Kollegen in Ruhe arbeiten müssen?«

Sein Schimpfen fand erst ein Ende, als ein dunkler Wagen mit Stuttgarter Kennzeichen um die Ecke bog und unmittelbar vor uns stoppte. Die beiden Leute, die aus dem Fahrzeug stiegen, erkannte ich sofort. Braig, ein Handy am Ohr und eifrig mit seinem Gesprächspartner parlierend, und Neundorf, seine Kollegin, die mich anlässlich der Ermittlungen um Alina Sievers und Susann Sartorius schon einmal aufgesucht hatte. Die Kommissarin zog ihren Ausweis und zeigte ihn dem uniformierten Beamten, eilte dann gemeinsam mit Braig auf das Anwesen. Ich sah beide in den Stall verschwinden, wartete mit fieberhafter Ungeduld auf ihre Rückkehr.

Irgendetwas Bedeutsames mussten die Beamten entdeckt haben, sonst hätten sich nicht gleich zwei ermittelnde Kommissare hierherbemüht, ging es mir durch den Kopf. Waren sie endlich auf das Versteck gestoßen, in dem der Verbrecher Frauke gefangen hielt?

Plötzlich trat Braig wieder auf den Hof. Ich konnte es an seiner Körperhaltung erkennen, dass er nichts Erfreuliches zu berichten hatte. Die hängenden Schultern, das müde, verdrossen dreinblickende Gesicht. Der Schrecken fuhr mir in alle Glieder. Um Gottes willen, sie waren doch nicht etwa zu spät auf Fraukes Versteck gestoßen? Bilder von winzigen, viel zu engen Verliesen, in denen von Verbrechern Entführte hatten vegetieren müssen, kamen mir in den Sinn. Oft genug hatten sie solche Kisten, Kammern und Erdlöcher in den Nachrichten präsentiert. Frauke war doch nicht etwa hier in diesem Stall …

Ich merkte, dass der Kommissar mitten auf dem Hof stehen blieb, machte mich mit lautem Rufen bemerkbar. Braig sah auf und schaute zu mir her. Bevor der uniformierte Wachhund am Zaun wieder zu seiner gewohnten Litanei ansetzen konnte, kam der Kommissar direkt auf mich zu.

»Herr Grohm«, begann er. »Gut, dass ich Sie sehe. Ich hoffte zwar, wir könnten es uns ersparen, Sie zu fragen, aber jetzt …« Er ließ einen tiefen Seufzer hören, wirkte unendlich müde.

»Was ist mit Frauke?« Ich konnte die Frage nicht länger zurückhalten. »Sie haben sie nicht …?«

Braig lief vollends auf die Straße, schüttelte den Kopf. »Leider, nein. Wir haben immer noch keine Spur von ihr.« Er wies zu dem Dienstwagen, bat mich, ihm zu folgen. Offensichtlich wollte er mit mir unter vier Augen sprechen.

»Sie ist nicht hier?«, fragte ich, auf Gerners Anwesen deutend.

»Nein«, sagte er. »Wir haben uns vertan. Gerner hat zwar gestern Morgen in der Praxis Frau Dr. Steensen lauthals beschuldigt, sich nicht genügend um seine Fußverletzung gekümmert zu haben …«

»Wie bitte?«, fiel ich dem Mann ins Wort. »Sie hat ihn doch dringend ersucht, zu einem Facharzt zu gehen.«

»Ja, ja, das mag schon sein.« Braig hob abwehrend beide Hände, versuchte, mich zu beruhigen. »Das ist jetzt nicht unser Problem. Diese Auseinandersetzung fand nach der Aussage Dr. Lennarts kurz vor zehn Uhr gestern Morgen statt. Wir haben den Arzt mitten in der Nacht aus dem Bett geholt und ihn nach dem Verlauf des gestrigen Tages in der Praxis befragt. Sie sehen, wir haben sofort reagiert. Wir warten nicht, wie wir das normalerweise bei Vermisstenmeldungen tun, wir nehmen die Sache sehr ernst. Und weil Sie von dem Anruf Dr. Steensens kurz nach zehn Uhr berichtet haben … Wir dachten, sie fühlte sich von Gerner bedroht und wollte Ihnen das mitteilen – und abends holte er dann zu seiner Rache aus. Inzwischen ist die Angelegenheit aber geklärt. Gerner kann nichts mit dem Verschwinden der Ärztin zu tun haben. Er hat ein einwandfreies Alibi. Er war den ganzen Abend als Betreuer einer jungen Dame aus Moldawien beschäftigt. Mehrere Herren haben das bestätigt. Er betätigt sich, kurz gesagt, nebenbei als Zuhälter«, fügte der Kommissar hinzu. »Aber das dürfte hier ja bekannt sein. Sie selbst haben mir gegenüber so etwas angedeutet.«

»Als Zuhälter?«, wiederholte ich ungläubig. Ich wies auf den Stall. »Und was ist damit? Sie haben doch den Boden untersuchen lassen, das war nicht zu überhören!«

»Das haben wir, ja. Nachbarn hatten uns informiert, dass unter dem Stall eine Art Keller existiere.«

»Und? Was ist damit?«

»Es ist kein Keller, sondern eine zugemauerte Doline. Falls Ihnen das etwas sagt.«

Natürlich wusste ich über Dolinen Bescheid. Ich lebte inzwischen lange genug auf der Schwäbischen Alb, um die unzähligen, trichterförmigen Einkerbungen im Boden zu kennen, die durch den Einsturz eines kleinen Hohlraums oder einer Höhle entstanden waren. Es gab kleine, kaum einen Meter tiefe, aber auch sehr große, viele Meter in den Abgrund reichende Dolinen. War man auf der Alb unterwegs, stieß man ständig auf diese typischen Erscheinungen des Kalkgebirges.

»Vor etlichen Jahren gab plötzlich der Boden unter Gerners Stall nach«, erklärte der Kommissar. »Um das Gebäude nicht aufgeben zu müssen, haben sie den Untergrund zugemauert und dabei eine Art Keller errichtet. Das hat er uns während des Verhörs erzählt. Aber mit dem Verschwinden von Frau Dr. Steensen hat das nichts zu tun.«

Der Boden unter dem Stall war eingebrochen? Ich hatte von ähnlichen Vorkommnissen im Bereich der Alb gehört. Ein Landwirt hatte seinen Stall ausgemistet und das Zeug wie gewohnt auf seinen Misthaufen gekippt, als der plötzlich mehrere Meter in die Tiefe sackte und das ganze Material samt dem Bauern mit sich riss. Der Mann hatte nur überlebt, weil ihn die übel riechende aber weiche Masse vor einem Aufprall auf das harte Gestein des Untergrunds bewahrt hatte. Dass sein Misthaufen ausgerechnet auf einem Hohlraum lag, der großen Belastungen nicht standhalten konnte – woher hätte er es wissen sollen?

»*TVM*. Können Sie damit etwas anfangen?« Braigs Stimme holte mich in die Realität zurück. Er streckte mir sein Smartphone entgegen, zeigte mir ein kleines, vielleicht zwei auf zwei Zentimeter großes Stück Stoff, auf dem diese drei Großbuchstaben zu erkennen waren.

»Was soll das sein?«

»Ein kleiner Kunststoffvlies. Wir fanden ihn auf dem Boden in Dr. Steensens Wohnzimmer.« Er zoomte die Abbildung in ein größeres Format, zeigte auf den ausgefransten Rand. »Das Stück ist abgerissen, sehen Sie?«

Ich begann zu begreifen. »Sie glauben …?«

»Haben Sie es jemals bei Frau Dr. Steensen gesehen?«

Ich musste nicht lange überlegen, schüttelte den Kopf.

»Wir wissen nicht, was die Buchstaben bedeuten. Eine Modemarke vielleicht. Die Kollegen sind dabei, es zu überprüfen. Bisher haben sie es in der Wohnung kein zweites Mal entdeckt. Sollte es nicht von der Ärztin stammen ...«

»Sie hat sich gewehrt und es dem Verbrecher abgerissen«, fiel ich ihm ins Wort. »Das ist die Chance, den Kerl doch noch zu fassen, ja?«

»Mit viel Glück, ja«, stimmte Braig zu. »Sie können sich also nicht daran erinnern?«

»Nein«, erklärte ich, »wirklich nicht.« Aber was hieß das schon, arbeitete es in mir. Vielleicht stammte es von einem ihrer T-Shirts, ihrer Unterwäsche oder der Berufskleidung. Wie gut kannte ich Frauke schon, um beurteilen zu können, dass sie noch nie ein Produkt dieses Labels gekauft oder getragen hatte?

Ich sah die Kommissarin zum Auto kommen und auf dem Fahrersitz Platz nehmen, hörte ihre mahnende Stimme. »Wir müssen.«

»Ja, sofort.« Braig nickte, steckte sein Smartphone wieder zurück. »*TVM*«, sagte er. »Sie melden sich, sobald Ihnen etwas einfällt, okay?«

Ich trat zur Seite, sah dem Wagen nach, bis er um die Ecke verschwunden war. Im gleichen Moment bemerkte ich den Schatten neben mir. Ich wandte mich um, schaute direkt in das verschlafen wirkende Gesicht Christian Palmers.

»Gerner. Wie ich höre, haben sie den Dreckskerl endlich verhaftet«, erklärte er.

»Ach was! Der hat ein Alibi!«, rief ich voller Verzweiflung. »Und Frauke haben sie immer noch nicht gefunden.«

Er runzelte die Stirn, fuchtelte mit seiner Rechten durch die Luft. »Was für eine Frauke?«

»Dr. Steensen, die Ärztin.« War es tatsächlich möglich, dass er noch nicht gehört hatte, dass sie seit gestern Abend spurlos verschwunden war?

»Die neue Ärztin?« Palmer musterte mich mit fragender Miene. »Was soll mit ihr sein?«

»Sie ist weg. Niemand weiß …« Mir versagte die Stimme, ich wusste nicht weiter. Tränen perlten mir aus den Augen. Ich drehte mich hilflos zur Seite, wischte mir übers Gesicht. Der ganze Morgen, die gesamte Aktion der Polizei, alles war umsonst.

»Seit wann ist sie weg?«

»Gestern Abend«, antwortete ich. »Wir wollten uns treffen. Sie ist nicht gekommen.«

»Oh. Ihr seid zusammen?« Palmers Gesicht spiegelte Überraschung pur.

»Zusammen?« Ich war so durcheinander, dass ich den Sinn seiner Frage erst nach einer Weile begriff. Wie sollte er auch von unserer Beziehung wissen, sie war ja erst im Entstehen und jetzt … »Seit drei Wochen«, setzte ich hinzu.

»Schön. Das freut mich«, sagte er, hielt dann erschrocken inne. Komplimente für unser junges Glück waren im Moment weiß Gott fehl am Platz. »Warum ist sie nicht gekommen? Hatte sie einen Unfall?«, fragte er.

Ich wischte mir die letzten Tränen aus dem Gesicht, schüttelte den Kopf. »Sie wurde überfallen«, sagte ich. »In ihrer Wohnung.«

»Überfallen?« Er starrte betroffen zu mir her. »Von wem?«

Ich schnappte nach Luft. »Woher soll ich das wissen?«

»Gerner war es nicht? Dem Dreckskerl traue ich alles zu. Der ist zu allem fähig.«

Ich schüttelte den Kopf. »Die Polizei behauptet, er habe ein Alibi.«

»Sie wurde überfallen und entführt?«, fragte Palmer. »Aber doch nicht dasselbe wie mit …« Er biss sich auf die Zunge, ersparte sich die Namen. Ich sah, wie er deutlich erbleichte. »Wann soll das gewesen sein?«, setzte er hinzu.

»Was?«

»Der Überfall gestern.«

Ich hob abwehrend beide Hände. »Keine Ahnung. Vielleicht weiß die Polizei inzwischen mehr.«

»Gegen halb acht, also um 19.30 Uhr habe ich sie noch gesehen.«

»Wen?« Irgendwie war ich nicht bei der Sache. Diese ganzen Stunden fraßen einfach zu viel von meiner Kraft.

»Die Ärztin natürlich«, sagte er.

»Frauke?«, hakte ich verwirrt nach. »Wann?« Ich versuchte, mich auf das Gespräch zu konzentrieren, musterte Palmer.

»Sage ich doch. Gestern Abend gegen halb acht.«

Ich glaubte, nicht richtig verstanden zu haben. »Wie bitte?« Es dauerte mehrere Sekunden, bis ich begriff, was seine Aussage bedeuten konnte. »Wo soll das gewesen sein?«

»In Obersteußlingen, nicht weit von der Praxis. Gestern Abend gegen halb acht. Ich war auf der Rückfahrt von der Schweiz, da sah ich sie zusammen mit Hartmann und dachte noch: Sieh an, der Schwerenöter. Jetzt hat er es schon wieder mit so einer Jungen.« Vor Schreck über seine Worte hielt er sich die Hand über den Mund, schaute betroffen zu mir her. »So habe ich das nicht gemeint, Verzeihung«, fügte er hinzu. »Ich wusste ja nicht, dass sie und du …«

31. Kapitel

So aufgeregt wie in diesen Minuten hatte ich mich selten auf den Weg durchs Dorf gemacht. Ich hatte lange gebraucht, Palmers Worte in ihrer ganzen Tragweite zu begreifen.

»Du bist dir absolut sicher, gestern Abend gegen 19.30 Uhr Frauke gemeinsam mit Hartmann gesehen zu haben? Gestern Abend?«

»Ja, aber klar.« Palmer hatte schon leicht gereizt reagiert. »Gestern Abend. Ich war seit Sonntag in der Schweiz, habe vier Tage bis weit in die Nacht in dem Hotel gearbeitet. Gestern zwischen fünf und sechs am Abend, es war schon dunkel, habe ich mich auf den Heimweg gemacht. Glaubst du, ich träume?«

Hartmann, dieser freundliche, überall, wo ich mich auch umhörte, so einzigartig vorteilhaft beleumundete Mann, der fast schon überirdisch großzügige Wohltäter des Dorfes – war es wirklich möglich, dass ausgerechnet er … Natürlich hatte ich meine Zweifel, Palmers Worten Glauben zu schenken. Vielleicht hatte er sich in der Person getäuscht, weil es draußen zu dunkel oder er selbst nach der langen Fahrt zu müde war. Und selbst wenn der Sägewerksbesitzer wirklich Frauke zu so später Stunde aufgesucht hatte, musste es noch lange nicht bedeuten, dass …

Plötzlich fielen mir die Fotos ein, die Hartmann vor wenigen Wochen erst schlimmen Verdächtigungen ausgesetzt hatten. Der angeblich glücklich verheiratete Firmenchef gemeinsam mit der kurz darauf spurlos verschwundenen Susann Sartorius an einem Samstagnachmittag einem frisch verliebten Paar ähnlich durch Sigmaringen bummelnd. Das ganze Dorf befand sich in heller Aufregung, als die Polizei den Mann zum Verhör abgeholt hatte.

Er habe der jungen Frau bei ihren journalistischen Recherchen helfen wollen, hatte er mir und wohl auch der Polizei gegenüber erklärt und war auch sehr schnell wieder aus dem Gewahrsam der Ermittler entlassen worden. Aber hatte das wirklich der Wahrheit entsprochen?

Ich spürte die wachsenden Zweifel dem Mann gegenüber. So höflich und freundlich ich ihn persönlich erlebt hatte, so vorteilhaft er in allen Schilderungen welcher Person auch immer dargestellt wurde – war das nicht etwas zu viel Heiligenschein für einen eigentlich völlig normalen Menschen? Wie hatte Thomas Schmeil in einer unserer gemeinsamen späten Stunden einmal spekuliert: »Jeder trägt auch einen kleinen Teufel in sich. Einen kleinen oder einen großen. Es hängt nur von den Umständen ab, wer bei dir dominiert: dein Engel oder dein Teufel.« Schmeils pseudophilosophische Weisheiten mochten unter dem Einfluss einer gehörigen Menge von Alkohol entstanden sein, zu fragen blieb dennoch, ob nicht ein Körnchen Wahrheit in ihnen steckte. Hartmann hatte mir bisher nur seine Sonnenseite präsentiert, von den Schatten hatte ich bisher weder etwas gesehen noch gehört. Hatte sein Auftauchen am gestrigen Abend an der Seite Fraukes mit dieser bisher in der Öffentlichkeit verborgenen Seite seiner Persönlichkeit zu tun?

Mehr und mehr überkamen mich Zweifel an der Integrität des Mannes. Frauke war spurlos verschwunden, seit mehr als fünfzehn Stunden jetzt schon, das war das einzige Argument, das zählte. Und Alina Sievers' und Susann Sartorius' Schicksale waren Warnung genug.

Ich hatte Palmer den Korb mit der Kaffeekanne übergeben und Verena Engels Namen genannt, den verwundert dreinblickenden Mann dann ohne ein weiteres Wort zu äußern stehen gelassen. An der Dorfstraße angelangt, zog ich mein Handy aus der Tasche und gab Braigs Nummer ein. Diesmal hatte ich Pech: Der Mann schien verhindert, nahm das Gespräch jedenfalls nicht an. Ich wartete, bis sich die Mailbox eingeschaltet hatte, schilderte dann mit eilig vorgetragenen Worten Palmers Entdeckung. »Hartmann, verstehen Sie, gestern Abend gegen 19.30 Uhr. Herr Palmer hat ihn zusammen mit Frauke nicht weit von der Praxis gesehen. Sie müssen etwas unternehmen!«

Ich wusste nicht, womit der Kommissar gerade beschäftigt war und ob er sich überhaupt noch im Dorf oder der Umgebung aufhielt, marschierte ohne lange nachzudenken die Dorfstraße abwärts in die Richtung des Sägewerks. Bis die Polizei auf meinen Hinweis einging, konnte es wer weiß wie lange dauern. Wenn ich Frauke in irgendeiner Weise helfen wollte, musste ich Hartmann schnellstmöglich zur Rede stellen.

Ich eilte mit großen Schritten auf den Dorfladen zu, sah, dass sich wieder mehrere Leute davor versammelt hatten. Frauen und Männer in eifriger Unterhaltung, darunter völlig fremde Gesichter, viele mit Mikrofonen oder Kameras bewaffnet. Natürlich hatte sich Fraukes Verschwinden schon herumgesprochen, wurde mir bewusst. Wahrscheinlich berichteten bereits sämtliche Nachrichtenportale im Internet von der neuesten Entwicklung im »Mörderdorf«.

Ich beeilte mich, in die Kirchstraße abzubiegen, bevor mich die ersten Journalisten bemerkten, lief am *Engel* vorbei auf das Sägewerksgelände zu. In der Wirtschaft herrschte vormittägliche Ruhe. Als ich das Verwaltungsgebäude beinahe erreicht hatte, sah ich das Polizeifahrzeug, das die beiden Kommissare vorhin benutzt hatten. Verwundert starrte ich auf das Auto, überlegte noch, ob ich mich täuschte, als Neundorf und Braig aus dem Haus traten. Der Kommissar mit dem Handy am Ohr, in ein Gespräch vertieft. Als er mich sah, blieb er stehen und nahm das Gerät von der Wange.

»Danke für Ihre Nachricht, Herr Grohm.«

»Sie haben sie gehört?«

Braig nickte. »Sie sehen ja, woher wir kommen. Herr Hartmann hat uns selbst verständigt, nachdem er vom Verschwinden Frau Dr. Steensens hörte. Er war gestern Abend bei ihr, um sich ein Rezept für eine seiner Töchter ausstellen zu lassen. Anschließend fuhr er zu einer Apotheke mit Spätdienst in Balingen.« Er ließ einen tiefen Seufzer hören, merkte offenbar, dass ich mit seiner Antwort nicht zufrieden war. »Wir haben alles überprüfen lassen, Sie können mir glauben. Herr Hartmann hat mit der Sache nichts zu tun.«

Ich wollte es nicht gerade so hinnehmen, öffnete den Mund, um zu protestieren, brachte kein Wort hervor. Mein gesamter Körper schien bar jeder Kraft, ich spürte, wie mir die Beine zu versagen drohten, bewegte mich auf die Hauswand zu, stützte mich ab. Mich schwindelte, nur mit Mühe konnte ich das Gesicht des Kommissars hinter einem Nebelschleier erkennen. Seine Worte schienen von weither zu kommen.

»Sie dürfen den Mut nicht verlieren«, hörte ich ihn sagen, »auch wenn es schwer fällt, ich weiß. Aber wir tun alles, Frau Dr. Steensen zu finden, glauben Sie mir. Wir werden sie nicht ihrem Schicksal überlassen, keine Angst.«

Ich bekam nicht mehr mit, was er alles vorbrachte, hielt es längst für sinnloses Geschwätz. Geschwätz, das nur dazu diente, mich zu trösten und über die Erfolglosigkeit der Polizei hinwegzutäuschen. Was sollte das alles, wenn es nicht gelang, den Verbrecher zu finden, der Frauke in seiner Gewalt hatte?

Ich horchte erst wieder auf, als er mir sein Smartphone vors Gesicht hielt und erneut den Stofffetzen mit dem Aufdruck *TVM* zeigte. »In der Form und Aufmachung ist diese Buchstabenkombination nicht bekannt. Wir haben die Medien informiert. Vielleicht bringt uns das weiter.« Er verabschiedete sich mit einem kurzen Gruß, folgte seiner Kollegin.

TVM, arbeitete es in mir, sollte Fraukes Schicksal wirklich davon abhängen, ob es gelang, dieses winzige Stück Stoff zu identifizieren? Hatte der gesamte Apparat der Polizei keinen anderen Anhaltspunkt als diese erbärmlichen drei Buchstaben? Warum fingen sie nicht endlich damit an, das ganze Dorf, ja, die gesamte Umgebung auf den Kopf zu stellen, um Frauke zu befreien?

Die Frau, die mit Riesenschritten aus dem Verwaltungsgebäude stürmte, bemerkte mich erst in allerletzter Sekunde. Sie war nur noch Zentimeter von mir entfernt, als sie sich erschrocken zur Seite warf. »Herr Grohm«, keuchte sie, »also beinahe …« Margot Kaul schien vollkommen außer Atem.

Ich blieb stehen, wartete, bis sie sich einigermaßen beruhigt hatte.

»Den Mang suche ich«, erklärte sie dann. »Sie haben ihn nicht gesehen?«

»Mang?«, fragte ich.

»Ich muss ihn finden. Er hat sich nicht krankgemeldet, ist einfach nicht gekommen heute. Das geht nicht. Gerner ist weg, die Polizei hat ihn geholt. Die Sache mit der verschwundenen Ärztin. Was das soll, verstehe ich nicht. Aber das hilft mir nicht weiter. Wir brauchen einen Gabelstaplerfahrer. Dringend. Heute Mittag sind drei Lastwagen angekündigt und übers Wochenende soll es heftig regnen. Das Holz muss unbedingt sofort in die Halle. Mang ist der Einzige, der das schafft. Der kann nicht einfach wegbleiben, gerade wie es ihm beliebt. Unser Chef ist zu gutmütig.«

»Der ist einfach nicht gekommen?«, fragte ich. Mang, ging es mir durch den Kopf, von dem hatte ich noch nichts Gutes gehört. Einer von den Stammsäufern des *Engel*, der immer und überall mit Gerner zusammenhing. Ob die Polizei den Kerl schon überprüft hatte? Wohl kaum.

»Kann natürlich sein, dass er gestern wieder zu viel getrunken hat. Zu Hause oder in dieser grauenvollen Spelunke dort um die Ecke. Und jetzt schläft er seinen Rausch aus und hört das Telefon nicht.«

Und wenn sein Nicht-Erscheinen ganz andere Ursachen hatte? Ich spürte, wie es mir eiskalt über den Rücken lief. Wenn nicht Gerner, sondern dieser Mang mit dem Verschwinden von Frauke zu tun hatte? »Wo wohnt dieser Mang?«, fragte ich kurzerhand.

Margot Kaul richtete sich plötzlich kerzengerade auf. »Oh, würden Sie das wirklich für mich tun?« Ich sah ihre Augen hoffnungsvoll aufleuchten. »Wahrscheinlich liegt er noch im Bett. Die Folgen von gestern Abend, wer weiß, wann der aufwacht. Wenn Sie nach ihm schauen würden?«

»Seine Adresse«, sagte ich. »Wo wohnt er?«

»Das kann ich Ihnen genau sagen«, erklärte sie, auf ein Blatt Papier in ihrer Hand deutend. »Ich habe seine Anschrift gerade notiert. Hier: Besigheimer Straße 8. Das ist auf der anderen Seite des Dorfes.«

32. Kapitel

Den holprigen, von Schlaglöchern übersäten Weg auf der anderen Seite des Dorfes als Straße zu bezeichnen, kam einer maßlosen Übertreibung gleich. Die Besigheimer Straße war nichts anderes als eine primitive, in den steinigen Untergrund gehauene, feldwegähnliche Piste. Häuser gab es hier nur auf einer Seite, die andere wurde von mehrere Meter hohem Fels gesäumt, der sich bis hinunter auf die Rückseite meines Gebäudes erstreckte. Obwohl die Straße nur etwa achtzig Meter von meinem Weg entfernt war und auch genau parallel zu ihm verlief, wirkte sie ganz anders. Kaum eines der Gebäude war gepflegt, lediglich die ersten beiden zeigten saubere Fassaden und adrett angelegte Vorgärten, zudem deutlich sichtbare Hausnummern und Namensschilder. Sie standen auch näher beieinander als bei uns, boten acht verschiedenen Anwesen Platz. Ich lief bis zum letzten Gebäude, merkte, dass das Gelände am Ende der Straße fast senkrecht ins Tal abfiel. Es handelte sich um eine alte, von wahllos angehäuften Ansammlungen von Brennholz gesäumte Scheune, die nur von einem schmalen Spalt von der Garage und dem daran angrenzenden, zweistöckigen Wohnhaus getrennt war. Der aus angerostetem Maschendraht bestehende Zaun bot nur noch geringen Schutz. Er hing an mehreren Stellen fast bis auf den Boden nieder, auch die hölzernen Pfosten hatten ihre Standfestigkeit längst verloren. Das Garagentor stand offen, von einem Fahrzeug war nichts zu sehen.

Ich musterte das Haus, das achte in der Straße, überlegte, ob ich die richtige Adresse vor mir hatte. Ein Nummernschild war ebenso wenig zu erkennen wie der Hinweis auf einen Namen. Als ich die vom Wetter gezeichnete Fassade betrachtete, glaubte ich, ein Geräusch aus dem Inneren zu hören. Rief da jemand um Hilfe?

Vom ersten Moment an spürte ich, dass etwas nicht stimmte. Ein mulmiges Gefühl saß mir in den Gliedern. War Frauke hier irgendwo gefangen? Ich griff in meine Tasche, zog Margot Kauls handschriftliche Notiz vor. *Tobias Viktor Mang, Besigheimer Straße 8.*

Ich überflog den Namen und die Adresse, stutzte. Die Vornamen bekam ich zum ersten Mal zu sehen, ich hatte von dem Mann bisher nur unter seinem Familiennamen gehört. Tobias Viktor Mang. TVM. Die Assoziation war mir blitzschnell gekommen. Wieso hatte die Polizei nicht längst alle Namen hier im Umfeld des Dorfes überprüft?

Ich riss mein Handy aus der Tasche, wählte Braigs Nummer. Meine Finger zitterten, sie glitten unstet über die Tastatur, verfehlten mehrfach das gewünschte Ziel. Verdammter Mist, nur die Mailbox! Ich drehte mich von dem Haus weg, wies den Kommissar mit fiebriger Stimme auf meine Entdeckung hin. »TVM. Das kommt von Tobias Viktor Mang. Der Arbeitskollege von Gerner. Er ist heute nicht zum Dienst erschienen. Ich stehe hier vor seinem Haus und gehe jetzt rein. Der Verbrecher hat Frauke bei sich, garantiert. Bitte, kommen Sie so schnell Sie können nach, Herr Kommissar.«

Hoffentlich, flehte ich das Schicksal um Hilfe an, hoffentlich hörte er seine Mailbox bald ab. Ich schaute wieder zu dem Gebäude vor mir, glaubte erneut, ein Geräusch aus dem Inneren zu hören. Eine etwas gequält wirkende Stimme? Ich konnte nicht länger auf die Hilfe der Polizei warten, musste ins Haus. Wer wusste schon, welchen Qualen der Verbrecher Frauke aussetzte.

Ich steckte das Handy in meine Tasche, stapfte durch den Vorgarten zur Tür, suchte vergeblich nach einem Klingelknopf. Derlei Technik schien hier unbekannt, also klopfte ich.

Ich wartete auf eine Reaktion, hörte nur das Klappern eines Ladens, der vom Wind hin und her bewegt wurde. Prüfend schaute ich mich um. Niemand war zu sehen. Nach mehreren Sekunden vergeblichen Wartens drückte ich auf die Klinke. Die Tür war verschlossen. Hatte ich etwas anderes erwartet?

Ich blickte die Hauswand entlang, bemerkte die von dicken Vorhängen verhüllten Fenster. Wieso benötigte jemand, der am Ortsende wohnte und kaum Nachbarn hatte, teppichartige Verkleidungen vor den Fenstern? Weil er etwas zu verbergen hatte? Einen Menschen etwa, den er bei sich gefangen hielt? Augenblicklich erhöhte sich mein Pulsschlag. Frauke. War sie hier versteckt?

Das Gefühl, dass mit diesem Haus etwas nicht stimmte, hatte mich mit Haut und Haaren gepackt. Ich musste ins Innere, gleich, auf welchem Weg.

Ich folgte der Hauswand, bog um die Ecke. Wenige Meter weiter erhob sich ein alter Holzschuppen, der das Haus vor den Blicken des einzigen Nachbarn abschirmte. Ich drückte mich zwischen beiden Gebäuden durch, streckte mich in die Höhe, klopfte mit der Faust gegen das Fenster. Es gab nicht nach, ließ nicht einmal ein leises Klirren hören. Offensichtlich waren die Fenster in weit besserem Zustand, als es die leicht angegammelte Fassade vermuten ließ.

Ich lauschte, hatte nur das Rascheln eines winterlich kahlen Busches im Ohr, der sich im Wind krümmte. Auf dieser Seite des Hauses gab es keine Möglichkeit, ins Innere zu gelangen, ich musste es von der Rückfront her versuchen. Ich schob mich um die Ecke, stand vor einer kaum übersehbaren Wildnis dichten Gestrüpps, das fast bis an die Hauswand reichte. Auch hier waren die Fenster von undurchsichtigen Vorhängen geschützt, lediglich ein schmales, etwas höher angebrachtes quadratisches Modell aus getöntem Milchglas schien unverhüllt. Bad oder Toilette, ging es mir durch den

Kopf. Im gleichen Moment glaubte ich, wieder die gequält wirkende Stimme zu hören.

Ich stolperte über einen faustgroßen Stein, wusste augenblicklich, wie ich ins Innere des Hauses gelangen würde. Die dichte Hecke schirmte die Rückwand nach allen Seiten ab. Ich bückte mich nieder, nahm den Stein in die Hand, warf ihn mit aller Kraft in die Scheibe. Impulsiv sprang ich zur Seite; ein dichter Regen von Glassplittern prasselte neben mir auf den Boden und in die Hecke. Der Donnerschlag des Aufpralls verhallte innerhalb weniger Sekunden. Das Blut rauschte mir in den Ohren, ich war kaum fähig, irgendwelche Geräusche wahrzunehmen.

Auf den Sims des zerstörten Fensters hochzukommen war mühsamer, als ich gedacht hatte. Nicht nur, dass mir etliche Scherben wie Klingen in die Hände schnitten, auch meine Rippen meldeten sich schmerzhaft wieder zu Wort. Ich biss meine Zähne zusammen, japste nach Luft, als ich endlich in dem kleinen Raum angelangt war. Es handelte sich um eine überraschend modern eingerichtete Toilette. Der Boden und die Wände waren weiß gefliest, die Schüssel in die Seitenwand eingelassen, ein riesiger, runder Spiegel über dem Waschbecken angebracht. Außer der Fensterscheibe schien mein Steinwurf nichts weiter zerstört zu haben.

Ich sah, dass meine rechte Hand leicht blutete, wischte sie mit einem Taschentuch sauber. Darauf Rücksicht zu nehmen, hatte ich jetzt keine Zeit. Im Haus schien alles ruhig. Ich wartete, bis sich mein Pulsschlag etwas beruhigt hatte, drückte dann vorsichtig die Klinke nieder. Die schmale Diele lag dermaßen im Dämmer, dass ich eine Weile benötigte, bis sich meine Augen an das schwache Licht gewöhnt hatten. Vorsichtig schlich ich mich zur nächsten Tür, drückte die Klinke. Eine moderne, karg eingerichtete Küche, benutztes Geschirr neben der Spüle. Ich warf einen kurzen Blick in alle Ecken, bewegte mich weiter, hatte jetzt wohl das Wohnzimmer vor mir. Schwarze Sessel, ein Glastisch, ein riesiges Fernsehgerät auf einem niedrigen, schwarzen Bord.

Ich schloss die Tür, bewegte mich zur Treppe. Ausgetretene Holzstufen führten in den Keller und nach oben. Impulsiv entschied ich mich für den Keller. Wenn der Kerl Frauke irgendwo gefangen hielt, dann eher dort unten als im Obergeschoss. Die Stufen knarzten bei jedem Schritt. Mitten auf der Treppe blieb ich stehen, lauschte. Das laute Knarzen hallte mir in den Ohren. Gab es da ein weiteres Geräusch aus der Tiefe? Ich war mir nicht sicher, tastete mich weiter nach unten vor. Jetzt herrschte fast vollständige Dunkelheit. Ich zog mein Handy vor, ließ den Strahl der Lampe kurz aufleuchten. Ein schmaler Gang, zwei Türen rechts, eine links. Ich löschte das Licht, schob mich zur ersten Tür, versuchte, irgendwelche Geräusche aufzuspüren. Nichts. Alles schien ruhig. Ich drückte auf die Klinke, öffnete langsam die Tür. Ein schweres Modell aus massivem Metall. Sofort hatte ich die seltsame Geruchsmelange in der Nase. Ein unangenehm abgestandener Moder vermischt mit süßlichem Parfüm. Ich ließ den Strahl der Lampe durch den Raum huschen, erstarrte. Die Wände, wohin ich auch sah, mit großformatigen Fotos beklebt. Auf allen nur ein und dasselbe Motiv: nackte, teilweise mit Strapsen bekleidete Frauen, von maskierten Gewalttätern mit Peitschen und Stöcken traktiert, die Gesichter von Angst und Schmerz verzerrt, lauthals um Hilfe schreiend. Ein Inferno von Gewalt und menschlicher Erniedrigung.

Das Zittern begann in meinen Knien, setzte sich in Sekundenschnelle nach oben fort, hatte im Moment eines Augenblicks meinen ganzen Körper erfasst. Ich streckte meine Hand aus, klammerte mich am Türrahmen fest. Stoßweise kämpfte ich um Luft.

33. Kapitel

Wieder war nur die Mailbox zu erreichen. Verdammter Mist, warum ging der Mann nicht an das Gerät? Hielt der seinen Mittagsschlaf?

Zu Tode erschrocken hatte ich meinen Blick über die grauenvollen Darstellungen an den Wänden streifen lassen. Selbst jetzt, im fahlen Schein meiner Handylampe, brachten die Fotos ein solches Ausmaß menschlicher Qual und Erniedrigung zum Ausdruck, dass mir übel wurde. Wie würde der Anblick erst wirken, wenn man die Bilder in vollem Licht präsentiert bekam? Ich wollte es mir nicht ausmalen. Wie krank musste ein Mensch sein, der sich an solchen Darstellungen ergötzte? Krank, kaputt, an Leib und Seele – und Frauke war immer noch in den Händen dieser Bestie gefangen.

Ich wollte das Licht meines Handys gerade ausschalten, um noch einmal bei dem Kommissar anzuläuten, als mein Blick auf die in einem besonders großen Format ausgedruckten, vor Schmerzen verzerrten Gesichtszüge einer blonden, jungen Frau fiel. Ich erkannte sie auf Anhieb, wusste ohne jeden Zweifel sofort, um wen es sich handelte: Susann Sartorius. Vor wenigen Wochen erst hatte ich mich mit ihr in Tante Linas Wohnzimmer unterhalten. Und jetzt …

Ich konnte nicht länger an mich halten, spürte, wie sich mein Magen verkrampfte. Ich beugte mich nach vorne, spuckte alles, was ich an diesem Morgen zu mir genommen hatte, mitten in den Raum. Würgend und keuchend verteilte ich meinen Mageninhalt über den Boden. Eine Wolke säuerlichen Gestanks stach mir in die Nase. Mehrere Minuten blieb ich so stehen, richtete mich nur langsam wieder auf. Ich zitterte am ganzen Körper, fühlte mich elend und schwach. Die

Beine drohten zu versagen, mein Herz pochte wild. Ich wischte mit dem Handy über meinen Arm, um es zu säubern, trat mit tapsigen Schritten in den Kellergang zurück. Wann endlich ließ die Polizei sich blicken? Wie lange sollte ich noch warten, dass sie das Gebäude hier auf den Kopf stellten, um nach Frauke zu suchen?

Ich gab Braigs Nummer ein, hatte wieder nur die Mailbox am Ohr. »Verdammte Scheiße, wann kommen Sie endlich? Ich bin hier in Mangs Keller. Er ist es. Er hat die Frauen ermordet. Hier finden Sie die Beweise. Die Fotos hängen an der Wand. Die verdammte Drecksau hat sie vor ihrem Tod noch übel misshandelt. Er hat Frauke in seiner Gewalt. Wann helfen Sie mir endlich, sie zu befreien?« Voller Wut über die Untätigkeit der Polizei stampfte ich auf den Boden. Wollten die Frauke ihrem Schicksal überlassen? Hatten die kein Interesse, sie aus den Händen des Verbrechers zu befreien? Was, wenn der Kerl plötzlich auftauchte und mich daran zu hindern suchte, seine Machenschaften ans Licht zu bringen? Glaubten die etwa, ich würde das alles allein schaffen?

Zitternd vor ohnmächtiger Wut gab ich den Notruf ein. Wenn dieser Kommissar es nicht für nötig befand, mir zu helfen, musste ich es bei seinen Kollegen versuchen. Obwohl das …

»Polizeieinsatzstelle Albstadt«, hatte ich eine männliche Stimme am Ohr. »Wie können wir Ihnen helfen?«

»Hier ist Grohm. Daniel Grohm. Ich versuche schon die ganze Zeit, Ihren Kommissar Braig zu erreichen, aber der nimmt nicht ab. Ich bin hier in Mangs Keller und benötige dringend Hilfe.«

»Mit wem spreche ich? Nennen Sie mir doch bitte noch einmal Ihren Namen.«

»Himmeldonnerwetter, jetzt fangen Sie doch nicht wieder damit an! Grohm, Daniel Grohm. Ich bin in Mangs Keller. Er ist es! Er hat die Frauen ermordet.« Ich wiederholte die ganze Litanei, die ich bereits mehrfach auf die Mailbox gesprochen hatte, hörte plötzlich ein unverhofftes Geräusch von der Treppe her. Ein lautes, in der Stille des Gebäudes widerhallendes Knarzen. Erschrocken sah ich auf. War Mang etwa doch im Haus?

Ich hörte die Aufforderung des Beamten, mich zu melden, brach die Verbindung ab. Wenn der Verbrecher tatsächlich hier in der Nähe war, musste ich mich ganz auf ihn konzentrieren. Dem Polizisten am anderen Ende der Leitung alles im Detail zu erklären, fehlte die Zeit. Ich hatte die umständliche Prozedur in den vergangenen Wochen zur Genüge kennengelernt. Ich trat einen Schritt zurück, drückte mich an die Wand, lauschte. Nichts. Nur das Rauschen des Blutes in meinen Ohren.

Es dauerte mehrere Sekunden, bis ich mich wieder einigermaßen beruhigt hatte. Ich befand mich in einem alten Haus mit einer ausgetretenen, längst renovierungsbedürftigen Treppe. Wahrscheinlich hatte eine der hölzernen Trittstufen das Geräusch verursacht. Holz arbeitete, wusste ich, es dehnte sich aus, zog sich zusammen, je nachdem, welchen Temperaturen es ausgesetzt war. Ich verharrte noch einen Moment, ließ dann einen Lichtschein den Gang entlanghuschen, tastete mich zur nächsten Kellertür vor. Dieselbe massive Metallausführung wie zuvor. Hielt der Verbrecher Frauke in diesem Raum gefangen?

Ich drückte auf die Klinke, schob die Tür zurück. Wieder leicht modrige Luft, nur der widerliche süßliche Beigeschmack fehlte. Ich leuchtete in den Raum, sah einen riesigen Fernsehmonitor und eine Art Stellpult vor mir. Ein privates kleines Kino, die Folterszenen aus dem Nachbarzimmer zu genießen?

Wahllos betätigte ich die drei Schalter der ersten Reihe, zwei rote und einen weißen, sah plötzlich den Bildschirm aufleuchten. Lebensmittelregale, verschiedene Leute, Einkaufskörbe in der Hand, Waren aus den Regalen nehmend. Der Dorfladen, ohne jeden Zweifel, der Stempflinger Laden, ich erkannte ihn genau wie die Frau, die jetzt quer durchs Bild lief. D'Annelies, die Inhaberin.

Wie zum Teufel kam Mang dazu, den Laden zu filmen? Ich sah eine Kundin fast unmittelbar vor die Kamera treten, dann die gewählten Waren Stück für Stück in ihre Tasche packen. Eine ältere Frau aus dem Dorf, ich hatte sie schon oft gesehen. Der Monitor präsentierte sie überlebensgroß, etwa von Bauchhöhe an, zeigte den Geldbeutel, in dem die Frau kramte, den Schein, den sie überreichte, das Wechselgeld. Die Kamera war offensichtlich in der Rückwand der Kasse montiert. Warum? Was wollte Mang mit diesen Aufnahmen? Verbrachte er hier seine Zeit auf der Suche nach neuen Opfern?

Ich drückte auf den nächsten Schalter, stöhnte vor Schreck laut auf. Der Laden war spurlos verschwunden, ein mir nicht weniger bekannter Raum flimmerte über den Bildschirm. Thomas Schmeil in seinem Wohnzimmer. Mein Nachbar in einem seiner Sessel, in das Fernsehgerät vor sich starrend. Dort, wo wir so manchen Abend gemeinsam verbracht hatten. Mein Gott, hatte Mang das ganze Dorf mit seinen Kameras gepflastert? Wie war das möglich, wieso wusste kein Mensch darüber Bescheid?

Ich sah Schmeils gebannte Miene, mit der er das Geschehen auf dem Bildschirm verfolgte, wunderte mich, dass er nicht mit seiner Arbeit beschäftigt war. Oder handelte es sich hier um eine Aufzeichnung, die Mang irgendwann einmal gespeichert hatte?

Ich wollte meine Zeit nicht mit derlei sinnlosen Überlegungen vergeuden, fühlte mich plötzlich von einem grauenvollen Gedanken gepeinigt: Was, wenn der Verbrecher nicht nur das halbe Dorf, sondern auch seine Opfer von hier aus betrachtete? War es möglich, dass Frauke …

Ich betätigte den nächsten Schalter, nichts. Millionen winziger Punkte flimmerten über den Monitor. Hatte ich mich getäuscht? Ich drückte weiter, Schalter auf Schalter, schrie unwillkürlich auf. Frauke. Plötzlich hatte ich sie vor mir. Eine kleine, bleiche, verschreckte Gestalt in einem dämmrigen, nur mit trübem Licht beleuchteten Raum. Sie lebte. Ich schrie, so laut ich konnte, drückte wahllos einen Schalter nach dem anderen, weil ich hoffte, auf diese Weise Sprechverbindung mit ihr in die Wege leiten zu können, hatte unzählige andere Motive auf dem Bildschirm, holte sie erst nach einer Weile wieder zurück. Ich war zu aufgeregt, den Raum, in dem sie auf dem Boden saß, genauer zu identifizieren, begriff nur, dass es sich wohl um eine Höhle handelte, die im Hintergrund von einem Gitter oder etwas Ähnlichem begrenzt wurde. Das Licht war so schwach, dass alles nur schwer zu erkennen war. Eine Höhle oder eine Art Keller, hier in der Nähe?

Ich ließ das Bild auf dem Monitor, sprang aus dem Zimmer auf die andere Seite des Gangs, riss die Tür auf. Keine Höhle, eher ein Gemisch aus einer Werkstatt und einem Computerladen lag vor mir. Mein Licht huschte über die Wände und den Boden, zeigte mit Computerzubehör voll bepackte Regale und Bretter und einen in seiner Mitte weitgehend leeren Raum. Irritiert musterte ich den schmalen, weißen Rolltisch, das einzige Mobiliar in diesem Bereich. Ich setzte ihn ins Licht, betrachtete die Werkzeuge, die darauf lagen, eine große Stabtaschenlampe, ein Hammer und ein Beil, spürte impulsiv, dass da irgendetwas nicht stimmte. Ein Hammer und ein Beil und drum herum alles voller Elektronik? Der Lichtstrahl huschte über den Boden, brachte eine Einkerbung unter dem Rolltisch zum Vorschein.

Ich schnellte nach vorne, ahnte sofort, was ich da vor mir hatte. Der Tisch war leicht zu bewegen; ich schob ihn zur Seite, griff dann nach dem Hammer, dem Beil und der Taschenlampe und legte sie auf den Boden. Die Einkerbung ragte wenige Millimeter in die Höhe. Ich musterte sie im Strahl der Lampe, entdeckte genau in ihrer Mitte einen Metallgriff, riss ihn hoch. Die Bodenplatte vor mir hob sich, gab eine steile Treppe in die Tiefe frei. Fassungslos starrte ich in die Finsternis.

34. Kapitel

Eiskalte Luft strömte mir entgegen.

Ohne jede Überlegung hatte ich die Lampe, den Hammer und das Beil an mich genommen und war in den finsteren Abgrund gestiegen. Die Stufen waren in den blanken Untergrund geschlagene, schiefe und unebene Felskanten, die sich selbst im gleißenden Licht der Stablampe nur mit äußerster Mühe begehen ließen. Ich hatte unablässig damit zu kämpfen, nicht in den Abgrund zu stürzen, kam nur langsam vorwärts. Sollte Frauke wirklich hier in diesem dunklen, eiskalten Loch gefangen sein? Meine Beine zitterten, fiebrige Erwartung ließ mich mehrfach straucheln. Ständig rutschte ich von den Stufen. Zwei oder drei Mal klammerte ich mich mit den Händen an der Steilkante fest, verharrte für mehrere Sekunden an Ort und Stelle, um neue Kraft zu schöpfen. Es dauerte unendlich lang, bis ich wieder festen Boden unter den Füßen spürte.

Erstaunt blieb ich stehen, leuchtete die Umgebung mit der Lampe ab. Ich stand mitten in einer knapp zwei Meter hohen Höhle, die sich von hier aus in zwei verschiedene Richtungen erstreckte. Der Boden war von scharfkantigen Felsbrocken und Gesteinsschutt übersät. Was jetzt? Ich ließ den Lichtstrahl nach links, dann nach rechts huschen, glaubte plötzlich etwas zu hören.

Von links oder von rechts?

Ich löschte das Licht, verharrte einen Moment in absoluter Ruhe. Es kam von links. Ein leises, kaum vernehmbares Jammern oder Stöhnen. War es möglich, dass Frauke hier in der Nähe ...? Ich schaltete die Lampe wieder ein, versuchte, über die Gesteinsmassen hinüberzuklettern, kam ins Straucheln.

Überall harte, scharfkantige Felsbrocken, kleine, unförmige Steine, Hügel aus Erde und Lehm. Ich prallte mit der Stirn an die Wand, hatte Mühe, mich aufrecht zu halten. Die Lampe fiel mir aus der Hand, urplötzlich war alles dunkel. Schwindel raubte mir das Bewusstsein. Ich ging in die Knie, hörte das Blut in meinen Ohren rauschen, kämpfte um Luft. Mit zitternden Händen suchte ich den Boden ab, tastete mich zu der Lampe vor. Ich zog sie zu mir her, schaltete das Licht wieder ein. Gott sei Dank, es funktionierte. Vor Erleichterung atmete ich kräftig durch, leuchtete die Umgebung aus. Eine eingestürzte Doline, kam es mir in den Sinn, die jetzt einen direkten Zugang zu einer größeren Höhle bot.

Ich richtete mich vorsichtig wieder auf, folgte dem Gang. Zuerst mehrere Meter leicht abwärts, dann wieder etwas in die Höhe. Ich merkte, dass die Höhle an Höhe verlor, kam nur noch den Kopf nach vorne geduckt vorwärts. Plötzlich hörte ich die Geräusche aus unmittelbarer Nähe. Ein leises menschliches Jammern.

Erstarrt blieb ich stehen, leuchtete die Höhle aus. Zwei bis drei Meter vor mir schien sie zu enden. Ich richtete den Strahl auf die nahe Wand, sah, dass wenige Zentimeter von mir entfernt etwas erhöht ein Seitengang in den Stollen mündete. Ich hatte ihn zuerst nicht bemerkt, weil ein breiter Felsbrocken die Sicht versperrte. Kam das Geräusch von dort? Hatte der Verbrecher Frauke in diesem Stollen versteckt?

Ich zog den Kopf ein, weil sich die Decke hier absenkte, kämpfte mich zu dem Abzweig vor. Das Licht huschte über den nackten Fels, legte dann einen geräumigen Hohlraum frei. Drei, vier Meter breit, fast genauso hoch, wenn ich das richtig einschätzte. Und hinten im Eck, etwas versetzt …

Ich konnte es zuerst nicht genau erkennen, glaubte dann, eine Art Gitter vor mir zu haben. Ein Gitter, von einem schwachen, kaum wahrnehmbaren Licht oben an der Decke angestrahlt.

Den Seitenstollen zu erklimmen, war nicht einfach. Ich schob das Beil, den Hammer und die Lampe über die Kante, drückte mich dann in die Höhe. Im gleichen Moment spürte ich das grauenvolle Stechen in meinem Leib. Vor Schmerz schrie ich mehrfach laut auf. Ich schnappte nach Luft, drohte den Halt zu verlieren, schaffte es gerade noch, mich vollends über die Kante zu schieben. Oben blieb ich ermattet auf dem eiskalten Boden liegen.

Die Stimme kam wie aus einer anderen Welt. Ich glaubte zuerst, zu träumen oder infolge der schrecklichen Ereignisse der vergangenen Stunden Wahnvorstellungen zu erliegen, begriff erst nach mehreren Sekunden, dass es sich um reale Laute handelte. »Daniel, Daniel, du?«

Ich sprang in die Höhe, schnappte mir die Lampe, hastete zu der Stelle, woher ich die Stimme vernommen hatte. »Frauke«, brüllte ich, »Frauke, bist du es?«

Das Licht huschte über die Wände, dunkle, kahle Felsen, erfasste dann das Gitter samt einem kleinen, gerade mal eineinhalb Quadratmeter umfassenden Hohlraum auf der Seite. Das in eine dicke Jacke gepackte Wesen, das in der Ecke auf dem Boden kauerte und mich mit winzigen, des grellen Lichtscheins wegen eng zusammengepressten Augen anstarrte – ohne ihre Stimme zu hören hätte ich sie nicht erkannt. So aber sprang ich zu dem Gitter, die Lampe in letzter Sekunde nicht einfach auf den Boden werfend, sondern sorgsam dort ablegend, rüttelte, zerrte, zog an dem rostigen Metall, versuchte, zu ihr vorzudringen, vergeblich. »Frauke, Frauke«, schrie ich, »ich bin es, ja.«

Im fahlen Schein des Lichts sah ich, wie sie sich langsam aufrichtete, dann mitten in ihrem abscheulichen Verlies stehen blieb und ruhig zu mir herschaute. »Daniel, du.«

Ich gab nicht auf, das Gitter zu bearbeiten, brachte es dennoch nicht einen Millimeter aus seiner Fassung.

»Er hat einen Schlüssel«, sagte sie. »Du schaffst es nicht ohne.«

Ich wunderte mich über ihre scheinbare Gelassenheit, hatte Mühe, mich zu beruhigen.

»Du schaffst es nicht ohne«, wiederholte sie. »Ich habe es selbst versucht.«

Nicht ohne Schlüssel, tobte es in mir, wirklich nicht ohne? Ich wusste nicht, wo der gottverdammte Verbrecher den Schlüssel versteckte, hatte keine Zeit, jetzt wieder zurückzuklettern und das Haus abzusuchen. Niemand würde mich dazu bringen, Frauke allein hier zurückzulassen, nicht alle Teufel dieser Welt. Dann fiel es mir siedend heiß ein: das Beil. Das Beil und der Hammer, ich hatte sie nicht umsonst mitgeschleppt. »Wir schaffen es so«, sagte ich laut. »Wir brauchen keinen Schlüssel.«

Ich nahm die Lampe auf, leuchtete den Boden ab, sprang die paar Meter zurück, nahm beide Werkzeuge an mich. Es ging schneller, als ich dachte. Vielleicht, weil ich von einer irrsinnigen Wut gepackt war, wie ich sie noch nie in meinem Leben empfunden hatte? Weil ich bei jedem Schlag, den ich dem schmalen Felsvorsprung versetzte, der das Gitter unten über dem Boden festhielt, Mangs Gesicht, sein Grinsen, seine widerliche Fratze vor mir sah? Frauke hatte sich ins hinterste Eck ihres Gefängnisses zurückgezogen, als ich anfing, den Stein zu bearbeiten. Zuerst vorsichtig, mit einfachen, fast sanften Schlägen, dann immer kräftiger mit all der Wut und all dem Hass, die in mir kochten. Splitter fetzten zur Seite, Kalkbrocken jagten durch die Luft, aber nach kurzer Zeit – ich hatte nur eine einzige Pause eingelegt – war der Stein zerbrochen, seine Funktion als Riegel zerstört. Schweißgebadet legte ich das Beil aus der Hand und zog das Gitter zurück – ein Spalt, gerade so weit, dass Frauke hindurchkriechen, ihr elendes Gefängnis verlassen konnte.

Wir umarmten uns stillschweigend im Dunkeln, ließen einander minutenlang nicht los. Was genau passiert war, wie der Verbrecher sie in seine Gewalt gebracht, was er ihr angetan hatte – wir verloren kein Wort, wollten zuerst der unheimlichen Umgebung entfliehen.

Der Weg zurück war mühsam und nur schwer zu bewältigen. Fraukes Beine schienen wie gelähmt. Sie musste unzählige Stunden in dem engen Gefängnis verbracht haben. Alle ihre Versuche, sich durch kurze, gymnastische Übungen warmzuhalten, waren in dem winzigen Verschlag und dem diffusen Licht an den scharfen Kanten der Wände gescheitert. Sie hatte mehrere Prellungen und Verletzungen davongetragen, bewegte sich die ersten Meter wie in Zeitlupe durch die schmalen Gänge. Als wir die steile Kante des Ausstiegstrichters erreicht hatten, war sie mit ihren Kräften endgültig am Ende.

»Das geht nicht«, erklärte sie. »Meinen Beinen fehlt die Kraft.«

»Willst du es nicht wenigstens versuchen?«, bat ich.

Sie versuchte, sich aufzurichten, schaffte es bis fast auf die Knie, klappte dann schlagartig zusammen. »Es geht nicht«, wiederholte sie.

Ich wusste, wie verteufelt gefährlich dieser letzte Abschnitt war, fluchte insgeheim auf die Polizei, weil immer noch niemand zur Stelle war, uns Hilfe zu leisten. Diese Scheiß-Kommissare, tobte es in mir, wenn es darum ging, mich zu verhören und zu verdächtigen, war ihnen keine Anstrengung genug. Jetzt aber …

»Die Polizei«, sagte ich. »Sie müssen jeden Moment hier sein. Ich habe sie vorhin alarmiert. Sie werden uns helfen.« Ich zog mein Handy vor, merkte, dass es hier unten nicht funktionierte. »Verdammter Mist. Kein Netz,« schimpfte ich.

»Dann geh du hoch und schau nach ihnen. Ich warte so lange.«

Ich schüttelte den Kopf, wollte Frauke auf keinen Fall hier unten zurücklassen.

»Sollen wir hier erfrieren?«, fragte sie.

Wie ich es auch drehte und wendete, sie hatte recht. Ohne Hilfe von oben bekam ich sie nicht hoch. Und sei es auch nur, dass ich oben die Polizei zu Hilfe rufen konnte. »Also gut«, sagte ich. »Ich versuche es allein. Du behältst die Lampe.« Ich drückte sie an mich, kletterte dann mühsam die Stufen hoch.

Der Weg war noch weiter und mühsamer, als ich ihn in Erinnerung hatte. Ich brauchte ewig, versicherte mich immer wieder mit mehrfachem Rufen, dass sie noch unten war. Als ich den Keller endlich erreicht hatte, war von der Polizei oder einem der Kommissare nichts zu sehen. Ich zog mein Handy vor, wählte Braigs Nummer, hatte den Mann sofort am Ohr.

»Verdammte Scheiße, wie lange sollen wir denn noch warten, bis Sie endlich kommen?«, brüllte ich. »Frauke sitzt unten in der Höhle fest, ich kriege sie allein nicht hoch. Wann machen Sie sich endlich auf den Weg?« Vor Wut unterbrach ich die Verbindung, steckte das Handy wieder weg. Ich wollte sie nicht zu lange allein zurücklassen, machte mich wieder auf den Weg nach unten.

»Und?«, fragte sie. »Hast du sie erreicht?«

Ich nickte. »Jetzt wissen sie endgültig Bescheid. Es kann nicht mehr lange dauern.«

Sie legte ihre kalte Hand an meine rechte Wange, atmete tief durch. »Dann ist es hoffentlich bald überstanden.«

»Es geht nur noch um Minuten«, sagte ich. »Dann …« Ich stockte, weil ich von oben ein Geräusch hörte, legte den Kopf zurück und starrte in die Höhe. Zuerst ein leises Quietschen, dann einen lauten Schlag.

»Was war das?«, fragte Frauke.

»Keine Ahnung. Vielleicht bereiten die sich vor, um dir zu helfen.« Obwohl sich doch zuerst einer der Beamten selbst davon hätte überzeugen sollen, wie man Frauke am besten nach oben brachte, überlegte ich. Ich legte den Kopf zurück, starrte in die Höhe. Nichts zu sehen, alles war dunkel. »Braig«, rief ich laut. »Sind Sie es?«

Die Wassermassen schossen im gleichen Moment auf uns nieder. Bis wir endlich reagierten, waren wir bereits bis auf die Haut nass. Ich packte Frauke an ihrer Jacke, zog sie mit mir in den Stollen.

»Verdammter Mist, was ist jetzt das?«, fluchte ich laut.

Das Wasser ging in gewaltigen Kaskaden neben uns nieder, spritzte zur Seite, breitete sich auf dem Boden der Höhle aus.

»Die Polizei kann das nicht sein«, sagte Frauke. Wir wichen weitere Schritte zurück, konnten dennoch nicht vermeiden, dass uns die Flut ständig näher kam. Ich war völlig durcheinander, sah mich außerstande, auf ihre Bemerkung einzugehen.

»Haben die ihn nicht verhaftet?«, fragte sie.

»Mang?«, meinte ich. »Das müsste längst passiert sein.«

»Mang?«, wiederholte Frauke. »Was für ein Mang?«

»Der Verbrecher«, erklärte ich. »Dein …« Ich wusste nicht, wie ich den Kerl bezeichnen sollte. »Entführer«, sagte ich schließlich.

»Das war Daimle«, sagte Frauke. »Haben die ihn nicht verhaftet?«

»Daimle?«, fragte ich ungläubig. »Der soll dich …?«

Sie schaute mich mit großen Augen an. »Was hast du gedacht?«

»Mang«, erklärte ich. »Die haben mich zu Mang geschickt. Wir sind hier unter seinem Keller.«

Frauke schüttelte den Kopf. »Ich kenne keinen Mang. Daimle hat mich überfallen und hier in die Höhle gesperrt. Unter seinem Haus.«

»Oh mein Gott, nein.« Schlagartig war mir bewusst, weshalb die Polizei immer noch nichts zu Fraukes Hilfe unternahm. »Dann suchen die im falschen Haus.«

»Du hast ihnen erzählt, wir seien im Keller dieses Mang?«

Ich verzichtete auf eine Antwort, deutete nur ein Kopfnicken an.

»Dann können wir lange warten«, meinte sie. »Sehr lange.«

Daimle, ging es mir durch den Sinn, Daimle. Der soll Frauke entführt haben? Daimle, dieser unscheinbare Computerfreak? Ich hatte die dünne Gestalt des Mannes vor Augen, wie er damit beschäftigt war, Margot Kauls Büro-Software neu zu installieren, erinnerte mich an den Moment im Dorfladen, als er trotz der eisigen Kälte wie üblich nur mit seiner dünnen Jacke bekleidet die Kasse überprüfte …

Die Kasse, arbeitete es in mir, die Kasse im Dorfladen. Deshalb die Kamera, daher die Bilder der einkaufenden Kundinnen im Keller des Hauses. Natürlich, jetzt fiel es mir wie Schuppen von den Augen: Wer, wenn nicht der Software-Experte des Dorfes, hatte die Möglichkeit, unbemerkt Kameras zu installieren, sie im Fall drohender Entdeckung unter dem Mantel einer Service-Überprüfung wieder zu entfernen und sich ansonsten, wann immer es ihm beliebte, ihrer Bilder zu bedienen?

»Das Wasser.« Fraukes Worte rissen mich aus meinen Gedanken. Ich schaltete die Lampe ein, starrte auf den Boden. Das Wasser klatschte nach wie vor in gewaltigen Kaskaden in die Höhle. Es stieg immer weiter, hatte unsere Schuhe längst überflutet.

»Wir müssen etwas tun«, sagte sie.

Daimle, diese verdruckte, unscheinbare Gestalt, ausgerechnet diese unauffällige graue Maus steckte hinter all dem Wahnsinn, den ganzen Verbrechen? Ich spürte Fraukes Hand auf meiner Schulter, sah ihren mutlosen, auf den überfluteten

Untergrund gerichteten Blick. Dieser verkommene Halunke hatte ihr, hatte *uns* all die Schmerzen der vergangenen Stunden angetan? Der Kerl war verantwortlich für dieses unüberschaubare Ausmaß an Angst und Verzweiflung?

Wut stieg in mir auf, machte sich in mir breit, Wut und Hass auf den Verbrecher, der jetzt dort oben aus seinem Keller aus irgendwelchen Quellen hektoliterweise Wasser auf uns herabregnen ließ, um uns zu ertränken und seine verkommenen Schandtaten so in letzter Sekunde doch noch zu vertuschen. Der soll uns nicht kriegen, arbeitete es in mir, der nicht!

Ich atmete kräftig durch, zog mein Handy vor, hielt es in die Höhe. Nach rechts, dann nach links. Vergeblich. Kein Netz. Nein, auf diese Art der Hilfe durften wir nicht hoffen. Ich nahm die Lampe, leuchtete den Boden ab. Wir durften nicht länger stehen bleiben. Das Wasser reichte uns bereits weit über die Knöchel. Im Moment gab es nur eine Möglichkeit, ihm zu entkommen.

»Wir gehen«, sagte ich, in die Richtung von Fraukes Gefängnis deutend. »Es muss einen anderen Ausgang geben.«

Ich bemerkte ihren angstvollen Blick, steckte das Beil und den Hammer rücklings in meine Hose, nahm Frauke an der Hand. Wir tasteten uns bis zu der Stelle vor, wo der Stollen abzweigte, kämpften uns mühsam nach oben. Ich merkte, wie schwer es ihr fiel, den Höhenunterschied zu überwinden, überlegte, dass sie seit unzähligen Stunden keine Nahrung mehr zu sich genommen hatte. Und ich Vollidiot war ohne jeden Vorrat an Essen und Trinken in die Tiefe gestiegen!

Ihr kurzes Schluchzen riss mich aus meinen Selbstvorwürfen. Sie schaffte es kaum, die Stelle zu passieren, wo sie so grauenvolle Stunden hatte verbringen müssen. Das Gitter schien unversehrt, allein der zersplitterte Felsvorsprung im unteren Bereich zeugte von meiner Attacke. Ich sah, wie sie ihren Blick schnell von dem Verlies abwandte, spürte die Tropfen auf dem Kopf und in meinem Nacken. Die Höhle war feucht, Wasser perlte von der Decke. Der Gang wand sich zur Seite, wurde schmaler und niedriger, schien zudem langsam, aber stetig abzufallen. Steine und Felskanten versperrten mehrfach den Weg, ließen uns kaum vorwärtskommen. Mühsam stiegen wir über sie hinweg oder versuchten uns an ihnen vorbeizuschieben. Je weiter wir kamen, desto rutschiger wurde der Boden. Wir tapsten in Wasserlachen, spürten mehr und mehr, dass sich der Untergrund in ein immer weiter ansteigendes Bachbett verwandelte. Das Geräusch des hinter uns in die Tiefe stürzenden Wassers verebbte zwar Meter für Meter, dafür perlte, tropfte und sprudelte es jetzt aber an allen Ecken und Enden. Noch ein kleines Stück und wir standen plötzlich bis zu den Knien in einem unübersehbar weitreichenden, eiskalten See.

»Und jetzt?«, fragte Frauke.

Ich wusste keine Antwort, nahm das Handy aus meiner Hosentasche und steckte es oben in die Jacke, damit es nicht nass wurde. Falls wir es doch noch gebrauchen konnten. Das Wasser schien langsam zu fließen. Es war eiskalt. Ich merkte, wie es an meinen Beinen entlangstrich, setzte mich wieder in Bewegung. Zwei, drei Meter weit, bis ich mit dem Kopf unverhofft an einen harten Gegenstand prallte. Vor Schreck schrie ich auf, richtete den Strahl der Lampe auf die Decke. Mehrere große, nach unten spitz zulaufende Stalaktiten wölbten sich fast einen halben Meter in die Tiefe. Ich befeuchtete die schmerzende Stelle mit Wasser, betrachtete die gewaltigen Tropfsteine. Die Monstren aus gelöstem Kalk hatten wahrscheinlich Jahrhunderte gebraucht, sich zu dieser Größe zu entwickeln. Ich richtete den Strahl der Lampe auf die gefährliche Stelle, damit Frauke unbeschadet passieren konnte, merkte, dass das Licht leicht flackerte. Nicht auch noch das, schoss es mir durch den Kopf, nicht ausgerechnet jetzt, wo der Weg immer gefährlicher wurde.

Ich blieb stehen, bis Frauke bei mir angelangt war, schüttelte die Lampe kräftig durch. Für den Moment einer Sekunde verlöschte das Licht, dann war es plötzlich wieder da.

»Was war das?«, hörte ich Fraukes Stimme. Ich sah, dass sie nach vorne deutete.

»Was meinst du?«, fragte ich.

»Dort vorne«, sagte sie. »Es war hell.«

Ich wusste nicht, was sie meinte, schaltete die Lampe aus. Die Dunkelheit wirkte wie ein alles vernichtender, brutaler Schlag. Ich fühlte mich von einem übermächtigen Feind bedroht, der dabei war, von allen Seiten her auf uns einzustürmen, sah nicht die kleinste Chance einer Abwehr. Die Beine bis fast zu den Knien im eiskalten Wasser, undurchdringliche Felswände links und rechts, gewaltige Tropfsteine gefährlichen Dolchen gleich von der Decke ragend erfasste mich eine wahnsinnige Angst. Und da, genau in dem Moment erahnte ich den fahlen Schein eines Lichts mitten in dieser unbezwingbaren Finsternis.

»Siehst du es?«, flüsterte es neben mir.

Ich konnte nicht länger stillhalten, musste mich bewegen, der Kälte trotzen, die mich zu lähmen drohte. »Der Ausgang«, sagte ich. »Dort müssen wir hin.«

Ich schaltete die Lampe wieder ein, benötigte mehrere Sekunden, meine Augen an das Licht zu gewöhnen. Der helle Strahl leuchtete den Stollen aus, zeigte uns den Verlauf der Höhle. Wir bewegten uns langsam weiter, immer noch knietief im Wasser, stolperten über Felsen und Steine. Mit einem Mal merkte ich, dass wir uns einer Stelle näherten, wo der Gang abrupt zu enden schien. Erschöpft blieb ich stehen, suchte nach einer Abzweigung, die wir einschlagen konnten.

»Du musst die Lampe ausschalten«, schlug Frauke vor.

Ich folgte ihrem Rat, erschrak. Das Licht kam von der Seite, durch einen kleinen, nur schwer zu bewältigenden Spalt. Es war jetzt weit intensiver als vorher, erlaubte uns, die Umrisse der Höhle auch ohne den Schein der Lampe zu erkennen. Keinen halben Meter breit, vielleicht genauso hoch, fast bis zur Hälfte vom Wasser überflutet. Was dahinter kam, ob der Gang überhaupt zu passieren war – nirgends ein Hinweis.

»Wir versuchen es«, sagte sie.

Aber was, wenn das Wasser stieg, wenn wir drüben nicht weiterkamen, das Wasser uns aber den Rückweg versperrte? Sollten wir dann elend ertrinken?

Ich wusste, dass wir ihrem Vorschlag trotzdem folgen mussten. *Du hast keine Chance, aber nutze sie.* Es gab keine Alternative.

Ich reichte ihr mein Handy, die Lampe sowie die Werkzeuge und drückte meine Knie ins Wasser, bis sie auf dem Boden aufkamen. Danach beugte ich den Oberkörper nach vorne und schob mich, den Brustkorb im eiskalten Nass, durch den Spalt. Ich glaubte, nicht richtig zu sehen, spürte mein Herz sofort höher schlagen. Ein schmaler, vielleicht fünf, sechs Meter langer Gang lag vor mir, an seinem anderen Ende von oben her in helles Licht getaucht. So hell, dass ich alles sehr gut erkennen konnte. Plötzlich vernahm ich auch völlig andere Geräusche. Nicht mehr die alles verschlingende Enge der schmalen Gänge drückte hier auf die Ohren, ich glaubte vielmehr das längst vergessene Prasseln auf dem Boden aufkommender Regentropfen zu hören. Und auch das Atmen war von anderer Qualität. Nicht mehr der abgestandene Mief modriger Stollen drang mir in die Nase, sondern frische, von würzigen Aromen getränkte Luft.

Ich musterte die neue Umgebung, sah, dass das Licht am anderen Ende von oben her in den Stollen fiel. Wie groß die

Öffnung dort ausfiel, welcher Höhenunterschied bis zur Erdoberfläche zu überwinden war – ich musste es erst noch erkunden.

»Was siehst du?«, hörte ich Fraukes Stimme wie aus einer anderen, weit bedrohlicheren Welt.

Ich wusste nicht, wie ich reagieren sollte. Allein den Gang entlangmarschieren und Frauke für einen Moment zurücklassen, um die Öffnung hier zu erkunden, oder sie mitnehmen, mit dem Risiko, doch keinen Ausstieg zu finden und deshalb wieder ins Dunkel zurückkriechen zu müssen?

Die Antwort kam mir impulsiv: »Wir versuchen es gemeinsam. Gib mir bitte das Handy und die Lampe und dann kommst du sofort hinterher.«

Ich schob mich vollends ins Licht, nahm die empfindlichen Geräte entgegen, sah sie dann langsam durchs Wasser zu mir herkriechen. Völlig durchnässt und vor Kälte zitternd kam sie bei mir an. Wir mussten es schaffen, sonst würden wir beide an Unterkühlung sterben. Ich drückte sie an mich, stakste dann vorsichtig ans andere Ende des Stollens. Spitze Felskanten schnitten mir in die Sohlen, Schritt für Schritt versank ich bis über die Knie im Wasser. Je weiter ich kam, desto intensiver wurde das Licht. Die Luft, die meine Lungen flutete, hatte nichts mehr mit dem brackigen, abgestandenen Moder gemein, der uns vorher so lange geplagt hatte. Noch lauter als vorher hörte ich das wunderbare Geräusch sich im Wind wiegender Zweige und Äste, dazu das Trommeln intensiven Regens auf nasses Laub und Steine. Wir hatten es geschafft, spürte ich und näherte mich vollends der Öffnung in der Decke des Gangs. Dann wandte ich den Kopf und blickte nach oben.

Das Loch war mindestens zwei Meter breit, die Erdoberfläche keinen Meter von meinem Kopf entfernt. Regentropfen prallten mir ins Gesicht und auf die Brust.

»Und?«, hörte ich Frauke fragen. Sie war mir unmittelbar gefolgt, blickte gespannt in die Höhe.

Die Öffnung war kein Problem, auch nicht der Abstand zur Erdoberfläche. Beides schien zu bewältigen, ragten doch genügend Vorsprünge aus den Wänden, die sich wie die Stufen einer Leiter nutzen ließen. Was störte, war allein das Gitter, das das Loch von der Außenwelt abschirmte.

Fraukes resignierter Gesichtsausdruck sprach Bände. Ich fuhr ihr sachte über die Wangen, versuchte, mir meinen Schreck nicht anmerken zu lassen. Vielleicht gab es eine Chance, das Hindernis zu überwinden. Ich musste es zumindest versuchen. Wenn nicht …

»Das Handy«, sagte Frauke. »Vielleicht haben wir Empfang.«

Ich nickte ihr zu, reichte ihr das Gerät samt Lampe. »Ich will zuerst überprüfen, ob wir es allein schaffen. Oder zumindest feststellen, wo wir hier sind. Sonst suchen die wieder an der falschen Stelle.«

Ich erklomm Stein auf Stein, schob mich langsam in die Höhe. Bis auf einen waren die aus der Wand ragenden Vorsprünge fest verankert, ein einziger brach und klatschte ins Wasser, ohne uns zu verletzen. Ich zitterte vor Anstrengung am ganzen Körper, merkte immer deutlicher, wie wenig ich in den vergangenen Stunden gegessen hatte. Den Anstieg zu bewältigen, so kurz er auch war, kostete mich mehr Kraft, als ich gedacht hatte. Mühsam drückte ich mein Gesicht in die Höhe, vom kräftig fallenden Regen völlig durchnässt. Ich sah mehrere winterlich kahle Bäume und Sträucher, nicht weit von der Öffnung entfernt, dann ein mit roten Ziegeln gedecktes Dach in unmittelbarer Nähe, erkannte, dass ich mich in einem mir unbekannten Hinterhof befand. Das Gelände war höchstens zehn auf zehn Meter groß, fast quadratisch, auf drei Seiten von Gebäuden, einem Wohnhaus und zwei kleinen Ställen umgeben; die restliche Begrenzung bildete ein steiler, unwegsamer Fels. So unbekannt mir die Umgebung zuerst auch erschien, je länger ich den Felsen und auch das Wohngebäude betrachtete, desto sicherer wurde ich mir …

Plötzlich erkannte ich ihn durch das Fenster. »Mein Gott, das ist ja Thomas«, schrie ich laut. Ich begann, an dem Gitter zu rütteln, merkte, dass es unbeweglich fest verankert war.

»Wo sind wir?«, hörte ich Fraukes Stimme.

»Im Hinterhof von Thomas Schmeil, meinem Nachbarn.« Ich versuchte mich wieder bemerkbar zu machen, schrie, so laut ich konnte: »Thomas, Hilfe! Thomas, Hilfe! Ich bin es, Daniel! Ich habe Frauke …!«

Das schrille Kreischen warf mich fast von der Wand. Ich wusste zuerst nicht, woher es kam, schaute mich panisch um, konnte niemand erkennen. Erst nach mehreren Augenblicken bemerkte ich, dass es von Frauke herrührte. Ich wandte mich zur Seite, blickte nach unten, sah, wie sie mit den Armen wie besessen durch die Luft wedelte, hatte keine Ahnung, was mit ihr los war. Ich schrie ein letztes Mal um Hilfe, kletterte dann in aller Eile nach unten, sah das Handy in Fraukes rechter Hand. Offensichtlich hatten wir jetzt Verbindung, denn als ich mein Ohr in seine Nähe brachte, hörte ich Braigs aufgeregte Stimme: »Grohm, sind Sie das wirklich?«

Ich versuchte, Frauke das Gerät aus der Hand zu nehmen, bekam es nur an einem Ende zu fassen. »Ich bin es, ja«, schrie ich, so laut ich konnte. »Wir sind bei Schmeil im Hof in der Höhle eingesperrt. Helfen Sie uns endlich!«, dann rutschte es mir aus der Hand und platschte ins Wasser.

Ich versuchte, festen Halt zu finden, näherte mich dann Frauke, umklammerte sie mit aller Kraft. »Was ist los? Was hast du?«, fragte ich.

Es war fast unmöglich, sie zu verstehen, so aufgeregt nuschelte sie die Worte vor sich hin. »Doch nicht Schmeil!«, glaubte ich zu hören. »Der bringt uns um!«

»Schmeil?«, rief ich laut. »Das ist doch mein Freund und Nachbar. Was soll der uns denn tun?«

Im gleichen Moment bemerkte ich den Schatten, der die Öffnung verdunkelte. Ich starrte nach oben, genau in Thomas Schmeils Gesicht, sah, dass er mitten auf dem Gitter kniete.

»Daniel, du musst mir glauben, es tut mir wirklich leid. Ich wollte dir das nicht antun, ehrlich nicht. Aber jetzt geht es leider nicht mehr anders.«

Ich sah, wie er sich wieder erhob, dann die Enden zweier dicker Schläuche zwischen das Gitter steckte und verschwand. Ich kapierte überhaupt nichts mehr, wollte gerade zu einer Antwort ansetzen: »Was ist denn los? Was tut dir leid?«, da schienen die Schlauchenden zu explodieren und Kaskaden eiskalten Wassers schossen auf uns nieder. Ich sprang zur Seite, riss Frauke mit mir, konnte nur verzweifelt mit ansehen, wie das Wasser den Stollen in kürzester Zeit mehr und mehr füllte.

35. Kapitel

Als mir das Wasser fast bis zur Brust reichte, begann auch ich, die Hoffnung zu verlieren. Ich hatte Frauke am Arm gepackt und war mit ihr von der Öffnung weg in den Stollen gesprungen, um Schutz vor den auf uns hereinbrechenden Wassermassen zu suchen, merkte aber bald, dass wir dort nicht lange bleiben konnten. Der Pegel bewegte sich derart schnell in die Höhe, dass wir nach wenigen Minuten schon bis zur Hüfte in dem eiskalten Nass standen. Wieder in den großen Gang zurückzukriechen, war jetzt schon unmöglich; der schmale Spalt, den wir vorhin mühsam passiert hatten, lag bereits komplett unter dem Wasserspiegel. Und das Risiko einzugehen, hindurchzutauchen, welchen Sinn hätte es gehabt? Offensichtlich stand das Wasser auch im Hauptstollen jetzt weit höher als vorhin, sonst hätte der Spalt als Abfluss gewirkt und uns von den von oben hereinbrechenden Wassermassen befreit. Ich hatte selbst bemerkt, dass es draußen intensiv regnete; wahrscheinlich drang der Oberflächenniederschlag jetzt durch sämtliche seit Jahrtausenden entstandenen Ritzen und Spalten und sammelte sich in den Höhlen im Bauch des Gebirges. Welche Chance blieb uns da noch, heil ins Freie zu kommen?

Thomas Schmeil, arbeitete es in meinem Hirn, was war mit dem Mann? Wieso war er uns nicht sofort zu Hilfe geeilt? Was sollte das mit dem Wasser, wen glaubte er hier unten? Fühlte er sich von irgendwelchen Verbrechern bedroht? Oder litt er unter Wahnvorstellungen, Phobien, lebensbedrohenden Phantasmen? Er musste mich doch erkannt haben, musste begriffen haben, dass ich es war, der sich hier in höchster Gefahr befand und um Hilfe schrie, schließlich hatte er ausdrücklich meinen Namen genannt.

Daniel, du musst mir glauben, es tut mir wirklich leid.

Was tat ihm leid? Dass er die Realität nicht mehr richtig wahrnahm, sich von bösen Mächten verfolgt glaubte? Weshalb sonst hätte er zu diesen Schläuchen greifen und Wasser in die Höhle pumpen sollen? Das musste er doch vorbereitet haben, von langer Hand. Lebte er tatsächlich in der Erwartung irgendwelcher Feinde, die ihn bedrohten, ihm nach dem Leben trachten könnten? Aber wieso? Und weshalb hatte ich das all die Monate, die wir nebeneinander gewohnt und all die unzähligen Stunden, die wir gemeinsam verbracht hatten, nicht bemerkt? War diese psychische Verwirrung etwa erst in den letzten Tagen oder Wochen entstanden, in der kurzen Spanne, in der ich meiner aufkeimenden Beziehung zu Frauke wegen nicht mehr so viel Zeit mit ihm verbracht hatte?

Ich wusste es nicht, war vollkommen verwirrt. Fraukes seltsames Verhalten fiel mir wieder ein. Ihr irrsinniges Schreien genau in dem Moment, als ich bemerkt hatte, dass wir uns in Schmeils Hinterhof befanden. »Doch nicht Schmeil!«, hatte ich geglaubt, sie nuscheln zu hören. »Der bringt uns um!« Hatte ich sie wirklich richtig verstanden? Und wenn ja, was hatte sie dazu veranlasst?

Ich spürte sie an meiner Seite, hielt sie fest in meinem Arm. Sie zitterte am ganzen Leib. Lange würde sie das nicht mehr aushalten, das war klar. Das eiskalte Wasser, die ständig zunehmende Bedrohung, Stunden ohne Nahrung, unsere hoffnungslose Situation. Es musste etwas geschehen! Nur was? Wo konnten wir noch Hilfe suchen, von wem Unterstützung erwarten?

Der Kommissar, hatte er meine Worte: »Wir sind bei Schmeil im Hof«, verstanden? War die Verbindung überhaupt in der Qualität zustande gekommen, dass er uns hatte hören können? Ich war mir nicht sicher, wusste nicht, ob es in der hektischen Situation wirklich zu einem telefonischen

Kontakt mit dem Mann gekommen war. Hatte ich seine Stimme real gehört oder war dieser Moment nur meiner Phantasie entsprungen?

Dass mir das Handy entglitten und ins Wasser gefallen war, hatte uns jeden weiteren Versuchs, erneut Verbindung nach außen aufzunehmen, beraubt. Natürlich war ich sofort ins eiskalte Nass gesprungen und hatte nach dem Gerät gesucht. Aber bis ich es endlich gefunden und mit meinen klammen Händen aufgehoben hatte, war es bereits zu spät. Ich hatte jedenfalls keine Verbindung mehr zustandebekommen, gleich, wo immer ich es versucht hatte. Was also sollten wir tun?

Immer in Bewegung bleiben, ging es mir durch den Kopf, die Beine, den Körper, die Arme unablässig in Schwung bringen, um der Eiseskälte nicht zu erliegen. Ich nahm Frauke, die immer matter wurde, in die Arme, hob sie ein Stück in die Höhe, ließ sie dann wieder nieder. Sie bedachte mich nur noch mit lethargischen Blicken, schien kaum noch zu verstehen, was hier geschah. Ich spürte, wie das Wasser weiter anstieg, überlegte, dass wir nicht mehr lange unter dem schützenden Dach des Stollens bleiben konnten, sondern uns den unablässig aus der Höhe herabstürzenden Wassermassen aussetzen mussten, wenn wir nicht bald ertrinken wollten, hörte plötzlich ein seltsames Geräusch. Ein kräftiger, aber aus weiter Entfernung kommender Knall, weniger einem Donner ähnlich als vielmehr einem Schuss …

Ich blieb stehen, versuchte, über das Tosen des Wassers hinweg weitere Geräusche aufzunehmen. Der Knall oder wie auch immer ich das Geräusch bezeichnen wollte war von oben gekommen, nicht aus der Höhle, da war ich mir sicher. Ich lauschte weiter, hatte keine Chance. Das Rauschen war zu stark, überdeckte alles andere. Ich merkte, dass das Wasser Fraukes Schulter erreichte, wusste, dass uns keine Zeit mehr blieb. Wir mussten das schützende Dach des Stollens verlassen und uns den herabstürzenden Wassermassen aussetzen.

Im gleichen Moment hörte ich die Stimme. Weit entfernt, irgendwo in einer anderen Realität. Litt ich unter Halluzinationen? War mein Körper bereits dermaßen unterkühlt, dass ich die Wirklichkeit nicht mehr von der Phantasie unterscheiden konnte? Nein! Jetzt hörte ich die Stimme wieder! Und sie rief meinen Namen. Das war keine Täuschung. Die Stimme rief meinen Namen!

»Grohm, wo sind Sie?«

Ich schob mich einen Schritt weiter durchs Wasser, bis an den Rand der Öffnung, brüllte, so laut ich konnte. »Hier, in der Höhle, unten!« Ich wandte den Kopf, versuchte nach oben zu schauen, hatte keine Chance. Das Wasser schoss mit derart brachialer Gewalt auf mich nieder, dass es mir das Gesicht zu zerreißen drohte. Ich schwamm ein kleines Stück zurück, brüllte weiter. »Hier, hier, hier!«

Plötzlich schien die Stimme ganz nah. »Grohm, sind Sie da unten?«

»Ja«, schrie ich. »Hier im Wasser! Hier, hier, hier!« Ich ahnte den Hauch eines Schattens über mir, hörte polternde Geräusche. Plötzlich wurde das Tosen des Wassers schwächer.

»Grohm, wir kommen!«, hörte ich die Stimme.

Es scharrte und klackte, dann verebbte der Wasserfall völlig. Die plötzliche Stille war kaum zu ertragen. Nur das Hin- und Herschwappen des Wassers in unserem Stollen und kräftiges Rauschen aus der angrenzenden Höhle waren noch zu vernehmen.

»Grohm«, rief Braig. »Ist Frau Dr. Steensen bei Ihnen?«

Ich hatte ihn an seiner Stimme erkannt, schaute nach oben.

Er kniete auf dem Gitter, starrte zu mir herunter.

»Ja, sie ist hier.« Ich wandte mich zur Seite, erschrak. Frauke trieb leblos im Wasser, den Kopf nach unten. »Oh mein

Gott!« Ich warf mich zu ihr hin, riss sie hoch, versuchte, sie möglichst weit aus dem Wasser zu drücken. »Frauke, Frauke!« Sie fühlte sich eiskalt an, wie eine leblose Puppe, ließ den Kopf und alle Glieder hängen, baumelte in meinen Armen hin und her. Ich wusste nicht mehr aus noch ein vor lauter Elend, schrie und zeterte, hörte nicht auf die Fragen, die von oben kamen, versuchte nur, die bleiche Gestalt Fraukes dem todbringenden Eiswasser zu entreißen und sie wie ein kleines Kind hin und her zu bewegen, um doch noch einmal Leben in ihr zu entfachen.

Wie es in den nächsten Minuten weiterging, wusste ich später kaum noch zu sagen. Ich war entrückt in eine andere Realität aus nichts als Elend, Angst und Verzweiflung. Irgendwann tat es einen lauten Schlag, dann sah ich plötzlich einen Mann vor mir – den Kommissar, wie ich später erfuhr. Irgendwie gelang es ihm, mir Fraukes leblosen Körper aus den Armen zu reißen, bevor ich endgültig abtauchte in eine dunkle, schweigende Welt aus nichts als Schlaf.

36. Kapitel

Wie Frauke in die Hände des Verbrechers gefallen war, weshalb er sich auch noch sie als Opfer ausgesucht hatte und wer hinter den ganzen Verbrechen steckte, die Stempflingen, ja, die halbe Republik so lange in Atem gehalten hatten, erfuhr ich erst nach und nach. Drei Tage hatte ich im Krankenhaus in Balingen verbracht, über die Hälfte der Zeit in heilendem Schlummer versunken, nur langsam wieder zu der Fähigkeit zurückfindend, das ganze Ausmaß menschlicher Finsternis, die sich mir jetzt offenbarte, aufzunehmen.

Dass Frauke in die Aufmerksamkeit des Verbrechers geraten war, hatte ironischerweise mit mir selbst zu tun. An jenem Mittwoch, den ich ausnahmsweise bis in den Abend hinein im Gespräch mit Hartmann und meiner Arbeit am Werbespot für den Glacier-Express verbracht hatte, war Frauke zu einem Patientenbesuch unweit von meinem Haus gerufen worden. In der Hoffnung, mich zu überraschen, hatte sie bei mir geläutet und dann, weil ich auch per Handy nicht zu erreichen gewesen war, zu einem kleinen Papier gegriffen, um darauf einen Gruß an mich zu hinterlassen. Während des kurzen Schreibens war es im Nachbarhaus dermaßen laut geworden, dass sie verwundert an eines von Schmeils Fenstern getreten und ins Innere geblickt hatte. Erschrocken war sie Zeugin einer wilden Auseinandersetzung geworden: Zwei Männer, sie hatte sie zuerst nicht erkannt, waren mit Worten, dann aber auch mit Fäusten aufeinander losgegangen. Während sie noch überlegte, ob sie läuten oder die Polizei rufen sollte, war ihr Blick auf den Monitor eines Laptops auf dem Tisch gefallen, der den nackten Körper einer unübersehbar übel malträtierten Frau präsentierte. Sie war so erschrocken, dass sie nur wild ans Fenster geklopft und dann zu ihrem Auto gelaufen war. Beim Wegfahren hatte sie Schmeil noch an die Tür kommen und ihr nachschauen sehen.

Ihr war keine Zeit geblieben, sich länger auf das Geschehen einzulassen, hatte sie den Abend doch gemeinsam mit Dr. Lennart auf dem Ärztekongress in Sigmaringen verbracht. Versehen mit neuen Eindrücken war sie erst spät in der Nacht zurückgekehrt und todmüde ins Bett gefallen.

Während ihres Praxisdienstes am nächsten Morgen war ihr das Geschehen im Haus meines Nachbarn wieder eingefallen. Da sie wusste, dass ich mit ihm befreundet war, hatte sie mich angerufen und auf ein Gespräch unter vier Augen gedrängt. Unsere Verabredung am Mittag war aber von dem Unfall-Notdienst und einem anstrengenden Praxis-Nachmittag verhindert worden. Und dann, am Abend, sie hatte sich gerade hergerichtet, um mich bei Verena Engel zu treffen, stand plötzlich Daimle vor ihrer Tür, hatte sie sofort bedrängt und mit der Forderung auf sie eingeschlagen, alles zu gestehen, was sie bei Schmeil beobachtet hatte. Ihr war keine Chance geblieben, Hilfe zu rufen oder sich zu wehren. Der Mann, den sie von der Praxis her gekannt hatte, weil er sich um Dr. Lennarts Software kümmerte, hatte sie bewusstlos geschlagen und in das grauenvolle Gefängnis verschleppt.

So unfassbar brutal sich dieser Teil des Verbrechens anhören mochte, insgesamt gesehen war das noch der harmlosere Part der Sache. Braig fiel es nicht leicht, mir den aktuellen Stand ihrer Ermittlungen zu erklären, als er mich am zweiten Tag meines Krankenhaus-Aufenthaltes kurz aufsuchte. Ich durfte mein Bett zum ersten Mal verlassen, begleitete ihn in eine kleine Sitzecke am Ende des Flurs.

»Ich weiß nicht, ob das Ihrer Genesung dient«, meinte er.

»Wenn Sie es mir nicht erzählen, hole ich es mir aus der Zeitung oder dem Internet«, erwiderte ich, »und ob es da weniger schockierend ausfällt ...«

Alina Sievers, hatte der Kommissar erklärt, war einer ausführlichen journalistischen Recherche wegen in mehreren Ländern Lateinamerikas unterwegs gewesen. Sie hatte die Auswirkungen verschiedener Entwicklungsprojekte erkunden wollen und deren Arbeit dann in mehreren Reportagen vorgestellt. Ganz nebenbei war sie dabei auf die rührige Tätigkeit der Ehefrau eines deutschen Managers gestoßen, die aus eigener Initiative und mit ihrem privaten Geld ein Netzwerk von Streetworkern in Trujillo, einer großen Stadt in Peru, aufgebaut hatte. Die Arbeit der Frauen und Männer hatte dazu beigetragen, den Absturz vieler junger Leute in die Kriminalität zu verhindern und das Leben zumindest in dem betroffenen Stadtteil sicherer zu machen. Leider hatte der Ehemann von Laura Pfeiffer, so hieß die Frau, wegen angeblicher illegaler Geschäfte mit der Mafia seinen Job verloren und das Land verlassen müssen. Laura Pfeiffer, die nur noch auf dem Papier mit ihrem Mann zusammenlebte und sich ohnehin scheiden lassen wollte, hatte versprochen, sofort nach der Trennung wieder zurückzukommen, um ihr Projekt weiter zu betreuen. Das war drei Jahre her, Laura Pfeiffer jedoch nie mehr aufgetaucht. Ihre mühsam aufgebaute Arbeit war dabei zu zerfallen.

Alina Sievers' berufliche Tätigkeit hatte sie – zurück in Hamburg – dermaßen in Beschlag genommen, dass sie die Sache in Trujillo fast schon vergessen hatte, bis sie die Mail einer jungen Streetworkerin aus der Stadt erhielt. Sie erinnere sich wieder, schrieb die junge Frau, dass Laura Pfeiffer nach der Scheidung ihren alten Namen Schmeil annehmen wollte, unter dem sie in Senflingen zur Welt gekommen war.

Der Spürsinn der jungen Journalistin war erwacht. Nach unzähligen Stunden im Internet hatte sie begonnen, den

Namen Schmeil in mehreren Orten, die ähnlich wie dieses Senflingen klangen, zu überprüfen und war so auch nach Stempflingen gekommen. Und diese private Tour hatte sie dann mit ihrem Leben bezahlt.

»Aber wieso?«, fragte ich.

»Wir haben die Antwort gestern gefunden«, erklärte Braig. »Auf einer DVD im Keller dieses Daimle.«

Stillschweigend wartete ich auf eine Antwort.

»Daimle ist krank. Ein verklemmter, unscheinbarer Pimpf, der nur virtuell in Kontakt zu anderen Menschen treten kann. Frauen sind für ihn unnahbare Subjekte, die er allein übers Internet anzusprechen wagt. Aber dort, verborgen hinter seiner Anonymität, fühlt er sich wohl und stark. Da kompensiert er alle Schwächen und Enttäuschungen des realen Lebens und wird zum Übermenschen, der – endlich! – über alle dominiert. Seinen Laptop vor sich ist er der Herrscher über die ganze Welt. Diese Macht zu optimieren, war er die letzten Jahre offensichtlich unermüdlich tätig. Wie ein kleiner Diktator hat er das halbe Dorf mit winzigen Kameras bestückt und deren Aufnahmen in seinem Keller genüsslich betrachtet. Sie glauben nicht, wo wir die überall fanden. In der Arztpraxis, im Dorfladen, im Sägewerk, fast überall im Dorf. Meine Kollegen sind immer noch dabei, neue aufzuspüren. Nicht nur dort, wo er als Software-Berater tätig war, auch in Privathaushalten oder an Dächern, von wo aus er Einblick in die Fenster der Leute hatte. Wie und wann er die alle anbrachte, weiß kein Mensch. Jedenfalls wurde er auf diese Weise Zeuge, wie Schmeil seine eigene Frau totschlug.«

»Wie bitte?«, rief ich, vor Schreck fast vom Stuhl fallend.

»Daimles Kamera hat es bis ins Detail dokumentiert. Schmeil, mit korrektem Namen übrigens Thomas Pfeiffer, hat es gestanden. Er wurde von meiner Kollegin angeschossen, als er uns daran hindern wollte, auf Ihren Hilferuf hin auf seinem Grundstück nach Ihnen und Frau Dr. Steensen zu suchen. Er liegt in der Uniklinik in Tübingen, von Kollegen bewacht. Sie hatten Streit, Dauerstreit wegen der Scheidung. Er hat sie im Wohnzimmer seiner Schwiegermutter erschlagen und anschließend dort einbetoniert. Im Keller. Vor drei Jahren, sie waren noch nicht lange aus Südamerika zurück. Seine Schwiegermutter war verreist, kam aber überraschend zurück, als er gerade dabei war, die Leiche ihrer Tochter im Keller zu verscharren. Wohl vor Schreck erlitt sie einen Schlaganfall. Er konnte sie erst zum Arzt bringen, als er alle Spuren seiner Tat beseitigt hatte – und das dauerte. Da war bei seiner Schwiegermutter nichts mehr zu machen. Was ihm natürlich nur recht war. ›Wissen Sie was?‹, brüllte er uns an, als wir ihn verhörten. ›Seit drei Jahren hocke ich Arschloch in diesem Scheißkaff fest und kann nicht weg, weil ich den Keller und die alte Hexe dort oben bewachen muss und dann werde ich auch noch die ganze Zeit von diesem perversen Sadomaso-Schwein erpresst!‹«

»Thomas Schmeil?«, fragte ich fassungslos.

»Thomas Pfeiffer. Aber wir reden von der gleichen Person, ja.«

»Und was ist mit seinem toten Kind?«

Braig musterte mich mit kritischem Blick. »Wir wissen nichts von einem Kind. Weder von einem toten noch einem lebenden. Die Pfeiffers hatten keine Kinder.«

Dann hatte er das nur erzählt, um bei mir, der ich genau dieses Schicksal erlitten hatte, Eindruck zu schinden. Ich konnte es nicht fassen.

»Aber dann kam ihm dieser kranke Daimle gerade recht«, erklärte der Kommissar.

»Was meinen Sie?«

»Frau Sievers. Pfeiffer spürte sofort, dass die Frau gefährlich werden konnte. Die war einfach zu neugierig. Ihr journalistischer Spürsinn hatte sie gepackt. Die würde keine Ruhe geben, bis …«

»Sie wollen doch nicht sagen, er hat auch sie …?«

Braig schüttelte den Kopf. »Nein, dafür hatte er ja seinen speziellen Freund.«

»Daimle?«

»Wir haben mehrere DVDs mit Aufnahmen, was der perverse Verbrecher der Frau alles angetan hat. Pfeiffer bot sie ihm regelrecht an. Bei ihrem zweiten Besuch in Pfeiffers Haus schlugen sie sie gemeinsam nieder und schafften sie durch die Höhle in Daimles Keller. Sie kennen den Weg.«

»Oh mein Gott, nein!« Ich spürte, wie mir der Schweiß aus alles Poren schoss.

»Soll ich aufhören?«, fragte Braig.

Ich schüttelte den Kopf.

»Daimle hat die Frau wochenlang in seinem Keller und der Höhle gequält, ersparen Sie sich die Details. Ich habe nur einen kurzen Blick auf die DVDs geworfen. Diesem verklemmten unscheinbaren Bleichgesicht, das Frauen bisher nur virtuell nahe gekommen war, bot sich mit Pfeiffers Angebot eine einmalige Chance: Niemals sonst wäre er an eine so blendend aussehende, welterfahrene, selbstbewusste, junge Frau wie Alina Sievers herangekommen – und so griff er zu. *Das* Erfolgserlebnis seines Lebens. Bis sie unter seinen Quälereien starb.«

Braig verstummte, ließ mir Zeit.

»Sie haben sie gemeinsam in der Höhle vergraben.«

»Daimle und …«

»Pfeiffer, ja«, erklärte der Kommissar.

Ich suchte nach einem Papiertaschentuch, schnäuzte mich. »Kann das alles wahr sein?«

Braig ging nicht auf meine Frage ein. »Dann passierte genau dasselbe mit Frau Sartorius. Wir wissen inzwischen, dass sie Frau Sievers ab und an getroffen hatte. Auf Journalisten-Treffs in Hamburger Kneipen. Vielleicht hat Frau Sievers ihr von ihrem Trip nach Stempflingen erzählt und Frau Sartorius wollte es nach dem Tod der Kollegin für sich behalten, weil sie sich einen journalistischen Coup erhoffte, wir wissen es noch nicht. Jedenfalls hatten die beiden Mörder jetzt erneut eine neugierige Journalistin am Hals.«

»Und auch Susann Sartorius …«

»In Pfeiffers Wohnzimmer, ja. Und dann ab über den Hinterhof.« Der Kommissar verstummte für einen Moment, fuhr dann übergangslos fort. »Mit einem hatte die Mörderbande aber nicht gerechnet.«

Ich wusste nicht, wovon er sprach, warf ihm einen fragenden Blick zu.

»Strobler«, sagte er. »Der Undercover-Kollege. Dessen wahre Identität wir selbst übrigens am Anfang auch nicht kannten.«

»Er kam den beiden auf die Spur?«

»Obwohl er einer völlig anderen Ermittlung wegen im Dorf war. Illegale Geldtransfers in die Schweiz. Sie wissen es ja. Er muss sie verdächtigt haben, zumindest Pfeiffer. Leider war er sich seiner Sache wohl noch nicht sicher. Er teilte uns jedenfalls nichts davon mit. Bis sie ihn gemeinsam erschlugen. Behauptet jedenfalls Daimle.«

»Bevor Strobler seine überraschende Entdeckung an Sie weiterleiten konnte.«

»Gerade noch rechtzeitig, ja. Aber dann kamen Sie ins Spiel und Ihre Beziehung zu Frau Dr. Steensen. Und Daimle unterlief bei seinem Überfall auf die Ärztin ein folgenschwerer Fehler.«

»Sie sprechen von dem …« Ich hatte Mühe, den korrekten Ausdruck zu finden, hielt mitten im Satz inne.

»Das Kunststoffvlies, das wir in Frau Dr. Steensens Wohnung fanden. Die Buchstabenkombination *TVM*. Wir erhielten Mails und Anrufe aus der halben Republik. Fernsehsender, Turnvereine, die verrücktesten Organisationen beschreibend. Ein einziger Hinweis brachte uns weiter.«

»Nämlich?«

»Der Veranstalter eines *Techno-Festivals-Möglingen* aus dem gleichnamigen Ort bei Ludwigsburg mailte uns, dass sie letztes Jahr aus Versehen mit mehreren mit dem falschen Emblem *TVM* statt *TFM* beschrifteten Schildmützen beliefert worden waren. Der Auftrag war mündlich erteilt worden und der Typ im Copy-Shop hatte *Festival* mit *V* statt *F* abgekürzt. Dieses Emblem, schrieb der Mann, war zu hundert Prozent genauso gestaltet wie das von der Polizei Gesuchte. Es war zudem als kleines Kunststoffvlies an der Mütze angeheftet. Zu ihrem Glück hatten sie aber einen Verrückten gefunden, der ihnen eine ganze Ladung der falsch bedruckten Mützen abgekauft hatte.«

»Daimle?«, fragte ich.

Braig nickte. »Der Mann konnte sich noch an den Namen erinnern, weil er so ähnlich wie das Auto klang. Ein Daimle, der irgendwo auf der Alb wohne.«

»So kamen Sie ihm doch noch auf die Spur.«

»Und zwar genau in dem Moment, als wir das Haus dieses Mang, von dem aus Sie mich angeblich mehrfach um Hilfe angefleht hatten, vergeblich untersucht hatten. Zum Glück war der Sekretärin des Sägewerks, dieser Frau Kaul, noch eingefallen, dass sie Sie auf der Suche nach Mang vielleicht doch in die falsche Straße geschickt hatte.«

Ich verstand augenblicklich, was er meinte.

»Dieser Mang wohnt in der Bietigheimer Straße 8. Sie hatte Sie aber in die Besigheimer Straße 8 geschickt.«

»Zu Daimle, diesem verkommenen Halunken.«

»Deshalb dauerte es so lange, bis wir Ihnen endlich zu Hilfe kamen.«

Ich nickte. »Eine Ewigkeit ist nichts dagegen«, sagte ich.

Braig erhob sich, wartete, bis ich es ihm nachgetan hatte, drückte mir dann fest die Hand. »Jetzt müssen Sie mir aber versprechen, das alles möglichst schnell zu vergessen. Sonst schaffen Sie es nie, gesund zu werden.«

Ich nickte zustimmend, bedankte mich für seinen Besuch. Der Kommissar begleitete mich noch bis zu meiner Zimmertür, verabschiedete sich dann endgültig.

»In einer Sache haben Sie es besser als ich«, sagte er, bereits mehrere Schritte von mir entfernt. »Sie dürfen das alles vergessen, falls Sie es jemals schaffen. Aber ich muss jetzt noch tagelang in dieser Scheiße wühlen und mich mit diesen verkommenen Verbrechern befassen, bis wir endlich alles im Detail geklärt haben.«

Ich sah seine ernste Miene, beneidete den Mann nicht. Trotz all der grauenvollen Stunden, die ich hinter mir hatte.

Am dritten Tag meines Aufenthaltes im Krankenhaus wagte ich es, mein Bett zum ersten Mal für längere Zeit zu verlassen. Die Ärzte hatten es mir ausdrücklich erlaubt. Ich erhob mich vorsichtig von der Unterlage – manchmal spürte ich noch meine schmerzenden Rippen – zog mir meinen samtroten Hausmantel über, schlüpfte in die Hausschuhe und ging drei kleine Schritte zum Nachbarbett. Frauke hatte mich kommen hören und lächelte mir freundlich zu. Wir waren in einem Zwei-Bett-Zimmer untergebracht und schauten aus dem großen Fenster direkt auf die Höhen der Schwäbischen Alb.

Dort hinten, war das nicht die bekannte Bärenhöhle? Obwohl, was Höhlen betraf, da war mein Bedarf fürs Erste gedeckt. Immerhin redeten die Ärzte auch bei Frauke von deutlichen Fortschritten ihrer Genesung.

»Es hätte schlimmer kommen können«, sagte Frauke, seit langer Zeit zum ersten Mal wieder ein Lächeln im Gesicht.

ENDE

KBV KRIMINALROMAN

Franziska Franke

SHERLOCK HOLMES UND DAS GEHEIMNIS DER PYRAMIDE

Taschenbuch, 344 Seiten
ISBN 978-3-95441-261-7
9,95 EURO

Pistole, Pfeife, Pharaonen

Das berufliche Interesse an Mumifizierungstechniken der Pharaonenzeit führt den Meisterdetektiv in Begleitung seines zeitweiligen Assistenten David Tristram nach Ägypten.

In Alexandria angekommen erwartet ihn unverhofft der Auftrag des Ausgräbers Doktor Jones, die verloren gegangene historische Landkarte aus dem Besitz des Veteranen Major Wallace wiederzubeschaffen.

Holmes trifft auf den zwielichtigen koptischen Priester Menas, der nebenbei einen Kunsthandel betreibt und auf einen ebenso undurchsichtigen Kaufmann, der sich Saladin nennt. Doch noch bevor Holmes die verschwundene Landkarte wiederfinden kann, wird der Assistent des Majors auf dem Weg zu seiner Ausgrabungsstätte ermordet – ein Verbrechen, das natürlich Holmes' ungeteilte Aufmerksamkeit auf sich zieht.

»Jetzt muss es endlich mal gesagt werden: Arthur Conan Doyle ist ein Pseudonym von Franziska Franke. Sie schreibt ihre Romane um Sherlock Holmes und seinem Partner David Tristram so stilecht, wie es das Original kaum besser machte.«
(Detlef Knut, DK-literatur-blogspot.de)